ullstein

Das Buch

Ein ungewohnt heftiger Frühjahrssturm fegt über das kleine Dorf in Südschweden hinweg. Die Bäume biegen sich fast bis zum Boden, der Wind heult wie ein Rudel Wölfe, kaum jemand traut sich nach draußen. Als der kleine Andreas vom Spielen nicht nach Hause kommt, sind seine Eltern Johan und Ann außer sich vor Sorge. Johan findet ihn schließlich bewusstlos unter einem Baum begraben. Auch in den nächsten Monaten wacht der Junge nicht aus dem Koma auf. Die Spannungen zwischen Johan und Ann erscheinen nun wie unter einem Brennglas: Johans frühere Alkoholsucht, Anns Schweigen. Doch es gibt überraschend viele Momente einer vorsichtigen Annäherung. Johan findet zudem Trost in der Natur und in Gesprächen mit dem Pfarrer, Ann bei ihrer Schwester und einer Krankenpflegerin. Und mit der Zeit finden Johan und Ann die Kraft, für ihr Kind gemeinsam da zu sein.

Der Autor

Åke Edwardson, geboren 1953, lebt mit seiner Frau in Göteborg. Einige Monate im Jahr verbringt das Ehepaar im Süden Spaniens, in Marbella. Bevor Edwardson einer der weltweit erfolgreichsten Krimiautoren wurde, arbeitete er als Journalist u. a. im Auftrag der UNO im Nahen Osten.

Von Åke Edwardson sind in unserem Hause
bereits erschienen:

Aus der Reihe »Ein Erik-Winter-Krimi«:
Tanz mit dem Engel – Die Schattenfrau – Das vertauschte Gesicht – In alle Ewigkeit – Der Himmel auf Erden – Segel aus Stein – Zimmer Nr. 10 – Rotes Meer – Toter Mann – Der letzte Winter – Das dunkle Haus – Marconipark

Aus der Reihe »Ein Jonathan-Wide-Krimi«:
Allem, was gestorben war – Geh aus, mein Herz

Außerdem:
Die Rache des Chamäleons
Die Schwalben fliegen so hoch, dass man sie kaum sehen kann

ÅKE
EDWARDSON

Die Schwalben fliegen so hoch, dass man sie kaum sehen kann

ROMAN

Aus dem Schwedischen
von Angelika Kutsch

Ullstein

Besuchen Sie uns im Internet:
www.ullstein-taschenbuch.de

MIX
Papier aus verantwortungsvollen Quellen
FSC® C083411
FSC www.fsc.org

Ungekürzte Ausgabe im Ullstein Taschenbuch
1. Auflage Oktober 2017

Titel der schwedischen Originalausgabe:
Svalorna flyger så högt att ingen längre kan se dem
(Leopard Förlag, Stockholm 2010)
Umschlaggestaltung: zero-media.net, München,
unter Verwendung einer Vorlage von Rothfos und Gabler, Hamburg
Titelabbildung: © Plainpicture/Westend61/© Dirk Wüstenhagen
Satz: Pinkuin Satz und Datentechnik, Berlin
Druck und Bindearbeiten: CPI books GmbH, Leck
ISBN 978-3-548-28977-9

Lieber Himmel!
Welch böser Streich, daß wir von dannen mußten.
Wie, oder wars zum Glücke?

William Shakespeare: Der Sturm

Für Rita

Inhaltsverzeichnis

Sturm

Um drei Uhr nachmittags fiel der Strom aus. Im Dorf war es still, dann begann es in den Ahornbäumen, die den Hof umgaben, zu rauschen. Zunächst war es nur ein sanftes Gesäusel, ein freundliches Säuseln, wie eine kleine Brise an einem Sommerabend.

Draußen war es schon dunkel, anders dunkel als sonst.

Mit dem Aufziehen des Sturmes färbte sich der Himmel gelb. Johan war gerade dabei, in der Scheune eine alte Arbeitsbank abzustützen, als er den Wind hörte, und ging hinaus. Der Wind zerrte inzwischen an den Bäumen. Beim Überqueren des Hofplatzes hatte er das Gefühl, als ob er im Wasser gegen eine Strömung ankämpfen müsste, unten auf der Weide zersplitterte eine Birke. So einen Himmel hatte er noch nie gesehen, der gehörte nicht hierher. Bei Bergdals sah er Föhren umstürzen. Einige Dachpfannen lösten sich und fielen wie tote Krähen auf die Erde.

Ann hatte die Petroleumlampen aufgestellt und Kerzenhalter vorbereitet. Für die Kamine und den Herd in der Küche war genügend Feuerholz vorhanden. Stromausfall war nichts Ungewöhnliches auf dem Lande, und schon gar nicht in ihrem Dorf. Hier war es im Winter am kältesten und im Sommer am wärmsten, und wenn Sturm über sie hinwegfegte, war er hier am stürmischsten, wahrscheinlich, weil das Dorf so hoch lag.

»Jetzt wird es wieder gemütlich, Mama!«

Andreas lachte. Ihm gefiel es, wenn sie sich bei Kerzenlicht im Halbdunkel durchs Haus bewegten. Sie mochte das auch.

»Es wird wohl nicht lange dauern, Andreas«, sagte sie.

»Meinetwegen kann es ruhig lange dauern«, sagte er.

»Wir können ja Karten spielen.«

»Das haben sie zu Jesus' Zeit auch gemacht.«

»Was, die haben Karten gespielt?«

»Wusstest du das nicht? Schwarzer Peter! Das hab ich gestern im Religionsbuch gelesen.«

Sie hörte Johans Stimme aus dem Vorraum. Er war noch einmal nach draußen gegangen, um die Türen der alten Scheune ordentlich zu schließen und zu verriegeln. Einmal war ein Flügel aus den Angeln gerissen worden und wie ein fliegender Teppich über das Feld gesegelt. Aber das war schon lange her.

Er kam in die Küche.

»Jetzt geht's los«, sagte er. »Es gibt Sturm.«

»Ich möchte raus und schauen«, sagte der Junge.

»Wenn du eine Dachpfanne an den Kopf bekommen möchtest, bitte schön«, sagte Johan.

»Wehe dir«, sagte sie.

»Ich will eine Dachpfanne an den Kopf bekommen!«

»Johan hat nur Spaß gemacht. Sag es ihm, Johan.«

»Ich habe nur Spaß gemacht, Ann. Ich habe nur Spaß gemacht, Andreas.«

Gegen sechs fanden sie es gar nicht mehr lustig. Auch die lustigen Dachpfannen nicht. Mehrere waren schon an der Hauswand heruntergeprasselt.

»Das hört sich böse an«, sagte er. »Ich sollte nach Ase raufgehen.«

»Was willst du im Wald?«, fragte sie. »Willst du versuchen, deine Bäume festzuhalten?«

»Ich bin stark.«

»Papa ist stark«, sagte der Junge. »Ich bin auch stark.«

»Bin ich vielleicht nicht stark?«, sagte sie.

»Wollen wir Armdrücken machen?«, fragte der Junge und stemmte den Ellenbogen auf den Tisch.

»Okay.« Sie tat es ihm nach und ergriff seine Hand.

Sie begannen zu drücken. Er war wirklich stark. Sie musste sich richtig anstrengen. Über dem Dorf heulte der Sturm, er heulte über dem Wald und am Himmel. Das Geräusch in den Bäumen war unheimlich, als würden auch sie heulen.

Andreas wurde Sieger. Beim Armdrücken muss man sich konzentrieren.

»Ich hab gewonnen! Gewonnen!«

Sie gab sich alle Mühe, ihren Sohn anzulächeln.

Gegen halb acht klingelte das Telefon. Johan hob ab.

»Ja? Ja? Okay.«

Er legte auf.

»Was war?«

»Eivor ist bei Femtinge steckengeblieben.«

»Wie steckengeblieben?«

»Auf der Straße liegen kreuz und quer Bäume.«

»Was muss sie aber auch bei dem Sturm das Haus verlassen?«

»Sie hatte anscheinend einen Kursus in der Stadt. Niemand konnte doch vorher ahnen, was sich da zusammenbraut.«

»Was willst du tun?«

»Ich fahre hin und säge eine Schneise, damit sie nach Hause kommt.«

»Warum kann das nicht ihr Alter machen?«

»Der hat sich Weihnachten das Bein gebrochen, hast du das vergessen?«

»Aber es ist gefährlich.«

»Ich passe schon auf.«

»Ich will mit!«, sagte der Junge.

»Auf keinen Fall«, sagte sie.

»Ann hat recht«, sagte Johan. »Es ist zu gefährlich.«

»Warum gehst du dann raus?«, fragte der Junge.

»Man kann leichter auf sich aufpassen, wenn man allein ist«, sagte er. »Und Eivor hat Angst. Ihre Stimme klang verflixt ängstlich. Kein Wunder, die Situation ist brenzlig.«

Hinter der Kreuzung musste er Slalom fahren. Bis zum Ortsschild Femtinge zählte er auf wenigen Hundert Metern dreißig umgefallene Tannen. Hinter sich hörte er Bäume krachen. Vor sich sah er Bäume fallen. Die Traktorkabine war nicht gerade der sicherste Platz der Welt. Er sah Eivors Auto, das einzige Auto weit und breit, zum Glück. In diesem Inferno wollte er sich nicht unnötig lange als Rettungspatrouille betätigen. Es war idiotisch, das Haus zu verlassen. Vollkommen idiotisch!

Er musste an seine eigenen Bäume denken, schob den Gedanken aber schnell beiseite.

Zwei Bäume, die über Kreuz lagen, versperrten Eivor den Weg. Neben ihrem Auto lag eine Kiefer, die direkt an der Straße gestanden hatte, immer dort gestanden hatte.

Inzwischen musste der Orkan eine Windstärke von hundertdreißig Stundenkilometern erreicht haben. Er spürte die Orkanböen. Das hier werden wir nie vergessen, solange wir leben.

Er kletterte vom Traktor, nahm die Motorsäge und riss sie an. Das Motorgeräusch wurde vom Sturmgebrüll übertönt. Er zersägte die alte Kiefer in drei Teile und zog sie beiseite.

Er sägte eine breite Schneise durch die Tannen.

Eivor ließ ein Seitenfenster herunter.

»Ich habe mich nicht getraut, auszusteigen und nach Hause zu gehen«, sagte sie. »Hier fühlte ich mich si…«

»Mensch, fahr los!«, schrie er.

Sie saß in der Küche, der einzige warme Raum im Haus. Sie hatte versucht zu schlafen, aber es war unmöglich, nicht nur wegen der Kälte und der Dunkelheit. Es war das Getöse draußen, das kein Ende nahm. Vor ihrem Haus stand etwas Böses und heulte. Es war nicht nur die Natur.

Sie hörte seine Schritte auf der Treppe.

»Wusste ich doch, dass ich dich hier finden würde«, sagte er, als er die Küche betrat.

»Du bist ganz schön clever«, sagte sie.

»Aber es war ein Wahnsinn, nach draußen zu gehen. Du hattest recht.«

»Du hast Eivor gerettet«, sagte sie.

»Vielleicht komme ich in die Zeitung.«

»Wenn überhaupt noch Zeitungen kommen.«

»Daran hab ich überhaupt noch nicht gedacht«, sagte er. »Du bist ganz schön clever.«

»Wie lange das wohl noch dauert«, sagte sie und deutete mit dem Kopf in die Dunkelheit.

»Ist das eine Frage?«

»Nein.«

»Es dauert so lange, wie es dauert. Ich glaube, morgen ist es vorbei.«

»Wie schlimm ist es?«

»Du meinst für den Wald? Schlimm, glaube ich. Weiß ich. Verdammt schlimm. Wir werden sehen. Ich will mir noch nicht den Kopf darüber zermartern. Das werden wir noch lange genug. Hoffentlich schaffe ich es morgen in den Wald.«

»Jedenfalls haben wir keinen Dachziegel an den Kopf bekommen«, sagte sie.

»Oder eine Tanne«, sagte er.

»Darüber sollten wir keine Witze reißen«, sagte sie.

»Nein. Es heißt, das bringt Unglück.«

»Sag das bitte nicht!«

»Dann habe ich es nicht gesagt.«

»Hast du das gehört?« Sie machte eine Handbewegung zum Fenster und dem Sturm, der am Fensterfutter zerrte. Er wollte ins Haus. Die Gardinen bewegten sich.

»So was hab ich noch nie erlebt«, sagte sie. »Das klingt ja entsetzlich. Hörst du? Der Sturm scheint noch stärker geworden zu sein. Ist das überhaupt möglich?«

»Nicht mehr lange«, sagte er.

»Ich hoffe, er legt sich bald.«

»Bestimmt«, sagte er.

Seine Stimme klang gelassen, aber er sah ihr nicht in die Augen. Sie spürte einen kalten Luftzug am Hinterkopf, als ob der Wind durch das Fensterfutter eingedrungen wäre. Sie drehte sich um, die Gardine bewegte sich jedoch nicht mehr. Wir sind hier, wir drei. Im Haus sind wir sicher. Bald ist die Gefahr vorüber.

Sechs Monate später

Training

Irgendwo im Zimmer war eine Mücke, aber vielleicht sirrte sie auch nur in ihrem Kopf. Zwei Tage nach dem Unfall hatte das brausende Geräusch eingesetzt, und es brauste immer noch. Starke Gemütsbewegungen können einen Tinnitus auslösen, hatte ihr der Arzt erklärt. Vielleicht hatte sie die Unruhe schon ihr ganzes Leben mit sich herumgetragen. Drei Monate lang hatte sie Medikamente dagegen eingenommen, doch das Rauschen war nicht verstummt. Der Sturm tobte in ihrem Kopf, eine Erinnerung. Erst wenn der Junge im Bett die Augen aufschlug, würde er verstummen.

»Du wunderst dich wahrscheinlich, dass ich so früh komme«, sagte sie. »Es hat geregnet, und ich hatte nichts Besonderes vor. Als ich im Auto saß, klarte es schon wieder auf. Der Regen war eine richtige Überraschung. Wir haben fast vergessen, wie Regen ist. Dass man etwas so Alltägliches so schnell vergessen kann. Gestern war ich in den Blaubeeren, es hat sich aber nicht gelohnt, wegen der Trockenheit. Wenn im August Regen kommt, gibt es viele Pilze, aber warum sollte es regnen? Oder im September, ich glaube, es wird ein schöner September in diesem Jahr. Und Oktober. Ich bin gespannt, was du dir zu deinem elften Geburtstag wünschst. Johan sagt, er weiß es, aber das glaube ich ihm nicht. Er kann es nur raten, genau wie ich. Der Wald hat sich total verändert, und damit meine ich nicht nur das, was der Sturm angerichtet hat. Der Boden ist wahnsinnig trocken. Wenn man darübergeht, klingt es ganz anders als sonst, als hätte man Papier unter den Füßen. Die Brandgefahr ist groß. Bewässern darf man auch nicht, aber das hab ich dir wahrscheinlich schon erzählt. Die Schwalben fliegen so hoch, dass man sie kaum sehen kann. Erst mit der Abendbrise kommen sie herunter und jagen eine Runde um unser Haus. Am nächsten Tag sind sie wieder verschwunden.«

Ein Sonnenstrahl zerteilte die Lichtung. In dem Strahl tanzten Insekten. Von allen Seiten drang Himmel ein, der alles einfing, Bäume, Büsche, Felder, Tiere. Menschen. Er stand am Rand der Lichtung. An den Zweigen glitzerten Regentropfen. Die Erde dampfte. Es roch stark nach Wald, ein Geruch nach Tod, dachte er, nach Tod und Leben zugleich. Er schloss die Augen und versuchte, das Bild zu verbannen, das sich ihm aufdrängen wollte. In der Nähe knackten Zweige, und er öffnete die Augen. Ein Elch trat auf die Lichtung, als würde er sein Zuhause betreten. Er stand mitten im Licht, ganz still, dann drehte er langsam den Kopf mit den schweren Schaufeln und sah ihn geradewegs an.

Er schloss die Augen, meinte, eine Stimme zu hören, vielleicht träumte er. Manchmal wünschte er sich ein Leben im Vergessen, in einer Art Traum, in dem er nicht die Verantwortung für all das zu übernehmen brauchte, was passiert war. Er könnte fliehen. Die Stimmen würden verstummen.

»Ich gehe hier nicht weg«, hörte er die Stimme wieder und öffnete die Augen. Der Elch machte eine Kopfbewegung, mit der er die ganze Lichtung und die umstehenden Tannen erfasste. »Der Wald gehört auch mir«, sagte er, »mehr als dir, wenn du es genau wissen willst.« Seine Schaufeln blitzten wie schwarzes Gold. Der Elch verließ die Lichtung, und Johan hörte ein letztes Grollen des Elchbasses. *»Auf Wiedersehen«*, sagte die Stimme auf Deutsch. Sie hing noch in den Zweigen, als der Elch verschwunden war, ein trauriges Echo.

Eine diffus axonale Schädigung ist bei einem schweren Trauma nichts Ungewöhnliches. Viele Patienten mit schweren Schädelverletzungen weisen bei der Computertomographie (CT) weder Kontusionen noch Blutungen auf, dennoch können sie in eine tiefe und anhaltende Bewusstlosigkeit fallen.

Die Sätze konnte sie auswendig, brauchte sie nicht mehr auf dem Bildschirm anzustarren, bis alles verschwamm.

Inzwischen wusste sie viel über diffuse Hirnschäden. Sie hatte viele neue Begriffe gelernt, im Netz, aus Büchern, von Ärzten. In der schrecklichen Nacht, als Andreas auf die Intensivstation gebracht wurde. Das Notfall-CT hatte nur kleine verstreute Blutungen gezeigt, aber das sagte nichts über die Prognose aus. Und das computergesteuerte Schichtröntgen, das CT-Scanning, auch nicht. Herr im Himmel! Die Intubation. Der Tubus in seinem Hals. Das RLS, das sie gemacht hatten, als er eingeliefert wurde, die horizontale Linie auf der Reaktionsskala, die Möglichkeit der Kontaktaufnahme endete bei drei, und acht bedeutete keinerlei Reaktion. Ihr Sohn hatte eine Acht.

Sein Zustand sei stabil, hatten sie in der Intensivstation der Neurologie gesagt.

Sie hatten die Diagnose vorangetrieben. MR. MIT. Sie war in eine Welt voller Abkürzungen geraten. Ein Leben aus Abkürzungen, war ihr einmal durch den Kopf gegangen, als sie nachts nach Hause fuhr. Ein verkürztes Leben.

Es ist von äußerster Wichtigkeit, dass jedes Kind mit Schädelverletzungen und neurologischen Symptomen in einer Rehabilitationsklinik mit adäquatem Training und Rehabilitation nachbehandelt wird. So stand es auf der Homepage des Provinziallandtages zu lesen. Aber das wusste sie bereits. Sie wusste alles, was sie nie hatte wissen wollen.

Und dann, nicht lange nachdem Andreas verlegt worden war, hatte er angefangen, im Respirator selbst zu atmen.

Als er die Straße bei Femtinge erreichte, begegnete er einem Traktor ohne Anhänger. Der Fahrer in der Kabine war nur eine Silhouette, und eine Sekunde lang meinte er, die Silhouette sehe einem Eber ähnlich. Johan hob die Hand, konnte aber nicht erkennen, ob der Eber zurückgrüßte. Es war Bergdals Traktor. Der Eber hieß Sven.

Johan überquerte die Brücke, unter der der Fluss zäh wie Teer floss. Wieder hörte er Motorengeräusch, ein Schrei wie von einem nicht synchronisierten Getriebe, das wie der Jeep klang, den er beim Militär gefahren hatte. Jetzt tauchte das Fahrzeug in seinem Blickfeld auf, Anders Elfvenbergs Leichenwagen. Elfvenberg saß selbst am Steuer, heute etwas salopper gekleidet, da er nur Möbel transportierte. Hinter den geschwärzten Scheiben erkannte Johan die Konturen eines Sofas. Man konnte nur hoffen, dass er zu der richtigen Adresse unterwegs war. Es war schon passiert, dass Elfvenberg seine Jobs durcheinanderbrachte, einmal war er mit einem frisch Verstorbenen beim Antiquitätenhändler vorgefahren.

Als er sich dem Dorf näherte, hörte Johan Pferdegetrappel. Das Geräusch wogte über die Weiden, es schien aus allen Richtungen gleichzeitig zu kommen und erinnerte an ein Gewitter. Bei der Wegkreuzung bog er nach rechts ab und ging auf seinen Hof zu.

Von weitem sieht er noch immer wie ein richtiger Hof aus, dachte er.

Im Garten richtete er einen Holzstuhl auf, der im Regen umgefallen war. Hier hatte es heftiger geregnet als drinnen im Wald. Das Hochland bot keinen Schutz vor Wind. Ihr Dorf lag nicht weit entfernt vom Tomtabacken, dem höchsten Punkt. Wer noch höher über den Meeresspiegel hinauswollte, musste in die Berge im Norden fahren. Die Vegetation war die gleiche. Er war noch nie in Lappland gewesen, und er hatte noch nie auf dem Tomtabacken gestanden. Immer noch hielt er den Stuhl in der Hand, der sich wie Knochen anfühlte.

Da oben bin ich noch nie gewesen. Ich weiß nicht, wie das ist, wenn man sehen kann, so weit das Auge reicht, vielleicht bis zum Meer? Wie viele Kirchtürme kann man sehen?

Hier gab es nur Wald, und der sah ringsum gleich aus.

»Ich hab gestern Moa besucht, Andreas. Sie musste für eine Kollegin einspringen, deswegen haben wir uns im Hotel getroffen. Eine Busladung Dänen hatte sich überraschend angekündigt, sonst kommen die Dänen ja erst später, im Juli oder August. Aber es waren wahrscheinlich Rentner, die können reisen, wann sie wollen. Auf einem Schild an der Frontscheibe stand auf Schwedisch ›Fahrt ins Blaue‹. Möchte wissen, ob die Leute aus Dänemark abgeholt wurden oder ob sie über den Öresund fahren mussten und den Bus in Schweden bestiegen haben. Sie waren gerade mit Essen fertig, als ich kam. Moa war total erschöpft. Am Vormittag war einer der Kollegen krank geworden, vielleicht einer, der Dänen nicht ausstehen kann. Akuter Dänenhorror.«

Ihre Finger glitten über das Schulterblatt des Jungen, ein Gefühl, als würde sie einen Vogel streicheln. Einen Vogel massieren. Vorsichtig strich sie über seine Schultern. Die Muskulatur schwand furchtbar schnell. Solange er an den Respirator angeschlossen war, hatte sie befürchtet, seine Atemmuskulatur würde rasch verschwinden. Jetzt trainierte er, ganz ohne Respirator zu atmen. Der Tubus steckte noch in seinem Hals, aber tagsüber wurde die Maschine abgeschaltet. Darin lag er nur noch nachts. Ann trainierte seine Muskeln, und Andreas trainierte zu atmen. Er war bewusstlos, aber er trainierte.

»Wir wissen nicht, wann er wieder zu Bewusstsein kommt«, hatte der Oberarzt vorgestern gesagt. »Eine Prognose ist unmöglich. Er kann wieder aus dem Koma erwachen«, sagte er. »Sukzessiv können die Funktionen zurückkehren. Kinder haben eine ganz andere Dynamik. Wenn es um Kinder geht, lassen wir nichts unversucht«, sagte er. Der Arzt war noch nicht alt, eigentlich zu jung, um schon Oberarzt zu sein. »Wir lassen nichts unversucht«, das hatte ihr gefallen. »Es ist schwer, aufzugeben, wenn es um Kinder geht«, sagte er. »Wir geben nicht auf.«

Sie hob den Arm des Jungen und bewegte ihn vorsichtig in einem Radius von dreißig Zentimetern vor und zurück. Es war ein komplizierter Trainingsplan.

»Freitag kommt Moa«, sagte sie. »Das ist übermorgen. Wenn sie sich von den Dänen erholt hat. Aber sie und ihre Kollegen im Hotel sind froh, dass sie ihren Job überhaupt noch haben. Es finden nicht mehr so viele Konferenzen statt. Die Unternehmen müssen sparen. Jetzt kommen sie am Morgen und fahren am selben Tag wieder weg. Niemand übernachtet mehr im Hotel und setzt sich abends in die Bar, um einen Whisky zu trinken. Die Leute essen weniger auswärts. Früher waren manchmal dreißig bis vierzig Gäste in der Bar. In guten Zeiten haben sie am Whisky mehr verdient als an allem anderen, hat Moa erzählt. Das glaube ich aber nicht. Ich glaube, am meisten verdienen sie an småländischem Käsekuchen und Knödeln.«

Sie legte den Arm zurück.

»Da war doch noch etwas, das ich dir erzählen wollte. Ach ja, VIF hat gestern wieder gewonnen und liegt jetzt an dritter Stelle.«

Sie strich ihm über die Haare. Den anderen Arm hatte sie bereits trainiert und seinen Po nach Anweisung massiert.

»Ich fahre jetzt, mein Junge. Bis morgen.«

Auf dem Heimweg dachte sie darüber nach, dass mehrere neue Methoden zur kontinuierlichen Überwachung des Gehirns entwickelt worden waren, die nun auch zügig eingeführt wurden. So hieß es auf der Homepage vom Uppsala Brain Injury Center, zügig. Die Entwicklung gehe in Richtung computerisiertes multimodales Monitoring, ein Satz, der fast mit »Fischers Fritze fischt frische Fische« konkurrieren konnte.

Das ist was anderes als immer neue Handymodelle, die einzig wirklich wichtige Entwicklung unserer Zeit.

Sie schaltete das Radio an und hörte jemandem zu, der irgendwen interviewte. Sie schaltete wieder ab.

Kontinuierliche Überwachungsmethoden werden mit modernen Abbildungstechniken kombiniert, Xenon-CBF-Computertomographie, Kontrast-CBF-Computertomographie, Perfusions- und Diffusions-MRT, Positronen-Emissions-Tomographie, PET. Ich könnte eine Prüfung für die Neurointensivpflege ablegen und bei Schadensprozessen sekundieren. PET ist auch eine Flasche.

Sie hielt am Straßenrand, stellte den Motor ab und weinte leise. Sie blinzelte, spürte aber nichts in den Augen. Vielleicht weinte nur ihr Gehirn.

Seine Hand begann zu zittern. Er versuchte, den Stuhl festzuhalten, musste ihn jedoch nach wenigen Sekunden loslassen. Der ganze Arm zitterte, und dann fing auch seine Schulter an zu zittern. In seinen Schenkeln zuckte es, als würde er mit Elektroschocks behandelt. Er legte eine Hand auf die andere. Jetzt zitterten beide doppelt so stark.

Er setzte sich. Der Stuhl, genauso schmutzig wie der Schotter, auf dem er saß, war hintenübergekippt. Er spürte Staub in der Nase, der nach nichts roch.

Nach einer Weile hörte das Zittern auf. Es konnte nicht lange gedauert haben. Brennender Schweiß floss ihm in die Augen. Er wischte ihn weg und blinzelte, sah wieder den Stuhl und die Erde, auf der er immer noch saß. Es war alter

Boden, der Boden, auf dem er seine ersten Schritte gemacht hatte.

Hier war er um sein Leben gerannt, gar nicht lange nachdem er laufen gelernt hatte.

Er hatte die Stiefel gegen Sneakers getauscht und das Fahrrad aus der Scheune geholt. Die Runde um den Sävsjö würde er in neuer Rekordzeit fahren, würde das Zittern aus seinem Körper strampeln, so dass es nie wiederkehrte.

In Komstad fiel ihm ein, dass er den Helm vergessen hatte, hahaha.

Vor den Bahnschranken in Skrapstad musste er absteigen und warten. Eine Minute bevor der Express vorbeiraste, kreischten die Schienen. Da schrie er so laut, wie er konnte, er konnte sich kaum selber hören, niemand konnte ihn hören. Die Bahnreisenden nahmen ihn vermutlich nur verschwommen in der Landschaft wahr. Er hätte die Gleise überqueren müssen, bevor der Zug kam, mit dem Rekord war es jetzt Essig. Er war ein Feigling.

Sie sah ihn draußen mit dem Fahrrad. Er war auf den Hof eingebogen und neben dem Rad stehen geblieben, als hätte er vergessen, wo er war und was er hier wollte. Sie spürte einen Kloß im Hals, der anschwoll, wieder verschwand und zurückkehrte. Er lehnte das Rad gegen die Scheunenwand und drehte sich mit einem verwirrten Gesichtsausdruck zum Wohnhaus um. Ständig wirkte er leicht verwirrt. Wer Johan nicht kannte, könnte ihn für etwas beschränkt halten.

Sie hörte, wie er sich im Vorraum die Schuhe auszog. Als er in die Küche kam, schrubbte sie gerade die letzte Kartoffel. Er sah aus wie aus dem Wasser gezogen.

»Wann bist du zurückgekommen?«, fragte er.

»Vor einer Weile.« Sie legte die Kartoffel in den Topf. »Wir können in einer halben Stunde essen.«

»Wie war es heute?«

»Gut. Wir haben uns unter anderem über die Hitzewelle unterhalten. Hast du unterwegs ein Bad genommen?«

»Nein, wieso? Ich bin Rad gefahren.«

»Verstehe, ich hab's gesehen. Aber sonst ziehst du doch Trainingsklamotten an.«

»Das habe ich diesmal nicht geschafft.«

»Wie meinst du das?«

»Ach, nichts«, sagte er. »Ich weiß nicht, was ich meine. Ich geh jetzt unter die Dusche.«

Als er nach dem Duschen wieder in die Küche kam, spürte sie, dass er dort gewesen war, sah es an seinen Augen.

Er setzte sich an den Tisch und schaute zum Fenster, als stünde er selber noch da draußen, als beobachtete er sich selber.

Manchmal ist er wie sein eigener Schatten. Sieh mich doch an! Ich stehe hier. Schau mich an, mein Johan!

»Ich war dort«, sagte er.

Sein Blick kehrte zu ihr zurück.

»Ich kann nicht sagen, dass ich ...«

Er verstummte.

Jetzt sieht er aus, als würde er es bedauern, dachte sie. Er findet, dass er schon zu viel gesagt hat. Sie wartete auf die Fortsetzung.

»Wenn du meinst, du hättest mich verraten oder so, dann brauchst du dir keine Gedanken zu machen, Johan.«

»Ich kam nicht dagegen an«, sagte er. »Plötzlich musste ich einfach nach Ase. Ich musste an der Stelle stehen. Es hat mich förmlich zu der Stelle gezogen.«

Seine Augen füllten sich mit Tränen, er wischte sie nicht weg.

»Wir sollten zusammen hingehen!«, sagte er.

Sie ging rasch zu ihm und legte ihm die Hände an die

Wangen, spürte seine nasse Haut, die gleichzeitig weich und hart war.

»Ich war bei Andreas«, sagte sie. »Er war dort. Ich war dort. Wir alle drei sind dort. Das ist wichtig. Nur das zählt.«

»Ich habe mich so allein gefühlt, als ich da stand!«

Seine Augen spiegelten ihr eigenes Gesicht.

»Es ist etwas Merkwürdiges passiert«, sagte er und strich sich über die Haare. Als er die Hand zurückzog, standen sie ihm mitten auf dem Kopf zu Berge, wie bei einem Irokesen. Früher war er ein Indianer gewesen, das hatte er ihr erzählt, kurz nachdem sie sich kennengelernt hatten. Er hatte ihr Plätze gezeigt, an denen er Lager gebaut hatte, und die Narbe zwischen Daumen und Zeigefinger, wo er mit dem Messer abgerutscht war, als er einen Wacholderzweig für einen Flitzebogen mit einem Schnitzmesser bearbeitet hatte.

»Was ist passiert?«, fragte sie.

»Ach, ich weiß es nicht.« Er stand auf, ging zur Speisekammer und öffnete die Tür, ohne zu wissen, warum. Er brauchte nichts aus der Speisekammer und drehte sich zu ihr um.

»Ich habe geglaubt, wir könnten den Wald meiden«, sagte er. »Aber wir wohnen ja mittendrin. Das wäre etwa so, wie in der Wüste zu wohnen und so zu tun, als gäbe es keinen Sand.«

»Es gibt keine Bäume mehr«, sagte sie.

»Du weißt, was ich meine.«

»Ich tu nicht so, als ob«, sagte sie. »Aber ich möchte jetzt nicht zu der Stelle gehen. Jedenfalls noch nicht. Dort habe ich nichts zu suchen. Das ist nicht mehr mein Leben. Mein Leben ist hier und im Krankenhaus.«

»Meins auch, Ann.«

»Du hast deine Arbeit im Wald, Johan.«

»Hatte.«

»Es gibt immer noch etwas zu tun.«

»Damit bin ich fast fertig«, sagte er. »Aber darum geht es nicht. Der Wald ist so anders, wenn man im Windbruch arbeitet. Das hängt nicht mit dem Sturm zusammen. Erst seit dem Unfall. Das gehört zusammen … ich weiß nicht, wie ich das ausdrücken soll … eigentlich fällt es mir nicht schwer, im Wald zu arbeiten. Ich habe keine Angst davor.«

Er wollte ihr zu verstehen geben, dass er nicht der Meinung war, sie habe Angst, und hoffte, es ihr verständlich gemacht zu haben. Bei ihr war es etwas anderes als Angst.

»Aber heute hatte ich Angst«, sagte er.

Er hatte ganz still vor der Tür zur Speisekammer gestanden und sich selbst vergessen. Als hätte die Zeit genau hier eine Pause eingelegt, bei ihnen zu Hause. Er betrachtete die Flasche, die auf dem Bord über Mehl und Zucker stand. Der Inhalt blitzte wie Silber, Quecksilber, so nannte Magnus Hjelm Schnaps. Da war was dran. Quecksilbrig bedeutete ja auch lebhaft oder beweglich, und von den ersten Schlucken wurde man genau das, sehr lebhaft, später wurde man dann langsam. Er kannte diese Langsamkeit. Sie war wie ein vergessener Traum, für den er keine Verantwortung zu übernehmen brauchte. Die Flasche auf dem Bord enthielt Essig. Er wollte keinen Schnaps mehr anrühren, das ersparte ihm die Mühe, sich Ausreden einfallen zu lassen. Vor drei Jahren hatte er zwei Flaschen Quecksilber gehabt, die offizielle und eine zweite in einem Stiefel im Vorraum. Das war praktisch gewesen. Wenn er kam und ging, brauchte er gar nicht so zu tun, als hätte er etwas Bestimmtes zu erledigen. Aber Ann ließ sich nicht hinters Licht führen. Schnaps war in ihren Augen Teufelswerk, auch wenn sie nicht an Gott glaubte. Sie roch den Schnaps noch Stunden später im Haus, selbst wenn er die Flasche nur aufgeschraubt hatte, ohne einen Schluck zu nehmen. Eines Nachmittags hatte er den Stiefel auf dem

Hof gefunden, die Flasche war herausgerutscht und neben die Spinnenbeine der Egge gerollt, ohne zu zerbrechen. Er hatte die Flasche gepackt, sie geöffnet und das Teufelszeug ausgekippt. Eine Weile hatte er den Fleck auf dem Boden angestarrt, als müsste aus dieser Erde ein Baum mit der verbotenen Frucht wachsen.

Nach ein paar Bissen legte sie das Besteck auf den Tisch und brach in Tränen aus.

»Jetzt bin ich an der Reihe«, sagte sie. »Herrgott. Ein Glück, dass uns niemand sieht.«

»Das soll uns doch egal sein.« Er stand auf, ging um den Tisch herum und legte seine Hände auf ihren Kopf, drückte ihn gegen seinen Bauch und strich ihr über die Wangen. Die Tränen fühlten sich schwerer an als Wasser, sie schienen gefüllt mit etwas, das er nicht kannte. Es ist die Seele, dachte er. Dafür gibt es einen Namen, den niemand kennt.

Die Zeit schien sich in den Ecken herumzudrücken, ohne Eile, sich davonzumachen. Er wusste nicht, ob das gut oder schlecht war. In seinen Händen spürte er ihr Gesicht, das er auch erkennen würde, wenn er blind wäre.

»Geht es dir wirklich genauso, Johan?«, hörte er ihre Stimme.

»Es geht mir genau wie dir«, sagte er.

Sie nahm seine Hand, hielt sie eine Weile fest und ließ sie los, stand auf und ging zur Anrichte. Dort riss sie ein Stück Haushaltspapier von der Rolle und putzte sich die Nase.

»Es ist doch klar, dass ich genauso empfinde wie du«, sagte er. »Aber wir müssen …«

Er brach ab.

»Was müssen wir?«, fragte sie.

Sie sah ihn und dann das Papier in ihrer Hand an.

»Was müssen wir?«, wiederholte sie.

»Wir müssen ja leben«, sagte er.

Als ob Leben ein Arbeitsauftrag wäre, der bewältigt werden muss. Aber das war vielleicht egal. Es kam ganz darauf an, wie man die Wörter betonte.

»Warum müssen wir das?«

»Ann ...«

»Wir müssen leben, so wie andere sterben können«, sagte sie.

»Das darf nicht sein.«

»Wer bestimmt das?«

»Wir«, sagte er, »wir ganz allein.«

»Das meine ich doch«, sagte sie.

»Willst du nicht mitkommen?«

»Wohin mitkommen? In den Wald? Sollen wir im Wald wohnen? Sollen wir uns hinstellen und versuchen zu fühlen, wie es war, als Andreas ...«

»Ann!«

Sie schwieg, blinzelte einige Male heftig und verließ rasch die Küche. Er hörte sie die Treppe hinaufstapfen. Da oben gab es nichts, nur Einsamkeit.

Er spürte wieder Tränen in den Augen. Sie waren wie Bleikugeln. Seine Tränen waren genauso schwer wie ihre, und doch war etwas anders mit Anns Trauer, die sie sich übergestülpt hatte. Für ihn blieb kein Platz mehr. Als wollte sie sich unter dieser verdammten schwarzen Persenning vor der ganzen Welt verstecken. Für ihn gab es keinen solchen Schutz.

Er räumte den Tisch ab, spülte die Teller vor und stellte sie in die Geschirrspülmaschine. Den Eintopf hatten sie kaum angerührt. Er stellte ihn in den Kühlschrank, aber niemand würde mehr davon essen. Sie aßen nur, um zu überleben. Das musste sich ändern.

Er ging hinaus. Es war Abend geworden, alles war klarer, als wäre eine Gardine beiseitegezogen worden. Der Abend roch nach Rauch und Sonne und etwas Würzigem, das er nicht benennen konnte. Nie fiel ihm ein, was es war. Auf der Weide hinter dem Stall brüllte eine Kuh. Wieder hörte er die Pferdehufe über den Boden trommeln, das Geräusch entfernte sich, entfernte sich, entfernte sich. Er spähte in die Ferne, sah einen Horizont aus Tannenwipfeln.

Wir sollten irgendwohin fahren, wo wir noch nie gewesen sind. Zurückkommen können wir ja immer. Aber in dieser Gegend verreist man nur, wenn man auch sicher ist, dass man in der Nacht wieder im eigenen Bett schlafen kann.

Er ging zu der Bank unter dem Ahorn, setzte sich und schloss die Augen. Das tat gut, war fast wie ein Schutz. So konnte er lange dasitzen. Wenn man die Augen schloss, verschwand ein großer Teil der Welt, und das Leben versank in einem roten Nebel. Er nahm einen schwarzen Schatten wahr und öffnete die Augen. Rechts von ihm hatte sich etwas bewegt.

Düsenjäger

Im Sonnenlicht sah Johan wie ein goldener Ritter aus. So war er ihr immer erschienen, als wäre er von einem besonderen Licht eingehüllt wie kein anderer, unerklärlich. Eigentlich kindisch. Er war nichts Besonderes, er war nur ein Mensch.

Sie stand am Fenster, an Andreas' Fenster. Manchmal ging sie in sein Zimmer, schaute hinaus und sah dieselben Dinge, die er gesehen hatte, all das, was sie fast ihr ganzes Erwachsenenleben lang gesehen hatte. Nichts hatte sich im Dorf verändert. Asekrysset war eines der ältesten im Land, es gab hier Wikingergräber. Vor der Kirche, etwa um 1100 erbaut, hielten manchmal Busse. Deutsche oder dänische Touristen stiegen aus, gingen hinein und bewunderten den Taufstein, über dem auch Andreas getauft worden war. Sie sah die Kirche in all ihrem Weiß strahlen. Immer leuchtete sie weiß, selbst nachts, wenn zwei Scheinwerfer das Tageslicht ersetzten. Als befürchteten sie, die Kirche würde verschwinden, wenn das Licht verlosch.

Sie war keine Kirchgängerin. Ihre eigene Konfirmation in Vrigstad hatte sie in übler Erinnerung. Sie war beim Abendmahl als Letzte an der Reihe gewesen. Der Pfarrer hieß Esaias Berg, damals war er noch nicht sehr alt. Später war er hier Pfarrer geworden, als ob er sie verfolgte. Im Konfirmandenunterricht hatte er nach Schnaps gerochen. Vielleicht war sie in der Kirche deswegen so nervös gewesen. Schließlich trat er zu ihr mit dem Leib und Blut Christi, hob den Becher, und sie trank, er hob den Kelch noch ein wenig höher, und sie trank mehr, bis es nichts mehr zu trinken gab und der süße Wein ihren Kopf schwer machte. Der Pfarrer beugte sich vor, und sie nahm wieder den Schnapsgeruch wahr. Oder war es Wein oder ein Kelch oder Blut, sie wusste nicht mehr, wie man es nannte, und sie hörte ihn dicht an ihrem Ohr zischen: »Na, hast du alles ausgesoffen, du kleine Schlampe?«

Esaias Berg war auf dem Weg vom Pfarrhof zur Kirche. Es waren nur wenige Meter, und der Pfad war gut ausgetreten. Er hatte schon den Friedhof erreicht, eine schwarze Gestalt zwischen den Grabsteinen, nicht weit von Mutters Grab entfernt. Ihr Grab lag nah bei der Pforte zum Pfarrhof, etwas abseits von den anderen Gräbern.

Die Sonne stand jetzt tief. Der Pfarrer schlängelte sich zwischen ein paar Grabsteinen hindurch und entdeckte ihn. Sein Mantel bewegte sich wie im Wind, aber es ging kein Lüftchen. Die Abendbrise war an ihnen vorbeigezogen. Johan hatte Esaias Berg nie anders als in altmodischer und frommer Kleidung gesehen.

Der Pfarrer überquerte die Straße und blieb direkt vor der Bank stehen. Noch immer war er ein Schatten vor der Sonne. Sein Gesicht konnte Johan nicht erkennen.

Esaias setzte sich neben ihn und strich sich über die Glatze. Lange Zeit hatte er wie ein Mönch ausgesehen, seine Tonsur war weiß geworden, und schließlich waren ihm auch die letzten Haare ausgefallen.

»Das ist ja wohl einer der heißesten Sommer, den wir je hatten«, sagte er und knöpfte den Mantel am Hals auf. »Wer unter dieser Sonne arbeiten muss, hat ständig Durst.«

»Es ist keine Sünde, durstig zu sein«, sagte Johan. »Hast du kein Bier in der Sakristei?«

Er wusste, dass die Sakristei neben dem Chor nicht nur

der Umkleideraum des Pfarrers war, sondern auch der Ort, wo gottesdienstliche Geräte verwahrt wurden.

»In den Nachrichten haben sie gesagt, dass gestern bei uns der bisher heißeste Tag war. Unser Dorf hält mal wieder den Hitzerekord im ganzen Land.«

»Das habe ich nicht gehört.«

»Ich hatte gehofft, der Abend im heiligen Raum der Kirche würde Kühle bieten, und habe gestern noch spät gearbeitet, aber einmal mehr habe ich mich als Unwissender erwiesen.«

»Meinst du damit, dass du alles ausgetrunken hast?«

»Man kann sagen, es war nicht kühl genug. Gott zu dienen ist harte Arbeit«, sagte der Pfarrer und strich sich wieder über den Schädel.

Johan fiel ein Bierplakat ein, das er als Jugendlicher im Plumpsklo aufgehängt hatte. Darauf war ein durstiger Mann auf einer staubigen Straße abgebildet gewesen, der Ähnlichkeit mit Esaias hatte.

»Vielleicht sollte ich gerade dir nicht mit harter Arbeit kommen.« Esaias legte Johan eine Hand auf die Schulter. »Das war gedankenlos von mir.«

»Macht nichts. Ich bin es gewohnt.«

»Man darf sich nicht gewöhnen, mein Sohn.«

»Wenn ich Tiere hätte, hätte ich eine Aufgabe. Du hast deine Herde Schäfchen.«

»Sie wird immer kleiner.«

»Die wenigen, die noch übrig sind, müssen bald auf der Trage in den Gottesdienst gebracht werden. Der Fahrdienst macht gute Geschäfte.«

»Wenn du am Gottesdienst teilnehmen würdest, würde sich der Altersdurchschnitt erheblich senken. Du und Ann.«

»Sie wollen wir mal aus dem Spiel lassen, Esaias.«

»Aus welchem Spiel, Johan? Das ist kein Spiel.«

Sie hatte Esaias den Pfad vom Pfarrhof heraufkommen sehen. Weiche von mir, Satan! Das war ein Gedanke, den sie gar nicht hatte denken wollen.

Kurz nach Andreas' Unfall hatte sie von seiner Beerdigung geträumt. In ihrem Traum stand ein weißgekleideter Pfarrer vor dem Altar und hielt eine Predigt, die sie nicht verstehen konnte. Sie sah ihn nur ein einziges Mal an, da hob er die Arme und löste sich auf. Es war, als würde er auf sie zuschweben, ohne näher zu kommen. Der Sarg bewegte sich nicht.

Als sie wach wurde, umgab sie immer noch der Traum, und sie wünschte, der Sarg wäre von ihren Tränen weggeschwemmt worden, doch er war zu schwer, und es waren zu wenige da, die weinten. Sie wünschte, sie wäre eine andere, sie wünschte, ihnen wäre all das nicht passiert. Und sie schämte sich.

Es war kurz vor Sommeranfang gewesen, im Zimmer war es warm, sie verließ es kaum. Johan brachte ihr das Essen, das sie nicht anrührte.

Aber sie fuhr jeden Tag zum Krankenhaus. Die da am Steuer saß, war nicht sie. Es war eine andere, stärkere Ann. Vielleicht war sie es doch. Abends hörte sie die Schwalben, die hoch oben flogen, das Wetter war schön geworden, und es würde schön bleiben.

Das Brausen von der Landesstraße im Nordwesten drang bis zu ihnen, man konnte es aber nur hören, wenn man wusste, dass es da war, und wenn es so ruhig war wie jetzt. Bis zur Landesstraße war es weit, genau wie zur Eisenbahnlinie im Osten, sie war nur ein Signal in der Nacht, wenn die Züge zwischen den größeren Städten hin- und herrasten. Die neuen Lokomotivmotoren waren stärker und machten doch weniger Lärm. Ihre Geräusche waren wie ein lang andauerndes Geflüster. Allein die Güterzüge erinnerten an vergangene Zeiten mit ihren rasselnden Ketten, die im Fahrtwind schwangen und zerrten.

»Ich war da draußen.« Er wies mit dem Kopf über die Felder im Süden. Esaias schaute in die Richtung. Er sah den Wald hinter den Feldern, eine Art Mauer, die in der dünnen Luft flirrte, ein Trugbild und doch real. Auf dem Weg ins Dorf hatte der Sturm nicht so viele sichtbare Spuren hinterlassen. Im Dorf selbst gab es fast keine.

Johan fühlte sich plötzlich schwer, als wäre er auf der Bank festgewachsen. Er stand auf. »Ich bin heute da draußen gewesen.«

»Das ist gut, Johan.«

»Warum ist das gut?«

»Dort passiert etwas mit dir.«

»Was sollte passieren?«

»Das kannst nur du selber wissen.«

»Ich habe keine Ahnung.«

»Du weißt besser als jeder andere, um was es geht.«

Johan sah den Wald wie Glas aufblitzen, auch das nur ein Trugbild. Er drehte sich zu Esaias um. Das hässliche Gesicht dieses Pfaffen war schön geworden, nicht durch das Licht, es waren seine Augen.

»Du weißt es, Johan.«

»Ich geh nicht wieder an diesen verfluchten Ort.«

»Du kannst machen, was du willst.«

»Ich geh wieder hin.«

»In Ordnung.«

»Vielleicht werde ich nie aufhören hinzugehen. Immer wieder muss ich zu der Stelle.«

»Dann solltest du jedenfalls nicht allein gehen.«

»Ich weiß nicht recht.«

»Geh auf keinen Fall allein, Johan. Dieser Wald reicht bis zum Japanischen Meer, ein weiter Weg. Den kann man nicht allein gehen. Und wir brauchen dich hier.«

»Wozu bin ich denn nutze, ich bin kein Gemeindemitglied, ich bin ein Heide.«

»Du bist ein Mensch.«

»Hier wird sowieso alles verschwinden, Esaias. Der Wald wird sich alles zurückholen. Wer noch selber fahren kann, haut ab, und die anderen beauftragen den Fahrdienst. Dann verwildert die Landschaft, und bald sind unsere Spuren verwischt.«

»Es bleiben immer Spuren. Die Wikingergräber sind noch da, und die Kirche ist auch noch da. Die hat der Wald nicht genommen.«

»Warte noch mal tausend Jahre.«

»Ich glaube, so viel Kraft habe ich nicht, tausend Jahre zu warten, Johan. Ich will nicht warten, Warten bringt nichts Gutes.«

»Ich dachte, darauf läuft der Glaube hinaus. Auf Gottes Reich zu warten.«

»Gottes Reich ist hier, Johan.«

»Dann zeig's mir mal. Ich kann kein …«

Ein lauter Knall über ihren Köpfen unterbrach ihn. Sie schauten hinauf. Zwei Düsenjäger grollten lauter als tausend Landstraßen. Die Flugzeuge waren nicht mehr zu sehen, aber das Geräusch hing noch in der Luft, und die Kondensstreifen bildeten ein Kreuz am Himmel.

»Ich wusste gar nicht, dass Gott Pilot ist«, sagte Esaias.

»Und wer saß am Steuerknüppel von dem zweiten Flugzeug?«

»Es gibt nur eine Möglichkeit. Sein Sohn.«

»Vielleicht gibt es zwei Möglichkeiten.«

»Nein, nein. Du hast doch das Kreuz gesehen.«

»Vielleicht war es ein Kampf. Und jetzt ist das Kreuz weg.«

»Es ist nicht weg, es ist Gottes Symbol, das vom Himmel aufgesaugt wird. Und das bedeutet, es wird bis in alle Ewigkeit da sein.«

»Was für ein Symbol hat denn der Teufel, Esaias?«

»Er hat keins.«

»Das Hakenkreuz?«

»Nein, das ist Werk von Menschenhand.«

»Alles Böse ist also Werk von Menschenhand?«

»Ja.«

»Und alles Gute ist Gottes Werk?«

»Nein, Johan. Das ist auch Menschenwerk.«

»Wozu brauchen wir Gott dann?«

»Das ist genauso, als würdest du fragen, wozu brauchen wir Menschen.«

»Wozu brauchen wir Menschen, Esaias?«

»Wir sollen sie lieben«, antwortete der Pfarrer, und seine Augen waren immer noch schön.

Ihre Augen waren ihm gleich aufgefallen, als er sie zum ersten Mal sah, ein unvergesslicher Moment. Es war an einem kalten Maitag gewesen, doch ihr Blick war so warm, dass er am liebsten die lästigen Arbeitshandschuhe ausgezogen und seine Hände um ihr Gesicht gelegt hätte, aber das hatte er sich natürlich nicht getraut.

Im darauffolgenden Winter hatten sie auf dem zugefrorenen Forsadammen gestanden. Unter ihnen gluckerte das Wasser, dreißig Zentimeter Eis trennten sie vom Tod.

Er sah Anns Umrisse oben am Fenster, das Einzige, was ich jetzt erkenne. Ihre Augen sind im Dunkeln.

Sie blieb hinter der Gardine stehen. Um ihr nicht zu zeigen, dass er sie bemerkt hatte, wandte er sich wieder Esaias zu, der erneut über seine Glatze wischte. Der Ahorn spendete keinen Schatten mehr. Als die Sonne im Nordwesten über Malmbäck unterging, hatte sie kaum an Kraft verloren. Dort ging sie immer unter, und einmal, sie waren vielleicht zehn, elf Jahre alt gewesen, hatte Johan Börje überredet, nach Malmbäck zu radeln, und zwar so, dass sie genau in dem Moment dort ankamen, als die Sonne unterging. Es war Mai oder Juni gewesen. Sie fuhren die neunzehn Kilometer die Hügel hinauf, wobei sie ständig die Sonne im Auge behielten. Trotzdem war sie verschwunden, als sie den Marktplatz von Malmbäck erreichten. Sie konnte wer weiß wo in diesem verflixten Malmbäck stecken. »Wir müssen sie bei Klippa verpasst haben, als es bergab ging«, sagte Börje. »Wahrscheinlich sind wir zu spät losgefahren. Ich glaube, sie ist beim Fußballplatz.« Sie fuhren hin, aber der Platz war leer, dahinter nichts weiter als Wald und roter Himmel. Bald war es dunkel. Sie würden viel zu spät nach Hause kommen. Er hatte nichts zu befürchten, denn sein Vater war nicht da, aber Börje würde vielleicht eine Tracht Prügel beziehen. Er fragte ihn nicht. »Jetzt fahren wir nach Hause«, sagte Börje. Bei Ekelsjö kamen ihnen einige Autos entgegen. Da war es schon dunkel, und sie mussten mit ihren Fahrrädern in den Straßengraben, wenn die Scheinwerfer auftauchten.

Börje und er hatten in der Unterstufe nebeneinandergesessen und dann noch das halbe fünfte Schuljahr in der Stadt. Er musste Börje ziemlich oft im Unterricht helfen und manchmal auch bei den Hausaufgaben. »Ich bin jedenfalls der Beste von den Schlechtesten«, sagte Börje, wenn sie Klassenarbeiten zurückbekamen. Das war sein Ziel, der Beste von den Schlechtesten zu sein.

Johan hörte den Pfarrer etwas sagen.

»Was hast du gesagt, Esaias?«

»Du warst in Gedanken.«

»Das war ich wohl.«

»Eine Erinnerung an früher?«

»Woher weißt du das?«

»Die Vergangenheit ist oft präsent.«

»Gibt es etwas darüber hinaus?«

»Die Zukunft.«

»Das ist offenbar das Einzige, womit ihr Pfarrer euch beschäftigt, was?«

»Woran hast du gedacht, Johan?«, wiederholte Esaias.

»An Börje, als wir noch klein waren.«

»Börje? Börje Lind?«

»Ja.«

»Ihn habe ich schon lange nicht mehr gesehen. Habt ihr noch Kontakt?«

»Nein.«

»Als Kinder habt ihr dauernd zusammengesteckt. Ich habe euch oft auf euren Fahrrädern gesehen. Schon damals war ich viel hier, Richter war ja häufig krank. Ihr wart wie Brüder.«

Johan antwortete nicht.

»Ist später etwas passiert?«

»Nein, was sollte passiert sein?«

»Was macht er denn jetzt?«

»Wenn ich eine Frage stelle, antwortest du mit einer Gegenfrage, gehört sich das für einen Pfarrer?«

»Nur wenn er katholisch ist.«

»Ist es nicht genau andersherum?«

»Gut, du hast recht.«

»Er hat eine Weile bei Lulles gearbeitet. Ich glaube, er war für die Leberpastete zuständig. Dann ist er weggezogen. Schon vor langer Zeit. Keine Ahnung, was aus ihm geworden ist. Ich habe nichts mehr von ihm gehört.«

Er stand auf. Esaias erhob sich ebenfalls. Johan war nicht gerade klein, aber der Pfarrer überragte ihn um einen halben Kopf, ein Turm, der die Sonne verdeckte, die jetzt irgendwo hinter Malmbäck fast untergegangen war.

Von der Stelle, wo er stand, konnte Johan die alte Schule sehen, in der er und Börje über ihren Schreibheften gesessen hatten. Die Lehrerin in der Unterstufe war nett gewesen, aber in der Vierten hatten sie einen strengen Lehrer bekommen. Vor jeder Stunde musste sich die Klasse in zwei kurzen Reihen vor dem Klassenzimmer aufstellen. Bevor sie hineingehen durften, verlangte der Lehrer absolute Ruhe. Einige Mädchen kicherten jedoch immer, und sie kamen kaum zu einer einzigen Stunde hinein. Eigentlich hätten sie das Schuljahr wiederholen müssen, aber im nächsten Jahr gab es keine Schule mehr im Ort, in der sie die Klasse hätten wiederholen können. An einem Vormittag im Dezember hatte jemand einen großen Schneeball in den Flur gelegt. Der Lehrer kommandierte die Klasse in Habtachtstellung und fragte mit lauter Stimme, wer das Verbrechen begangen habe. Johan wusste es nicht, und niemand gestand die Tat. Der Lehrer begann zu brüllen, dass es im ganzen Gebäude widerhallte. Niemand trat aus der Reihe. Unterdessen fing der Schneeball an zu schmelzen. Johan musste immer wieder hinschauen. Der Ball wurde kleiner und kleiner. Johan hörte den Lehrer schreien, aber er hörte nicht hin, es war wie ein abebbendes Echo. Dann war der Schnee weg, und auf dem Steinboden war nur noch ein nasser Fleck. Wenn der getrocknet war, waren alle Beweise verschwunden.

An den Namen des Lehrers konnte er sich nicht erinnern.

Heute war die Schule zu einem Wohnhaus umgebaut, zwei Einzimmer-, zwei Zweizimmerwohnungen und eine Vierzimmerwohnung, das einzige Mietshaus des Dorfes. Zwei der Wohnungen standen leer. Das Gebäude gehörte einem Unternehmen in Blekinge. Patrik aus Drageryd mähte den Rasen auf dem großen Grundstück. Die Torlatten standen noch da wie eine morsche Erinnerung. Auch der Fußballplatz hinter dem Gebäude war noch da. Jetzt sah Johan einen 245er Volvo durch das Tor rollen und nach Osten in Richtung Forsa abbiegen. Ruben war unterwegs zu neuen Fischgründen. Mitten auf dem Rasen stand die nackte Fahnenstange. Dort wurde halbmast gehisst, wenn im Dorf jemand begraben wurde.

Er schaute wieder zum Fenster hinauf, aber Anns Silhouette war verschwunden. Das musste nicht bedeuten, dass sie das Zimmer verlassen hatte. Sie konnte sich auch ein paar Schritte zurückgezogen haben.

Ein weiteres Auto verließ den Parkplatz bei der ehemaligen Schule. Er kannte es nicht. Auf dem Feld hinter dem Fußballplatz fuhr ein Traktor hin und her. In der Vierten hatte er sich in einer Pause beim Fußballspielen an der linken Hand verletzt, als er in einen Gegner grätschte, um den Ball wegzuspitzeln. Dabei hatte er sich die Hand verstaucht, die unglücklich unter seinen Körper geraten war. Einige Stunden später sollten sie eine Arbeit schreiben. Sein Handgelenk tat so weh, dass er es kaum bewegen und keinen Stift halten konnte. Er erzählte es dem Lehrer. Es war die Art Arbeit, bei der verschiedene Alternativen anzukreuzen oder ein Satz zu unterstreichen war. Mit der verstauchten Hand unmöglich. Vielleicht war es eine Erdkundearbeit gewesen. In Erdkunde war er gut. »Komm nach vorn und setz dich neben mich«, sagte der Lehrer und schlug ihm vor, auf die Antworten zu zeigen, die er für richtig hielt. Dann würde er sie für ihn ankreuzen oder entsprechend einen Strich ziehen.

Der Lehrer, den Johan noch nie hatte lächeln sehen, saß ganz nah neben ihm, Bein an Bein. Er hatte das Gefühl, zu nah. Johan zeigte auf die richtige Antwort, der Lehrer machte ein Kreuz, und da spürte er die Hand des Lehrers auf seinem Schenkel. Der Lehrer ließ den Stift zur nächsten Frage gleiten, und Johan nickte wieder. Er hatte das Gefühl, als hätte er einen Kloß im Hals. Die Hand des Lehrers bewegte sich hin und her, dann zog er sie zurück und lächelte Johan an. Danach war nur noch eine Frage übrig.

»Bonn«, sagte er und wies mit dem Kopf auf die Schule. »Die letzte Frage war, in welchem Land Bonn Hauptstadt ist.«

»Wovon redest du, Johan?«

»Wir hatten eine Klassenarbeit in Geographie, und die letzte Frage galt Deutschlands Hauptstadt. Ich tippte auf Bonn, und das war richtig.«

»Jetzt ist es Berlin«, sagte Esaias. »Berlin war auch vor dem Krieg Deutschlands Hauptstadt.«

»Kannst du dich an den Krieg erinnern?«

»Bei Kriegsende war ich sechs Jahre alt. Ein wenig erinnere ich mich, wie es uns in diesem Land ging.«

»Hattest du Angst?«

»Ich hatte Angst vor Bomben und dass der Krieg zu uns kommen könnte. Aber ich war ja ein kleiner Junge und fand es vermutlich gleichzeitig spannend.«

»Der Krieg war spannend?«

»Das muss ich wohl zugeben. Ich war ein Kind mit einer lebhaften Phantasie.«

»Du hättest Militärpfarrer werden sollen.«

»So weit hat meine Phantasie dann doch nicht gereicht.«

Die Sonne war jetzt fast verschwunden, und die Schule lag im Schatten. Langsam ging er auf das Haus zu. Ann stand einige Schritte vom Fenster entfernt, das konnte er nun erkennen.

Wundertüte

Die Landstraße war in einer schnurgeraden Linie dort angelegt worden, wo sich früher der alte Weg von Dorf zu Dorf geschlängelt hatte. Zu jener Zeit erreichte man kaum sein Ziel, und vielleicht war das auch so beabsichtigt gewesen. Hinter Komstad mündete sie beim Stoppschild in die asphaltierte Landstraße.

Sie fuhr nach Vrigstad und parkte auf dem Marktplatz. Wie oft habe ich auf diesem Platz gesessen? Meine ganze Jugend, etwas anderes gab es nicht zu tun.

Sie betrachtete das Haus, in dem ihre Eltern ein Café betrieben hatten. Es war der einzige Ort gewesen, wo sie hätte hingehen können, als sie jung war, aber natürlich konnte sie nie hingehen. Stattdessen hatten sie in Dicks Auto gesessen und ein Geschraddel gehört, das älter war als sie. Die Musik war Anfang der sechziger Jahre in den Ort gekommen, und es gab sie noch zu ihrer Zeit, genau wie es die Autos noch gab und die Jungen und Mädchen hinter den Windschutzscheiben, es war wie in einem amerikanischen Nest aus einem Film von vor dreißig Jahren. Sie hatte einige dieser Filme gesehen, sich aber nicht darin heimisch gefühlt. Sie hatte sich nirgends zu Hause gefühlt. Manchmal unternahmen sie eine Spritztour, aber sie waren immer dieselbe Strecke gefahren, Stockaryd–Sävsjö–Vrigstad, es war wie eine Rundfahrt ohne Anfang und Ende gewesen. Nichts hatte sich verändert, wenn sie zum wiederholten Mal durch Stockaryd fuhren oder das übernächste Mal, und jetzt war sie schon seit mindestens zwanzig Jahren nicht mehr in Stockaryd gewesen. Irgendwo hatte sie gelesen, dass der Lebensmittelladen dichtgemacht hatte.

Ihr Handy klingelte.

»Was ist los? Einfach so wegzufahren. Wo bist du?«

»In Vrigstad.«

»Was willst du da?«

»Ich weiß es nicht. Ist doch egal.«

»Ich mache mir Sorgen.«

»Weißt du, wie lange es her ist, dass ich einmal weggekommen bin, einfach nur so?«

»Ja«, sagte er. In seiner Stimme war ein Kratzen, als würde ihm jemand die Luft abschnüren. »Ich weiß es, Ann.«

»Ich bin bald wieder da«, sagte sie. »Schließlich musste ich genau wie du einmal abhauen.«

»Wir können es zusammen machen.«

»Zusammen was? Zusammen abhauen?«

»Wir können alles zusammen machen.«

Alle beide, dachte sie. Alle drei.

»Ich bin bald wieder zu Hause.« Sie drückte auf Beenden und steckte das Handy in die Jeanstasche. Jetzt war sie nervös, nervöser als vorher. In ihrem Kopf brauste es. Johans Anruf war wie aus einer fernen Welt gewesen, der sie für eine Stunde hatte entfliehen können. Als wäre ihr die Welt ihrer Erinnerungen fremd geworden.

Johan hörte ein Auto auf den Hof fahren. Die meisten Autos aus den umliegenden Dörfern erkannte er an ihren Motorgeräuschen. Dieses Auto kam aus Kristnarp. Er ging nach draußen. Magnus Hjelm war schon aus seinem Pick-up gestiegen. Er entfernte sich selten mehr als drei Meter von seinem Wagen. Immer transportierte er etwas auf der Ladefläche, Kies, Holz, Geräte, Ziegel, Tierkadaver. Diesmal schien es ein Baugerüst zu sein.

»Heiß heute, Johan. Was machst du?«

»Nicht viel, warte auf die Saison.«

»Aha, ja also, ich wollte dich was fragen. Das Heimatmuseum braucht frische Farbe, weißt du sicher. Der Anstrich ist längst überfällig. Aber jetzt wird es Zeit, wegen der Saison.«

»Kannst du nicht wieder die Deutschen bitten?«

»Geh mir weg, das letzte Mal hat mir gereicht.«

Das letzte Mal war im vergangenen Sommer gewesen. Das ehemalige Heimatmuseum war seit Jahren an drei deutsche Familien vermietet, die jeden August von weit her aus der Hansestadt Bremen oder Umgebung angereist kamen mit den Autokennzeichen HB, jemand hatte Johan aufgeklärt, was das bedeutete, vielleicht Magnus selber. Im letzten Sommer hatten die Deutschen gefragt, ob sie die Scheune neu streichen dürften, und Magnus hatte zugestimmt. Als sie fertig waren, hatte die Scheune weiße Wände und türkisfarbene Tore und leuchtete wie eine Sahnetorte. »Ich hab gedacht, das ist die Grundierung«, hatte Magnus gesagt.

»Die Deutschen mögen eben andere Farben als wir«, sagte Johan. »Was ist daran so schlimm? Bei uns ist doch alles nur rot und weiß.«

»Zu viele Farben verwirren.«

»In diesem Land gibt es zu wenig Farben.«

»Und warum zieht es die Deutschen dann zu uns?«

»Es geht nicht um die Farben«, sagte Johan. »Sie kommen, weil sie sich hier im Wald bewegen können, ohne vom Grundbesitzer erschossen zu werden.«

»Geht es bei denen so zu? Werden die erschossen?«

»Auf jeden Fall gehen sie das Risiko ein. Es ist wie in Amerika. Da gibt's nicht mehr Natur als den Flecken, der für die Allgemeinheit reserviert ist und wo sich schon Zehntausende drängeln.«

»Bist du mal dort gewesen?«

»Wo gewesen?«

»In Deutschland.«

»Nein, nie.«

»Hast du mit den Deutschen geredet?«

»Kannst du mir mal sagen, wie das gehen soll?«

Niemand aus dem Dorf hatte eigentlich mit den Deutschen geredet, nicht einmal Magnus, die Miete landete im Briefkasten. Irgendjemand musste aber mit ihnen gesprochen haben, vor vielen Jahren, als sie das Haus zum ersten Mal gemietet hatten, wahrscheinlich Esaias, der Vorsitzender des Ortsvereins war.

»Ich war nicht häufig im Ausland«, sagte Johan.

»Ich auch nicht. Das lohnt sich doch nicht.«

»Wieso?«

»Was gibt es dort, was ich nicht auch hier habe?«, sagte Magnus.

»Das kannst du doch erst wissen, wenn du dort warst, oder?«

»Ich finde, der Mensch sollte sein Heimatdorf nicht verlassen, wenn er nicht unbedingt muss. Das ist gegen seine Natur. Erst in den vergangenen vierzig Jahren haben die Leute angefangen, zu ihrem Vergnügen zu reisen, Charterreisen. Aber was ist das für ein bescheuertes Vergnügen?«

»Das weißt du ebenso wenig wie ich, Magnus.«

»Willst du den Job?«

»Den Job? Das Heimatmuseum streichen? Wann soll's gemacht sein?«

»Hast du was anderes zu tun?«

Johan antwortete nicht. Die Antwort war ja so klar wie die Luft, die sie atmeten, und wie der blaue Himmel in diesem Sommer. Und die Blaubeeren. Er hatte seine Stellen, wo er pflückte, vor allen Dingen bei Hylte, das brachte jede Saison ein paar Tausender. Aber dieser Sommer war zu trocken für die Beeren. Und der Rücken machte auch nicht mehr recht mit, noch mehrere Wochen nach Saisonende hatte er Rückenschmerzen. Pilze zu sammeln war leichter, die Bewegungen waren weniger mechanisch. Aber selbst die Pilze verkümmerten wahrscheinlich in der Hitze.

Blieb ihm also nichts weiter übrig, als das Ferienhaus der Deutschen ochsenblutrot anzustreichen. Er musste Esaias bitten, ein Schild zu beschriften, damit die Deutschen sich nicht gegen die Wände lehnten. Vielleicht würde er das sogar allein hinkriegen, *Achtung* reichte schon, das konnte er auf Deutsch, das konnte jeder. Der Elch heute Morgen im Wald hatte Deutsch gesprochen. Daran erinnerte er sich. Vielleicht war er auf dem besten Weg, wirklich verrückt zu werden. Trauer stellt Sonderbares mit den Menschen an. Vorweggenommene Trauer. Mit ihm geschahen merkwürdige Dinge. Letzte Woche war er in Richtung Femtinge gegangen und hatte wilde Erdbeeren gefunden, eine Stelle, die er noch nie bemerkt hatte, direkt an einem Privatweg. Hundert Meter zog sie sich hin. Er hatte alle abgepflückt und Stunden dafür gebraucht. Mit fünf Litern wilden Erdbeeren in seiner Jacke war er heimgekommen. Er hatte sie ausgezogen und als Beutel benutzt. Fünf Liter sind ein Weltrekord. Ann war bei Andreas, als er ins Haus kam. Er hatte nicht eine einzige Beere gegessen und wusste nicht, was er mit ihnen anfangen sollte, kippte sie in einen Eimer und stellte ihn vor die Anschlagtafel beim Gemeindehaus, versehen mit einem Stück Pappe, auf das er BITTE SEHR geschrieben hatte. Es war Donnerstag gewesen, und um Viertel nach vier würde der Bibliotheksbus aus Nässjö eintreffen. Dann kamen hier einige Kinder aus den umliegenden Dörfern zusammen. Am Abend war der Eimer verschwunden. Ann erzählte er nichts davon. An der Anschlagstafel hing ein Stück Pappe, seine Pappe, mit einem DANKE! auf der Rückseite.

Der Marktplatz war kleiner, als sie ihn in Erinnerung hatte. Es war der neue Platz. In ihrer Kindheit hatte der jährliche Markttag bei der Stockarydkreuzung stattgefunden. Die Leute behaupteten, dort sei schon seit dem Mittelalter Markthandel getrieben worden. Wie lang waren dreizehn Kilometer im Mittelalter? Das war die Strecke von hier bis nach Hause ins Dorf. Vielleicht so lang wie heute dreißig Meilen?

Jetzt wurde zweimal im Jahr Markttag abgehalten. Dann belebte sich der Ort. Seit Jahren war sie nicht mehr auf einem Markt gewesen. Für ihre Eltern waren das große Tage gewesen, an denen sie die Konditorei immer mal wieder für eine halbe Stunde schließen mussten, um bei dem Ansturm mit dem Servieren nachkommen zu können. Die Schlange vor dem Lokal reichte bis hinunter zum Eisenwarenladen. Sie musste helfen und Moa auch. Es hatte ihnen Spaß gemacht. Die Tage vergingen so schnell. Sie hatte immer erst kurz vor Schluss über den Markt gehen können, und da war es fast zu spät, denn die Marktleute fingen schon an, ihre Stände abzubauen. Aber das war sogar von Vorteil. Dann waren nicht mehr so viele Besucher da, und sie bekam manches etwas billiger. Die Händler hatten es eilig wegzukommen, zum nächsten Ort, in dem am nächsten Tag Markt stattfand. Im Sommer war immer irgendwo Markt.

Als Erstes kaufte sie sich jedes Mal eine Wundertüte, auf jedem Markt, in jedem Jahr, so lange, bis die Wundertüten von den Märkten verschwanden. Eines Tages waren Johan und Andreas von einem Marktbesuch nach Hause gekommen und hatten erzählt, dass es keine Wundertüten mehr gebe. Sie war traurig gewesen, als hätte ihr jemand etwas Kostbares genommen. Andreas war ebenfalls traurig gewesen, er hatte angefangen, Wundertüten zu sammeln, nachdem sie ihm ihre alte Sammlung geschenkt hatte, nur die leeren Tüten und gar nicht so viele, wie sie geglaubt hatte. Die Sachen, die sie einmal enthalten hatten, waren verschwunden. Andreas regte sich mit seiner hohen Stimme über die blöden Händler auf, die keine Wunder mehr verkauften. Wunder hatten nicht viel gekostet. Hätten sie nicht weitermachen können?

Auf der gegenüberliegenden Seite des Marktplatzes war ein Lastwagenanhänger abgestellt. Zwischen ihr und dem Anhänger gähnte der Platz leer. Plötzlich fühlte sie sich sehr allein, als wollte der Anhänger ihr etwas sagen. Man sollte nicht an einen Ort zurückkehren, der einem vor langer Zeit etwas bedeutet hatte. Sie wusste nicht, woher dieser Gedanke kam. Sie verstand nicht viel vom Sinn des Lebens, doch hatte sie sich offenbar früher etwas vorgemacht. Das Leben war nur eine einzige Aneinanderreihung von Zufällen, so wie die Buden, die eine neben der anderen auf dem alten Marktplatz standen, in denen die Wahrsagerinnen den Leuten etwas aus den Lebenslinien der Hand vorgelogen hatten. Sie hat sich nie wahrsagen lassen. Moa hatte es getan, die Wahrsagerin hatte ihr ein langes Leben prophezeit. Bevor sie sich kannten, hatte Johan sich einmal aus der Hand lesen lassen, ihr jedoch nicht erzählt, was die Wahrsagerin ihm vorausgesagt hatte, und sie hatte nie gefragt.

Hat nur der Tod einen Sinn? Ist er der Sinn des Lebens? Ist Leben nur Urlaub vom Tod?

Sie war zum Marktplatz zurückgegangen, ohne es zu merken, und dort kam ihr eine Frau entgegen, die sie kannte. Zum Umkehren war es zu spät.

»Ann!«

»Hallo, Berit.«

»Lange nicht gesehen.«

»Stimmt.«

»Du willst wohl jemanden besuchen?«

»Nicht, dass ich … wüsste.«

»Möchtest du ... Wollen wir zu mir nach Hause gehen und ... eine Tasse Kaffee trinken?«

»Nein danke.«

»Ich habe ... Ich weiß nicht, was ich ... Ich habe an dich gedacht. An euch.«

»Danke.«

»Es ... Ich konnte einfach nicht anrufen, nach ... Und dann ... Die Zeit ...«

»Ja, die vergeht. Du brauchst dich nicht zu entschuldigen, Berit. Es gibt keinen Grund, dich zu entschuldigen.«

»Wie geht es dir? Wie ...?«

»Ich weiß es nicht. Ich weiß es wirklich nicht.«

Einige Leute blieben vor dem Laden stehen. Ann erkannte sie, und die Leute erkannten sie. Sie musste weg, bevor Schuldgefühle und Mitgefühl sie ganz erdrückten. Schon spürte sie eine stechende Übelkeit.

Rasch ging sie zum Auto. Hinter ihr sagte Berit etwas, aber sie verstand es nicht.

Sie fuhr vom Platz, und jemand vor dem Laden hob die Hand. Sie grüßte nicht zurück. Beim alten Marktgelände bog sie nach rechts ab, noch vor einer Sekunde hatte sie geradeaus fahren wollen, jetzt war sie auf dem Weg nach Stockaryd, auf der alten Piste der Halbstarken. Zum ersten Mal seit zwanzig Jahren. Olofssons Sägewerk rechter Hand gab es noch, jedenfalls die Bretter. Sie hatte Dick einmal begleitet, als er Leisten für seinen Vater besorgen wollte. Es war Mai gewesen und kalt. Dick hatte die Fenster des Caravan heruntergelassen und gesagt, als Nächstes würde er sich ein Cabriolet kaufen. Sie hatte nicht zugehört, konnte sich aber trotzdem erinnern.

An dem Tag hatte sie Johan kennengelernt. Es war sein zweiter Arbeitstag im Sägewerk gewesen. Später stellten sie fest, dass sie früher gleichzeitig verschiedene Festplätze der Umgebung besucht hatten. Johan hatte gerade Bohlen mit einem Zollstock gemessen, als sie mit Dick bei den Bretterstapeln ankam, und ging dann weg, um die Leisten zu holen, die Dick verlangt hatte.

Als er mit den Latten auf der Schulter zurückkam, verhedderten sich seine Füße, und er setzte sich in Sekundenschnelle – peng! – auf die Erde! Wie in einem Chaplin-Film, und sie hatte so gelacht, dass sie fast selber umgefallen wäre, sie bekam Bauchschmerzen vor Lachen, aber sie konnte nicht aufhören, und Dick konnte nicht aufhören. Es war ganz unmöglich, da sich der tollpatschigste Junge der Welt gerade hochrappelte, einen Schritt machte und wieder umfiel, er fiel wieder hin! Und sie hörte sich selber sagen: »Ich steeeerbe!«, als sie nach Luft schnappte. »Ich steeeerbe!«

Sie sah ihren Mund im Rückspiegel, sah ein Lächeln mitten in der Erinnerung. Gerade kam sie an der alten Torffabrik vorbei, die anscheinend immer noch in Betrieb war, ein Relikt aus der alten Welt. Das Moor gab es seit tausend Jahren, es zog sich hin bis Hjärtlanda, das sie passieren würde, wenn sie Stockaryd hinter sich ließ und dann der alten Piste folgte, die sie in einem anderen Leben tausendmal gefahren war. Zwei und eine halbe Meile, das war für die meisten Menschen die Lebenslinie.

Das alte Heimatmuseum brauchte noch lange keinen Neuanstrich, und Johan brauchte keine Wohltätigkeit. Barmherzigkeit vielleicht, aber sonst nichts. Er kehrte zu seinem Hof zurück. In seiner Kindheit hatte es hier noch keine Deutschen gegeben, niemandem im ganzen Kirchspiel war jemals ein Deutscher begegnet. Jetzt verbreiteten sie sich wie Läuse, wie Oskar Näver aus Hjälmseryd zu sagen pflegte. Was wusste Oskar schon davon! In Hjälmseryd wohnten gar keine Deutschen, und bei der Elchjagd traf Oskar auch keine. Erzählte jemand den Deutschen, wann die Elchjagd stattfand? Im Oktober waren sie doch gar nicht mehr hier. Sie kamen nur im Sommer. Ihre Namen standen auf dem Briefkasten an der Landstraße. Schubert, Hoffmann, Giesecke. Bekamen sie Post aus Deutschland? Vermutlich. Zeitungen. Würstchen vielleicht oder Bier. Konnte man Bier per Post bestellen? Sie waren ja jetzt in der EU und all das. Internet, man konnte sich alles bestellen. Aussaat, Opium, Dreschflegel, Porzellan aus Polen. Die Briefträger hatten mehr zu schleppen denn je, und je mehr Post es gab, umso weniger Briefträger gab es. Er könnte Esaias nach dem Bier fragen, aber das würde er sich verkneifen. Eine idiotische Frage. Ein idiotischer Beruf.

Dazu tauge ich also gerade noch. Wer um halb sechs aufsteht und zur Arbeit fährt, braucht nicht darüber nachzudenken, ob er ein Idiot ist oder nicht. Dafür hat man gar keine Kraft mehr. Ann hatte auch keine Kraft mehr. Nicht für ihn und nicht für sich selber. Wenn er in der Nähe war, fiel es ihr offensichtlich immer schwerer, den Anschein aufrechtzuerhalten. Als ich sie das erste Mal gesehen habe, trug sie ein blaues Kleid. Sie hat sich vor Lachen fast den Kiefer ausgerenkt. Und ich war kurz davor, den grinsenden Blödmann niederzuschlagen, den sie bei sich hatte. Aber das wäre vermutlich noch alberner gewesen, außerdem war fraglich, ob das gut ausgegangen wäre. Damals glaubte ich jedenfalls, ich hätte sie das erste und letzte Mal gesehen. Sie hielt eine Hand aus dem Fenster und winkte, als sie mit den Latten abfuhren, die wie gebrochene Masten eines Schiffswracks aus dem Rückfenster ragten. Der verdammte Caravan von dem Kerl sah aus wie ein verdammtes Hangarfahrzeug. Ein paar Tage später kam Ann wieder, allein, wartete bis Arbeitsschluss draußen vor der Ausfahrt. Ich bog mit meinem Motorrad auf die Landstraße ein, und dort stand sie. Sie fuhr mit mir nach Hause. Ich gab ihr meinen Helm. Es war das erste Mal, dass sie ins Dorf kam. »Hier ist es schön«, sagte sie. »Das können nur andere sehen«, sagte ich, »selber wird man blind für schön und hässlich.« Ich fragte sie, ob sie glaubte, ich sei immer so ein Tollpatsch, und sie antwortete, ja. Da wusste ich, dass wir ein Paar werden würden.

Hundert Meter vor sich sah sie einen Elch die Straße überqueren. Sie fuhr nicht schnell. Die meisten fuhren zu schnell auf den Nebenstrecken, als gäbe es gar kein Wild. Als sehnten sie sich nach dem Tod. So war es wohl, auch wenn es ihnen nicht bewusst war. Auf diesen kleinen Straßen ereigneten sich viele Unfälle.

Als sie den Wildwechsel passierte, war der Elch in den hohen Büschen am Straßenrand verschwunden, der erste Elch, den sie seit einem halben Jahr zu Gesicht bekam. Wer sich nicht in der Natur bewegt, sieht keine Elche.

Sie kam an Asekrysset vorbei.

Ich habe den Schrei nicht gehört, dachte sie. Hätte ich ihn gehört, wenn ich in der Nähe gewesen wäre, als es geschah? Wenn er überhaupt geschrien hat. Nein, dazu hatte er gar keine Zeit. Es muss schnell gegangen sein, sie sagen, so etwas geschieht innerhalb von Sekunden. Einer Sekunde, dem Bruchteil einer Sekunde. Kein Mensch kann im Bruchteil einer Sekunde etwas denken. Andreas hatte keine Zeit, Angst zu haben. Dann ist es nicht so furchtbar, nicht für ihn, nur für uns.

Auf dem Weg zu den Briefkästen sah Johan sie vorbeifahren, sie bemerkte ihn nicht und bog bei der Kirche ab. Er las wieder einen Namen auf einem der Briefkästen, Schubert. So hieß ein Komponist. Hoffmann kam ihm auch bekannt vor. *Hoffmanns Erzählungen.* War das eine Operette?

Er hatte durch eins der Fenster gespäht. An einer Wand hing ein Elchkopf. Hatte der da schon immer gehangen? Oder waren die Deutschen auch vom Elchfieber gepackt? Hatten sie jemals einen Elch gesehen? Wussten sie, wo im Wald sie suchen mussten?

Wer weiß, wohin man gehen muss, sieht immer einen

Elch im Wald. Er stellte sich einen kleinen Trupp Deutscher vor, die darauf warteten, dass er ihnen die richtige Stelle zeigte, die nur er kannte. Und dort erschien der Elch, als hätte er einen Vertrag unterschrieben, aufzutreten, wenn es so weit war.

Ultrarapid

Sie hatte lange gewartet und die Hoffnung fast schon aufgegeben. Als sie schließlich bereit war zu glauben, der Sinn ihres Lebens sei nicht, ein Kind zu gebären, wurde sie schwanger. Es war eine umwerfende Nachricht. Sie hatte sich wie berauscht gefühlt. So musste sich ein Rausch anfühlen für jemanden, der lange keinen Tropfen Alkohol getrunken hatte wie sie, jedenfalls nicht mehr seit ihren wilden Jugendjahren.

Sie brachte Andreas einen Tag nach ihrem fünfunddreißigsten Geburtstag zur Welt. Nur eine halbe Stunde trennte sie, nicht einmal das. Vielleicht war es ein Zeichen für irgendetwas, oder es bedeutete einfach nur, dass sie ihre Geburtstage zusammenlegen sollten. An seinem fünften Geburtstag sagte Andreas, bald werde er älter sein als sie. Ihr kam es damals so vor, als wäre er es schon. Er war klüger als alle Menschen, die ihr je begegnet waren. Er betrachtete die Welt mit einem Blick, den sie noch nie bei jemandem wahrgenommen hatte. Als wäre er schon einmal hier gewesen. Wie jemand, der mehr über das Leben wusste als sie oder Johan oder irgendjemand sonst, den sie kannten. Dachten Mütter immer so? Sie sprach mit niemandem darüber, das hätte wohl etwas befremdlich gewirkt. Nicht einmal mit Johan sprach sie darüber.

Und Andreas fürchtete sich nicht vorm Wald. Das war sofort klar gewesen, als sie ihn das erste Mal zum Beerenpflücken und Pilzesuchen mitgenommen hatte. Er betrachtete die Bäume wie alte Bekannte und fand sich zwischen ihnen zurecht, als hätte seine Wiege im Wald gestanden.

Im Vorbeifahren hatte sie Johan zum Briefkasten der Deutschen gehen sehen, hatte jedoch nicht angehalten. Sie war auf dem Weg nach Hause, ein leeres Zuhause. Solange Andreas noch bei ihnen gelebt hatte, waren sie nie allein gewesen. Sie und Johan waren einander nicht mehr genug. Oder sie genügten gerade einmal sich selbst, nein, nicht einmal sich selbst. Jetzt war er beim Feind gewesen. Da draußen beim Feind.

Sie hatte das Gefühl, als würden sie belagert, als wollte ihnen jemand übel.

Nicht ein einziger Baum hat es gut mit uns gemeint. Sie hätten alle umfallen können. Sie waren selbst dann noch gefährlich, wenn sie schon gefallen waren.

Wie oft hatten sie ihm das gesagt, nach dem Sturm? Hunderte Male. »Da draußen ist es nicht sicher, auch wenn der Sturm vorbei ist.« Die Windbrüche waren lebensgefährlich. Unter der Spannung ihres Gewichts lagen die Stämme auf den aus dem Erdreich gerissenen Wurzeln. Man brauchte nur ein paar Zweige zu berühren, und der umgebrochene Baum konnte wieder hochschnellen. Sich erheben wie aus dem Grab, dachte sie. Sie bringen den Tod. Der Tod nimmt keine Rücksicht. Wenn ich nur an dich glauben könnte, Gott. Jetzt bräuchte ich einen Glauben. Ich weiß nicht, ob ich es ertrage, den Tod eines Menschen abzuwarten. Dieses Leben ist nicht für alle gemacht.

Sie hatte ihn nicht hereinkommen gehört, plötzlich sprach er mit ihr.

»Ich dachte, du bist im Krankenhaus«, sagte er.

»Ich bin früher gegangen.«

»Vielleicht fahre ich heute Abend hin.«

»Ist gut.«

»Ann …«

»Ja?«

»Bist du mir böse, weil ich zu der Stelle gegangen bin?«

»Ich weiß es nicht«, antwortete sie. »Ich weiß es noch nicht. Nein, natürlich bin ich dir deswegen nicht böse.«

»Wir gehen zusammen hin. Sobald du willst.«

Draußen senkte sich der Abend. Bald würden alle Farben ausgelöscht sein. Es ist die schönste Zeit des Tages, dachte sie, wenn die Farben verlöschen, die Zeit nach der Abendbrise. Erst dann kommt die Dunkelheit.

Der Sturm hatte eine der Birken auf der Wiese gefällt, aber nur die eine. Mehr war auf dem Hof nicht passiert, die Birke und einige Dachpfannen, und der Stromausfall natürlich, zwei Wochen lang. Draußen war es ziemlich kalt gewesen, aber sie hatten ja den Holzofen und das Notstromaggregat. Andreas las beim Licht der Petroleumlampe.

Wenn es dunkel ist, dann ist es wirklich dunkel, hatte Johan gedacht. Mit der Dunkelheit haben die Wikinger gelebt, nur kälter war es als im Heiligen Land. Im Winter müssen sie gefroren haben. Der einzige Ort, an dem es ein wenig warm war, das war die Kirche, als sie schließlich erbaut wurde. Wenn es ihnen zu kalt war, gingen die Leute in die Kirche, die eine Art Haus des Volkes wurde, selbst die Heiden gingen hin, um sich aufzuwärmen. Sie feierten Feste in der Kirche, tanzten, tranken Met. Der Pfarrer protestierte, hatte aber nichts zu sagen. Esaias hätte nicht protestiert, wenn er damals gelebt hätte. Er hätte mitgetrunken, und vielleicht hätte er auch getanzt. Die Sache mit der Kirche als Haus des Volkes hatte er von ihm. Einmal hat er Andreas einen Scherz gezeigt, den sich die Maurer vor tausend Jahren beim Bau der Kirche erlaubt hatten, ein Wandbild im Mauerwerk, das einen Hintern darstellte, der jemandem, der angewidert den

Mund verzieht, direkt ins Gesicht furzt. Das Bild befand sich hinter dem Chor, wenn man die Stelle nicht kannte, konnte man es zwischen all den Engeln und Blumen kaum finden. »Esaias hat gelacht, als er es mir zeigte«, hatte Andreas erzählt, man dürfe in der Kirche ruhig furzen. Fluchen war schlimmer, aber ein großes Risiko war es auch nicht. »Und da siehst du einen Elch«, hatte Esaias gesagt, »da oben ist ein Elch.«

Seinen geheimen Ort hatte Andreas vermutlich verloren gegeben. Die vertrauten Bäume waren nicht mehr da. Natürlich hatte er die Waldmaschinen und Motorsägen gehört, die rund um die Uhr dröhnten wie ein Motocross-Rennen. Er hatte die Holzlaster gesehen, Hunderte, auch sie fuhren rund um die Uhr auf der Landstraße vorbei. Weiter südlich gab es kaum noch Wald, nur noch offene Wildnis. Bei ihnen war es nicht ganz so schlimm, aber der Wald würde nie mehr derselbe sein.

Sein geheimer Ort war zerstört, aber bis zu ihm waren sie noch nicht mit ihren Motorsägen vorgedrungen. Er war noch immer der einzige Mensch, der diese Stelle kannte.

Johan hatte dort gestanden, wo das Baumhaus gewesen sein musste, und hatte hinaufgeschaut. Hier gab es nun mehr Himmel als vor dem Sturm. Auch Andreas hatte hinaufgeschaut und denselben Himmel gesehen, der nur dunkler gewesen und dann schwarz geworden war. Er hatte sich gegen einen dünnen Stamm gelehnt. So musste es passiert sein. Er hatte den Stamm am Ellenbogen gespürt und den Arm zurückgezogen. In seinem linken Augenwinkel hatte sich etwas bewegt, ein plötzliches Blitzen, ein Krachen.

Johan betrachtete das Gesicht seines Sohnes. Andreas sah nicht aus, als hätte er Schmerzen, aber in seiner Bewusstlosigkeit konnte er dennoch Schmerzen haben. Die Ärzte behaupteten, er spüre nichts, doch wer wusste das schon? Man wusste nie etwas. In diesem Zimmer lauerte kein Tod, dessen war er sicher. Darüber waren er und Ann sich einig. »Ist es ein Mirakel, wenn er wieder aufwacht?«, hatte er einen der Ärzte gefragt. »Ich weiß nicht, was das Wort bedeutet«, hatte der Arzt leise und freundlich geantwortet. »Es ist kein wissenschaftlicher Ausdruck, deswegen können sie ihn nicht kommentieren«, hatte Esaias ihm auf seine Frage geantwortet. »In der Krankenpflege gibt es keine Mirakel, für Wunder sind andere zuständig.«

»Wer zum Beispiel?«

»Der Glaube, Johan.«

»Die Menschen glauben auf unterschiedliche Art, Esaias. Ich glaube an meinen Sohn und an sein Leben.«

»Das ist gut, Johan. Das hast du sehr schön gesagt.«

Er versuchte, eine Veränderung im Gesicht des Jungen zu entdecken, fand aber keine. Nur zwischen seinen Augen stand eine Falte, die ganze Zeit schon, als hätte er an etwas Bestimmtes gedacht, als er in diese Bewusstlosigkeit fiel, und der Gedanke hätte ihn dorthin begleitet, wo er sich jetzt befand. Würde er ihn zu Ende denken, wenn er wieder zu sich kam? So wie ein Film mitten in einem abgeschnittenen Wort weiterlief, wenn man den Startknopf vom DVD-Spieler erneut drückte. Andreas würde wieder im Wald sein, wenn er zu sich kam, aber er würde sich nicht an das Schreckliche erinnern, das geschehen war, als der Gedanke abgeschnitten wurde. An der Stelle würde eine Lücke klaffen, die sich nicht ausfüllen ließ, niemand brauchte sie zu füllen. Johan selber hatte es auch nicht versucht, als er seinen verunglückten Sohn fand. Keine Sekunde hatte er rückwärts gedacht. Er hatte nur an das gedacht, was er in jenem Moment tun musste und was er in der nächsten Sekunde auch getan hatte.

Sie hatten mit dem Essen gewartet, aber der Junge war nicht gekommen. Das war ungewöhnlich, Andreas aß gerne. Johan war raus auf den Hof gegangen, im Nordwesten war der Aprilhimmel wie Schiefer gewesen. Einen Monat weiter, und der Sommer wäre fast da. An einigen Stellen hielt sich der Schnee hartnäckig, aber abends blieb das Licht immer länger, und morgens zog es immer früher über Bengtssons Kreuzung herauf.

Sie warteten eine Stunde, dann machte Johan sich auf den Weg. Andreas' Handy lag in seinem Zimmer. Wenn er in den Wald ging, ließ er es immer zu Hause, im Wald funktionierte es ohnehin nicht. Ann hatte bei zwei seiner Freunde angerufen, aber dort war er nicht. Als er aus der Schule gekommen war, war Johan wegen Bauholz in Hjälmseryd, Ann hatte Elternsprechstunde, und Andreas war wieder losgezogen.

Es war immer noch nicht dunkel. Über dem Horizont hing noch ein Streifen Licht. Johan wusste nicht recht, wohin er sich wenden sollte, also ging er an der Kirche und dem ehemaligen Heimatmuseum vorbei, über die Hügel der Wikingergräber und die verwüsteten Waldflächen in Richtung Ase. Den Lichtkegel seiner Taschenlampe hielt er auf den Boden gerichtet, um sich nicht alle Knochen zu brechen. Der Waldboden war wie nach einem Bombeneinschlag mit Kratern bedeckt. Irgendwo hier hatte er Andreas einmal in den Wald gehen sehen. Vor dem Sturm. Er wusste, dass der Junge sich ein Baumhaus gebaut hatte, irgendwo hier. Das sagte ihm eine innere Stimme.

Jetzt war er unter den Bäumen. Derbe Wurzeln schlängelten sich im Schein der Taschenlampe über den Boden. Er kam zu einer Lichtung, die es auch schon vor dem Sturm gegeben hatte, gegenüber lagen einige Bäume wie Mikadostäbchen übereinander. Die Stämme leuchteten weiß, als hätte der Sturm sie abgeschält. Er hörte sich rufen, und der Ruf folgte dem Lichtkegel, der zitternd über die Bäume glitt. »Andreas? Andreas? Andreas?« Es ging nur ein schwacher Wind, ein leises Säuseln durch die Wipfel. Seine Stimme wurde davongetragen und kehrte zurück. Als er die Taschenlampe senkte, zitterte seine Hand heftiger. Da sah er das Gesicht. Der Junge lag hinter einem der weißen Stämme, und sein Gesicht war genauso weiß, mehr war nicht zu sehen. Johan konnte nicht erkennen, ob die Augen geöffnet oder geschlossen waren. Er rannte über die Lichtung, ließ alle Vorsicht fahren. Jetzt gab es keine Vorsicht mehr. Wieder rief er Andreas' Namen. Als er den Windbruch erreichte, sah er den Körper. Der Junge lag da, als wollte er nur ein wenig ausruhen.

Ich weiß nicht, was ich machen soll. Ich lege eine Hand an seinen Hals, ich spüre nichts. Es ist kalt. Seine Augen sind geschlossen. Ich lege die Hand auf seinen Mund.

Er gab eine Nummer ins Handy ein. Es funktionierte. Ann meldete sich nach dem ersten Signal. »Wähl den Notruf. Wir brauchen einen Hubschrauber.« Er hörte, wie ruhig seine Stimme klang, unnatürlich ruhig. »Einen Kilometer südwestlich von Ase.« Der Kontakt wurde unterbrochen, er wusste nicht, ob sie ihn verstanden hatte, er hatte ihre Stimme nur kurz gehört. Wieder legte er die Hand auf den Mund des Jungen, spürte die Wärme an seiner Handfläche. Er wagte nicht, ihn weiter zu berühren, konnte keine Verletzungen entdecken. Er wartete in dem Schweigen, bis er die Rotorblätter des Hubschraubers hörte.

Im Aufenthaltsraum roch es nach Kaffee und Kohl. Er hatte Andreas' Zimmer verlassen, um sich eine Tasse Kaffee aus dem blöden Automaten zu holen, und merkte, dass er keine Münzen bei sich hatte. Eine Krankenschwester kam vorbei.

»Entschuldigung«, sagte er.

Sie blieb stehen. Er kannte sie nicht. Hatte sie beim Hereinkommen nicht gesehen. Dabei bildete er sich ein, jeden hier zu kennen.

»Ich habe keine Münzen für den Kaffeeautomaten. Kann man irgendwo Geld wechseln?«

»Ich hole eine Thermoskanne«, sagte sie. »Möchten Sie Milch?«

»Nein danke.«

Sie setzte ihren Weg zum Personalzimmer fort. Nach einer Weile kam sie mit einer Kaffeekanne, einem kleinen weißen Porzellanbecher und einem geflochtenen Korb zurück.

»Ich habe Ihnen etwas Plundergebäck mitgebracht.«

»Danke, das war aber nicht nötig.«

Sie sah sich im Raum um. Sie waren allein.

»Ich stelle das Tablett auf den Tisch dort«, sagte sie.

»Danke.«

Sie reichte ihm die Hand.

»Schwester Elisabeth.«

Er warf einen Blick auf ihr Namensschild.

»Ach, da steht es ja.« Sie lächelte wieder.

»Warum trägt man Namensschilder in der Krankenpflege?«

»Vermutlich, damit man uns wiedererkennt.«

»Ich habe Sie nicht erkannt.«

»Es ist mein erster Abend in dieser Abteilung.«

»Ich bin wegen Andreas hier.«

»Das weiß ich.«

»Vielleicht ist niemand sonst da, weil die Besuchszeit eigentlich schon vorbei ist«, sagte er.

»Die Vorschrift ist längst überholt«, sagte sie. »Das kann man nicht mehr aufrechterhalten.«

Irgendwo klingelte es, es klang wie ein Wecker. Er hörte rasche Schritte. Wieder klingelte es.

»Entschuldigen Sie mich bitte«, sagte sie und entfernte sich in die Richtung, aus der das Klingeln kam, genau entgegengesetzt zu Andreas' Zimmer. Ihm war nichts passiert.

Auf dem Heimweg dachte er darüber nach, ob er seinen Sohn im Stich gelassen hatte. Jetzt war es zu spät. Nein. Er könnte ihm erzählen, was sie alles miteinander unternehmen würden. Ann erzählte Andreas etwas, aber das konnte er nicht. Das war ja, als würde man Selbstgespräche führen. Sich selbst etwas erzählen. Doch, er hatte dem Jungen Tauchen und Schwimmen beigebracht und alles Wissenswerte über den Wald. Andreas wusste mehr als andere. Er war der König des Waldes.

Über den Feldern bei Havsjö waberte Nebel. Er lag über dem See, hüllte alles wie in eine Gazebinde ein. Johan fuhr mit heruntergelassenen Scheiben, und es traten Tränen in seine Augen.

»Er lebt!«, schrie er in den Abend hinaus, als er über die Brücke fuhr, und schreckte eine Schar Gänse auf, die plump wie Dachschindeln abhoben. »Er lebt!«

Das Haus war dunkel, als er auf den Hof fuhr. Hinter Åsbyholm war der Nebel verschwunden. Die Kühe auf den Weiden um das Dorf herum sahen schwarz aus. Jetzt gibt es keine einzige Farbe mehr, dachte er. Schwarz ist keine Farbe, genauso wenig wie Weiß, Schwarz war eher wie blinde Flecken, wie der graue Star.

Sie saß in der Küche vor einer Tasse Kaffee. Auch hier gab es keine Farben.

»Du hast ja gar kein Licht an«, sagte er und setzte sich.

»Es gefällt mir so.«

»Unterwegs war es ziemlich neblig.«

»Hier nicht.«

»Dauert nicht mehr lange. Ich habe ihn von Havsjö mitgebracht.«

Er schaute aus dem Fenster. Der Nebel kam über die Felder auf das Missionshaus zu.

»Im Krankenhaus gibt es eine neue Nachtschwester«, sagte er. »Elisabeth.«

»Aha.«

»Macht einen guten Eindruck. Sie hat mir Kaffee gebracht und erzählt, dass festgelegte Besuchszeiten überholt sind. Ich weiß gar nicht, wie wir darauf gekommen sind. Für uns gelten sie ja sowieso nicht. Es kam wohl daher, weil niemand sonst im Aufenthaltsraum war. Jedenfalls kann man kommen und gehen, wie man will.«

»Das bedeutet also nicht, dass man überhaupt nicht kommen darf?«

»Natürlich nicht. Soll das ein Witz sein?«

»Ja.«

Der Nebel war bis auf den Hof vorgedrungen und legte einen Schleier über alles.

»Wie machst du das, wenn du redest?«, fragte er. »Ein Gespräch führst.«

»Ein Gespräch führen?«

»Wie machst du es, wenn du mit Andreas redest? Ich kann das einfach nicht.«

»Ich glaube, es ist gut für ihn«, sagte sie. »Ich glaube, er hört mich.«

»Ich bringe das nicht fertig.«

»Du machst es so gut, wie du kannst, versuch's mal.«

»Versprochen.«

»Sonst musst du alles nachholen. Wenn er wieder bei Bewusstsein ist.«

»Lieber jetzt.«

»Dann mach es, Johan!«

»Es ist so verdammt schwer. Mach es, sagt sich leicht dahin.«

»Du meinst also, ich rede Mist?«

»Hab ich das gesagt?«

»Du hast gesagt, dass ich plappere.«

»Wann hab ich das gesagt? Das Wort habe ich noch nie benutzt.«

»Aber du hast es gemeint.«

»Zum Teufel, nein, das hab ich nicht.«

»Fluchen konntest du schon immer gut.«

»Was meinst du denn damit? Kann ich sonst nichts gut? Meinst du das?«

»Hör auf!«

»Ich soll aufhören? Mit was aufhören? Hab ich etwa angefangen?«

»Hör auf! Hör auf!«

»Beruhige dich, Ann.«

»Ich mich beruhigen? Warum soll ich mich beruhigen? Was würde das ändern?«

»Versuch es.«

»Aber du darfst sagen, was du willst, wie? Du kannst machen, was du willst?«

»Ich tue nicht, was ich will.«

»Du bist dahin geg… Du bist hingegangen, ohne mir ein Wort zu sagen.«

»Aha, das war's also doch.«

»Du begreifst nichts«, sagte sie.

»Was begreife ich nicht? Sag es mir, Ann. Ich will es wissen.«

Sie schwieg. Er hörte den Wind in den Ahornbäumen, stärker als die Abendbrise. Eigentlich sollte es heute windstill sein. Im Wetterbericht erzählten sie nur Unfug.

»Wenn du es verstehst, dann erklär es mir«, sagte er.

»Was meinst du damit?«

»Du sagst doch, dass ich es nicht begreife. Dann hast du es also verstanden. Was hast du verstanden?«

»Du bist gemein«, sagte sie.

»Ich bin gemein?«

»Wenn du so redest, bist du gemein.«

»Das ist das Letzte, was ich beabsichtige. Gemein sein.«

»Du bist nicht absichtlich gemein. Es passiert einfach.«

»Willst du damit etwa sagen, dass ich eine gemeine Person bin? Bin ich im tiefsten Innern gemein?«

Sie antwortete nicht.

»Das ist wirklich verdammt gemein«, sagte er.

»Du willst also weitermachen?«

»Womit weitermachen?«

»Weiter streiten.«

»Streite ich etwa?«

»Na gut.« Sie stand auf, ging zur Spüle und öffnete die Türen der Hängeschränke darüber, hob einen Stapel Teller heraus und ließ ihn auf den Boden fallen. Er sah die Teller wie im Zeitlupentempo durch die Luft schweben, so wie er die Dachpfannen hatte schweben sehen, in einer anderen Zeit, einer freundlicheren Zeit.

Die Teller zerschellten auf dem Holzfußboden und verteilten sich in splitterndem Weiß über die halbe Küche. Er konnte sich nicht rühren, sah sie einen weiteren Stapel herausheben und loslassen, die Teller fielen genauso langsam und zerbrachen genauso langsam. Das Geräusch folgte erst nach einer ganzen Weile.

Sie ließ einige Gläser fallen, die über den Boden hüpften, ohne kaputtzugehen.

Er stand auf, ging hinaus, nahm sein Fahrrad und fuhr in den Nebel hinein. Vom Haus war kein Laut zu hören.

Als er einige Hundert Meter entfernt war, hörte er einen Schrei, der durch die Nacht heulte. Er stieg und sank über den Feldern, ein Schrei wie von einem wilden Tier, aber er wusste, dass es sein eigener Schrei war.

Glückshaube

Ein Blatt Papier wirbelte über den Marktplatz von Sävsjö, eine Zeitungsseite oder ein Plakat. Johan parkte vor dem Goldschmied und stieg aus dem Auto. Das Blatt wurde von seinen Beinen aufgehalten. Er bückte sich und hob es auf. Darauf stand etwas über den ersten Mai, der schon vor zwei Monaten gewesen war. Das Plakat musste in einem Gebüsch hängengeblieben sein und dort überlebt haben.

Das Papier fühlte sich spröde an zwischen seinen Fingern. Es war wie aus einer anderen Zeit, als die Söhne der Arbeit noch jung gewesen waren. Ein komischer Gedanke. Dachte er den? Er war noch nie auf einer Mai-Kundgebung gewesen, ein Versäumnis von vielen. Von Anfang an hatte er die Sozis gewählt. Das hatte seinem Vater nicht gepasst.

Das Aas.

Er ließ das kleine Plakat fallen. Dann überlegte er es sich anders, hob es auf und trug es zum Papierkorb. Vor dem Hotel auf der anderen Seite des Marktplatzes stand noch die Tribüne mit dem Rednerpult. Vielleicht war eine neue Kundgebung geplant, auf das Rednerpult hatte vermutlich jeder Anspruch. Vielleicht feierte die Stadt wieder mal Geburtstag.

Von links kam ein Mann auf den Platz geflattert. Er bewegte sich ruckartig auf die Tribüne zu, als tanzte er *the shake*, stieg auf den Schemel hinter dem Pult, hob einen Arm und begann zu schreien. Die Wörter flogen über den leeren Marktplatz. Johan hatte sie alle schon einmal gehört. Vor langer Zeit. Er wandte sich zum Gehen, aber er hörte seinen Namen unter all den Kalaschnikows und *Schweinehunden.* Er drehte sich wieder um und sah, dass der Redner bereits mit erhobenem rechtem Arm auf ihn zukam.

»Sei gegrüßt, Kamerad Nedergård!«

»Mensch, Kjell.«

»Lange nich gesehn.«

»War es nicht in der letzten Woche?«

»Nee, nee, da war ich nicht zu Hause.«

»Aha.«

»Ey, Kumpel, biste noch trocken, Korken noch immer drin inner Flasche? Hast du meine Rede gehört?«

»Ich habe nicht verstanden, was du gesagt hast.«

»Ich hab die Einwohner von Sävsjö gefragt, was sie heute für die Arbeiterklasse getan haben.«

»Ich finde, du hast ausgesehen wie ein Diktator.«

»Wirklich? War ich gut?«

»Na klar.«

»Vielleicht sollte ich damit auftreten? Im Fernsehen? Was meinst du? Ich im Fernsehen. Was meinst du?«

Was sollte er nur darauf antworten? Er hatte längst alles gesagt, was er Kjell Aronsson zu sagen hatte, es viele Male in vielen Jahren zum letzten Mal gesagt. In der vierten Klasse hatte es angefangen. Kjell hatte vor ihm gesessen und sich zu ihm umgedreht und über den Lehrer gelacht, und deswegen war er auf den Flur geschickt worden. Zehn Minuten später war Johan ebenfalls hinausgeflogen. Er konnte sich nicht erinnern, warum, vielleicht hatte er auch gelacht. Sie hatten dann beide gelacht auf dem Flur, und der Lehrer hatte die Klassenzimmertür geöffnet und sie auf den Schulhof geschickt. Für den Rest der Unterrichtsstunde hatten sie mit dem Fußball gespielt, den Kjell immer mit sich herumtrug. Er schaffte es, den Ball hundertmal hochzuhalten. Er würde ein Profi werden.

»Scheiße, Scheiße, wie geht's eurem Jungen, ich hab gehört, hab gehört, Teufel auch, ich weiß, ich hab's gehört, du hast es gesagt.«

Kjell versuchte, ihn mit dem Blick zu fixieren. Wieder durchzuckte es Johan. Jetzt redete er, wie er ging, ein Wort hierhin, ein Wort dahin, ohne jeden Zusammenhang, das verdammt … er würde nur … wollen wir doch mal verflucht … werden wir ja sehen … *Rocky baby!* Er konnte das Kind in Kjells Gesicht nicht mehr erkennen, davon war nichts mehr da. Es musste einiges passieren, bevor dieses Gesicht verschwindet. Bevor man jeden Kontakt zu dem inneren Kind verlor. Kjell im Tor, hechtet wie ein Strich durch die Luft dem Ball nach. Kjell oben im Baum oder hinter der Karre mit den Zeitungsbündeln. Kjell mit einem Hammer, einer Blockflöte, einem Eis. Kjell mit einem Bier. Kjell mit einem Mädchen. Kjell und er. Er und Kjell. Einer von ihnen hatte den anderen im Stich gelassen, und er konnte nicht sagen, wer von ihnen beiden oder wie oder wann es geschehen war. Aber da hatten sie auch schon nicht mehr viel Kontakt gehabt. Als Andreas geboren wurde, war Kjell tief im Amphetaminrausch, ein Mensch, den man nicht in der Nähe eines Kindes haben wollte.

»Säufssu, säufs jetz, ich weiß, ich weiß.«

Kjell rüttelte ihn an der Schulter.

»Sagen wir zwanzig, kriegste mit Tschinsch un' Tschinschtschinsch zurück.«

Johan holte sein Portemonnaie hervor, gab ihm einen Zwanziger. Kjell nahm den Schein wie in Trance entgegen, ein Griff in die Luft.

»Ich verstehe«, sagte er.

Plötzlich war sein Blick auf Johan gerichtet, nur auf ihn. Als hätte die Welt auf dem Marktplatz von Sävsjö aufgehört, sich zu drehen und ständig vor sich hin zu quasseln.

»Ich verstehe, meinst du etwa, ich verstehe nicht.«

»Was verstehst du, Kjell?«

Der Blick war noch da, als hätte er etwas in Johans Gesicht entdeckt.

»Ach, vergiss es«, sagte Kjell, drehte sich um, ging zurück über den Platz und bog vor dem Rednerpult nach links ab. Dort hatte viele Jahre lang eine Wurstbude gestanden, vor der sie abends kurz vor Schluss herumlungerten, um angebrannte Würstchen und übriggebliebenes Brot zu ergattern. Sie hatten viel Ruß zu sich genommen, aber Krebs war ihnen bisher erspart geblieben.

Er sah Kjell zwischen den Hecken hindurchgehen, auf dem Weg zum staatlichen Schnapsladen. Viele Jahre lang hatten sie sich vor dem Laden getroffen, doch auch da waren sie sich schon fremd gewesen.

Er fühlte sich entsetzlich einsam. Jetzt war er allein mit der Tribüne. Niemand da, der zuhörte, weil niemand da war, der etwas Vernünftiges zu sagen hatte. Er empfand die Einsamkeit wie Wasser, das ihn von allen Seiten umschloss, als befände er sich unter Wasser, wo Atmen unmöglich war. Als wäre der Marktplatz der Grund eines Sees, dem er nicht mehr entkommen würde.

Es klang, als brummte eine Fliege unter der Decke, aber es war vermutlich der Ventilator. Irgendwo draußen hörte sie jemanden lachen. Nein, es kam vom Flur. Sie hörte Schritte und wieder ein Lachen. Es war gut, dass an diesem Ort gelacht wurde.

»Hörst du sie lachen, Andreas? Möchte wissen, ob da jemand einen Witz erzählt hat.«

Wieder Schritte, das Lachen war verstummt. Sie suchte nach einem Witz in ihrem Gedächtnis. Aber in Sachen Witze war sie ein hoffnungsloser Fall. Andreas vergaß keinen einzigen. Er erzählte und lachte, und es störte ihn überhaupt nicht, dass sie den Witz schon hundertmal gehört hatten und nicht so darüber lachen konnten wie er. Er war der geborene Witzeerzähler. Welchen Witz hatte er zu Weihnachten erzählt? Es war ein neuer, doch auch an den konnte sie sich nicht erinnern. Er hatte ihn zweimal erzählt. Der Witz hatte von einem alten Mann gehandelt, der im Zug aufs Klo musste. Jetzt erinnerte sie sich. Sie beugte sich vor. Andreas' Gesicht lag halb im Schatten der Lampe hinter dem Bett. Er sah aus, als würde er ihr zuhören.

»Alle Toiletten sind besetzt«, sagte sie. »Der Alte rast vom Anfang bis zum Ende durch den Zug, aber alle Toiletten sind entweder besetzt oder abgeschlossen. Schließlich hält er es nicht mehr aus, lässt die Hose runter und hängt seinen Hintern aus dem Fenster. Genau in dem Moment rast der Zug ohne Stopp durch einen Bahnhof. Auf dem Bahnsteig stehen zwei alte Männer. Als der Zug verschwunden ist, sagt der eine zum anderen: ›Hast du gesehen, wie schlecht dem da am Fenster war?‹ – ›Ja‹, sagt der andere, ›und was für ein hässliches Gesicht der hatte.‹«

Sie versuchte zu lachen, wie Andreas gelacht hatte, es wurde jedoch nur ein klägliches Echo. Es war überhaupt kein Lachen. Der Junge sah aus, als würde er ihr immer noch zuhören, etwas unzufrieden, als hätte sie den Witz nicht richtig erzählt. Als fehlte noch die Pointe.

Sie stand auf. Durch die Jalousien sickerte Licht. Es war früher Abend. Draußen war es unverändert heiß wie in den vergangenen Wochen, aber im Zimmer war es kühl. Sie fröstelte, doch das kam von innen. Andreas brauchte es kühl. Das war gut für seine Atmung.

Sie richtete das Kopfkissen. Als er kleiner gewesen war, musste das Kissen wie ein Ball sein, nur ein Kissen. »Ist das nicht zu hart?«, hatte sie gefragt. »Mein Schädel ist härter«, hatte er gesagt und dieses Lachen gelacht, das wie Perlen über einen Steinfußboden hüpfte.

Auf dem Korridor roch es nach Essen, nach etwas Würzigem. Sie hatte geglaubt, im Krankenhausessen dürften keine Gewürze verwendet werden. Abgesehen von der Entbindung hatte sie noch nie im Krankenhaus gelegen, aber sie hatte so einige Geschichten gehört. Doch jetzt roch es nach Curry, und es roch gut. Plötzlich hatte sie Hunger. Ein Currygericht hatte sie schon lange nicht mehr gegessen. Zu Andreas' Lieblingsessen zählte Curryhuhn. Den Reis dazu aß er nicht.

Im Aufenthaltsraum saß eine Frau, die sie nicht kannte. Keine Patientin. Hier hatte sie noch nie Patienten gesehen und nur selten Besucher. Die Frau nickte ihr zu, als sich ihre Blicke trafen. Jedenfalls hatte es den Anschein. Sie waren etwa im gleichen Alter. Auf der falschen Seite der vierzig, aber was spielte das für eine Rolle. Das spielte gar keine Rolle mehr.

Die Frau erhob sich. Ann ging am Aufenthaltsraum vorbei. Sie brauchte frische Luft. Als sie auf den Fahrstuhl wartete, gesellte sich die Frau zu ihr. Sie wollte keine Gesellschaft haben.

Gleichzeitig wandten sie sich zur Treppe um.

»Oh«, sagte die Frau.

»Vermutlich hatten wir den gleichen Gedanken«, sagte Ann.

»Ja.«

»Wollen wir trotzdem die Treppe nehmen?«

»Sie ist gesünder als der Fahrstuhl.«

»Ich mag sowieso keine Aufzüge.«

»Man erträgt sie gerade so, wenn man allein ist. Sonst geht es nicht.«

Sie gingen die Treppe hinunter, ohne ein weiteres Wort. Ann schirmte ihre Augen mit der Hand gegen das Licht ab, das sie draußen überfiel. Der Asphalt glitzerte wie dunkles Wasser. Die Luft fühlte sich heiß an nach der Kühle in

Andreas' Zimmer. Innerhalb von Sekunden war ihre Stirn schweißbedeckt.

»Ich arbeite im Krankenhaus«, sagte die Frau. »In einer anderen Abteilung. Ich war mit meinem Neffen verabredet, aber ihm ist vermutlich etwas dazwischengekommen.«

»Wie heißt er?«

»Peter. Er hat gerade als Sommervertretung angefangen.«

»Ihn kenne ich.«

Sie gingen in Richtung Parkplatz, der sich auf der anderen Seite des Flusses bis zur Stadt hinzog. Dort schienen mehr Autos zu parken, als es Patienten, Personal und Besucher im Krankenhaus gab.

»Ich will nur etwas aus meinem Auto holen«, sagte die Frau.

Ann wartete, während die Frau ein paar Schritte nach links ging und die Vordertür eines großen Wagens öffnete, der neu und teuer aussah. Sie nahm einen Schal vom Beifahrersitz und drehte sich zu Ann um.

»Im Gebäude ist es kühl«, sagte sie. »Mir war kalt.«

»Zwischen drinnen und draußen herrscht ein ziemlicher Kontrast«, sagte Ann.

»Wie in richtig heißen Ländern«, sagte die Frau. »Drinnen zu kalt durch die Klimaanlage und draußen zu heiß.«

»So sagt man.«

»Am extremsten ist es in den Tropen. Zum Beispiel in Südostasien.«

»Da bin ich noch nie gewesen.«

Sie gingen zum Krankenhauseingang zurück. Ann wusste nicht, ob sie noch ein Stückchen weitergehen sollte. Sie könnte über die Brücke gehen und etwas in der Stadt einkaufen.

»Ich habe Sie schon mal gesehen«, sagte die Frau. »Im Krankenhaus. Vielleicht sollte ich mich vorstellen.« Sie streckte die Hand aus.

»Lina Teglert.«

»Ann Nedergård.«

Sie schüttelten sich die Hand.

»Vielleicht nehmen Sie es mir übel, aber ich habe Sie bei Ihrem Sohn gesehen«, sagte Lina Teglert.

»Das nehme ich nicht übel, warum sollte ich?«

»Ja, warum eigentlich.«

»Es darf kein Tabu sein, darüber zu sprechen. Vom Schweigen wird auch nichts besser.«

Andreas war mit einer Glückshaube geboren worden, das hieß, dass man es im Leben zu etwas bringen würde. Johan glaubte jedenfalls daran. Er sah darin seine eigene Rettung. Andreas war dabei gewesen, als sein Großvater Johan vorgeworfen hatte, er tauge zu nichts und habe noch nie etwas getaugt. Sie hatten den Alten besucht, der kaum noch gehen konnte und erst kürzlich in das Pflegeheim gezogen war.

Johan war angetrunken gewesen und sofort nach Hause gefahren. Andreas, damals etwa fünf, hatte nichts gesagt, auf dem Heimweg im Auto nicht und auch später nicht. Er muss den Schnaps gerochen haben. Ann brauchte er nichts zu erzählen, sie wusste das ja ohnehin alles. In der Nacht stellte sie Johan vor die Wahl. Wenn er nicht in genau dieser Minute mit dem Trinken aufhöre und gleich morgen zu den Anonymen Alkoholikern gehe, würde sie ihn am nächsten Morgen mit Andreas verlassen und nie mehr wiederkommen.

Er hatte in der Dämmerung am Küchentisch gesessen und erwogen, mit dem Gewehr im Wald allem ein Ende zu bereiten. Doch das hätte bedeutet, dass er sich für den Schnaps und gegen seinen Sohn entschied, dass er sich ein Leben ohne Alkohol nicht vorstellen konnte. Und das hätte bewiesen, dass er zu nichts taugte und noch nie etwas getaugt hatte.

Draußen hörte er die Autotür schlagen. Er hörte ihre Schritte. Die Kühe auf der Weide hinter dem Stall begannen zu brüllen, eine nach der anderen. Die Melkzeit war vorbei, sie sollten eigentlich Ruhe geben.

Ann warf die Handtasche auf einen Stuhl, wie sie es immer machte. Es wirkte gekonnt wie ein Trick, den sie jahrelang geübt hatte.

»Möchtest du etwas essen?«, fragte er.

»Nein, ich habe keinen Hunger.«

»Ich hab ein paar schöne Pfifferlinge gefunden«, sagte er. »Soll ich sie braten?«

»Ja, auf die habe ich Appetit.«

Er hatte die Pilze bereits geputzt. Sie würden für zwei ansehnliche Butterbrote reichen.

»Es riecht so gut«, sagte sie, als er die Pilze blanchiert und die Butter hinzugegeben hatte. »Nichts riecht so gut wie Pfifferlinge in Butter gebraten.«

Er verteilte die Pilze auf zwei Scheiben frischem Brot. Es würde vom Fett durchtränkt werden, und alles würde wunderbar schmecken. Er streute eine Prise grobkörniges Salz darüber und stellte den Teller vor sie hin. Ganz hinten in einem Schrank hatte er zwei unversehrte Teller gefunden.

»Ich habe Andreas heute einen Witz erzählt«, sagte sie.

»Ach, und welchen?«

»Den erzähl ich dir lieber nach dem Essen.«

»Nein, ich möchte ihn gleich hören.«

»Den von dem Alten, der so dringend aufs Klo musste.«

»Der ist gut. Das war einer seiner Lieblingswitze.«

»Ist.«

»Wie?«

»Es *ist* sein Lieblingswitz. Du hast gesagt, es *war* sein Lieblingswitz.«

»Ich meine natürlich, es ist sein Lieblingswitz. Du weißt doch, was ich meine.«

Sie schwieg.

»Ann. Ich habe mich nur versprochen.«

Sie nickte.

»Erzähl du ihm auch mal einen Witz«, sagte sie.

»Ich werde mir einen ausdenken.« Er biss in sein Butterbrot, das nach Wald duftete.

»Möchtest du etwas trinken?«, fragte er nach einer Weile.

Sie schüttelte den Kopf.

»Morgen erzähle ich ihm einen Witz«, sagte er. »Vielleicht nehme ich denselben.«

»Nein, nimm lieber einen anderen.«

Als die Sonne versank, standen sie hinter dem Stall am Zaun, und sie rauchte eine Zigarette. Es war spät. Die Luft war klar, er sah den Zigarettenrauch bis zu Bengtssons Pferden schweben. Die Pferde witterten den fremden Geruch, hoben den Kopf und schauten sich um, und er meinte zu erkennen, wie sich der Rauch über sie senkte. Dabei fiel ihm wieder die Glückshaube ein.

Ozon

Warum zum Teufel musste er in den Wald gehen, er wusste doch, dass es lebensgefährlich war, und hätte es besser wissen müssen. Irgendetwas hatte ihn hinausgezogen in die Gefahr. Er hatte sich zu sicher gefühlt.

Wenn er wieder bei Bewusstsein war, würde er ihn fragen. Hast du geglaubt, du bist unverwundbar, mein Sohn?

Johan ging unter den Bäumen her, die ihm schon gehört hatten, als er so alt wie Andreas gewesen war. Ein Jahr lang hatte er versucht, jedem Baum einen Namen zu geben und sich die Namen einzuprägen. Daran musste er denken, als er im Sägewerk arbeitete. Es hatte sich angefühlt, als würde er seine eigenen Familienmitglieder der Länge nach zerteilen.

Die Motorsägen dröhnten. Den ganzen Sommer würden sie dröhnen. In den ersten Tagen nach dem Sturm war die Stille größer gewesen als gewöhnlich. Alle warteten auf die Rückkehr des normalen Lebens. Er hatte sofort nach dem Sturm versucht, den Bäumen zu helfen. Erste Hilfe zu leisten. Er war zur Stelle gewesen mit seiner Motorsäge und hatte getan, was zu tun war. Er hatte eine Aufgabe gehabt.

Der Alte hatte nichts hinterlassen, was auf Dauer irgendwie von Wert war, nur Erinnerungen, die nicht ineinandergriffen. Die zwanzig Hektar hatte Johan mit einer Sorgfalt gepflegt, wie es nur einem Arbeitslosen möglich ist. Es war der frisch ausgelichtete Wald, der dem Sturm zum Opfer gefallen war, Bäume, die noch zwanzig Jahre hätten stehen müssen. Wald, der seit Jahren nicht mehr angerührt worden war, hatte sich besser behauptet. Dort gab es keine Schneisen, die den Sturm wie weit geöffnete Tore einließen. Nachlässigere Waldbauern hatten die geringsten Verluste erlitten. Die Fleißigen mussten sich mit dem Bruch begnügen.

Und die Preise fielen. Södra, das Walddienstunternehmen, bei dem er Mitglied war, senkte als Erstes den Holzpreis für die Zellstoffverarbeitung auf 300 Kronen pro Kubikmeter. Das war mehr als eine Halbierung der Preise. Zu genau diesem Betrag schlug Södra das Sturmholz für die Mitglieder, und das bedeutete, dass er gerade mal die Kosten für die Abholzung herausbekam. Rörvik Timber zog mit dem gleichen schmerzhaften Deal nach, es hatte also keinen Sinn, das Unternehmen zu wechseln. Seine winzige Hoffnung war der nachträgliche Ausgleich, aber es würde mindestens achtzehn Monate dauern, bis er ein bisschen Geld sah. Für die Wiederaufforstung zahlte der Staat eine kleine Summe, einige hatten die Arbeit schon in Angriff genommen, als wären sie endlich aus ihrer Trägheit erwacht, reichlich spät. Aber er hatte keine Ahnung, was er mit seinen verwüsteten zwanzig Hektar anstellen sollte.

Im Westen hörte er eine Erntemaschine heulen. Den ganzen Sommer würden sie noch zu tun haben, um das Sturmholz zu beseitigen. Man hatte viele ausländische Arbeitskräfte ins Land geholt. Im Wald ertönten Rufe in verschiedenen fremden Sprachen.

Dann stand er auf der Lichtung. Auch diesmal war er hierher unterwegs gewesen, angezogen von diesem Ort wie von einem offenen Grab. Der Herr Zebaoth hatte noch nicht entschieden, wann es zugedeckt werden sollte.

Der Elch wartete in der Schneise zwischen den Bäumen, die der Orkan verschont hatte. Es war, als hätten sie sich verabredet. Ein Wiedersehen.

»Weißt du, was hier passiert ist?«

Der Elch betrachtete ihn mit demselben Ausdruck wie beim letzten Mal und antwortete nicht. Er hatte eine weiße Blesse zwischen den Geweihschaufeln. Das war ungewöhnlich.

»Was hast du gemacht, als der Sturm kam? Warst du mitten im Auge des Orkans oder wie das verdammt noch mal heißt?«

»Nun fluch doch nicht so«, sagte der Elch und trat ein paar Schritte näher. »Ich kann das nicht leiden.«

»Ich fluche, seit ich einen Sommer bei Tante Britta verbracht habe. Da war ich sechs. Sie fluchte wie ein Bierkutscher, aber sie war ein guter Mensch, und ich bin durchs Fluchen auch kein schlechterer Mensch geworden.«

»Mir gefällt es trotzdem nicht.«

»Fluchen Elche nie?«

»Manche schon.«

»Hast du nicht geflucht, als der Sturm kam?«

»Nein.«

»Bist du wirklich?«

»Was ist das denn für eine Frage?«

»Ich muss üben, Selbstgespräche zu führen«, sagte Johan. »Wenn ich meinen Sohn besuche, muss ich mit mir selber reden. Ob er mich hören kann, weiß ich nicht. Ich muss es einfach glauben, aber ich weiß nicht, ob ich es glaube. Ich hoffe es.«

»Ich kann dich hören«, sagte der Elch.

»Weißt du, was ihm passiert ist?«

Der Elch antwortete nicht. Johan wusste nicht, ob er ihn verstanden hatte.

»Hast du Mitleid mit denen, die gequält werden?«, fragte er.

»Wieder so eine sonderbare Frage. Dein Sohn tut mir leid.«

»Dann weißt du also, was mit ihm los ist?«

Auch diesmal gab der Elch keine Antwort. Vielleicht stellte er seine Fragen nicht richtig. Vielleicht hatte er es zu eilig.

»Können Elche Mitleid haben?«, fragte er.

»Glaubst du etwa, ich mime dir die verschiedenen Gefühle nur vor?«

»Mimen? Wo hast du denn den Ausdruck aufgeschnappt?«

»In einem Restaurant, wo ich mal in meiner Jugend war.«

»Haben Elche Humor?«

»Was soll ich dir darauf antworten?«

»Ich dachte, Tiere haben keinen Humor oder Mitleid. Ich habe Tiere wirklich gern, aber ich bin immer davon ausgegangen, dass der Hund, den ich einmal zehn Jahre lang hatte, mich innerhalb weniger Stunden vergessen hätte, wenn ich nicht mehr da gewesen wäre.«

»Wir sind eben unterschiedlich«, sagte der Elch.

»Bist du einzigartig?«

Der Elch antwortete nicht. Um sie herum knirschte es. Die Erntemaschinen und Scooter rückten näher. Johan hörte wieder Motorsägen.

»Der Wald ist nach dem Sturm nicht mehr sicher«, sagte er. »Früher habe ich ihm vertraut.«

»Ich habe leider keine Wahl«, sagte der Elch.

»Hast du auch einen Namen?«

»Nein.«

»Manche nennen dich König des Waldes.«

»Das gefällt mir nicht.«

»Hast du es schon einmal gehört?«

»Nein.«

»Weißt du, was ein König ist?«

»Nein.«

»Das ist jemand, der über allen anderen steht.«

»Das gefällt mir auch nicht.«

»Was gefällt dir denn?«

Der Elch antwortete nicht. Er betrachtete Johan, als wüsste er etwas, was niemand anders wusste und nie erfahren würde. Auch Johan nicht. Im Winter hatte er einmal morgens Spuren im Schnee entdeckt, der in seinem Hof einen halben Meter hoch lag. Zwei Elche waren nachts durch die Pforte an der Straße hereingekommen und mit ihren hohen Beinen hinten über den Zaun gestiegen und weiter zu Bergdals Feldern gezogen. Um halb acht Uhr morgens zeigte das Thermometer achtundzwanzig Grad unter null. Die Elche waren hintereinander hergewandert, und ihre Spuren verloren sich irgendwo im Schnee. Es war einige Tage vor dem Sturm gewesen. Die Elche waren auf der Flucht gewesen.

Ann wollte gerade ins Auto steigen, als er nach Hause kam. Sie trug eine weiße Bluse und einen grünen Rock, den er kannte. Diese Bluse zog sie häufig an, wenn sie ins Krankenhaus fuhr. Er hatte sie nicht gefragt, warum. Vielleicht war es eine Art Aberglaube. So wie er früher vor jedem Match zuletzt das T-Shirt übergezogen hatte. Dennoch hatten sie beinah immer verloren, und er hatte nur selten ein Tor geschossen.

Und Andreas war bis jetzt nicht aufgewacht.

»Wollen wir zusammen zu ihm fahren?«, fragte er.

»Das haben wir schon lange nicht mehr gemacht«, sagte sie.

»Ich komme mit, muss mich nur schnell umziehen.«

In der Diele zog er Stiefel und Socken aus und steckte die Füße in ein Paar Ledersandalen, die sich kühl an den Fußsohlen anfühlten.

Unterwegs passierte fünfzig Meter vor ihnen ein Reh die Straße. Ann bremste sanft. Das Reh verschwand nach rechts, sein Hinterteil sah aus wie ein Ball, der zwischen den Bäumen hüpfte.

»Ich habe im Wald geübt, mit mir selber zu reden«, erzählte er. »Nein. Ich meine, ich habe trainiert, mit Andreas zu sprechen. Zu ihm zu sprechen. Wie man das nun verdammt noch mal nennen soll.«

»Nun hör doch auf zu fluchen.«

Sie überquerten die Brücke über den Havsjö. Der See sah aus wie eine Glasscherbe auf dem Boden einer Schale. Am Horizont loderte die Sonne. Er nahm den Geruch von Rauch wahr.

»Heute ist mir durch den Kopf gegangen, dass mein Leben wie ein großer Felsen ist, der einen Riss bekommen hat«, sagte sie. »Verstehst du?«

»Vielleicht.«

»Früher habe ich mich so stark gefühlt. Jetzt scheinen fast alle Kräfte durch diesen Riss davonzufließen. Als würde das Leben langsam aus mir herausfließen, und der Spalt scheint immer breiter zu werden, irgendwann bricht der Felsen ganz auseinander, und dann ist nichts mehr übrig.«

»So weit sind wir noch nicht, Ann, auch du nicht.«

Andererseits, dachte er, könnte der Spalt auch so breit werden, dass wir uns hinauszwängen können. Zurück ins Leben. Er wusste nicht, wie er das ausdrücken sollte.

»Aber ich bin auf dem besten Weg dorthin«, sagte sie.

»Du bist auf dem Weg zu deinem Sohn, um mit ihm zu sprechen. Hier bricht nichts auseinander.«

Sie überquerten die Kreuzung in Höghult. Er sah die untergehende Sonne, nicht nur die Feuer, die sie entfachte. Die Luft roch immer noch nach Rauch.

»Ich habe eine Idee«, sagte er und schaute erst Andreas und dann sie an. »Ich weiß nicht, ob es eine gute Idee ist, aber immerhin eine Idee. Ich habe einen Plan oder wie man das nennen soll.«

Ann schwieg. Während Johan zu Andreas sprach, massierte sie den Körper des Jungen. Er lag auf der Seite, fast auf dem Rücken. So hatte er dagelegen, als Johan ihn fand, das Gesicht nach oben gerichtet und der Körper wie ein Kreuz mit schrägen Balken.

»Ich finde, wir sollten eine Elchsafari arrangieren«, sagte er. »Wenn die in Afrika Safaris machen, können wir das hier auch.« Er merkte, dass er zu schnell sprach, als wollte er es so rasch wie möglich hinter sich bringen. Das war keine gute Art, einen Plan vorzustellen. Er sollte nicht zu viel erzählen. Dafür würden sich noch mehr Gelegenheiten ergeben.

»Ich könnte ein paar Leute zusammentrommeln und mit ihnen eine Safarigesellschaft arrangieren«, sagte er. »Im Wald könnten wir Stationen für … na ja, verschiedene Aktivitäten einrichten. Das Wichtigste ist, die Touristen kriegen Elche zu sehen.«

Er unterbrach sich, als erwartete er einen Kommentar. Ann schwieg, sie würde sich nicht einmischen. Andreas sah aus, als würde er zuhören. Ann hob einen seiner Arme, als stimmte er für einen Antrag.

»Ich glaube, das könnte deutsche Touristen anlocken«, sagte Johan. »Die sind verrückt nach Elchen, das wissen wir ja, für eine Elchsafari würden sie gut bezahlen. Ein paar Deutsche haben wir schon im Dorf, Hoffmann und so. Die fragen wir als Erstes. Und dann stellen wir Informationen auf die Homepage des Ortsvereins. In diesem Sommer können wir wohl noch nicht starten, aber bis zur nächsten Saison sind wir bestimmt mit den Vorbereitungen fertig, dann bist du dabei und kannst uns helfen, Junge.«

Vielleicht war es unangebracht, so zu Andreas zu sprechen. Es gab so manches, was man lieber nur denken und für sich behalten sollte. Aber was konnte er schon anrichten? Es waren ja nur harmlose Worte. Immerhin ein Versuch, durch diesen verdammten Riss ins Leben zurückzuklettern.

»Ich kenne einen Elchwitz. Ich glaub, den hast du noch nicht gehört. Er handelt von zwei Elchen, die auf einem

Zaun saßen. Und der eine Elch sagte zu dem anderen: ›Hast du die Geschichte von den zwei Elchen gehört, die auf einem Zaun saßen?‹ ›Nein, hab ich nicht‹, antwortete der andere. ›Dann erzähl ich sie dir. Da waren also zwei Elche, die auf einem Zaun saßen. Und da sagte der eine Elch zu dem anderen: ›Hast du die Geschichte von den zwei Elchen gehört, die auf einem Zaun saßen?‹ ›Nein, hab ich nicht.‹ ›Dann erzähl ich sie dir. Da waren also zwei Elche, die auf einem Zaun saßen. Und der eine Elch sagt zu dem anderen: ›Hast du die Geschichte von den zwei Elchen gehört, die auf einem Zaun saßen?‹ ›Nein, hab ich nicht.‹ ›Dann erzähl ich …‹«

»Jetzt reicht's, Johan.«

»Ich bin noch nicht fertig.« Er lächelte sie an.

»Hast du gedacht, diese Geschichte würde Andreas dermaßen langweilen, dass er nicht anders kann, als aufzuwachen?«

»Ich hab gar nichts gedacht. Das ist mir gerade eingefallen.«

»So was Idiotisches hab ich noch nie gehört.«

»Da geb ich dir recht.«

Sie stand auf.

»Ich geh eine Weile nach unten. Mir ist ein wenig kalt.«

»So kalt ist es hier doch gar nicht.«

»Mich friert trotzdem. Ich setze mich draußen auf eine Bank.«

Er hörte ihre Schritte auf dem Flur verhallen. Wie sich die schwere Tür öffnete und wieder zuschlug. Er trat ans Fenster und wartete. Sie kam aus dem Gebäude und überquerte den Rasen. Ihr Schatten erreichte die Bank, lange bevor sie selber dort ankam.

Sie setzte sich und schien die verschwimmenden Farben am Himmel zu betrachten. Noch war sie von Licht umgeben, und sie selber leuchtete am stärksten. Am Eingang sah er ein Auto vorfahren, hörte aber keine Geräusche. Eine Frau und ein kleines Mädchen stiegen aus. Die Frau beugte sich über das Kind und schien etwas zu sagen. Das Auto fuhr weg. Die Frau und das Mädchen verschwanden aus seinem Blickfeld. Dem Mädchen fiel das Gehen schwer.

Schweigend verließen sie die Stadt. Bei Aborravik fuhr er die Tankstelle an. Starker Benzingeruch hing in der Luft. Obwohl es schon Viertel vor neun war, war es immer noch fünfundzwanzig Grad warm. Während er tankte, blieb Ann im Auto sitzen. Die Fensterscheibe hatte sie heruntergelassen. An der Zapfstelle gegenüber hielt ein deutsches Wohnmobil mit aufgebockten Fahrrädern auf dem Dach. Johan hörte den Mann etwas zu der Frau sagen. Beide waren ausgestiegen. Sie sahen müde aus, rot, müde und frustriert. Vermutlich hatten sie nur eins im Sinn, nämlich am nächstbesten See zu parken, wenn sie mit Tanken fertig waren. Oder im nächstbesten Garten. Manchmal kapierten die Deutschen nicht recht, was es mit dem »Allemansrätt« auf sich hatte. Mehrere Höfe waren von Deutschen heimgesucht worden, die ihre Zelte oder den Wohnwagen nur zwanzig Meter vom Wohnhaus entfernt aufgestellt hatten.

Sie fuhren weiter, allmählich stieg die Dunkelheit aus dem Boden. Die Gehöfte entlang der Landstraße blitzten im Licht der Scheinwerfer auf. Wieder nahm er den Rauchgeruch wahr.

»Hast du was über die Waldbrände gehört?«, fragte er. »Ich finde, es riecht überall nach Rauch. Hast du das auch bemerkt?«

»Darauf hab ich nicht geachtet«, sagte sie.

»Dann achte jetzt mal drauf«, sagte er.

Eine Weile später sagte sie, nun rieche sie es auch.

Nach dem Sturm kommt Feuer, dachte er, die Schäden lösen sich in Rauch auf.

Dunst lag über der Landschaft, das war die Feuchtigkeit,

die aus der Erde stieg und auf die warme Luft traf. Sie hatte das Autofenster nicht geschlossen. Es roch wie früher, als sie noch jung waren.

»Ist dein Plan mit der Elchsafari genauso ein Witz wie die Geschichte von den Elchen auf dem Zaun?« Sie drehte sich zu ihm um.

»Das hoffe ich nicht.«

»Stell dir vor, ihr seht keine Elche? Kriegen die Leute dann ihr Geld zurück?«

»Ich weiß es nicht. So weit habe ich noch nicht gedacht.«

»Und wer soll dich dabei unterstützen?«

Als sie an einem Stoppschild hielten, sah er sie an.

»Bis jetzt weiß ich genauso wenig wie du. Ich hab zum ersten Mal davon gesprochen und noch gar nicht richtig darüber nachgedacht.«

Aus Richtung Vetlanda kam ein Volvo-Variant, der auf dem Dachständer ein Rentiergeweih transportierte. Ann sah ihn mit klarem Blick an.

»Du hast Andreas von dem großen Plan erzählt«, sagte sie. »Nun musst du ihn auch ausführen.«

Sie war aufgestanden und hatte das Fenster geschlossen. Es war Mitternacht. Ein Hauch von Kühle hing in der Luft, ein Hauch von August. Bis dahin war es ja nicht mehr lang, aber im Augenblick schien er noch Jahre entfernt zu sein. Jeder Monat war wie ein Jahr.

»Du wirst mir doch helfen?«, fragte er.

»Was soll ich tun?«

»Zum Beispiel brauchen wir eine Homepage. Dafür muss uns ein guter Text einfallen.«

»Auf Deutsch?«

»Auch das. Ich werde Esaias bitten. Er kann Deutsch.«

»Elchdeutsch? Ich glaube, Andreas hat alles gehört.«

»Ja.«

»Glaubst du das auch, Johan?«

»Ja, hab ich doch gesagt.«

»Sei nicht gleich so giftig.«

»Ich bin doch nicht giftig!«

»Ich habe nicht verstanden, wozu du ja gesagt hast.«

»Ich habe ja gesagt, dass ich glaube, dass er mich gehört hat.«

Sie schaute aus dem Fenster. Noch war es nicht hell. Noch strich Dunkelheit um das Haus.

»Wir sollten versuchen, die Sache in diesem Sommer vorzubereiten«, sagte er. »Im nächsten Sommer geht es dann richtig los, wenn überhaupt etwas daraus wird.«

»Klar wird was draus. Warum sollte es nicht?«

»Vielleicht ist es nichts weiter als eine idiotische Idee.«

»Es ist ein großer Plan«, sagte sie.

»Nur du und Andreas, ihr wisst davon, sonst niemand. Das reicht wohl auch.«

»Wie meinst du das?«

»Wir behalten den Plan als Idee, als Gesprächsstoff. Wir brauchen ihn gar nicht in die Tat umzusetzen. Es bleibt unsere … Phantasie.«

»Reicht nicht das, was wir haben?«, fragte sie.

Von draußen hörte er Geräusche, ein Vogelschrei über dem Wald. Dann noch einer und Flügelschläge, gar nicht weit entfernt. Über den Bäumen war es heller geworden.

»Wir leben in einer Phantasie«, sagte sie. »Alles, was wir jetzt haben, ist Phantasie. Wir erhoffen uns etwas und wissen nicht, was. Das ist Phantasie.«

»Ann …«

»Seitdem es passiert ist, habe ich jeden Tag an seinem Bett gesessen. Jeden Abend. Ich habe seine Arme und Beine bewegt, seine Muskeln massiert, so gut ich kann, aber jedes Mal, wenn ich ihn berühre, erinnere ich mich an den Jungen, der er einmal gewesen ist. Ich habe Andreas alles erzählt, was ich weiß. Fast alles. Ich habe ihm von der Fahrt an jenem Tag ins Krankenhaus erzählt. Ich habe ihm die Sporttabellen aus der Zeitung vorgelesen. Herr im Himmel, ich weiß jetzt alles über seine Lieblingsspieler im Eishockey und Fußball. Ich weiß mehr als du vom Eishockey-Endspiel im Frühjahr. Ich kenne die ganze HV-Mannschaft. Ich kenne fast die gesamte Fußballmannschaft von IFK Stockholm. Ich habe alles aus meinem Gedächtnis herausgekramt, was er mag, was er kennt.«

»Das ist gut«, sagte er. »Aber es ist der IFK Göteborg.«

»Was?«

»Du hast Stockholm gesagt. Es geht um den IFK Göteborg.«

»Ist das nicht egal? Ich habe mich versprochen. Ich weiß, dass es Göteborg ist und habe es auch immer richtig gesagt, wenn ich mit Andreas rede.«

»Es ist gut, Ann.«

»Was ist gut?«

»Dass du mit ihm über Sachen redest, die er mag.«

»Aber weiter?«, sagte sie. »Wie lange soll das noch gehen? Wie lange gelingt es uns noch, daran zu glauben?«

»Warum denkst du das ausgerechnet in diesem Augenblick?«

»Es ging mir auf dem Heimweg durch den Kopf, als ich an deinen Elchwitz dachte.«

»Scheiß auf den verdammten Witz.«

»Der ist wie unsere Geschichte«, sagte sie. »Sie führt nirgendwohin, geht nur endlos weiter, bis man findet, jetzt reicht es, und dann ist man nicht einen Schritt von der Stelle gekommen. Man ist nicht runter vom Zaun.«

»Wir haben mit diesem blöden Witz nicht das Geringste zu tun! Der ist einfach so in meinem Kopf aufgetaucht.«

»Aber dafür hat es einen Grund gegeben, Johan.«

»Hätte ich ihn nur nicht erzählt.«

»Das ändert jetzt auch nichts mehr.«

»Was also sollen wir machen?«, fragte er.

»Weiter hoffen. Was bleibt uns anderes übrig?«

»Außerdem werden wir die beste Elchsafari des Landes auf die Beine stellen«, sagte er. »Das werden wir. Und jetzt kommt der Morgen.« Er wies mit dem Kopf zu dem Licht über den Feldern, wie frisch geschrubbt und unberührt von Menschenhand sah es aus.

Auf das Hochland fiel Regen. Es war lange her, dass es geregnet hatte. Man vergisst schnell, wie etwas ist, dachte er, selbst bei so etwas Simplem wie Regen. Es riecht fremd, wie in einem anderen Land. Und es ist, als wäre man nicht mehr derselbe.

Er stand auf dem Abhang bei Åsbyholm. Die Landstraße unterhalb der Telegraphenleitung war durch den Mischwald verdeckt. Der Blick reichte meilenweit, bis zu anderen Hügelketten, Wäldern. Kirchtürmen. Aus der Ferne waren die Folgen des Sturmes nicht zu erkennen.

Rauchsäulen stiegen auf wie brüchige Pfeiler. Die Waldbrände zogen sich von Westen bis nach Osten hin, aber der Rauch hob sich nur wenig vor dem Himmel ab. In den vergangenen Stunden war der Regen stärker geworden. Laut Wetterbericht sollte es noch ein paar Tage weiterregnen. Es war wie ein Geschenk. Gestern noch hatte er die Hubschrauber wie Hornissen über den Himmel schwirren sehen, beladen mit Wasserbomben aus dem Stora-Vällingen-See, der weiter südlich matt schimmerte. Zwanzig Kilometer Luftlinie bis dorthin, Hubschrauberlinie.

Während ich auf den Hubschrauber wartete, blieb die Zeit stehen. Ich hätte meine Uhr genauso gut wegwerfen können. Ich hätte wer weiß was anstellen können, geändert hätte es nichts. Mir blieb nichts anderes übrig, als zu warten. Ich habe auf Gott gewartet. Ich habe ihn angerufen.

Langsam ging er den Abhang hinunter, bis zur Landstraße waren es fünfhundert Meter. Dieses Gebiet war reich an Wild, ein Streifen, der von Forsa herunter über die Anhöhen bis nach Broddarp reichte. Über Broddarp lag ein Fluch. Drei kleine Schwestern aus Jönköping hatten eine Cousine auf dem Hof besucht und waren dort an Rachitis erkrankt. Die Englische Krankheit fegte zu der Zeit wie ein Sturm durch die Dörfer. Jönköping hatte sie nicht erreicht. Man hätte die Kinder nicht fahren lassen dürfen. Jemand hätte sich darum kümmern müssen. Warum hat man sie bloß fahren lassen? Die Mädchen sind nicht mehr nach Hause zurückgekommen.

Ich ertrage den Anblick des Hofes nicht. Wie lange bin ich nicht mehr da oben gewesen? Aber was sollte ich auch dort? Der Hof liegt auf dem höchsten Punkt. Immerhin sind die Mädchen näher dem Himmel gestorben, doch das war kein Trost.

Er blieb stehen und schaute zurück, den Abhang hinauf. Links ragten zwei große Ahornbäume hoch über den Boden. Dort können wir einen Turm bauen, der mit dem Geäst verschmelzen wird.

In der Kirche fand eine Hochzeit statt. Sie wusste, dass der Chef von Rörvik Timber seine Tochter mit dem Sohn eines Großbauern verheiratete. Es war wie im Mittelalter, nur der Name passte nicht ins Mittelalter. Was für ein Name. Rörvik Timber. Ringsum im Dorf parkten mehr als fünfzig Autos.

Das Brautpaar trat aus der Kirche. Sie stand in Andreas' Zimmer.

Ich fühle mich wie eine heimliche Beobachterin. Die Gesichter der Leute kann ich nicht erkennen. Sie sind natürlich froh. Bei anderen Gelegenheiten sind die Menschen traurig, wenn sie die Kirche betreten, und kommen noch trauriger wieder heraus. Von diesem Fenster hat man das ganze Leben im Blick, Taufe, Hochzeit, Beerdigung. Ich kann alles sehen. Das muss ein Ende haben.

Sie wandte sich vom Fenster ab. An den Scheiben waren Regentropfen. Einige Leute vor der Kirche hielten aufgespannte Schirme in der Hand, die wie Giftpilze aussahen.

Sie setzte sich auf Andreas' Bett und versuchte nichts zu denken, was ihr aber nicht gelang. Sie dachte an den Abend, an dem sie geglaubt hatte, sie verliere den Verstand. Sie dachte über Ungerechtigkeit nach. Sie hatte das Telefon angestarrt, während es klingelte, klingelte, klingelte.

An das Gespräch kann ich mich nicht erinnern. Ich bin ins Krankenhaus gefahren. Auch daran kann ich mich nicht erinnern.

Als er auf dem Weg zum Badeplatz war, hörte es auf zu regnen. Bei gutem Wetter könnten sie eine Schwimmpause einlegen. Warum sollte es nicht gut sein? Wer wollte, konnte baden, während der Grill vorbereitet wurde. Einen Grill gab es bereits, eine Zementröhre mit einem Rost. Sie konnten einen Windschutz bauen. Eine Übernachtung unter einem so gut wie blanken Himmel. Wenn alles nur sein Geld wert war.

Am Badeplatz waren Leute, anscheinend zwei Familien. Einige Kinder waren im Wasser. Er hörte Lachen, Rufe und eine Sprache, die vertraut klang, die er aber nicht sprechen konnte. Zwischen den Büschen standen zwei Autos mit HH-Kennzeichen. Die Erwachsenen waren mit einem Auge bei ihren Kindern im Wasser und mit dem anderen in dem Paradies, das sie umgab. Es waren frühe Deutsche.

Im vergangenen Sommer waren er und Andreas an einem heißen Augustabend auf ihren Rädern hierhergefahren, um noch ein Bad zu nehmen. Sie waren allein gewesen. Als sie im Wasser waren, kam ein Auto von der Landstraße herunter. Eine Familie stieg aus und ging vorsichtig durch das Gras, als trauten sie dem Ort nicht, den sie soeben entdeckt hatten, Mama, Papa, ein Teenager, ein zehnjähriger Junge. Andreas und der Junge grüßten sich. Das Mädchen sah maulig aus, aber selbst sie sprang schließlich doch ins Wasser. Die Eltern hatten mit einem breiten Lächeln auf dem Steg gesessen. Nach einer Weile hatten sie sich ebenfalls umgezogen und waren bis zur Seemitte und wieder zurück geschwommen.

Während Johan sich mit einem Badehandtuch abtrocknete, trat der Mann auf ihn zu.

»*Entschuldigung.*«

Johan hielt mitten in der Bewegung inne, mit der er seine Schultern trocknete.

»*Gibt es Zimmer im Dorf?*«, fragte der Mann. »*Gibt es Zimmer in der Nähe?*«

Ein Wort verstand Johan.

»Ja, Zimmer, ja.«

»*Gibt es Zimmer? Wo?*«

»Leslie Johansson. Zimmer. Forsa. Forsa Södergård. Three … drei Kilometer.« Johan beschrieb mit dem Zeigefinger die Luftlinie.

Schließlich gelang es ihm, den Weg zu erklären, indem er ihn in den Sand zeichnete. Das Paar hatte sich bei ihm bedankt, und dann war die Familie in einer Staubwolke davongefahren. Zwei Tage später war er ihnen noch einmal am Badeplatz begegnet. »*Zimmer!*«, hatte der Mann gesagt. »*Zimmer gut. Forsa! Alles gut.*«

Im Schatten unter den Bäumen war er kaum zu sehen, obwohl er nur vier Meter entfernt stand. Ein Auge blitzte auf. Die Schaufeln bewegten sich. Johan drehte sich wieder zum Strand um, aber niemand schien den Elch bemerkt zu haben.

»Verfolgst du mich?«, fragte er und näherte sich den Bäumen.

»Ich stand hier schon, als du gekommen bist, Johan.«

»Woher zum Teufel kennst du meinen Namen? Gib mir wenigstens darauf eine Antwort!«

»Die kannst du dir selber geben.«

»Was soll das? Was verdammt noch mal soll das heißen?«

»Ich mag es nicht, wenn du so fluchst.«

»Nein, ich weiß. Aber darauf sch…«

Er brach ab. Ein Mann und eine Frau in Badekleidung beobachteten ihn. Sie waren nah genug, um den Ausdruck in ihren Gesichtern zu erkennen: Schau mal, da steht der Dorftrottel, redet mit sich selbst und gestikuliert wild herum. Kämpft mit den Dämonen in seinem Hirn.

Er nahm sein Handy heraus, schaute darauf und machte eine Bewegung, als würde er den Kopfhörer im Ohr richten, den es gar nicht gab. Das Paar entspannte sich. Die Frau ging in Richtung Wasser.

»Das hast du elegant gelöst«, sagte der Elch.

»Wenn ich du wäre, würde ich mich vor den Deutschen in Acht nehmen.«

»Warum das?«

»Sie könnten dich entdecken. Und dann ist Schluss mit lustig.«

»Jedenfalls schießen sie nicht auf mich.«

»Ich auch nicht«, sagte Johan und schaute zu, wie sich die deutsche Familie mit dem Allemans-Wasser bespritzte. Lachen stieg auf in den Allemans-Himmel.

»Ich habe die Jagdwaffe für immer weggelegt.«

Er drehte sich wieder zu den Bäumen um, doch der Elch war verschwunden.

Sie streckte die Arme zur Decke. Ihr Nacken war verspannt. Wieder streckte sie sich, in ihrem Körper steckte eine Trägheit, die mit der Schlaflosigkeit gekommen war. Je schlechter sie schlief, umso steifer war sie am nächsten Morgen. Doch auch nach einer besseren Nacht fühlte sie sich steif, als hätte sie sich selbst noch im Schlaf verkrampft, vielleicht in den Träumen. Für ihren Körper spielte es also keine Rolle, ob sie schlief oder wach lag. Das Gehirn war es, das manchmal Erholung brauchte, oder war es die Seele?

»Ich musste mich ein wenig bewegen«, sagte sie und strich dem Jungen über die Wange. »Mehr war nicht. Mit uns ist alles in Ordnung. Die Tage sind jetzt lang, aber das weißt du ja. In dieser Woche bin ich zum Marktplatz gefahren. Der ist größer als in meiner Erinnerung und gleichzeitig auch kleiner. Verstehst du das? Vielleicht kommt es daher, dass ich ihn früher nie besucht habe, wenn er leer war. So was kommt vermutlich häufiger vor, man erinnert sich leichter an etwas, wenn es nicht mehr da ist.«

Mit ihm ist es ähnlich, dachte sie. Jetzt, wo er nicht mehr sprechen, lachen oder weinen konnte, war er für sie irgendwie lebendiger, doch das würde ja bedeuten, dass er ihr früher nicht wirklich nah gewesen war. Und das stimmte nicht.

Sie wurde nervös, als befürchtete sie, Andreas könnte hören, was sie dachte. Das Brausen in ihrem Kopf schwoll an. Sie betrachtete das Laken, das den leblosen Körper des Jungen bedeckte, und wünschte, er würde sich bewegen, nur ein bisschen, nur eine halbe Sekunde, die ihr reichen würde, um Sommer und Herbst zu überleben. Die halbe Sekunde würde ihr zu all den Worten verhelfen, die sie in diesem Zimmer brauchte. Wenn sie hier war, durfte keine Stille eintreten. Andreas hatte nichts anderes als Schweigen, wenn er allein war, und das Schweigen war es, das ihn vernichten würde. Mehr als die Stille zwischen den Worten durfte nicht sein. Sie musste Wörter finden, und wenn ihr nichts anderes einfiel, musste sie ihm von zwei Elchen erzählen, die auf einem Zaun saßen.

Sie hatte auch an Musik gedacht, es sogar damit versucht. Aber Andreas war nicht besonders an Musik interessiert gewesen, er hatte keine Platten besessen. Manchmal schien er etwas auf seinem Computer gespielt zu haben, sie hatte Musik aus seinem Zimmer gehört, allerdings sehr selten. Er hatte sich ohnehin nicht oft in seinem Zimmer aufgehalten, meistens war er draußen gewesen.

In diesem Zimmer einen CD-Player laufen zu lassen, während er unbeweglich dalag und nicht aufstehen und ihn ausschalten konnte, wenn er wollte … undenkbar! Oder eine Kassette, von der er vielleicht nur einen Song mochte, die auf Repeat gestellt war. Das wäre die reinste Tortur. Da war sogar die Stille besser. Sie merkte, wie sich das Brausen in ihrem Kopf legte. Als hätte sie ein Barometer zwischen den Ohren, das den Druck in ihrem Körper im Verhältnis zur Atmosphäre maß. Sie wünschte, sie hätte ihr Kopfbarometer schon früher gehabt. Es wäre tief gefallen und hätte vor dem Unwetter gewarnt, dem Unwetter, das an allem schuld war.

Der Weg nach Ase hatte früher durch einen Dschungel geführt. Nun führte er durch eine einzige Wüstenei, in der allenthalben Baumwurzeln aufragten, als hätte hier eine Schlacht stattgefunden. Hier hatte der Sturm am heftigsten gewütet. So weit das Auge reichte, war nicht ein einziger Baum stehen geblieben. Es sah aus, als wären es fast vierzig Hektar, aber das war natürlich eine optische Täuschung. Die Perspektive bedingte die Täuschung.

Er meinte, rechts von sich eine Bewegung wahrzunehmen, aber als er den Kopf drehte, war da nichts. Verfolgte ihn der Elch? Nein. Nur wenige Jahre, dann werden die Kahlschläge gedeckte Tafeln für die Elche sein, die Himbeerschläge, die Birken. Mindestens die Hälfte der jungen Kiefern würden von Elchen gefressen werden. Es würden mehr Elche werden. Die Gegend würde von den Elchen beherrscht und die Straßen würden noch unsicherer werden. Es würde mehr Elche als Kühe geben. Das wäre nicht gut für sein Business. Lieber mit dem Business anfangen, solange es noch Zeit war. Und das war jetzt.

In den Wegbiegungen entdeckte er eine schwarze Gestalt, die wie eine angeschossene Dohle den Hügel heraufkam. Er wartete, bis Esaias zu ihm trat.

»Verfolgst du mich?«

»Was ist das denn für eine Frage?«

»Es kommt mir so vor.«

»Ich gehe hier jeden Tag spazieren. Das weißt du. Ich nehme immer den Weg über Brunkeberg. Aber in diesem Sommer fühlt es sich merkwürdig an. Ich kann mich einfach nicht an die öden Flächen gewöhnen.«

»Hast du dich noch nicht an das Werk Gottes gewöhnt?«

»Er erschafft keine Stürme.«

»Was erschafft er eigentlich?«

»Menschen natürlich. Wollen wir ein Stück zusammen gehen?«

»Ich bin schon auf dem Rückweg.«

Esaias schien den leeren Horizont oder den Himmel darüber zu studieren.

»Ich habe in jener Nacht gebetet«, sagte er, »den ganzen Morgen habe ich gebetet. An dem Tag schien es gar nicht hell werden zu wollen. Ich habe den Hubschrauber gehört. Da wusste ich, was passiert war.«

»Wir haben alle gebetet«, sagte Johan. »Sogar ich. Ich wusste zwar nicht, was ich sagen sollte, aber ich habe einfach ausgesprochen, was mir durch den Kopf ging.«

»Das ist auch ein Gebet«, sagte Esaias.

»Steht denn nicht geschrieben, was man sagen oder singen soll? In der Bibel und im Gesangbuch.«

»Das spielt keine Rolle. Nur die eigenen Worte zählen, Johan, nur die eigenen Gedanken.«

»Ich weiß nicht, was ich an dem Abend gedacht habe. In mir war nur noch Instinkt. Ich war wie ein Tier. Ich wusste, was ich zu tun hatte, aber ich weiß nicht, woher ich es wusste. Trotzdem habe ich gebetet. Hinterher. Ich habe noch nie von Tieren gehört, die zu Gott beten.«

»Wollen wir nicht doch ein Stück zusammen gehen?«, fragte Esaias.

Sie gingen über den trockenen Schotter. Ihre knirschenden Schritte hallten über die kahlen Flächen. Es roch nach Trockenheit und Staub. Die Sonne stand genau über Brunkeberg. Eine Kuhherde auf der Weide neben dem Weg folgte ihnen.

»Heute habe ich Ann getroffen«, sagte Esaias, ohne ihn anzusehen. »Sie hat weggeschaut. Das macht mich jedes Mal traurig.«

»Mit so was muss man leben.«

»Warum?« Esaias blieb stehen und sah ihn an. »Warum muss man mit so etwas leben?« Sein Gesicht war nah. »Und ich spreche nicht von mir, sondern von Ann.«

»Sie lebt nach ihren eigenen Regeln.«

Sie hatten sich wieder in Bewegung gesetzt. Die Kühe blieben zurück. Zu beiden Seiten des Weges stand dichter Mischwald, der verschont worden war.

»Ich habe versucht, mit ihr zu reden«, fuhr Esaias fort. »Sie sagte, sie habe keine Zeit.«

»So ist es.«

»Jetzt braucht sie diese Zeit, Johan.«

»Meinst du, Zeit mit dir?«

»Ich glaube, ich kann ihr helfen.«

»Im Augenblick kann uns niemand helfen, Esaias. Mir nicht und Ann auch nicht. Es gibt nur uns. Wir versuchen, Andreas zu helfen, so gut wir können, aber das meiste ist Glaube. Alles hängt davon ab, wie fest wir glauben, dass er zu uns zurückkommen wird. Wir glauben, sosehr wir können. Das ist zwar dein Geschäftsbereich, aber du kannst uns nicht helfen.«

Esaias war an einer Weggabelung stehen geblieben. Links führte der Weg ins Nirgendwo und endete irgendwo im Moor. Rechts führte er zum Malmbäcksvägen. Von dort hörte Johan das Dröhnen eines Lasters, wieder ein Holztransporter, beladen mit gefallenen Bäumen. Stolz und gefallen. Er musste daran denken, dass Andreas den Bäumen Namen gegeben hatte, genau wie er selbst als Kind auch. Er wusste, dass einer Johannes geheißen hatte, aber nur einer, hatte jedoch nie herausbekommen, welcher es war. Ob es ihn noch gab? Er hob den Blick und meinte, Schwalben am Himmel zu sehen, aber er war sich nicht sicher. Es konnten auch Punkte auf seinen Augen sein. In der letzten Zeit schienen sich die Punkte vermehrt und vergrößert zu haben. Von der Landstraße grollte es erneut.

»Nicht ich helfe, sondern Gott«, sagte Esaias.

»Meinst du, Ann hat sich von Gott abgewendet? Wir wenden uns ab?«

»Ich glaube, es ist unmöglich, sich von Gott abzuwenden.«

»In deiner Welt vielleicht.«

»In keiner Welt«, sagte Esaias.

»Ach nein? Schau dich doch mal um.«

»Was soll ich denn sehen?«

»Scheiß drauf. Ich hab genug gesehen. Ich hab alles gesehen.«

»Niemand hat alles gesehen, Johan.«

»Nicht einmal Gott?«

Esaias hatte sich wieder in Bewegung gesetzt. Johan blieb stehen.

»Wo war Gott in jener Nacht?«, rief er. »Wo war er am Abend des neunzehnten April? Warum hat er sich an jenem Abend abgewandt? Warum ausgerechnet an diesem Abend von allen verdammten Abenden eines Jahres? Und wo warst du?«

Esaias drehte sich um und kam zurück, er lief, er flog. Sein Gesicht war rot. Sein Arm schnellte vor. Er packte Johan am Hemdenkragen, der sich um seinen Hals zuzog.

»Glaubst du etwa, ich kenne keine Trauer? Keine Traurigkeit? He? Darauf kannst du Gift nehmen, dass ich auch traurig bin! Ich bin auch nur ein Mensch. Ich bin einer von all diesen armen Teufeln auf der Erde. Ich bin nur ein Diener. Ich möchte den Menschen eine Art Hoffnung vermitteln, aber das kann nur gelingen, wenn ich selbst Hoffnung spüre! Was meinst du wohl, warum ich trinke? Ich weiß, dass es alle wissen. Ich trinke, um hoffen zu können! Ich trinke, um Hoffnung vermitteln zu können. So weit ist es mit mir gekommen!«

»Nun mal ... gaaanz ruhig, Esaias«, sagte Johan und versuchte, seine Hand beiseitezuschieben. Er spürte, wie sie zitterte. Sein Kehlkopf war immer noch eingeschnürt.

»Wir müssen respektvoll miteinander umgehen.« Esaias zog die Hand zurück und wandte den Blick zum Schotterweg. Der Staub, den er mit seinem Blitzstart aufgewirbelt hatte, legte sich wieder. »Wir Menschen müssen einander immer respektvoll begegnen.«

»Ich werde mit Ann reden«, sagte Johan.

Esaias stand mit gesenktem Kopf da. In diesem Moment meinte Johan etwas zu begreifen. Er wusste nicht genau, was es war, aber er verstand es. Über ihnen hörte er einen pfeifenden Ton. Die Schwalben hatten sich herabgesenkt, wie um zu zeigen, dass sie noch da waren. Esaias hob das Gesicht und schaute in den Himmel.

»Es wird Regen geben«, sagte er.

»Das klingt hoffnungsvoll.«

»Verzeih mir«, sagte Esaias.

»Du musst dich nicht entschuldigen.«

»Ich bin aus dem Konzept gekommen.«

»Wie das?«

»Ich mei…«

»Du kannst ihn besuchen«, unterbrach Johan ihn. »Das hast du bisher nicht getan. Du kannst Andreas besuchen.«

»Ich … Ann …«

»Ich weiß. Ich werde mit ihr reden. Jetzt ist einige Zeit vergangen. Viel Zeit ist vergangen.«

»Es liegt auch noch viel Zeit vor uns, Johan.«

»Jetzt redest du wie der alte Esaias Berg.«

»Wer ist das?«

»Ein Mann der Hoffnung.«

»Du solltest Pfarrer werden, Johan.«

»Dann müsste ich aber an Gott glauben.«

»Das tust du.«

»Wer behauptet das denn?«

»Das hat Er gesagt.«

Am Nachmittag ölte er die Fahrradkette, pumpte die Reifen auf, fuhr nach Sävsjö und stieg vorm Zeitungskiosk ab. Der Bus nach Stockaryd verließ gerade die Parkbucht. Nur eine Person saß im Bus, soweit er sehen konnte, ein Mann, der grüßend die Hand hob. Vielleicht war es Kjell, unterwegs nach Stockaryd oder sonst wohin. In Johans Erinnerung tauchte ein Bild von sich selber, Kjell und Stockaryd auf. Es war zum Ende der Spielsaison gewesen, und sie hatten gegenüber vom Bahnhof in Stockaryd im »Matsalar« gefeiert. Für die Abendunterhaltung sorgte Harry Brandelius. Der Leitung des Fußballclubs war zu Ohren gekommen, dass Harry Brandelius in der Gegend von Rörvik ein Haus besaß. Zu der Zeit hatte er sich bereits von der großen Bühne zurückgezogen. Der Auftritt in Stockaryds »Matsalar« war alles andere als ein Comeback. Eine Horde betrunkener Fußballer, das war noch nie sein Publikum gewesen. Schon beim zweiten Lied flogen Fleischklößchen durch die Luft. Harry ging unter mit den alten Nordseewellen. Eine Erinnerung, die Johan mehr und mehr mit Scham erfüllte. Er war einer der Schuldigen. Wer ohne Schuld ist, werfe das erste Fleischklößchen. Harry floh. Der Fußballclub bekam in Stockaryds »Matsalar« Hausverbot auf Lebenszeit. Johan und Kjell waren unglaublich besoffen gewesen, ihnen war alles egal. Warum konnte das Leben nicht immer so sein? Also beschlossen sie, dass es immer so bleiben sollte.

Plötzlich tauchte Kjell auf. Er hob wieder die Hand. Johan wartete vor dem Zeitungskiosk.

»Wolltest du nicht den Bus nehmen?«

»Ich hab's mir anders überlegt, als ich dich sah.«

»Warum nach Stockaryd?«

»Warum nicht?«

»Ich musste gerade an Brandelius denken.«

»Ich auch«, sagte Kjell. »Als ich dich sah, fiel er mir ein.«

Kjell wirkte nahezu normal. Er schien nüchtern zu sein. Sein Blick war fest. Aber in seinem Gesicht zuckte es.

»Zurück an den Ort des Verbrechens«, sagte Johan.

»Ich wollte den erstbesten Bus nehmen, egal, wo der hinfährt. Raus ins Blaue.«

»Die ganzen zwölf Kilometer nach Stockaryd.«

»Man kann ja weiter nach Rörvik fahren. Oder Kännestubba.« Kjell betrachtete das Fahrrad. »Ist das deins? Hast du zu trainieren angefangen? Ich bin jetzt seit fünf Tagen nüchtern.«

»Das ist gut.«

»Seitdem muss ich rumfahren. Die Rastlosigkeit und all das. *On the road.* Aber dies ist der sechste Tag meines Lebens.«

»Immer nur einen Tag nach dem anderen, so ist es genau richtig.«

»Hast du es auch so gemacht?«

»In etwa. Aber ich hatte Hilfe. Oder einen Grund oder wie zum Teufel man das ausdrücken soll.«

»Ja, Ann.«

»Und Andreas.«

»Ja, Scheiße. Wie geht es ihm?«

»Unverändert.«

»Ich denke oft an euch, das kannst du mir glauben.«

»Schon gut, Kjell. Möchtest du eine Tasse Kaffee trinken? Wir können zu ›Melins‹ gehen.«

»Das wäre heute die achte, glaub ich. Hast du auch literweise Kaffee in dich reingegossen, als du mit dem Saufen aufgehört hast?«

»Anfangs ja. Dann hat es sich normalisiert.«

»Was meinst du mit normalisieren?«

»Acht Tassen am Tag.«

»Haha. Da kommt Martin. Er hat uns gesehen.«

»Es ist schon eine Weile her, seit ich mit ihm geredet habe«, sagte Johan.

»Nennst du das reden?«

»Na gut, dann also ihm zugehört habe.«

Martin Karlsson ließ einen Traktor passieren, dann überquerte er die Straße. Er zeigte zum Himmel und war schon mitten in seinem Monolog.

»Die Ozonschicht wird immer dünner«, sagte er. »Das ist lebensgefährlich. Es wird uns alle umbringen.«

Hinter Komstadsfälten ging es bergab, und er beschleunigte das Tempo bis an die Grenze seiner Leistungsfähigkeit. Ein Stier glotzte ihn an, als er vorbeifuhr. Schreiend. Bergauf blieb ihm die Luft weg. Er zögerte es so lange wie möglich hinaus, den Gang herunterzuschalten. Die Milchsäure in seinem Körper stieg langsam. Er versuchte, seinen Kopf auszuschalten, dachte an Fußball, daran, dass er beim Volleyball den Ball einmal aus dreißig Metern Entfernung über das Netz geschlagen hatte.

Auf der Hügelkuppe angekommen, geriet er ins Schwanken, behielt jedoch das Gleichgewicht.

Dann stürzte er sich in die Abfahrt auf der anderen Seite und schrie wieder, ohne zu hören, was er schrie. Von hier aus hatte man einen weiten Blick, als würde sich der Weg wie eine Klamm endlos fortsetzen.

Ann hängte Wäsche auf, als er den Hof erreichte. Er stieg vom Fahrrad und ließ es fallen, wo er stand. Er hatte einen Krampf und atmete stoßweise.

Er hockte sich hin und versuchte, ruhiger zu atmen, hörte Anns Stimme vom Wäscheständer.

Er richtete sich auf und machte ein paar Schritte. Seine Oberschenkelmuskeln waren bretthart.

»Ich hab dich nicht verstanden.«

»Du bist ja total erschöpft«, sagte sie.

»Danke für die Information.«

»Musst du dich denn so verausgaben?«

»Ja«, sagte er, setzte sich ins Gras und wischte sich den Schweiß aus den Augen.

Sie hängte ein Hemd auf.

»Ich habe Martin in Sävsjö getroffen«, sagte er. »Martin Karlsson.«

»Wie geht es ihm?«

»Die Ozonschicht ist noch dünner geworden.«

»Kann sie denn noch dünner werden?«

»Sie kann ganz verschwinden.«

»Wie sah er aus?«

»Er hat zugenommen, wahrscheinlich durch die Medikamente. Er lebt jetzt in einer Einrichtung für betreutes Wohnen, in der Behindertenwerkstatt hat er aufgehört. Aber das wusste ich schon.«

»Früher war er dauernd auf dem Fahrrad unterwegs.«

»Das ist vorbei.«

»Wie traurig für ihn.«

»Jetzt läuft er durch die Straßen und warnt vor der Sonne.«

Beim Einschlafen schnürte die Angst seine Kehle zu. Es war ein Gefühl, als fiele er mit einer Schlinge um den Hals in ein Loch und versuchte, nach dem Strick zu tasten, nach den Wänden.

Jetzt lief er über den Hof. Rundum war es schwarz. Er drehte sich um und sah etwas Weißes aufblitzen, das, vor dem er floh.

Es war kein Traum. Es musste eine Erinnerung sein.

Post

Sie überquerte gerade den Hof, als der Landbriefträger vor den Briefkästen bei der Anschlagtafel bremste. Er riss eine Hand zum Gruß hoch. Ann winkte zurück. Mit achtzehn hatte sie einen Sommerjob bei der Post gehabt. Im ersten Jahr war sie Briefträgerin im Ort gewesen und hatte jeden Morgen mit dem Fahrrad die Post ausgefahren, nachdem sie sie in den frühen Morgenstunden sortiert hatte. Ihre Finger waren schwarz gewesen von der Druckerschwärze der Zeitungen. Im darauffolgenden Frühling hatte sie ihren Führerschein gemacht und durfte eine größere Runde des Landbriefträgers übernehmen, die ungefähr achtzig Kilometer lang war. Nachmittags war sie mit der Arbeit fertig und konnte baden fahren.

Vormittags lieh ihr Dick seinen Caravan für die Postrunde.

Als Landbriefträger war man ein rollendes Postamt. Sie hatte Post und Zeitungen dabei, klar, aber auch Überweisungsformulare, Geld für Auszahlungen, größere und kleinere Pakete. Der Landbriefträger war gleichzeitig Warenlieferant. Man brachte alles von Kolonial- und Fleischwaren bis hin zu Hochprozentigem. Ein mobiler Schnapsladen, aber die Leute auf dem Lande schienen vorsichtig mit dem Alkohol umzugehen.

Manchmal übernahm sie auch die Taxifahrerrolle. Einmal hatte sie zwei recht korpulente Damen mitgenommen, die jemanden auf einem der Höfe entlang der Route besuchen wollten. An einer Steigung musste sie die beiden bitten, auszusteigen und zu Fuß hinaufzugehen, während sie voranfahren und auf der Hügelkuppe warten wollte. Am Fuß des Hügels stand ein Briefkasten, und der Caravan schaffte den Anstieg nicht aus dem Stand. Irgendwas machte sie falsch mit der Schaltung. Aber ein bisschen Bewegung tue ihnen gut, versicherten die Damen, quetschten sich oben wieder auf den Rücksitz, und die Fahrt konnte weitergehen.

Es war ein langer Sommer, um sie herum nichts als Wald, wenn sie über die Schotterwege fuhr, hin und wieder öffnete er sich zu einer Lichtung, und dort lagen ein Hof oder eine Kate oder auch ein relativ neues Haus, manchmal mit einer Ziegelfassade, die nicht in die Landschaft passte.

Manchmal stand nur ein einsamer Briefkasten an der Landstraße. Von dort aus verlief ein geheimnisvoller schmaler Weg in den dunklen Wald. Anfangs versuchte sie sich vorzustellen, wohin dieser Weg führte, wie weit es zu dem Haus war, wie es aussehen mochte. Wie hielten Menschen es aus, so isoliert zu leben? Schon die Häuser auf den Lichtungen an der Landstraße lagen weit voneinander entfernt, aber tief drinnen im Wald gab es nur Fremdheit, mitunter erschreckend.

Wohnten dort überhaupt Menschen? Offenbar ja, denn die Briefkästen waren leer, wenn sie am nächsten Vormittag wiederkam. Niemand stand daneben und wartete auf sie, das war auch rätselhaft. Irgendwann im Lauf des Tages setzte sich jemand in sein Auto oder auf den Traktor oder nahm Pferd und Wagen oder ging zu Fuß zum Briefkasten und holte die Zeitung, das Bauernblatt und ein Kuvert von einer staatlichen oder kommunalen Behörde heraus. Sie schienen sich vom Rest der Menschheit abgewandt zu haben. Aus der restlichen Welt kamen keine Grüße. Die Leute im Ort hingegen bekamen jede Menge solcher Grüße, von Bekannten, die auf Reisen waren, und im Postamt hatten sie es sich zur Gewohnheit gemacht, einander die Ansichtskarten laut vorzulesen. Das war das reinste Vergnügen. Es verblüffte sie, wie offenherzig die Menschen wurden, wenn sie sich von zu Hause entfernten, und sei es nur bis an die West- oder Ostküste, erst recht aber, wenn sie ins Ausland reisten. Intimitäten, Geheimnisse, Enthüllungen.

Aber allmählich lernte sie die Menschen im Wald kennen.

Nachdem sie die Runde ungefähr eine Woche gefahren war, wartete an einem verhangenen Tag ein kleiner alter Mann bei seinem Briefkasten. Sie hatte ihn noch nie gesehen, und der Weg, der in den Wald führte, war eher ein Pfad. Es war beinah ein Schock, dort jemanden stehen zu sehen, wie eine Erscheinung, da sie hier draußen selten einem Lebewesen begegnete, nicht einmal Rehen oder Elchen, die erst in der Dämmerung die Wege überquerten.

Sie hielt an und stieg aus, den einzigen Brief für den Alten in der Hand. Da sie ein Privatauto benutzte, konnte sie nicht einfach das Fenster herunterlassen und die Post in den Kasten werfen. Einige Male hatte sie das Auto des zweiten Landbriefträgers geliehen, in dem das Steuer rechts war. Das war der reinste Luxus gewesen.

»Guten Tag«, sagte sie.

Sie wusste ja, dass derjenige, der irgendwo am anderen Ende des Pfades wohnte, Arvid Svensson hieß, aber sie konnte nicht sicher sein, dass er es auch war.

»Jaaa … Tach …«

»Hier ist die Post«, sagte sie und hielt ihm das Fensterkuvert hin.

Er warf einen Blick darauf und schaute sie wieder an.

Sie reichte ihm die Hand, und sie begrüßten sich. Seine Hand fühlte sich an wie ein Bündel Feuerholzspäne.

»Jaaa … so … ja«, sagte er und nahm endlich das Kuvert entgegen, sah aber nicht besonders froh aus. Ihr war klar, dass er nicht hergekommen war, weil er auf den neuen Briefträger neugierig war. Es hatte einen anderen Grund.

»Sind Sie Arvid Karlsson?«, fragte sie.

Er nickte langsam, als müsste er erst darüber nachdenken.

»Kann ich Ihnen irgendwie helfen?«, fragte sie weiter.

»Jaaa … so … ja«, sagte er wieder und schielte etwas verlegen zum Briefkasten.

»Stimmt was nicht mit dem Briefkasten?«

»Nee … Es is wegen den Zeitungen«, sagte er.

»Wegen den Zeitungen?«, wiederholte sie in seinem Dialekt. Sie sprach zwar selber Småländisch, aber das war nichts im Vergleich zu dem, wie die Leute im Wald redeten.

»Ja … den Zeitungen.« Er wedelte mit dem Kuvert in der Hand Richtung Briefkasten.

»Haben Sie Ihre Zeitung nicht bekommen?«, fragte sie.

»Nee …«

»Da muss ich um Entschuldigung bitten«, sagte sie. »Ich bin ja noch neu, vielleicht hat sich auf der Liste mit den Zeitungsempfängern ein Fehler eingeschlichen.«

»Tageblatt«, sagte er, aber das war gar nicht nötig. Alle hier draußen hatten das småländische *Tageblatt* abonniert, nur einige Sommergäste aus Stockholm bekamen *Dagens Nyheter*.

»Ich hab noch ein Exemplar im Auto«, sagte sie, ging zurück, reckte sich hinein und nahm ein *Tageblatt* von dem Stapel Post, der in einer Lederbox auf dem Beifahrersitz lag. Natürlich war das kein zusätzliches Exemplar, aber der Alte hatte über eine Woche lang seine Zeitung nicht bekommen und schließlich allen Mut zusammengenommen und war zum Briefkasten hinuntergegangen, um den Briefträger abzupassen. Da musste heute eben jemand anders auf seine Zeitung verzichten.

»Is nich nötich«, sagte er, streckte aber trotzdem die Hand aus und nahm die Zeitung entgegen.

»Natürlich ist das nötig«, sagte sie. »Und in Zukunft kriegen Sie selbstverständlich Ihre Zeitung. Dafür werde ich sorgen.«

Es war nicht das letzte Mal, dass sie Arvid Karlsson begegnete. Und bald traf sie alle anderen Bewohner, die entlang ihrer Route wohnten. Immer, wenn sie die Rente brachte. Dann hatte sie viel Geld im Auto, Tausende von Kronen, die heutzutage Hunderttausenden entsprächen. Sie war nicht bewaffnet und wurde nie überfallen. Nirgends lag einer auf der Lauer, nicht hinter der Wegbiegung, nicht hinter dem Felsblock am Hang oder mitten im Wald. Sie war ganz allein mit all dem Geld und den Formularen. Wenn sie mit ihrem roten Halbstarkenauto hielt und ausstieg, wurde sie in den Bruchbuden, Katen und Höfen sehnsüchtig erwartet.

Das Durchschnittsalter da draußen schien bei hundertdreißig Jahren zu liegen. Die Leute waren kleinwüchsig, krumm, zäh und knorrig wie Wacholderstämme, sie ernährten sich von dem, was der Boden und der Wald hergaben, und das schien ein ewiges Leben zu bewirken.

Der Kaffee floss in Strömen. Jeder lud sie natürlich zu einer Tasse und einem Stück Kuchen ein. Damals trank sie noch keinen Kaffee, deswegen war ihr erster Tag der Rentenauszahlung etwas anstrengend. Nach der zwanzigsten Tasse hatte sie gerade erst die Hälfte geschafft, und ihre Hände begannen zu zittern, als sie die Scheine hinblätterte. Ihre Rettung war es, als ihr einfiel, um Tee zu bitten. Hätte es keinen Tee gegeben, hätte sie religiöse Gründe vorschieben müssen. Meine Religion verbietet mir, Kaffee zu trinken. Die Menschen da draußen verstanden sich auf die unterschiedlichsten Religionen, und an manchen Orten hatte sie den Verdacht, dass man noch immer dem Glauben der Asen frönte.

Und plötzlich fingen die Leute an zu reden. Sie wurde zu

einer Mischung aus Pastorin und Therapeutin. Selbst wenn die Höfe gar nicht so weit voneinander entfernt waren, schien es, als ob sie wie in Sibirien endlos verstreut lagen. Der Abstand zwischen den Menschen war groß. Sie gehörten zum selben Kirchspiel, trafen sich jedoch nur selten, vielleicht nie. Trotzdem behielten sie einander im Auge, und wenn sie mit der Rente als Schmiermittel beim Kaffee saß, schienen sie an nichts anderes zu denken als an ihre Nachbarn jenseits der Tannen. Was sie taten, wer sie waren, warum sie dort wohnten, warum sie waren, wie sie waren, warum es ihnen so schlecht ergangen war …

Geschichten. Sie erfuhr Geschichten. Und sehr selten handelten sie davon, dass du deinen Nächsten lieben sollst wie dich selbst. Niemand dort draußen war in eine offene Feindschaft verwickelt, aber wenn ein Fremder kam wie sie, jemand Neutrales, dann ergriffen sie die Gelegenheit beim Schopf und ließen heraus, was sie eigentlich von dem Idioten hinter der Wegbiegung hielten. Eine Liebeserklärung war das nicht gerade. Oder vielleicht doch.

»Die hat se nich alle«, bekam sie zu hören.

»Der is, wie er is«, sagte jemand.

Sie traf keine jungen Leute, und damit meinte sie Leute unter sechzig. Es war wie überall auf dem Land. Es gab nichts, was die Jugendlichen hielt, keine Arbeit, keine eigene Wohnung, keine Freunde. Das war wirklich traurig. Vor fünfzig Jahren waren sie hier noch eine gut funktionierende Gemeinschaft gewesen. Wenngleich der Landstrich dünn besiedelt war, hatte es neben der Landwirtschaft Kleinindustrie gegeben und auch eine Schule. An der fuhr sie jeden Tag vorbei. Sie stand jetzt leer. Nicht einmal Sommergäste wohnten darin.

Sie wusste, dass auf einem der entlegensten Höfe an ihrer Route ein alter Sohn wohnte. Um dorthin zu gelangen, musste sie tief in den Wald hineinfahren, weiter über eine

Wegkreuzung und schließlich das dichteste Waldstück der ganzen Kommune passieren. Unter einem einsamen Sohn verstand man einen alt gewordenen jungen Mann, einen Sohn, der nie bei seinen Eltern ausgezogen war, während alle anderen das Weite suchten. Einer, der es nicht geschafft hatte, sich loszureißen, oder sich nicht losreißen wollte. Die Jahre vergingen, die Eltern wurden alt, und der Sohn wurde auch alt. Schließlich würden die Eltern sterben, und der Sohn würde allein zurückbleiben. Das war nicht ungewöhnlich. Jemand musste bleiben, das war Naturgesetz.

Er hieß Isaak, aber als sie zum ersten Mal zu dem Hof kam, ließ er sich nicht blicken.

»Er ist all die Jahre zu Hause geblieben, na, das kann man sich ja vorstellen«, sagte eine seiner Nachbarinnen, als sie den Rentenkaffee tranken, eine Achtzigjährige jenseits von Gut und Böse.

»Was kann man sich vorstellen?«, fragte sie unschuldig.

»Was daraus wird.«

»Was denn?«

Die Frau sah sie an wie jemanden, der keine Ahnung hat, ein richtiger Dummkopf ist.

»Das kann man sich ja vorstellen«, sagte sie nur und nickte über ihrer Kaffeetasse.

Ann mochte nicht weiterfragen. Sie war neugierig, aber mehr würde sie ohnehin nicht erfahren.

Isaak wohnte allein mit seiner alten Mutter. Sie war genauso alt wie die Nachbarin, vielleicht einige Jahre älter, näher an die neunzig, aber immer noch auf den Beinen.

Als Ann zwischen Hühnern und Katzen auf den Hof fuhr, hatte sie den Kaffeekessel schon auf dem Feuer.

»Das is ja ’n drolliges Automobil«, sagte sie und linste aus dem Fenster.

»Es ist aus Deutschland«, sagte Ann.

Die Alte nickte, als wäre das zu erwarten gewesen.

»Das is weit wech«, sagte sie nach einer Weile. »Ich war bloß bis inne Stadt. Mir langt das.«

»Ja, hier ist es schön.«

»Isaak is inner Großstadt gewesen«, sagte die Alte.

»Ach ja?«

»Aber das is lang her. Er wollte wieder nach Hause.«

»Mhm.«

»Jetzt isser im Wald.«

»Vielleicht treff ich ihn beim nächsten Mal«, sagte Ann und fuhr los.

Isaak war der eine, und Astrid war die andere. Entlang der Route wurde über Astrid fast genauso viel getratscht wie über Isaak, obwohl es gar nichts zu tratschen gab.

Astrid war eine alternde Tochter. Sie lebte mit ihrem uralten Vater auf einem anderen sehr abgelegenen Gehöft, etwa ungefähr vier Kilometer von Isaaks Hof entfernt. Soviel Ann erfahren hatte, hatte Astrid keine Verehrer gehabt, obwohl sie in ihrer Jugend ein hübsches Mädchen gewesen war.

»Sie is immer noch hübsch«, erzählte ein alter Mann.

»Still, Eskil«, sagte seine Alte.

»Sie is streng erzogen worden«, sagte der Alte. »Ihr Vater war streng.«

»Er is noch nich tot«, sagte die Alte.

Nein, er war noch nicht tot. Ann trank Kaffee mit ihm, bekam die Tochter aber nicht zu Gesicht. Er sah aus wie eine småländische Mumie, bewegte sich jedoch noch. Ihren Quellen zufolge nahm der Alte weiterhin an der Elchjagd teil, allerdings überwiegend vom Hochstand aus.

»Der Kaffee war sehr gut«, sagte sie und meinte es ehrlich. Sie war inzwischen auch süchtig nach der Droge und vertrug sie gut.

»Den hat Astrid gekocht«, sagte er.

Ann nickte.

»Sie macht jetzt das meiste.«

»Wo ist sie?«, fragte sie beiläufig.

»Sie is im Wald.«

»Ach?«

»Sie sammelt Pilze, diese gelben. Pfifferlinge.« Er linste aus dem Fenster und schien zu lächeln.

Als sie vom Hof fuhr, meinte sie, einen Schatten hinter dem Stallgebäude gesehen zu haben, aber sie war sich nicht sicher.

Sie drehte weiter ihre Runden, und der Sommer war so lang, dass sie das Gefühl hatte, nie etwas anderes gemacht zu haben. Die Arbeit schien ewig Bestand zu haben, wie der Wald, wie die Wege, vielleicht stimmte das auch, denn alles, was sie umgab, war größer als das Leben. Es war schon da gewesen, bevor wir ankamen, und es würde weiter da sein, wenn wir gingen. Alles würde bleiben, nur die Menschen nicht.

Dann begegnete sie Isaak.

Er war etwas über sechzig, aber der Wald schien seinen Körper noch nicht bezwungen zu haben. Bei seiner Seele war sie nicht so sicher. Die Einsamkeit hatte ihn nahezu verstummen lassen. Es war ihm anzumerken, dass er nicht über sein Leben bestimmen durfte. Seine alte Mutter regierte ihn wie eine ergraute Königin ihr kleines Waldreich. Es war ein Waldbauernhof, es gab nicht viele Tiere, einige Kühe, ein altes Pferd, die üblichen Hühner, Katzen, keinen Hund. Die Alte hatte den Sohn fest im Griff.

»Isaak? Wo bist du? Was machst du?«

So ging es den ganzen Tag.

Die Nachbarn munkelten, dass Isaak nicht freiwillig geblieben war. Ann wusste nicht, was sie davon halten sollte. Aber glücklich sah er nicht aus. Die Alte sah auch nicht glücklich aus, sie war voll damit beschäftigt, den »Jung«, wie sie ihn nannte, herumzukommandieren.

Er wollte nicht mit Ann reden. Dafür hatte sie Verständnis. Er sah, dass sie es sah, wusste, dass sie es wusste, und das war ihm natürlich peinlich. Er hatte nicht einmal die Kraft, so zu tun, als würde er nicht auf seine Mama hören, aber vielleicht traute er sich auch nicht.

»Wo isser?«, konnte die Alte plötzlich sagen, wenn sie mit ihrer kleinen Rente am Küchentisch saßen. »Wo is der Jung?«

Mit Astrid war es genauso.

Sie war an die sechzig, die Nachbarn behaupteten, sie sei über sechzig, aber für so etwas hatte Ann als Jugendliche keinen Blick: Ihre eigene Mutter war damals um die vierzig, hätte aber ebenso gut sechzig sein können.

Das Muster war dasselbe wie auf Isaaks Hof, nur dass die Alte hier gegen den Alten, den Vater, ausgetauscht war, der jeden Schritt der Tochter zu kontrollieren schien. Als Ann das erste Mal auf den Hof gekommen war, war auch Astrid »im Wald«, genau wie Isaak. Der Wald schien der einzige Ort zu sein, an dem sie so etwas wie Frieden fanden. Für eine Weile entkamen sie der Diktatur. Ann versuchte sich vorzustellen, wie es für Astrid gewesen sein mochte, in das harte Leben im Wald hineingeboren zu werden und keine Gelegenheit zu bekommen, es zu verlassen. Es muss ein Gefängnis gewesen sein, und das war es immer noch. Selbst der Wald mit all seiner Strenge lockte, und einige Male dachte sie, die Verlockung könnte vielleicht zu groß werden und bis auf den Grund eines Tümpels führen.

Astrid hatte kein Interesse, mit ihr zu sprechen, sie wechselten nur wenige Worte, und dann war Astrid weg, beschäftigt, was Ann hören, aber nicht sehen konnte, Geschepper und Geklapper aus dem Stall oder irgendeinem Wirtschaftsgebäude. Und auf alles warf der dunkle Wald seinen Schatten, wie um daran zu erinnern, dass er früher oder später wieder die Herrschaft übernehmen würde. Alles würde wieder zum Wald gehören, so wie Dörfer und Höfe in Afrika oder Asien allmählich Busch und Dschungel wurden. An manchen Stellen würde der Wald ein dichter Urwald sein, und der lange, heiße Sommer unterstrich diesen Eindruck.

Im Herbst, als sie wieder auf das Gymnasium in Värnamo ging, dachte sie manchmal an Astrid und Isaak. Insbesondere an die beiden dachte sie, wenn sie an den Wald und den Landbriefträgerjob und den Sommer dachte. Sie sah sie vor sich, den alternden Sohn und die alternde Tochter, wie Geschwister vereint in ihrer abgeschiedenen Welt.

An einem Wochenende im November fuhr sie die Route privat ab. Sie hatte sich Dicks Auto geliehen. Astrid und Isaak sah sie nicht, der Weg zu ihren Höfen war zu weit, und ein vernünftiger Anlass fiel ihr nicht ein. Was hätte sie sagen sollen? Dass sie sie nur mal besuchen wollte? Ja, genau das hätte sie sagen und tun sollen, aber damals verstand sie es nicht. Und vielleicht hätten die Alte oder der Alte ihr auch schon von weitem den Schädel weggeschossen.

Weihnachten nahte, und nach dem Lucia-Fest klingelte das Telefon. Es war der Poststellenleiter, der sie fragte, ob sie wieder als Landbriefträgerin einspringen wollte. Der angestellte Briefträger war krank geworden, irgendeine hartnäckige Grippe war ihm in die Glieder gefahren, und nun brauchten sie schnell Hilfe. Sie erinnerte sich, dass sie aus dem Fenster schaute, während sie mit dem Poststellenleiter sprach. Es schneite. Eine ganze Woche hatte es fast unablässig geschneit, und es sollte weit bis ins neue Jahr hinein schneien, wenn man dem Wetterdienst glauben konnte. Sie dachte an die Wege, die sie im Sommer gefahren war. Schon da waren manche kaum befahrbar gewesen. Wie sollte es jetzt gehen?

»Don't worry«, sagte der Poststellenleiter, der im Sommer Urlaub in England gemacht hatte. »Wenn etwas da draußen in der Walachei funktioniert, dann sind es die Wege.«

Und er hatte recht. Die Wege waren im Winter besser als im Sommer, breiter, ebener. Jeder, der einen Traktor besaß, schien ständig unterwegs zu sein und Schnee zu räumen, und später am Nachmittag kamen die Räumfahrzeuge der Kommune und häuften die Schneemassen zu Wällen auf. Ein paar Tage nachdem sie zugesagt hatte, fuhr sie eine Runde zur Probe. Die Wege machten keine Schwierigkeiten.

Die Rückkehr ins Postamt einige Tage vor Weihnachten war nett, und sie fühlte sich fast heimisch. Sie wurde wie eine alte Bekannte begrüßt und war gleich wieder mitten in der Routine des Sortierens und Lesens der Ansichtskarten.

»Hört mal!«, konnte einer der Kollegen grölen, wenn ihm eine besonders derbe Ansichtskarte unter die Augen kam. »Jetzt schwängert er das ganze Hotel!«

»Behauptet er, ja«, rief ein anderer.

Sie schaute die Adressen- und Namensliste ihrer Tour durch. Es waren dieselben Namen, nichts schien sich verändert zu haben. Sie fragte. Einige Alte waren gestorben. Geburten waren da draußen nicht mehr aktuell.

»Wer?«, fragte sie und studierte weiter die Liste.

Sie hörte die Namen. Aber sie standen noch immer auf der Liste.

»Die Eltern. Die Kinder sind noch da.«

Die Kinder.

Astrid und Isaak.

Sie waren frei. Vielleicht täuschte sie sich auch. Vielleicht waren sie einsamer denn je. Vielleicht ganz hilflos. Hilflos wie Kinder.

Sie fuhr ihre erste Wintertour. Sie war wie die erste Sommertour, nur weißer. Die Sonne schien und reflektierte all das Weiß, ohne ihre dunkle Sonnenbrille hätte sie gar nicht fahren können. Trotzdem schmerzte das Gleißen in den Augen, doch das war es wert. Es war so schön, wie es nur sein konnte auf der Welt. Einen Tag wie diesen kann es nur im Norden geben, und an solchen Tagen ist es besser, hier zu leben als irgendwo anders auf der Erdkugel. Ein schöner Wintertag ist besser als ein schöner Sommertag. So etwas kann man nicht einmal einem Dänen erklären.

Isaak bekam nach dem Tod der Mutter weiterhin die Zeitung, und sie war das Einzige, was Ann für seinen Briefkasten hatte. Der Weg zu dem entlegenen Hof war sorgfältig geräumt, fast pedantisch. Es hatte einige Tage lang nicht geschneit, und es war kalt gewesen, der Schnee knirschte unter den Winterreifen.

Der Traktor mit dem Schneepflug stand auf dem Hof. Sie parkte daneben.

Isaak kam aus dem Haus und gab ihr die Hand.

Er wirkte jünger.

»Lange nicht gesehen«, sagte er.

»Ich musste wieder einspringen«, sagte sie.

»Schön, dich zu sehen«, sagte er.

Das waren mehr Wörter, als sie ihn den ganzen Sommer über hatte sagen hören.

»Komm auf eine Tasse Kaffee mit rein«, sagte er.

Drinnen sah es anders aus, als hätte jemand dem Haus ein Facelifting verpasst. In den Fenstern standen Topfblumen. Es roch auch anders, frischer, als hätte er gelüftet, kurz bevor sie kam. Irgendwie wirkte es auch sauberer, als hätte er eben geputzt. Vielleicht hatte er das nach der Beerdigung getan. An der konnte sie sich nicht vorbeimogeln. Es wäre falsch gewesen, nicht ihr Beileid auszusprechen.

»Mein Beileid«, sagte sie, als sie bei einer Tasse Kaffee und einem Stück Hefekuchen saßen, der wie frisch gebacken schmeckte.

Er sah sie an, als wüsste er nicht, was sie meinte. Beileid? Trauer, ach ja.

»Danke«, antwortete er.

»Wie … geht es jetzt?«, fragte sie.

»Es geht gut«, antwortete er.

Sie meinte, ein Geräusch aus dem oberen Stockwerk zu hören, als würde etwas über den Fußboden schrammen, aber Isaak reagierte nicht. Es war ein altes Haus, mehr als hundert Jahre alt, und alte Häuser knarrten und knackten Tag und Nacht.

Als sie eine halbe Stunde später vor Astrids hundert Jahre altem Haus vorfuhr, traf sie niemanden an. Sie betrachtete das gradlinige, einfache Haus, traditionell gebaut wie alle Häuser in dieser Gegend, rot getüncht mit weißen Fensterrahmen. Es ist vermutlich genauso alt wie Astrids Vater, dachte Ann, und jetzt ist er nicht mehr da. Sie stieg aus dem Auto und steckte die Post in den Briefkasten, nur eine Zeitung, und schaute zu dem Haus hinüber. Fast hätte sie dem Impuls nachgegeben, anzuklopfen und Astrid ihr Beileid auszusprechen, sie zu fragen, wie es ihr ging. Aber sie setzte sich wieder ins Auto, um ihre Tour fortzusetzen.

Bevor sie den Zündschlüssel umdrehte, rief jemand ihren Namen.

Sie sah Astrid aus dem Stall kommen.

Astrid winkte, und Ann stieg wieder aus.

»Du arbeitest also auch im Winter?«, fragte Astrid.

Es hörte sich eigenartig an, so als würde sie mit einer alten Freundin reden. Als wäre Ann ihre Freundin.

»Mir macht es Spaß«, antwortete sie.

Astrid lächelte. Sie schien jünger geworden zu sein, genau wie Isaak.

»Mein Beileid«, sagte Ann.

Astrid nickte schweigend. Dann fragte sie: »Warst du auch bei Isaak?«

»Ja, er scheint gut zurechtzukommen.«

Auch am 24. Dezember fuhr sie Post aus, viele Weihnachtskarten und einiges an Alkohol. In der Nacht hatte es geschneit, aber als sie losfuhr, schien die Sonne. Ann machte sich etwas Sorgen wegen der Straßen, aber die Traktoren hatten den Schnee schon in den frühen Morgenstunden geräumt, die in Schweden »Wolfsstunden« hießen. Es gab Leute, die behaupteten, dass der Wolf nun auch hierher in den Süden gekommen war, aber niemand hatte einen gesehen, nur Spuren. Doch Luchse und alles andere Wild gab es. Fast jeden Tag musste sie wegen Rehen bremsen, die auf der Suche nach Nahrung waren, und einige Male auch wegen eines Elchs, ganz zu schweigen von den Hasen.

Im Radio wurden Weihnachtslieder gespielt. Sie bog zu Isaaks Hof ab. Mehr Weihnachtslieder. Als sie vor dem Wohnhaus vorfuhr, kamen Isaak und Astrid heraus.

Sie hielten einander bei den Händen.

Ann stieg aus dem Auto. Sie war eher froh als erstaunt.

»Wir dachten, du sollst es als Erste erfahren«, sagte Astrid.

»Ich wusste es wohl schon.«

»Das glaube ich nicht«, sagte Isaak.

»Oder ich habe es gehofft«, sagte Ann.

»Das haben wir auch«, sagte Astrid.

»Aber es hat ein bisschen gedauert«, sagte Isaak.

»Das macht nichts«, sagte Astrid und begann zu weinen.

Isaak zog sie an sich.

»Wir gehen rein«, sagte er, »es ist kalt.«

Drinnen war der Tisch schon gedeckt.

»Ich weiß nicht, was ich sagen soll«, sagte Astrid.

»Sie brauchen nichts zu sagen«, sagte Ann. »Aber ich sage fröhliche Weihnachten.«

»Fröhliche Weihnachten.«

»Ich hätte ein Geschenk mitbringen sollen«, sagte Ann.

»Ach was.«

»Beim nächsten Mal«, sagte Ann.

»Du wunderst dich bestimmt«, sagte Isaak.

»Warum?«

»Jetzt werden sich die Leute die Mäuler zerreißen«, sagte Astrid.

»Als ob das was Neues wäre«, sagte Isaak.

»Der Unterschied ist nur, dass sie jetzt einen Grund dazu haben«, sagte Ann.

Sie lachten alle drei.

Das Lachen verklang. Vor dem Fenster war es weiß. Ann sah die Vögel am Futterplatz.

»Mir tut es bloß leid, dass es so viele Jahre gedauert hat«, sagte Isaak, nachdem sie eine Weile geschwiegen hatten.

Astrid begann wieder zu weinen.

Jetzt waren sie frei. Ann wollte es ihnen sagen und dass sie jetzt das ganze Leben vor sich hatten, es war nicht mehr hinter ihnen. Aber für Derartiges hatte sie keine Worte. Doch sie waren frei.

»Wo werden Sie wohnen?«, fragte sie.

»Hier«, sagte Isaak, »das Haus ist in einem besseren Zustand.«

»Wir wohnen schon hier«, sagte Astrid.

Ann nickte.

»Ich will nicht zurück«, fuhr Astrid fort. »Ich will … nie mehr dorthin zurück.«

Draußen auf dem Hof umarmte Ann die beiden. Als sie ihnen im Rückspiegel noch einen Blick zuwarf, hielten sie sich immer noch an den Händen.

Bei ihrer ersten Runde nach den Feiertagen war es kein Geheimnis mehr. Das fünfzig Jahre alte Geheimnis gab es nicht mehr. »Fünfzig Jahre«, hatte Isaak gesagt. »Fünfzig Jahre lang habe ich Astrid geliebt.«

Obwohl es an diesem Tag keine Rente auszuzahlen gab, wollten alle Ann zum Kaffee einladen. Alle wollten reden. Sie sagte nicht viel, außer dass sie sich sehr für Astrid und Isaak freue.

»Ich hab's gewusst! Ich hab's gewusst!«, war der häufigste Kommentar auf den Höfen. Aber Ann glaubte nicht, dass es jemand gewusst hatte. Vielleicht war es Wunschdenken, das hoffte sie.

Milano

Ihr war es egal, dass sie Halbstarkenbraut genannt wurde. Die hatten ja gar keine Ahnung, was eine Halbstarkenbraut war, und nannten sie nur so, weil sie in einem sogenannten Halbstarkenauto herumfuhr. Sie kannten weder Olle noch Dick. Die beiden sahen lebensgefährlich aus, aber sie waren nett. Selbst wenn sie einen über den Durst getrunken hatten, waren sie nett, aber dann sorgte Ann dafür, dass sie schon auf dem Marktplatz abgesetzt wurde. Olle und Dick wechselten einander mit dem Fahren ab, jeden Freitag- und Samstagabend, auch mittwochs, wenn im Sommer in Gubbakulan getanzt wurde. Der eine saß am Steuer und der andere hinten, trank Dosenbier und erzählte, was ihm so durch den Kopf ging. Was er um sich herum sah. Sie saß immer auf dem Beifahrersitz, der so breit war, dass drei von ihrer Statur problemlos Platz gehabt hätten. Der Fahrer schwieg meistens, nur wer gerade hinten saß, redete sich den Mund fusselig. Vielleicht kam es vom Alkohol. Aber sie vermutete, dass es noch einen anderen Grund gab. Sie trank nicht, also konnte sie während der Fahrt darüber nachdenken. Der Fahrer konzentrierte sich auf die Straße. An den Wochenenden waren immer viele Verrückte unterwegs. Sie tun es meinetwegen, dachte sie. Sie passen auf mich auf. Haben Angst um mich.

Nie nahmen sie jemand anders im Auto mit. Immer nur sie. Es kursierten Gerüchte, die sie auf Umwegen hörte.

Dass Olle und Dick sie gleichzeitig auf dem Rücksitz bumsten, auf dem Vordersitz, auf der Motorhaube und in einem Zelt. Sie fragte sich, woher das Zelt kam. Und sie fragte sich, wie die Leute auf die Idee kamen, Olle und Dick könnten bumsen. Das war nicht ihr Ding. Hatte jemand die beiden jemals mit einem Mädchen zusammen gesehen? Außer mit ihr? Sie redeten nie vom Bumsen, nicht ein einziges Mal. Es gab Typen, die von gar nichts anderem redeten.

Dick und Olle übten mit ihr Auto fahren, und sie bekam ihren Führerschein beim ersten Versuch. Die Japaner der Fahrschule waren wie Spielzeugautos gegen den Caravan. Am nächsten Samstag saß sie hinter dem Steuer des Halbstarkenautos. Olle und Dick hockten im Fond und tranken Bier. Sie sagten den ganzen Abend kaum ein Wort, weder zu ihr, noch sprachen sie miteinander. Es war das erste Mal, dass sie zusammen hinten saßen. Sie schienen verlegen zu sein, voreinander verlegen.

Am darauffolgenden Wochenende saß wieder einer von ihnen am Steuer. Sie durfte nicht mehr fahren.

Sie war zwanzig geworden und hatte ihre letzte Tour mit dem Caravan gemacht, als sie begriff, was noch niemand kapiert hatte. Keiner von beiden sagte etwas, als sie bei ihr zu Hause vorbeikamen, aber sie wussten, dass sie es verstanden hatte. Es änderte nichts. Wenige Tage nach Andreas' Unfall hatte Olle angerufen. Am nächsten Tag rief Dick an. Sie hoffte, dass sie dasselbe Telefon benutzten.

Als sie vor dem Krankenhaus parkte und den Motor abstellte, lächelte sie vor sich hin, sah ihr eigenes Lächeln im Rückspiegel. Entdeckte darin eine Gestalt auf der Bank unter der großen Esche. Auf der Bank hatte sie schon viele Male gesessen. Jetzt saß dort ein schwarzgekleideter Mann. Sie wusste, dass er auf sie wartete.

Ihr stockte der Atem. Warum hat mich niemand angerufen? Ein Eisenband presste ihr die Brust zusammen. Sie hatte einen herben Geschmack im Mund. Das Eisenband wurde enger. Jetzt sterbe ich. Hier ist alles zu Ende.

Sie öffnete die Tür und stieg aus.

Er stand schon vor ihr. Sie hatte ihn nicht über den Rasen kommen sehen.

»Was ist passiert?« Sie schrie. »Ist er … warum bist du hier?«

»Nein, nein, Ann, deswegen bin ich nicht hier. Andreas' Zustand ist … unverändert.«

»Unverändert? Das verstehe ich nicht. Was machst du hier?«

»Es geht schon um Andreas, aber in anderer Hinsicht. Und um dich.«

»Um uns? Um mich? Bist du betrunken, Esaias? Nehmen die Betrunkene im Bus mit? Ich dachte, das sei verboten.«

»Ich bin nüchtern. Ich habe nicht getrunken. Ich würde nie …«

»Wie kannst du es wagen?«, fiel sie ihm ins Wort. »Wie kannst du es wagen hierherzukommen?«

»Ich wollte nur mit dir sprechen.«

»Ich will dein Mitleid nicht. Wir brauchen dein Mitleid nicht. Wir brauchen Gottes klebriges Mitleid nicht. Dafür ist es zu spät.«

»Es ist kein Mitleid, Ann.«

»Es ist immer zu spät dafür gewesen«, sagte sie. »Wag es nicht, dich da drinnen zu zeigen.«

»Ich wollte nicht zu ihm gehen, Ann, wirklich nicht.«

Sie entfernte sich. Der Druck auf der Brust war verschwunden, aber sie hörte ihr Blut rauschen, zwischen den Ohren. Es rauschte wie das Meer. Und ein Teil von ihr dachte, dass nicht sie es gewesen war, nicht sie hatte Esaias angeschrien.

Das bin nicht ich, die ihn verurteilt und abweist. Das ist die, die ich geworden bin.

Sie drehte sich um, doch er war verschwunden, als wäre er wegen ihrer Worte im Erdboden versunken, auf dem Weg in die Hölle.

Sie betrat das Krankenhaus und blieb vor der Apotheke stehen. Irgendetwas hatte sie kaufen wollen, aber ihr war entfallen, was. Ihre Vergesslichkeit, was Kleinigkeiten anging, war ihr inzwischen vertraut. Sie erinnerte sich daran, dass sie vergaß. Sachen. Worte. Vielleicht war das der Versuch ihres Gehirns, sie zu schützen. Andererseits waren es die Details, die ihr Leben seit sechs Monaten in Bewegung hielten. Ohne all die Kleinigkeiten wäre es leer, weiß wie ein bedeckter Himmel, wie der Himmel, unter dem sie lebten.

»Oh, hallo!«

Sie schaute auf. Das Gesicht kannte sie, aber das war ihr vielleicht nicht anzumerken.

»Lina Teglert.«

»Ich erinnere mich. Entschuldigung, ich habe Sie nicht vergessen.«

»Ich bin auf dem Weg nach draußen.«

»Und ich bin gerade gekommen.«

Die Frau, Lina Teglert, die Krankenschwester, nickte und strich sich eine Haarlocke aus dem Auge. Unter dem Auge hatte sie einen dunklen Streifen, nicht breit, aber im Licht des Foyers war er deutlich wie Mascara. Unter dem anderen Auge war kein Strich, als hätte sie sich für einen Auftritt geschminkt. Eine Zirkusrolle. Eine Piratenrolle. Mit sieben oder acht hatte Andreas sich alles über Seeräuber beigebracht. An Bord von Piratenschiffen ging es immer gerecht zu, hatte er erzählt. Wenn der Kapitän nicht gerecht war, wurde er gefeuert. Manchmal musste er sogar auf die Planke. Manchmal, wenn die Piraten Gefangene genommen hatten, segelten sie aufs offene Meer hinaus. Dort sagten sie, dass sie nichts mehr mit den Gefangenen zu besprechen hätten und sie das Schiff verlassen könnten. Dann legten sie die

Planke aus. Piraten aßen nichts anderes als Fleisch. Und in Westindien, wo sie gern waren, aßen sie Zitronen. Sie hatten begriffen, dass Zitronen Zahnausfall verhinderten. »Haben sie Elchfleisch gegessen?«, hatte Johan einmal gefragt. »Nee, das waren die Wikinger«, hatte Andreas geantwortet. Es war ein Scherz. Jeder wusste, dass die Wikinger nur Schweinefleisch gegessen hatten. Mit sechs oder sieben hatte er alles über die Wikinger gelernt. Er lebte fünfhundert Meter von ihren Gräbern entfernt. Bevor er Seeräuber wurde, war er Wikinger. Schon vor seinem neunten Geburtstag war er über alle sieben Meere gesegelt. Er war Indianer geworden. Mit zehn war er über alle Flüsse gepaddelt und in allen Wäldern gewesen. Gewissermaßen war nicht mehr viel übrig. Er hatte schon alles ausprobiert.

»Ich habe mir Sorgen gemacht«, sagte Lina Teglert.

»Wie bitte? Entschuldigung.«

»Ich hab Sie da draußen mit einem Pfarrer gesehen. Als hätten Sie einen Pfarrer mitgebracht.«

»Ja, da kann man sich wirklich Sorgen machen.«

»Ich meinte ni…«

»Nein, nein. Es war ein Bekannter. Oder Nachbar oder wie ich ihn nennen soll. Unser Hof liegt gegenüber der Kirche.«

Lina Teglert nickte.

»Aber er ist nicht mein Freund. Sie dürfen mich gern fragen, warum.«

»Das geht mich nichts an.«

»Ich kann sowieso nicht darauf antworten. Im Augenblick jedenfalls nicht. Hätten Sie mich vor einer Stunde gefragt, hätte ich es gekonnt.«

»Was hätten Sie da geantwortet?«

»Dass Gott mir nie geholfen hat und Esaias auch nicht. So heißt der Pfarrer.«

»Das Gleiche kann ich von mir sagen.«

»Hat Esaias Ihnen auch nie geholfen?« Ann lächelte, ein gutes Gefühl im Gesicht. Lina Teglert lächelte zurück.

»Ich habe vergessen, was ich in der Apotheke kaufen wollte«, sagte Ann. »Wahrscheinlich war es nichts Wichtiges, deshalb hab ich's vergessen.«

»Heute habe ich Esaias vor dem Krankenhaus getroffen«, sagte sie. »Er wird einer Vogelscheuche immer ähnlicher. Eine dürre Vogelscheuche mit einem Gesicht wie ein Kürbis. Du weißt ja, wie er aussieht. Aber jetzt mit dem feuerroten Sonnenbrand sieht es noch mehr aus wie ein Kürbis. Der Mann wird nie braun. Er ist immer auch etwas gelb, das kommt vom Schnaps, der geht in die Leber und färbt den Körper schließlich gelb. Der Körper verrät alles. Die Leute sagen, der Mensch hat das Gesicht, das er verdient. Dass man es immer hat, in jedem Alter. Aber das stimmt nicht. Es gibt Dinge, die hat man einfach nicht verdient. Du weißt schon. Das habe ich schon tausendmal gesagt. Heute hat mir Esaias irgendwie leidgetan. Hinterher, nachdem ich mit ihm gesprochen hatte. Zum ersten Mal hatte ich Mitleid mit ihm. Möchte wirklich wissen, warum. Bin ich dabei, mich zu verändern? Ich habe ihn immer für einen Heuchler gehalten, der uns weismachen will, dass er Gott und dem Guten dient, der in Wirklichkeit aber nur sich selber dient. Du hast das wahrscheinlich geahnt, obwohl ich nicht darüber gesprochen habe. Heute bin ich plötzlich unsicher geworden. Wahrscheinlich hat er mit Johan gesprochen. Sonst hätte er sich nie hierher getraut. Es wundert mich gar nicht, dass Johan mir nichts von dem Gespräch erzählt hat. Dein Papa redet nicht viel, schon gar nicht über sich selber. Hoffentlich wirst du nicht auch so. Ich bin übrigens sicher, dass du anders wirst. Damit meine ich nicht, dass du besser werden sollst, nur anders. Es ist nicht falsch, offen auszusprechen, wie es einem geht. In der Hinsicht hat Johan sich schon sehr gebessert. Ich glaube, er ist sein Leben lang traurig gewesen, und das ist keine Sünde. Man weiß es vielleicht nicht einmal selber, und wenn es einem klarwird, ist es womöglich zu spät. Verstehst du das, Andreas? Ich weiß nicht einmal, ob ich es selber verstehe. Johan musste schnell groß werden, er durfte kein Kind sein. Dein Großvater, sein Papa, war nicht nett zu ihm. Eigentlich gehört es sich nicht, so über jemanden zu reden, den du kaum kennst, aber es ist die Wahrheit. Als Johan mich zum ersten Mal mit nach Hause genommen hat, war er furchtbar nervös, schon bevor wir losgefahren sind. In Gegenwart seines Vaters veränderte er sich so sehr, dass es fast zum Lachen gewesen wäre. Man konnte meinen, er schmeichelte seinem Vater, aber das stimmt nicht. Johan hat niemals irgendjemandem geschmeichelt. Wenn er ein Schmeichler gewesen wäre, hätte ich ihn nicht geheiratet. Man kann nicht mit einem Menschen zusammenleben, der anderen schmeichelt. Von Esaias habe ich geglaubt, dass er so einer ist. Aber jetzt sind mir Zweifel gekommen. Habe ich das nicht eben schon einmal gesagt? Manchmal vergesse ich Sachen, meistens Kleinigkeiten, die großen Dinge kann man nicht vergessen. Trotzdem bin ich hoffentlich nicht dabei, senil zu werden. Das Wort hast du doch bestimmt schon mal gehört, da bin ich mir sicher. Es bedeutet, dass das Gehirn langsam aufhört zu funktionieren, ein Prozess, der nicht aufzuhalten ist. Schließlich vergisst man seinen eigenen Namen. Das ist wahrscheinlich das Schlimmste. Dass man nicht mehr weiß, wer man ist. Mit dir ist es etwas anderes, das verstehst du bestimmt. Du hattest einen Unfall, du wirst wieder gesund. Du hast die besten Chancen, sagen die Ärzte. Du musst dich nur noch ein wenig ausruhen. Ärzte lügen nicht, das dürfen sie nicht. In solchen Dingen muss man die Wahrheit sagen. Vielleicht hörst du, was ich dir im Augenblick erzähle, falls du nicht gerade schläfst. Du kannst hören, aber du kannst es nicht zeigen. Das ist okay. Aber warte nur, bald …«

Sie stand auf und ging zum Fenster, um die Jalousien zu öffnen. Das Licht draußen war weiß und stumpf, wie in einem fremden Land, in dem sie noch nie gewesen war und in das sie nie reisen würde. Es war ein unwirkliches Licht. Nichts war wirklich.

Vor dem Haupteingang spazierte ein Hund über den gepflasterten Weg. Sie sah keine Leine. Der Hund war schwarz, aber an diesem weißen Tag waren alle Konturen schwarz. Der Hund schien auf jemanden zu warten, er ging auf und ab. Er war einsam, er war nicht wirklich. Sie schloss die Augen, und als sie sie wieder öffnete, war der Hund verschwunden. In ihrem rechten Ohr brauste es. Der Hund hatte sie beunruhigt. Während sie mit Andreas redete, war sie ruhig gewesen, ihre ruhige Zeit am Tag. Alles andere war Unruhe. Wenn sie der Katastrophe am nächsten war, fühlte sie sich am ruhigsten. Dem Resultat der Katastrophe. Dies Zimmer war ihr Platz auf Erden. Es gab keinen anderen. Die Hitze draußen wirkte kalt und abweisend. Sie war bösartig und schneidend, man konnte sich an ihr verletzen. Da draußen gab es keine runden Ecken. Ich will runde Ecken haben, für den Rest meines Lebens nur runde Ecken.

Esaias saß auf der Bank, als sie das Krankenhaus verließ. Er schaute nicht auf, hatte sie nicht kommen sehen. Seine Glatze war voller Sommersprossen und Leberflecken. Er trug weder eine Baskenmütze noch einen Hut. Die reinste Todesverachtung. Oder er hatte noch nie etwas von Melanomen gehört. Oder vom Loch in der Ozonschicht. Für so naiv, dass er glaubte, vom Himmel könne nichts Böses kommen, hielt sie ihn nicht.

»Du bist noch da?«, sagte sie.

Er blickte auf.

»Ich bin einfach sitzen geblieben«, sagte er.

»Ich nehm dich mit nach Hause«, sagte sie.

Lange schwiegen sie. Erst als sie durch die Ortschaft Paradis fuhren und an dem Pensionatsschild vorbeikamen, zeigte er zur Hügelkuppe hinauf.

»Dort hat meine Mutter einmal kurz gearbeitet«, sagte er.

Sie nickte.

»Wie lange das her ist«, sagte er. »Sogar ich habe eine Mutter gehabt. Es gibt Leute, die glauben, ich wäre so auf die Welt gekommen, wie ich jetzt bin.«

»Direkt vom Himmel?«

»Manche glauben, ich käme aus der anderen Richtung.« Er zögerte. »Du zum Beispiel, Ann.«

»Vielleicht habe ich meine Meinung geändert«, sagte sie.

»Das glaube ich nicht.«

»Plötzlich bedeutet es nichts mehr, woher man kommt. Oder wohin man geht.«

»Ich glaube aber doch. Genau das macht das Leben aus.«

»Dann möchte ich etwas haben, das größer ist als das Leben«, sagte sie.

»Größer als das Leben ist, was vorher war und nachher kommt«, sagte er. »Es war vor uns da, und es wird weiterbestehen, wenn wir fort sind.«

»Worin liegt dann der Sinn unseres Lebens?«

»Ist das eine Frage oder ein Gedanke?«, sagte er.

»Besteht da ein Unterschied?«

Am Rondell in Stensjön hielt sie an. Einige Kilometer nach links in Richtung Vetlanda war der Festplatz gewesen, auf dem jeden Mittsommerabend Tanz stattgefunden hatte. Tanz und Besäufnis. Sie war natürlich mit Olle und Dick hingefahren. In einem Jahr hatte Dick eine Flasche Eau de Vie im nahen Wald vergraben. Als er den Festplatz verließ, um ein paar Schlucke zu nehmen, fand er die Flasche nicht wieder. Er suchte die ganze Nacht. Auch das Morgenlicht half nicht bei der Suche. Es war ein Rätsel. Soviel sie wusste, lag die Flasche immer noch in der Erde. Die war jetzt ordentlich etwas wert. Der Alkohol schmeckte vermutlich anders, vielleicht überhaupt nicht mehr nach Alkohol.

»Frieden in der Seele«, sagte Esaias, als sie das Rondell hinter sich ließen. »Das ist der Sinn hinter allem.«

»Hast du ihn, Esaias, Frieden in der Seele?«

»Nein.«

»Dabei stehst du doch in Direktverbindung zu Gott.«

»Ja. Und außerdem bin ich so alt wie Methusalem. Jedenfalls habe ich das Gefühl. Ich habe genügend Zeit gehabt, Ruhe zu finden.«

»Wie alt bist du, Esaias?«

»Einunddreißig.«

Sie lachte auf.

»Es sind die Gedanken«, sagte er. »Schließlich schlagen sie sich im Aussehen nieder. All die Fragen, die in Gedanken umgewandelt werden müssen.«

»Dann hat der Alkohol also nichts damit zu tun?«

»Der Alkohol? Damit habe ich aufgehört, als ich fünfundzwanzig war.«

»Aber als du mir das sogenannte Abendmahl gereicht hast, hattest du noch nicht aufgehört. Bei meiner Konfirmation.«

»Nein, wahrscheinlich nicht.«

»Erinnerst du dich?«

»Woran soll ich mich erinnern?«

»Wie du mir den Wein aus dem Kelch gereicht hast.«

»Das kann ich nicht gerade behaupten. Wann war das?«

»Es ist jetzt über dreißig Jahre her, in Vrigstad. Ich war fast fünfzehn.«

»Dreißig Jahre? Damals hatte ich … private Probleme. Aus der Zeit erinnere ich mich an kaum etwas. Ist etwas passiert? Auf deiner Konfirmation?«

»Nein«, sagte sie. »Nichts, was jetzt noch von Bedeutung ist.«

Er sah Esaias aus dem Auto steigen und traute seinen Augen nicht. Esaias winkte heftig, wie man einem Freund zuwinkt.

Sie sah froh aus. So etwas würde er aus tausend Metern Entfernung erkennen.

»Ihr kommt also zusammen.«

»Ann hat sich vorm Krankenhaus meiner erbarmt.«

»Bist du bei ihm gewesen?«

»Diesmal noch nicht.«

Johan legte seine Hand auf ihren Arm.

»Ann, ich bin nicht dazu gekommen, es dir zu erzählen. Esaias muss direkt nach unserem Gespräch mit dem Mittagsbus hingefahren sein.«

»Mit einem Taxi«, sagte Esaias.

»Herr im Himmel.«

»Schon in Ordnung, Johan«, sagte sie. »Es ist gut, dass wir endlich miteinander geredet haben.«

»Ich hatte keine Zeit, Essen vorzubereiten«, sagte er.

»Wir können eine Pizza im ›Milano‹ essen«, sagte sie. »Es ist schon Ewigkeiten her.« Sie schaute Esaias an.

»Pizza?«, sagte er. »Nein danke, meine Religion verbietet mir, Pizza zu essen.«

Sie saßen im Schatten an einem Tisch vor dem »Milano«. Die Hitze drückte alles nieder. An diesem Nachmittag rührte sich gar nichts. Sie sah die Häuser auf der anderen Straßenseite, den tunnelartigen Eingang zu dem geschlossenen Kino. Wie alle anderen hatte sie damals, als es noch Matineen gab, dort in der Schlange angestanden. So lange war das noch gar nicht her. Aber als Andreas im richtigen Alter war, hatte das Kino schon geschlossen. Sie war ein wenig traurig gewesen, um seinetwillen. Vielleicht nicht wegen der Filme, aber das Erlebnis hätte sie ihm gewünscht. Es war ungerecht, dass nur Großstadtkinder in eine Matinee gehen konnten. Das Wort hatte ihr immer gefallen.

Sie schaute auf ihre Pizzareste. Die Teigkanten hatte sie übrig gelassen, sie bildeten einen Kreis am Tellerrand.

»Das wird ein Loch in unsere Kasse reißen«, sagte sie. »Vielleicht waren wir doch zu leichtsinnig.«

»So arm sind wir nun auch wieder nicht, dass wir uns keine Pizza mehr leisten können«, sagte er.

Sie schwieg. Ein Auto fuhr vorbei. Es sah aus, als würde es durch die Luft schweben. Gegenüber vom »Milano« verließ ein Mann die Handelsbank, schloss die Tür ab und ging in Richtung Bahnhofstunnel. Beim Anbruch des Zeitalters der Expresszüge waren die Schranken durch den Tunnel ersetzt worden. Schranken waren zu langsam für die neuen Züge, die ein solches Tempo hatten, dass die Fahrgäste die vorbeirasende Landschaft kaum wahrnehmen konnten. Sie war einmal mit dem Express von Nässjö in Richtung Süden gefahren und hatte nicht einmal die Namen der Bahnhöfe lesen können, in denen der Zug nicht anhielt. Als gäbe es sie gar nicht mehr. Der Bahnhof von Sävsjö war geschlossen. Wenn man auf den Lokalzug wartete, konnte man sich nirgends aufwärmen. Aber sie wartete nie auf einen Lokalzug. Sie fuhr auch nicht mit dem Bus. Sein Fahrplan war zu dürftig. Wenn sie nicht das Auto gehabt hätte, wäre es schwierig geworden, Andreas zu besuchen. Benzin ist ein Trost und Sünde des armen Abstinenzlers, dachte sie. Sie sah einen Mann, den sie nicht kannte, in Kappe und Arbeitsmontur aus dem staatlichen Schnapsladen kommen.

»Der Schnapsladen hat also nach der Mittagspause wieder geöffnet«, sagte Johan und trank den letzten Schluck Mineralwasser. »Es muss der einzige Laden im ganzen Land sein, der über Mittag geschlossen hat.«

»Das ist gut«, sagte sie. »Wenn ich etwas zu sagen hätte, wäre er dauernd geschlossen.«

»Damit würdest du so manchen vergrätzen. Es gibt auch Leute, die maßvoll trinken können.«

»Zeig mir einen«, sagte sie. »Mir ist noch nie einer begegnet. Dir?«

»Wenn du das so sagst … nein.«

»Vielleicht in Großstädten«, sagte sie. »Leute, die in Weinclubs und so was gehen.«

»Weinclubs sind vermutlich nur ein Vorwand, um trinken zu können.«

Sie sah eine Frau, die sie nicht kannte, mit einer Tüte aus dem Schnapsladen kommen, vielleicht eine Touristin. Sie verschwand aus ihrem Blickfeld. Johan schaute ihr nach. Oder der Tüte.

»Vermisst du es?«, fragte sie leise und sah ihn an.

»Das Trinken? Nein, eigentlich nicht. Es hat verdammt viel Zeit gekostet.«

»Wie meinst du das?«

»Verlorene Zeit«, antwortete er. »Viel unnötige Zeit. Im Suff bedeutet Zeit gar nichts. Man hat jede Menge Zeit. Erst als mit dem Saufen Schluss war, als ich aus dem Rausch erwachte, habe ich kapiert, dass es verlorene Zeit war. Verstehst du?«

»Ich war da«, sagte sie. »Als du aufgewacht bist.«

»Meinst du, ich hätte das vergessen? Es war ein Gefühl, wie aus einer Bewusstlosigkeit zu erwachen.«

Er legte erschrocken die Hand auf den Mund. Diese Geste hatte sie bei ihm noch nie gesehen.

»Es macht nichts, Johan. Egal, was wir tun, wir können es nicht vermeiden, dass sich letzten Endes alles um Andreas dreht.«

»Trotzdem«, sagte er.

»Wollen wir gehen?«

Die Idee entstand auf dem Heimweg. Sie bogen bei der Kreuzung in Komstad ab. Es waren noch dreihundert Meter bis zur Abzweigung nach Rickelstorp, da fragte er:

»Bist du schon mal auf dem Tomtabacken gewesen?«

»Als ich klein war. Ich glaube, es war ein Schulausflug, vielleicht der erste, der über den Ort hinausging.«

»Ich bin noch nie da oben gewesen. Ist das nicht seltsam? Der höchste Punkt über dem Meeresspiegel auf der südlichen Hälfte dieses verdammten Landes, und ich bin noch nicht oben gewesen, obwohl ich mein ganzes Leben nur acht Kilometer entfernt verbracht habe.«

Sie hatte am Straßenrand angehalten.

»Da vorn ist die Abzweigung. Jetzt hast du die Chance. Willst du sie wahrnehmen?«

»Du kommst doch mit?«

»Ich sitz ja schon am Steuer.«

»Dann fahr los«, sagte er.

Sie fuhren durch Rickelstorp, und die Landschaft öffnete sich. Jetzt näherten sie sich dem höchsten Punkt des Hochlandes.

»Ich bin immer noch nicht mit dem Streichen vom Heimatmuseum fertig«, sagte er, als sie an dem Hinweisschild nach Kristnarp vorbeikamen. »Vielleicht erwartet Magnus das. Er hat mir den Job gegeben.«

»Die Deutschen kommen doch erst in einem Monat«, sagte sie.

»Aber trotzdem.«

Die Straße führte schnurgerade wie Bahngeleise in Richtung Vakås. Erst kürzlich war der Belag erneuert worden, und Schotter prasselte gegen das Auto. Rechter Hand flossen die Wiesen ineinander. Die Sonne warf ihre ersten Nachmittagsschatten, die Felder fügten sich zu einem Karomuster.

»Diese verdammten Almosen«, sagte er. »Was anderes ist das nämlich nicht. Eine Art verdammtes Erbarmen mit uns. Mit mir. Als ob man nicht allein zurechtkommen könnte.«

»Immerhin ein Zubrot«, sagte sie.

»Trotzdem. Es ist keine Arbeit. Keine richtige Arbeit.«

»Was ist richtige Arbeit?«

»Wenn man spätestens um halb sieben anfängt und um vier aufhört. Das ist Arbeit.«

»Dann bin ich disqualifiziert«, sagte sie. »Ich fahre nicht vor acht. Wenn ich überhaupt fahre.«

»Du fährst. Wenn die Schule wieder anfängt, fährst du.«

»Ich bin mir nicht sicher. Das weiß ich erst, wenn es so weit ist. Wir müssen abwarten.«

»Ich halte lieber den Mund«, sagte er. »Ich rede zu viel über Arbeit.«

»Du wirst schon sehen, irgendwann kommt die Wende«, sagte sie. »Du hast noch nicht deinen letzten Dachstuhl zusammengenagelt.«

»Na, hoffentlich hab ich mir nicht zum letzten Mal mit dem Hammer auf den Daumen gehauen.«

Sie kamen an dem Hinweisschild nach Skallebygd vorbei.

»Ich hab noch nie jemanden aus Skallebygd getroffen«, sagte er und zeigte auf das Schild. »Was für ein bekloppter Name. Selbst an schwedischen Verhältnissen gemessen.«

»Vielleicht wohnt da niemand«, sagte sie.

»Ein Ort voller Totenschädel. Vielleicht wohnen dort Gespenster«, sagte er.

»Wollen wir auch gleich nach Skallebygd fahren, wo wir schon mal in der Gegend sind?«

»Nächstes Mal«, sagte er.

Am Fuß des Tomtabacken stand eine Anschlagtafel ohne Mitteilungen. Nach Norden konnte man unendlich weit sehen. Meilenweit entfernt stieg eine Rauchsäule auf, eine einzige.

»Die Brände werden weniger.« Er zeigte auf die Rauchsäule und drehte sich zum Hügel um, der gar nicht so hoch war. Sie hatten den höchsten Punkt schon fast erreicht, auf dem sich Telegraphenmasten und Parabolantennen in den Himmel reckten.

Je höher sie kamen, umso windiger wurde es. Sie waren allein.

»Ich hab die Sauerstoffmaske vergessen«, sagte er zu ihrem Rücken. Sie kletterte gerade über einen Felsen und schien ihn nicht zu hören. Das vertrocknete Gras und verbrannte Moos unter ihren Füßen fühlte sich an, als gingen sie über die Isolierung von Häusern, die er nicht mehr bauen durfte, ein Berg bedeckt mit Steinwolle.

Jetzt standen sie oben. Auch hier gab es eine Anschlagtafel, grob zusammengezimmert und morsch, ohne Anschläge, ein paar Holzbänke, alle in miserablem Zustand, zwischen den Metallsendern platziert. Ein Tisch war fast vollständig verrottet.

»Willkommen auf dem Tomtabacken«, sagte er.

»Ich hab schon gastfreundlichere Orte gesehen«, sagte sie.

»Aber die Aussicht!« Er machte eine alles umfassende Armbewegung.

Es gab nichts zu sehen. Bäume und Gestrüpp verdeckten jede Aussicht. Wer die genießen wollte, musste auf einen der Maste klettern, aber das war verboten.

»Dies ist ein verbotener Ort«, sagte er.

»Zumindest ist er abweisend«, sagte sie.

»Nein, verboten. Dahinten sehe ich Stacheldraht.«

Sie folgten dem Pfad um den Hügel herum. Der Pfad endete vor einer Stacheldrahtabsperrung. »Endlich ein Anschlag«, sagte Johan und las laut vor: »›STOPP! Schutzobjekt. Streitmacht. Es ist verboten, das Objekt zu fotografieren, abzubilden, zu beschreiben oder zu messen.‹ Das Objekt! Ich sehe einen Bunker und Stacheldraht und eine Art Signalmast auf dem Hügel. Ich sehe ein paar junge Kiefern, verflixt viel Moos und einen Schotterweg, der wieder nach unten führt. Ich sehe einen weiteren Anschlag, den ich von hier aus nicht lesen kann. Was soll das? Ich sehe eine Metalltür. Dann sehe ich noch ein merkwürdiges Gerippe, könnte der Unterbau für einen schwedischen Weihnachtsbock sein.«

»Hoffentlich hört dich niemand«, sagte sie. »Der Mast da könnte jedes Wort aufgefangen haben.«

»Ich sehe keine Kameras«, sagte er.

»Lass uns gehen«, sagte sie.

»Wenn wir zwischen all dem Stacheldraht zurückfinden. Hier oben sieht es verdammt nach einem Gefangenenlager aus.«

»Ohne Gefangene«, sagte sie.

»Nur wir.«

»Wir sind keine Gefangenen«, sagte sie.

»Es war ein Fehler, hierherzufahren«, sagte er.

»Na, so schlimm ist es nun auch wieder nicht.«

»Nein.«

Aber auf dem Heimweg war ihm unbehaglich zumute, als hätte er im Übereifer gehandelt und damit einen Traum ausgelöscht, ein seltsames Gefühl.

Als sie über die Kahlschläge ging, lag noch keine Spur vom Abend in der Luft. Die Sonne stand immer noch hoch. Unter ihren Stiefeln knackte es. An einigen Stellen waren Sägespäne wie Sandwehen aufgehäuft. Die meisten gefallenen und zersägten Bäume waren abtransportiert. Hier lag nur noch herum, was bei den ersten Aufräumarbeiten für untauglich erklärt worden war. Einmal mit der Motorsäge quer durch den Baum, den der Sturm aus dem Erdreich gerissen hatte, und Stamm und Wurzel waren getrennt. Sie sah die Jahresringe, Kreise, die keinen Anfang und kein Ende mehr hatten. Plötzlich wurde ihr schwindlig, als hätte sie die Bodenhaftung verloren.

Ich muss mich setzen, Himmel. Habe ich heute Morgen die Tabletten genommen? Ich kann mich nicht erinnern. Seit heute Morgen ist zu viel Zeit vergangen.

Sie setzte sich auf einen Stamm mit einem gelben Fleck, der zu einem Stern zerflossen war. Das Schwindelgefühl legte sich und war verschwunden. Nur in ihrem Kopf brauste es noch. Das Brausen war stärker geworden, je näher sie diesem Kahlschlag gekommen war. Auf der anderen Seite lag Andreas' geheimer Ort. Früher war er im Wald versteckt gewesen. Jetzt lag er offen da, wie ein Ring, den man aufgeschnitten hatte. Die Bäume auf der anderen Seite des Ringes waren stehen geblieben, nicht nur sie, ein Streifen von Bäumen erstreckte sich weit nach Südwesten.

Sie stand auf und setzte ihren Weg durch Himbeertriebe und über einen Teppich aus Baumrinde fort, auf den geöffneten Ring zu. Das Brausen in ihrem Kopf dröhnte wieder lauter, als würde sie an der Bahnüberführung einem Zug entgegengehen.

Sie stand auf der Lichtung. Die Sturmfalle, die Andreas gefangen hatte, war verschwunden, von den Erntemaschinen und Motorsägen entfernt. Nur Späne und Rinde waren noch übrig und eine zersplitterte Föhre, die in einer Tanne wie in einer Zwangsehe hängengeblieben war.

Hier war es! Sie überquerte die Lichtung. Sie schaute hinauf und sah nichts als Himmel. Im Frühjahr war er dunkler gewesen. An den Stellen, die die Aprilsonne nicht erreichte, den verborgensten Stellen, hatte noch Schnee gelegen. Sie konnte verstehen, dass es ihn hierhergezogen hatte. Er musste sehen, was mit seiner Geheimwelt passiert war. Ihr war unbegreiflich, warum sie es zugelassen hatten, dass er allein ging. Es war zu billig, sich damit herauszureden, dass er nichts davon gesagt hatte. Sie hätten es wissen müssen. Gleich nach dem Sturm hätten sie als Erstes mit ihm hierhergehen müssen. Sie hätten den Traktor nehmen können oder eins der Monster von Waldmaschinen, die innerhalb weniger Tage in Scharen über die Landschaft hergefallen waren. Sie hätten fliegen oder nur in der Phantasie reisen können.

Trauerränder

Hinterher sind wir nach Vakås gefahren. Wir haben auf dem Steg gestanden, und dann bin ich ins Wasser gesprungen und weit hinausgeschwommen. Draußen habe ich nichts weiter als den Himmel gesehen. Das ist seltsam. Der See ist in der Diagonale ja nur einige Hundert Meter breit, aber weil er auf einem Plateau liegt, verschwindet alles rundherum, wenn man in die Seemitte schwimmt. Man könnte glauben, der See liege auf dem höchsten Punkt. Er ist wie eine konkave Linse. Du weißt, wie schön es dort oben ist. Ich glaube, du weißt es. Wir sind einmal zusammen mit dem Rad hingefahren. Bestimmt erinnerst du dich an die Hügel, den ganzen Weg ging es bergauf. Ich glaube, es war im vergangenen Sommer. Wir standen auf dem Steg, und dann sind wir ins Wasser gesprungen, obwohl es kalt war, nicht so warm wie jetzt. Draußen ist es verdammt heiß. Ja, du hörst, ich fluche, und ich entschuldige mich dafür. Früher hab ich ja auch geflucht, und ich dachte, wenn ich jetzt mit dir rede, ohne zu fluchen, könntest du glauben, ich sei gar nicht ich. Dass ich jemanden gebeten habe, an meiner Stelle hier zu sitzen und so zu tun, als wäre er ich, das wäre wirklich verdammt schlimm. Da hätte ich hinterher viel zu erklären. Aber im Vergleich zu Verdammt-Karlsson in Malmbäck bin ich der reinste Unschuldsengel. Mit siebzehn habe ich einen Sommer in seiner Schmiedewerkstatt gearbeitet. Das hab ich dir vermutlich noch nie erzählt. Ich musste meistens

Balken kappen. Verdammt-Karlsson konnte kaum ein Wort rausbringen, ohne einen Fluch dranzuhängen. Dadurch wurde alles, was er sagte, doppelt so lang als nötig. Wenn er fluchte, qualmte es stärker als beim Schweißen. Eine Weile war das ganz witzig, aber mit der Zeit wurde es langweilig. Ihm fiel es schwer, Leute zu halten, und das ist ja auch kein Wunder. Außerdem kannte er nicht viele Flüche, auf Dauer klang das, als ließe man ein Band auf Repeat laufen, ein ziemlich kurzes Band. Sein Wortschatz war auch nicht besonders groß. Damals wurde mir klar, wie gering der Wortschatz in diesem Land ist. Wenig Phantasie.«

Er wusste nicht weiter. Zwar hatte er einen neuen Witz, den Magnus Hjelm ihm dieser Tage erzählt hatte, aber den wollte er sich bis zum Schluss aufsparen, bevor er ging.

»Ich muss mir ein bisschen die Beine vertreten.« Er stand auf. »Bin gleich wieder da.«

Er ging durch den Korridor und kam am Aufenthaltsraum vorbei. Er war leer. Ein einsamer Ort, an dem sich niemand aus freien Stücken aufhielt. Das war das Schlimmste an Krankenhäusern, es gab keinen freien Willen.

In die Krankenwagenauffahrt links bog ein schwarzes Auto ein, als er vor die Tür trat. Das Auto hätte in jedem Licht schwarz gewirkt. Es gab auch weiße Leichenwagen, aber nicht in dieser Gegend. Anders Elfvenberg stieg aus und schloss die Tür hinter sich. Als er Johan sah, hob er die Hand und kam mit leicht hüpfenden Schritten über die Steinplatten auf ihn zu. Etwas in seiner Hüfte ließ ihn bei jedem zweiten Schritt hinken, ein Fehler, der offenbar nicht zu beheben war. Es hieß, er habe sich als kleiner Junge verletzt, als er seinem Vater geholfen hatte, Särge anzuheben. Sie benutzten die falsche Technik oder gar keine Technik. Aber das war natürlich dummes Geschwätz. Wenn es stimmte, müsste es viele lahmende Beerdigungsunternehmer im Land geben. Klavierträger hatten spezielle Trageseile. Möbelpacker.

Aber Elfvis hörte auch als Möbelhändler nicht auf, seinen Körper einseitig zu belasten. Manchmal wuppte er schwere Gegenstände ohne jede Hilfe. Er hatte seine eigene Technik, wenngleich die falsche, die er allerdings nicht vererben würde, ein Junggeselle von fünfundfünfzig. Johan hatte ihn noch nie mit einer Frau zusammen gesehen. Vielleicht fürchteten sich Frauen vor den Toten, die im Erdgeschoss ein- und auszogen.

»Hallo, Johan.«

»Du hast also hier zu tun.«

»So ist es«, sagte Elfvis. »Leider.«

»Es ist dein Job.«

Elfvis schaute an der Fassade hoch, als sähe er sie zum ersten Mal. Johan folgte seinem Blick. Die Fenster waren schwarze Vierecke, die von schwarzen Klinkern eingefasst waren. Die Fassade schien immer mehr in den Schatten zu geraten, je länger die Hitzewelle anhielt. Alle Fenster waren geschlossen. Sie ließen sich nicht öffnen.

»Es ist verflixt heiß.« Elfvis wischte sich über die Stirn. »Aber das ist inzwischen wohl niemandem entgangen.« Er trug eine schwarze Hose, ein weißes Hemd und einen schwarzen Schlips. Seine Schuhe waren gewienert, so dass sie Johan fast blendeten. »So was hab ich noch nie erlebt.«

»Das hat keiner«, sagte Johan.

Elfvis sah ihn an und dann wieder an der Fassade hinauf. Sie war ziemlich neu. Das frühere Hauptgebäude des Krankenhauses glich eher einem Sanatorium, einem Herrenhof oder einem Schloss. Die Formen waren runder, weicher, und doch flößten die alten Krankenhäuser größere Furcht ein. Was neu und modern war, erweckte dagegen Vertrauen. Früher ist alles bedrohlicher gewesen.

»Wie geht es eurem Sohn?«, fragte Elfvis, ohne die Fassade aus den Augen zu lassen.

»Unverändert.«

»Vielleicht ist das ein gutes Zeichen.«

»Weder noch, Elfvis.«

»Man muss nur abwarten. Es ist gut. Warten ist besser als das Gegenteil.«

»Sprichst du aus eigener Erfahrung?«

»Nein.« Elfvis sah Johan an. »Damit habe ich nicht viel Erfahrung. Wenn ich in Erscheinung trete, hat das Warten ein Ende.«

»Wie heute also«, sagte Johan.

»So ist es«, sagte Elfvis. »Ich bin auf dem Weg zur Medizin. Die bauen gerade um. Ich weiß nicht, wie ich dahin komme. Schließlich kann ich den Sarg nicht durch das ganze Krankenhaus rollen.«

»Gibt es schon einen Sarg?«

»Diesmal ja. Die Angehörigen haben ihn selbst hergebracht.«

»Vielleicht haben sie ihn selber gebaut.«

»Das hoffe ich nun wirklich nicht.«

»Ist das schon mal vorgekommen?«

»Dass sich Leute ihren eigenen Sarg gezimmert haben? Es gibt kaum etwas, das es nicht gibt, so viel ist sicher. Ein alter Mann in Gådeberg … ach, lassen wir das.«

»Nein, erzähle!«

»Es ist unpassend.«

»Unpassend für wen? Meinetwegen? Oder wegen meines Sohnes? Mach dir um ihn keine Gedanken. Ich erzähle ihm Witze, je unpassender, desto besser. Er mag unanständige Witze. Er kennt massenhaft, viel mehr als ich.«

»Wo hat er die gelernt?«

»Keine Ahnung, irgendwo aufgeschnappt.«

»Kannst du … ihm ansehen, ob er dich hört? Wenn du ihm etwas erzählst?«

»Ich glaube, er hört es. Wir hoffen es jedenfalls.«

»Was sagen die Ärzte?«

»Niemand weiß Genaues. Niemand kann etwas sagen.«

»Manchmal sind auch Ärzte ratlos«, sagte Elfvis. »Manchmal hat man den Eindruck, dass wir es in den vergangenen zweitausend Jahren nicht sehr weit gebracht haben.«

»Warum ausgerechnet zweitausend?«

»Tja …« Elfvis strich sich wieder über die Stirn. »Da hat doch unsere Zeit angefangen.«

»Wem hat sie vorher gehört?«

»Was?«

»Wem hat die Zeit vorher gehört?«

»Das ist eine gute Frage, Johan.«

»Wie war das denn nun mit dem Alten in Gådeberg?«

»Er war noch so gut beisammen, dass er einen Sarg bauen konnte«, sagte Elfvis. »Neunzig Jahre alt und kerngesund. Aber du weißt ja, wie die Leute auf dem Lande sind. Sie wollen alles unter Kontrolle haben. Als er fertig war, legte er sich zur Probe in den Sarg. Sicherheitshalber klappte er auch den Deckel zu. Was, meinst du, ist dann passiert?«

»Der Deckel klemmte«, sagte Johan.

»Ganz genau.«

»Und dann?«

»Der Sarg stand im Stall. Der Alte lebte allein, seine Frau war schon vor einigen Jahren verstorben. Er rief und schrie, aber niemand hörte ihn.«

»Woher weißt du das?«

»Was?«

»Dass er gerufen hat. Woher willst du das wissen? Wenn ihn doch keiner gehört hat.«

»Er hat es mir natürlich erzählt.«

»Wie ist er denn wieder rausgekommen?«

»Jetzt bist du ganz schön neugierig, Nedergård.«

»Nicht die Bohne.« Johan spürte sein Handy in der Jeanstasche am Oberschenkel vibrieren.

Er hörte keine Stimme am anderen Ende der Leitung, nur ein statisches Brausen. Auf dem Display stand »unbekannte Nummer«.

»Ja? Hallo?«

Elfvis machte ein Zeichen, dass er gehen musste. Das Schicksal des alten Sargtischlers nahm er mit sich.

»Hallo? Hallo?«

Dann hörte er ein Grollen, vielleicht eine Stimme, ein trauriger Bass, und ihm war, als würde er nun endgültig den Verstand verlieren.

Der Junge atmete, als wäre es die natürlichste Sache der Welt. Keine Apparate mehr rund um die Uhr, was bedeutete, dass er seine Atmungsmuskulatur benutzte. Das war schon einmal gut. Kinder reagieren anders als Erwachsene. »Kinder haben eine ganz andere Dynamik«, hatte einer der Ärzte gesagt. »Je jünger jemand ist, umso schwerer ist es, eine Prognose zu stellen.« Wäre er es gewesen, der dort im Bett läge, dann hätten sie ihn wohl schon längst aufgegeben.

Er begann mit der Gymnastik des Jungen, bewegte seine Arme nach dem Trainingsplan, den die Krankenschwester mit ihm eingeübt hatte, vor und zurück. Die Kontrakturprophylaxe. Das Wort Training hatte für ihn eine andere Bedeutung bekommen. Andreas trainierte sich aus dem Respirator. Das war einerseits positiv, andererseits jedoch keine Garantie für eine Verbesserung. Ein Krankenhaus war kein Ort für Versprechen. Er beugte den Unterschenkel des Jungen, vor und zurück, vor und zurück. Er fühlte die Knochen unter der Haut, kaum noch Muskeln. Während er weiterarbeitete, ging ihm durch den Kopf, dass die Beine zum Gehen geschaffen waren, und das war ja wohl das mindeste, was man vom Leben erwarten konnte.

»Erinnerst du dich, wie du mich mal gefragt hast, was ein Cliffhanger ist?«, sagte er und beugte das andere Bein.

»Du hattest etwas darüber im Netz gelesen und wusstest, was es bedeutet. Du warst bass erstaunt, dass ich es auch wusste. Heute habe ich einen Cliffhanger erlebt, Andreas. Elfvis hat mir von einem alten Mann erzählt, der sich einen Sarg gezimmert hat, aus dem er nicht mehr herauskam. Und doch ist er schließlich rausgekommen, aber als Elfvis mir erzählen wollte, wie ihm das gelungen ist, wurden wir unterbrochen, und nun weiß ich nicht, wie der Mann es geschafft hat. Man kann sagen, der alte Mann hängt immer noch über der Klippe, obwohl er in dem Sarg liegt und darauf wartet, dass die Geschichte ein Ende nimmt, damit er befreit wird. Ich habe überlegt, wie es zugegangen sein könnte, aber mir fällt nichts ein. Der alte Mann war allein zu Hause, und er konnte den Deckel offenbar nicht aus eigener Kraft hochstemmen. Der muss sich ordentlich festgeklemmt haben. Ich glaube nicht, dass er es allein geschafft hat. Jemand muss ihm geholfen haben. Aber es war niemand da. Jetzt hast du etwas, worüber du nachdenken kannst. Ich werde auch nachdenken. Wenn mir was Gutes einfällt, erzähle ich es dir erst, wenn du ganz wach bist. Und du erzählst mir, was dir eingefallen ist. Und dann fragen wir Elfvis. Ich werde ihn bitten, mir das Ende erst zu verraten, wenn du wieder wach bist.«

Die Tränen kamen, bevor er das Auto erreichte. Er setzte sich, wo er gerade ging, ins Gras unter einen Ahorn. Das Laubwerk ließ nicht viel Licht hindurch, und das war schön. Inzwischen hasste er das Licht. Es verschwand nie und war wie eine Plage, die mit Andreas' Unfall zusammenhing. Es gab keine Ruhe. Nur während weniger Nachtstunden entkamen sie dem Licht. Schon in der Wolfsstunde ging die Sonne wieder auf und klammerte sich an den Himmel. Klammerte sich am Rand fest, solange sie konnte. Es war unmöglich, sie hinunterzuschieben.

An dem Tag, an dem ich mit meiner Husqvarna auf die Sonne ziele, bin ich endgültig durchgeknallt.

Jemand hat einmal mit der Husqvarna auf ihn gezielt.

Es war wie mit verschiedenen Puzzleteilen, die man an Stellen findet, wo man nicht einmal gesucht hat. Jetzt hatte er ein Puzzle im Kopf, dessen Teile noch lose waren. Er wünschte, sie würden nicht zusammenpassen. Er wollte sie überhaupt nicht im Kopf haben, wollte das Puzzleteil nicht sehen, wie er über einen Hof läuft, auf dem Geräte verstreut stehen, er hört einen Laut, den Schrei eines Menschen oder Tieres. Überall ist es sehr hell, aber es herrscht ein merkwürdiges Licht, als wäre es Nacht, und die Nacht würde von Scheinwerfern erhellt. Er läuft, läuft. Er sieht nur den Hof und all die Geräte, verrostete Eggen und Pflüge, die in seiner Erinnerung ziegelrot sind. Er kennt sie. Er hört eine Stimme, die er kennt, und läuft darauf zu. Er muss gerade laufen gelernt haben. Vielleicht ist er drei, vier Jahre alt. Er läuft weiter, auf die Stimme zu, geblendet vom Licht kann er nichts sehen, und er kann sich nicht erinnern, warum er solche Angst hat. Die Stimme soll ihn retten.

Und dann ist da nichts mehr. Wenn er mehr wissen will, muss er das nächste Puzzleteil finden. Aber er weiß schon, dass nichts da ist, was ihn retten kann.

Er öffnete das Auto mit der Fernbedienung. Es klang wie ein Schuss am Nachmittag. Eine Waffe mit Schalldämpfer. Ich könnte Urlaub von mir selber nehmen. Dafür brauche ich nur ein wenig Alkohol, wirklich nur ein bisschen, nur für einen Kurzurlaub.

Er schloss das Auto mit einem neuerlichen Schuss ab, drehte sich um, ging zurück zum Haupteingang, dessen Türen sich automatisch öffneten, und lief die Treppen hinauf. Stellte sich so nah wie möglich neben seinen Sohn, um sich daran zu erinnern, dass er nicht fliehen konnte. Wenn er sich einen Schnaps eingoss, konnte er gleich Farbverdünner trinken. Er hatte dieselbe Farbe und fast denselben Geruch wie Alkohol. Farbverdünner war das Gesöff jener, die ganz unten angekommen waren. Er war ganz unten gewesen. Diese Art Freiheit war leicht zurückzukaufen. Ein Langzeiturlaub vom Leben war billig. Er verlangte nichts.

»Ich kenne einen Witz, den du vielleicht noch nicht gehört hast, Andreas. Der ist mir eben eingefallen, als ich das Auto aufschloss. Also, es war einmal ein Flugzeug, das in einem Wald notlanden musste, der Hunderte von Meilen von menschlicher Besiedlung entfernt war, das hatten sie aus der Luft gesehen. Okay, der Kapitän schickte Leute los, die etwas zu essen suchen sollten. Nach einer Weile kamen sie zurück und sagten zu dem Kapitän, wir haben eine gute und eine schlechte Nachricht. Aha, sagte der Kapitän, dann mal gleich raus mit der schlechten. Es gibt nur Elchkot zu essen, sagten sie. Und was ist dann die gute Nachricht? Es gibt reichlich Elchkot.«

Auf dem Weg nach Hause bog er in einen verwilderten Forstweg ab, stieg aus, ging einige Hundert Meter in den Urwald hinein und schrie, bis er keinen einzigen Ton mehr herausbrachte. Bis seine Stimmbänder für eine Weile den Dienst versagten. Nach einigen Minuten hatten sie sich so weit erholt, dass er wieder schreien konnte, aber dieses Mal kam nur ein dünnes Winseln heraus, wie ein verletzter Fuchs winselt, niemals ein Wolf. Und der Urwald hörte zu. Es gab kein Echo, nichts kehrte zurück.

Er zitterte, als er sich wieder ins Auto setzte. Das Zittern würde bald vergehen.

Ann rupfte Unkraut im Gemüsebeet. Zum ersten Mal in diesem Sommer. Das Unkraut hatte viel Zeit gehabt, um alles zu überwuchern. Innerhalb einer halben Stunde war der Korb voll. Zweimal hatte sie ihn schon auf den Kompost geleert. Ihre Augen brannten vom Schweiß, der ihr von der Stirn floss. Sie hätte den Strohhut aufsetzen sollen, aber er war unauffindbar. Er lag nicht auf der Hutablage. Andreas hatte ihn ständig getragen und damit ausgesehen wie Bombi Bitt.

Hinter sich hörte sie das Auto, und sie streckte den Rücken. Johan stieg aus und winkte ihr auf seine halb schüchterne und halb kesse Art zu, eine Angewohnheit, die er nie abgelegt hatte, als hätte er sich immer noch nicht entschieden, wer er war. Gerade das gefiel ihr so sehr an ihm. Er war nicht erstarrt wie manche andere, die sie kannte. Die meinten, schon alles gelernt zu haben, was sie brauchten, und beschlossen hatten, für immer an der einmal gefassten Meinung festzuhalten.

»Donnerwetter!« Er kam näher und umarmte sie. An seinen Augen konnte sie sehen, dass er geweint hatte. Tränenspuren waren noch Stunden später zu erkennen. Sie hinterließen einen besonderen Glanz in den Augen. In diesen entsetzlichen Monaten hatte sie herausgefunden, dass auch er weinen konnte. Sie erinnerte sich nicht, ihn früher jemals weinen gesehen zu haben. Nicht einmal vor Glück, als Andreas geboren wurde.

»Du hast also einen Kick gekriegt.« Er ließ sie los. »Ich bin schwer beeindruckt.«

»Ist etwas Besonderes passiert?«, fragte sie.

»Nein, nichts.« Er bückte sich nach dem Korb. »Ich geh ihn mal leeren.«

»Der ist doch noch nicht mal halb voll«, sagte sie.

Sie folgte ihm mit Blicken, als er zum Komposthaufen ging und das Unkraut ausschüttete. Das Stroh des Korbes sah genauso aus wie das Stroh in ihrem Hut. Man könnte sich den Korb auf den Kopf setzen. Wenn man im Beet kniete und Unkraut jätete, wäre der Kopf ganz und gar bedeckt.

Er kam zurück und stellte den Korb neben das Kartoffelbeet.

»Ich helf dir gleich«, sagte er, »geh mich nur schnell umziehen.«

»Ist wirklich nichts Besonderes passiert?«, fragte sie. »Keine Neuigkeiten?«

»Würde ich dir das nicht sagen, Ann? Würde ich nicht sofort anrufen? Die einzige Neuigkeit ist, dass ich das rechte Bein zuerst massiert habe und das linke zuerst gebeugt habe.«

»Deine Stimme klingt nicht besonders hoffnungsvoll«, sagte sie.

»Klar habe ich Hoffnung.«

»So klingt das aber nicht. Wenn du alles hoffnungslos findest, dann verstehe ich nicht, warum du überhaupt noch hinfährst.« Sie warf den Spaten ins Gras, er landete zehn Zentimeter von seinem Fuß entfernt. Er sah aus wie ein Dolch.

Sie ging weg.

»Ann!«, rief er. »Ann!«

Sie antwortete nicht. Sie verschwand im Haus, ließ die Tür jedoch offen. Er betrachtete den Dolch, kauerte sich hin und begann mit beiden Händen Unkraut auszureißen, bohrte die Finger tief in die klebrige, kühle Erde, damit ihm keine Wurzel entging. Er wusste nicht, was er tun sollte, wischte die Hände im Gras ab, packte den Spaten und grub die Petersilie mit den Wurzeln aus, nahm sich die zweite Reihe vor und riss Radieschen aus, die er auf den Kompostkorb warf. Er schleuderte den Spaten von sich und wühlte erneut mit beiden Händen in der Erde, so tief er konnte. Das war besser, als mit der Unterhose in der Hand durchs Dorf zu rennen und wie am Spieß zu brüllen. Er hob die Hand und betrachtete seine Finger. Endlich hatten seine Fingernägel Trauerränder.

Sie kam aus dem Haus, als er seine Hände unter dem Wasserhahn an der Giebelseite abspülte.

»Entschuldige«, sagte sie.

»Was soll ich entschuldigen?«

»Ich kann nichts dafür«, sagte sie.

»Darüber müssen wir doch gar nicht reden.«

»Bist du sicher? Worüber müssen wir nicht reden?«

»Willst du wieder flüchten?« Er lächelte.

»Ich bin froh, dass du so ruhig bist«, sagte sie. »Schließlich nehme ich die Antidepressiva, nicht du, ich sollte Ruhe bewahren.«

»Deine Tabletten sind doch gegen den Tinnitus«, sagte er.

»Der ist bloß ein Symptom.«

»Wir können uns verhalten, wie wir wollen. Wir haben ein Recht, so zu reagieren, wie wir wollen. Das ist unsere ganze Freiheit. Wie wir wollen«, wiederholte er und hielt seine Hände wieder unter den Wasserstrahl. Die Trauerränder flossen davon.

»Wie reagierst du?«, fragte sie.

Er bückte sich und stellte das Wasser ab. Im ersten Augenblick war es warm wie eine dampfende Dusche gewesen, dann jedoch kalt wie der Erdboden geworden.

»Ich weine«, antwortete er nach einer Weile. »Heute habe ich geweint. Das ist eine Freiheit, die ich mir selten genommen habe. Eben habe ich noch erwogen, nackt um die Kirche zu rennen.«

»Da hättest du dir aber wirklich was rausgenommen.«

»Manchmal fürchte ich, den Verstand zu verlieren.«

»Willkommen im Club.«

»Was würde bloß werden, wenn wir gleichzeitig durchdrehten? Womöglich sind wir schon durchgedreht? Jeder auf seine Weise.«

»Vielleicht ist das die einzige Möglichkeit, mit dieser

Situation fertig zu werden«, sagte sie. »Was meinst du, wie lange wir noch durchhalten, Johan?«

»So lange, wie es nötig ist. Wenn man von Zeit zu Zeit einen Koller kriegt, muss der wohl raus. Alles braucht eben seine Zeit. Das klingt verflixt traurig, aber so ist es nun einmal. Anders geht es nicht.«

»Er atmet selber«, sagte sie. »Er braucht den Respirator kaum noch.«

»Na also. Wir müssen ihm nur Zeit lassen.«

»Gestern kam es mir vor, als wären seine Muskeln kräftiger geworden. Er fühlte sich irgendwie stärker an.«

Johan dachte an die dünnen Beine und Arme, die er vor wenigen Stunden gebeugt, gedreht und massiert hatte. Wer dort Muskeln vermutete, der lebte in einem Traum oder in etwas noch Schlimmerem, einer Lüge.

»Er erholt sich Stück für Stück«, sagte er.

»Genau«, sagte sie.

»Es ist ja erst wenige Monate her.«

»Was sind schon ein paar Monate«, sagte sie.

Esaias lief über den Friedhof und blieb mitten im Sonnenuntergang stehen. Die Grabsteine warfen Schatten aufs Gras, die aussahen wie gefallene Bäume. Die Grabmale waren wie eine Drohung, wie eine in Stein gemeißelte Mahnung an die Lebenden. Wir sind wie ihr gewesen, und ihr werdet wie wir sein. Das gehört in Stein gehauen, um bis in alle Ewigkeit bewahrt zu werden, dachte Esaias, aber die Erinnerung an das Leben schreiben Finger in Wasser, der Text sinkt auf den Grund und wird an dem Tag unleserlich, wenn die Meere austrocknen. Wir gehen dem Tod entgegen und sinken auf den Grund. Das ist der Sinn des Lebens.

Er sah ihre Silhouette vor dem glühenden Dämmerlicht. Sie wurde größer, je näher sie kam, als ob einer der Schatten auf dem Friedhof wiederauferstanden wäre.

»Hallo, Ann«, sagte er, als sie die Stelle erreichte, wo er stand, neben einem frisch ausgehobenen Grab. Der Stein war bereits an seinem Platz. Es stand auch schon ein Name darauf. Der Kirchendiener hatte ein perfektes Rechteck gegraben. Der neue Schaufelbagger war eine der besten Ideen der Kirchenverwaltung gewesen. Schon immer hatte Esaias der Anblick von Männern missfallen, die im Schweiße ihres Angesichts ein Grab schaufelten. Er mochte das Maschinengeräusch. Es beruhigte ihn, das Geräusch von Leben am Ort der Toten.

»Harald Wendt«, las sie vom Stein ab. »Bauer, Gådeberg. Nun vereint mit seiner Frau Karin.« Sie schaute auf. »Er hat sie um viele Jahre überlebt. Sonst ist es doch umgekehrt. Hier auf dem Lande leben die Frauen länger.«

»Ja, die Zeiten ändern sich«, sagte Esaias.

»Meinst du, das ist die neue Zeit?«

»So was in der Art.«

»Ich geb dir recht«, sagte sie. »Harald war ein moderner Mann. Er ist dreiundneunzig geworden und hatte genügend Zeit, modern zu werden.«

»Kanntest du ihn, Ann?«

»War das nicht der, den sie Eiermann nannten?«

»Genau der.«

»Ich habe nie bei ihm gekauft. Gådeberg ist zu weit weg. Aber ich habe ihn bestimmt mal gesehen, kann mich allerdings nicht erinnern.«

»Er hat über die Zeit gelebt«, sagte Esaias, »und hat sich schon vor Jahren einen Sarg gebaut, dann ist er unterm Deckel stecken geblieben und kam nicht mehr raus.«

»Wie ist denn das möglich?«

»Selbst das Verrückteste ist möglich, Ann. Manchmal kommt es mir vor, als wäre es das Allermöglichste.«

»Aber so lange lag er doch nicht unter dem Sargdeckel? Hat man ihn erst jetzt gefunden?«

Esaias lächelte und seine Zähne blitzten auf. Ihr war noch nie aufgefallen, dass er ein Mann mit weißen Zähnen war.

»Nein, zum Glück nicht«, antwortete er. »Er hat geklopft und gerufen, bis der Hofhund ihn hörte.«

»Sein Hund? War der nicht im Hundezwinger?«

»Doch, klar, aber er hat sich befreit.«

»Wie das?«

»Wie ich schon sagte, Ann. Alles ist möglich. Der Hund war vermutlich so gestresst von der Notlage seines Herrchens, dass er ihn retten wollte, aber natürlich kriegte er den Deckel nicht auf. Er entfernte sich laut bellend, und nach einer halben Stunde hörte Harald Stimmen, und dann wurde er befreit.«

»Sein Hund hat ihm also das Leben gerettet«, sagte sie. »Der beste Freund des Menschen.«

»In diesem Fall ja.«

»Wo ist der Hund jetzt?«

»Der muss weg sein«, sagte Esaias. »Ich habe nichts weiter gehört.«

»Wie hieß er?«

»Das weiß ich nicht, Ann.«

Sie schaute wieder zum Grabstein. Jetzt war das Grab ein Familiengrab. Ein Name fehlt noch, dachte sie.

»Wäre es unpassend, Hunde zusammen mit Menschen zu beerdigen, Esaias?«

»Hm … in diesem Fall … vielleicht nicht. Sonst ja. Mir würde es schwerfallen, das zu tun. Aufrichtig gesagt, wüsste ich nicht, was ich auf so einer Beerdigung sagen sollte.«

»Hast du keine Routine?«

»Schon, aber einfach ist es nie.«

Lange betrachtete sie den Grabstein. Sie sah traurig aus, als ob die Erinnerungen mit dem Schweigen zurückgekehrt wären. Manchmal tut es gut, sich zu unterhalten, selbst über makabre Dinge, sogar über einem offenen Grab. Das hält die Erinnerungen für eine Weile in Schach, dachte er.

Sie schaute auf.

»Wie wirst du dich auf Andreas' Beerdigung vorbereiten, Esaias?«

Auf die Frage war er nicht gefasst. Darüber hatte er sich noch keine Gedanken gemacht. Vielleicht war es ein Versuch, sich selbst zu schützen. Und sie und Johan. Vielleicht auch den Jungen.

»War das eine unpassende Frage, Esaias? Möchtest du nicht antworten?«

»Nein, nein. Nichts ist unpassend. Ich bin nur so überrascht. Daran habe ich überhaupt noch nicht gedacht.«

»Bis heute habe ich auch nicht geglaubt, dass ich es denken könnte«, sagte sie. »Ich habe mich geweigert, daran zu denken. Geweigert.« Jetzt sah sie ihn an. »Bis heute. Möglicherweise betrügen wir uns nur selbst. Und das ist unwürdig. Wir denken mehr an uns als an Andreas. Johan und ich. Die ganze Zeit haben wir vollkommen selbstsüchtig gehandelt.«

»Du irrst dich, Ann. Jetzt bist du ungerecht gegen dich.«

»Wie kommst du darauf? Woher weißt du das?«

»Ich weiß, dass eure Hoffnung ihm hilft. Darum müsst ihr ihn jeden Tag im Krankenhaus besuchen. Er braucht diese Hilfe.«

»Wir brauchen sie vielleicht mehr als er.«

»Ihr alle braucht sie.«

»Ich habe nie geglaubt, dass meine Kraft eines Tages erschöpft sein könnte, aber heute habe ich Angst bekommen«, sagte sie. »Erst dachte ich an mich, dann an Andreas und dann an Johan. Wir sind alle verloren, habe ich gedacht, alle drei. Verloren. Und als die Sonne unterging, habe ich es nicht mehr im Haus ausgehalten. Johan ist nicht da. Ich habe nicht gewagt, allein zu bleiben, die Gedanken ließen sich einfach nicht abstellen. Da sah ich dich vom Fenster aus.«

»Ich freue mich, dass du zu mir gekommen bist.«

»Jetzt bürde ich alles dir auf, das ist unverschämt.«

»Absolut nicht. Ich bin sehr froh, dass du Vertrauen zu mir hast. Du darfst kommen, wann immer du willst, jederzeit.«

»Ich nehme nicht am Abendmahl teil«, sagte sie.

»Es gibt auch alkoholfreien Wein«, sagte er.

»Meinst du für den Pfarrer?«

Er lachte auf, ein Lachen, das über den Gräbern, über dem Grab des Eiermannes und über der Kirche dröhnte, über ihrem Haus und dem Horizont, der sich über die Straße bis Gådeberg, Malmbäck, Jönköping und bis hin zum Meer erstreckte.

»Du bist nicht verloren, Ann«, sagte er und legte eine Hand auf ihren Arm. »Niemand von uns ist verloren.«

Johan strich die Hauswand des ehemaligen Heimatmuseums, bis er die alte rote Farbe in der Abenddämmerung nicht mehr von der neuen unterscheiden konnte. Er könnte den Pinsel genauso gut in schwarze Farbe tauchen. Das Licht in den Fenstern der Deutschen war keine Hilfe. Dort brannten rund um die Uhr Lampen, um Einbrecher fernzuhalten, denen die Beleuchtung allerdings verriet, dass hier im Augenblick niemand wohnte, da nur wenige Menschen im Juli noch Adventslichter im Fenster haben. Die Deutschen waren vermutlich im Winter hier gewesen, gesehen hatte er sie nicht. Vielleicht hatten sie etwas über den Orkan gelesen und waren aus ihrer Hansestadt angereist, um nachzusehen, ob er Schäden angerichtet hatte. Rund um das ehemalige Heimatmuseum war nicht viel passiert, Magnus und Johan hatten ein paar halbtote Äste abtransportiert, zusammen mit anderem Gerümpel, das verbrannt werden sollte. Einige Dachpfannen musste Magnus durch neue ersetzen.

Nein, die Deutschen waren seit Dezember nicht mehr hier

gewesen. Nicht einmal sie hätten im Januar Adventslichter hinterlassen. Der achte Januar. Der Tag, als der Sturm kam. Das ist mein verdammter Geburtstag.

Eine kleine Mittsommerstange auf dem Hof hatte Sturm und Winter überstanden. Es hingen immer noch Reste von Laub und vertrockneten Blumen daran.

In diesem Jahr hatte Ann zu Mittsommer keine Blumen im Haar getragen. Alle haben uns in Ruhe gelassen. Wir haben die Gemeinde von Ferne singen hören. Der Kinder wegen konnten sie das Fest ja nicht ausfallen lassen. Zum Schulabschluss vor den Sommerferien habe ich immer gern mitgesungen. Die Stimme ging im Chor unter, und man brauchte keine Angst zu haben, dass die anderen einen hörten. Die meisten sangen wie er, weil alle anderen sangen.

Er fuhr mit einem letzten Pinselstrich über eine Leiste, ließ den Pinsel in den Eimer fallen und stieg von der Leiter. Die Wand roch nach Erde und Eisen. Im Osten schrie eine Eule. Eulen hörte man nur noch selten. Vielleicht war es ein Zufall. Sein linker Handrücken war fleckig, Farbe war auf seinen Oberarm getropft und im aufgekrempelten Hemdärmel hängengeblieben. Er sah aus, als hätte er sich geprügelt.

Am Unfallort hatte es kein Blut gegeben. Die stumpfe Gewalt gegen den Kopf seines Sohnes hatte keine Farbkleckse hinterlassen.

Auf dem Rasen lagen Spielsachen. Mit jeder Saison wurden die Kinder größer, aber die Spielsachen blieben dieselben. Als würden deutsche Kinder bis ins heiratsfähige Alter mit denselben Sachen spielen. Eine Rutschbahn aus Plastik, eine Sandkiste aus Plastik, in der Eimer und Spaten aus Plastik verstreut lagen, ein Gestell mit zwei Schaukeln. Eine Art Tretauto aus Plastik. Mal sehen, ob das im Herbst immer noch da ist. Bald haben wir August, abends merkt man es schon. Ende August kommen ein paar Abende, dann ist es wie am Äquator. Die Sonne versinkt innerhalb von Minuten, man hat kaum geblinzelt, und schon ist sie weg. Eben noch war alles weiß, und gleich darauf ist es schwarz. Ich mag das nicht. Ich habe es vermutlich noch nie gemocht. Diese Zeit zwischen Schwarz und Weiß, die so verdammt lang ist, dass man plötzlich an all das denkt, was einen bedrückt. In der gemächlichen Abenddämmerung geschieht das nie.

Nicht einmal, wenn man wach ist, dachte er und beschloss, an diesem Abend überhaupt nicht mehr zu denken. In der kompakten Dunkelheit hinter den Wirtschaftsgebäuden bewegte sich etwas. Er stand still. Da war es wieder, es war mehr ein Gefühl, als dass er etwas sah. Dort war jemand. »Hallo?«, rief er. »Wer ist da?« Er bekam keine Antwort. Die schwarzen Äste verharrten ganz still. Jetzt war es rundum still, keine Eulen. Kein Zug wie eine Geräuschkulisse am Horizont. Hier war nur er. Es war dieselbe Einsamkeit, die er den ganzen Abend empfunden hatte. Aber er wusste, dass dort hinten jemand stand und ihn beobachtete, wie man Wildbret beobachtet. »Das ist nicht witzig«, sagte er. »Was willst du?«

Es war das erste Mal seit April. Der Käsehändler nickte ihr freundlich zu, sagte jedoch nichts. Er war wohl nicht der Typ dafür. Solange sie sich erinnern konnte, stand er mit seinem Käsewagen auf dem Markt. Oder war es früher jemand anders gewesen, vielleicht sein Vater?

Sie bezahlte und bekam ihr Stück Käse. Sie sagte: »Tschüss«, und ging zu den beiden Gemüsehändlern, bei denen sie kaufte, was sie nicht selbst im Garten hatte. Das war zu einer Redensart zwischen ihnen geworden. Ein Scherz am Freitagvormittag in all den Jahren.

Die beiden strahlten, als sie sie erkannten.

»Lange nicht gesehen«, sagte der eine.

Sie wusste immer noch nicht, wie sie hießen. Es hatte sich einfach nicht ergeben. Sie hatten anderes, worüber sie redeten, scherzten.

»Viel zu lange«, sagte der andere. »Haben Sie angefangen, auch Zitrusfrüchte zu ziehen?«

»Das nicht gerade.«

»Nee, klar. Gewächszone sechs an der Grenze zu sieben. Das echte Hochland. Nicht mal für Äpfel geeignet.«

»So ist es«, sagte sie. Auf dem Weg hierher war das Brausen in ihrem Kopf wieder angeschwollen. Ihr wurde schwindlig, als würde sie herumgewirbelt. Es dauerte nur wenige Sekunden. Sie hörte Stimmen, ein Kind lachte. Das Lachen perlte wie Wasser in einem Frühlingsbach. Sie hörte einen der Männer hinter den Gemüsekisten etwas sagen, verstand es aber nicht. Sie versuchte, sich mit der freien Hand irgendwo abzustützen, griff ins Leere, hörte eine Stimme neben sich. Das Brausen wurde lauter. Es war ein Gefühl, als fiele sie vor einen Zug.

Sie hatte etwas in der Hand, das sich hart und gleichzeitig weich anfühlte, sie drückte etwas fester, und ihre Hand wurde nass. Sie öffnete die Augen und sah, dass es ein Plastikbecher war. Sie nahm einen Schluck.

»Es ist nur Wasser«, hörte sie eine Stimme neben sich.

Sie saß auf einer Bank. Vor ihr ging der Marktbetrieb weiter, und sie hoffte, dass die Leute nichts mitbekommen hatten. Sie wusste nicht, was mit ihr passiert war.

»Nimm noch einen Schluck.«

Jetzt erkannte sie den Mann, der neben ihr saß. Sie hatte ihn seit Monaten nicht mehr gesehen, und es war Jahre her, seit sie zuletzt nebeneinandergesessen hatten.

»Du brauchst keine Angst zu haben, Ann. Es ist nur Wasser.«

Sie nahm noch einen Schluck. Das Wasser schien Tropfen

der letzten Erinnerung zu enthalten, die langsam zurückkehrte. Sie hatte bei den Apfelsinen gestanden und sich einer Ohnmacht nahe gefühlt.

»Bin ich ohnmächtig geworden, Kjell?«

»Du warst jedenfalls ziemlich groggy.«

»Herr im Himmel!«

»Du bist aber nicht umgefallen. Ich stand zufällig in der Nähe, und dann sind wir hierhergegangen.«

Er zeigte auf die Bank, als wollte er ihr sein Zuhause vorstellen.

»Ich hab dich noch nie in der Nähe eines Gemüsestandes gesehen«, sagte sie.

»Ich auch nicht.« Er lächelte.

»So was ist mir noch nie passiert«, sagte sie.

»Wie fühlst du dich jetzt?«

»Besser. Vielen Dank für das Wasser!«

»Dafür kannst du dich bei den Gemüsejungs bedanken.«

Sie trank den Rest aus und ließ den Becher in den Abfallkorb neben der Bank fallen.

»In den hab ich schon viele Becher geschmissen«, sagte Kjell. »Aber damit ist jetzt Schluss.«

Das Brausen in ihrem Kopf war leiser geworden. Sie empfand eine leichte Übelkeit und musste noch eine Weile sitzen bleiben.

»Ich hab schon seit zwei Wochen nichts mehr getrunken«, erzählte Kjell. »Was sagst du dazu? Nur Wasser. Es heißt, man muss Wasser trinken, um zu überleben. Aber ich hab zwanzig Jahre lang kein Wasser getrunken und trotzdem überlebt.«

»Es gibt eine Grenze.«

»Ja. Und das Wasser hat mir bis jetzt noch nicht geschadet.«

Vorsichtig bewegte sie den Kopf, einen Arm, ein Bein.

»Ich muss versuchen, hier wegzukommen«, sagte sie.

»Es ist besser, du bleibst noch ein Weilchen sitzen. Möchtest du mehr Wasser?«

»Nein, danke.«

»Wie geht es Johan?«

»Er ist im Krankenhaus.«

»Ja.«

Nur eine traurige Bestätigung. Wie die Stimme eines Freundes aus der Vergangenheit, den sie einmal gekannt hatte. Sie sah ihn an. Sein Blick war auf etwas weit entferntes irgendwo hinter dem Marktplatz gerichtet. Dann schaute er sie an.

»Es ist so verdammt furchtbar«, sagte er. »Entsetzlich.«

Sie nickte.

»Aber es wird alles gut«, sagte er. »Ich weiß es.«

Wieder nickte sie. Sie konnte ihm nicht widersprechen, ihn in Frage stellen. Das würde bedeuten, alles in Frage zu stellen.

»Wenn ich es schaffe, mit dem Saufen aufzuhören, dann schafft es der Junge, wieder gesund zu werden«, fuhr er fort. »Ich möchte, dass du … Das wollte ich dir nur sagen.«

»Du brauchst nicht mehr zu sagen, Kjell.«

»Ich würde euch so gern helfen.«

»Du hast uns schon geholfen, Kjell. Zum Beispiel hast du mich vorm Umkippen bewahrt.«

»Jetzt übertreibst du.«

»Du hast mir Wasser gebracht.«

»Das ist doch nicht der Rede wert.«

»Komm mal raus zu uns«, sagte sie. »Komm uns besuchen, natürlich wenn du nüchtern bist.«

»Ich weiß nicht recht.«

»Natürlich wenn du nüchtern bist.«

»Ich bin nüchtern.«

»Besuch uns im Dorf.«

»Mal sehen.«

»Johan würde sich freuen.«

»Bist du sicher?«

Er wusste nicht, ob der Junge Schmerzen hatte, wenn er seine Gliedmaßen bewegte. Mit zwanzig hatte er sich einmal das Schienbein auf dem Fußballplatz gebrochen. Es hatte weh getan, aber nicht sofort. Nach dem Zusammenprall mit dem Gegenspieler hatte er sogar noch versucht weiterzulaufen. Er war wie ein kopfloses Huhn gewesen, dem man den Garaus gemacht hatte. Den Herbst hatte er in Gips verbracht und noch lange gehinkt, nachdem der Gips abgenommen worden war. Sie hatten ihm eine Art Absatz verpasst, so dass er gehen und arbeiten konnte, hatte halb sitzend gearbeitet, wenn die Belastung zu groß wurde. Es hatte teuflisch gejuckt, und ihm waren die Stricknadeln seiner Mutter eingefallen. Sie war damals schon tot gewesen, aber ihre Stricknadeln mussten noch irgendwo sein. Als er sicher sein konnte, dass der Alte nicht zu Hause war, hatte er sich von Kjell ins Dorf fahren lassen. Er hatte den Schrank vor dem Schlafzimmer durchwühlt und die Stricknadeln in einem Korb mit Wollknäueln gefunden. Also hatte er die Stricknadeln seiner Mutter geklaut, mit denen sie Strümpfe gestrickt hatte. Im Haus war es so kalt gewesen, dass er kaum atmen konnte. Mensch, du bist ja weiß wie Gips, hatte Kjell gesagt, als er wieder herausgekommen war.

»Früher oder später muss ich es ja doch erzählen«, sagte er und setzte sich auf den Stuhl, der nah am Kopfende des Bettes stand. »Ich hab wieder diesen Elch gesehen, der immer dann auftaucht, wenn man am wenigsten mit ihm rechnet. Nein, er sitzt auf keinem Zaun. Aber er kann reden, und das geht doch nicht mit rechten Dingen zu, oder? Ich hab noch niemandem davon erzählt, nicht einmal Ann. Die Frage ist, warum ich mir einbilde, mit diesem Elch zu reden. Was hat das zu bedeuten? Wenn es überhaupt etwas zu bedeuten hat. Ich finde, du solltest ein wenig darüber nachdenken. Du kennst den Wald besser als jeder andere, vielleicht findest du die Erklärung. Vielleicht bist du auch schon mal von einem Wesen angesprochen worden, das im Wald lebt. Aber nein, das ist natürlich unmöglich. Nur mir passiert so was. Es hat vor gar nicht langer Zeit angefangen. Ich weiß nicht, wann es aufhört. Möchte wissen, ob das mit meinen Plänen für die Elchsafari zusammenhängt. Aber davon habe ich dem Elch noch nichts erzählt. Dann will er womöglich mitmischen.«

Er betrachtete das Gesicht des Jungen. Es sah aus, als hörte er zu.

»Klingt seltsam, oder?«

Sonnenregen

Jede Nacht ist ein wenig länger als die vorhergehende, dachte er. Was machen wir, wenn gar kein Licht mehr da ist, das halten wir nicht aus. Wenn es Herbst ist.

Johan saß am Küchentisch und sah zu, wie die Dämmerung über die Felder heranglitt.

Ann war schon im Bett, als er um halb zwölf nach Hause gekommen war. Im Haus war es ganz still. Er war die Treppe schon einige Stufen hinaufgegangen und hatte auf Anns Atemzüge gelauscht. Sie schlief. Sie hatte eine Schlaftablette genommen, vielleicht die starke, Sonata hieß sie. Nein, sie hielt sich an die schwächeren. Er hatte es so lange wie möglich vermieden, Schlaftabletten zu nehmen. Einer der Gründe war vielleicht der Name, dem er misstraute. Wie konnte ein Medikament Sonata heißen? Als er schließlich doch eine nahm und auf die Geigen im Kopf wartete, war nur der Schlaf gekommen. Am Morgen danach konnte er sich an keine Träume erinnern.

Er hatte sich im Vorraum ausgezogen und kroch unter die Bettdecke, die nach Sonne roch und nach dem, was der Wind mit sich brachte. Jeden Morgen legte sie das Bettzeug zum Lüften in das geöffnete Fenster. Dort blieb es den halben Tag liegen, bis die Sonne hinter die Hausecke gewandert war. In der vergangenen Woche hatte sie das Bettzeug nicht gelüftet, damit sich der Rauchgeruch von den Waldbränden nicht darin festsetzte. Er versuchte herauszufinden, wonach es heute Abend roch. Vielleicht nach irgendwelchen Blumen. Kräutern. Wenn der Wind sich wie Wasser über die Erde bewegte, müsste es doch möglich sein, dass die Düfte über Tausende von Meilen herangetragen wurden. Es war niemals derselbe Wind.

Der Schlaf wollte nicht kommen. Ann atmete schneller. Vielleicht träumte sie. Er lauschte, als wartete er darauf, dass sie etwas sagte und ihn mit in ihren Traum nahm. Sie atmete noch schneller, bewegte den Kopf, womöglich in einem Alptraum. Im Alptraum sollte man zu zweit sein, allein waren die Alpträume kaum auszuhalten. Vorsichtig berührte er ihren Arm. Ihr Atem stockte, als wäre eine Maschine abgeschaltet worden. Er wartete eine Sekunde, zwei, dann atmete sie regelmäßiger. Wenige Sekunden später drehte sie sich auf die Seite, und ihr Atem ging normal.

Er wusste nicht, ob er eingedöst war. Im Schlafzimmer wurde es hell, und er richtete sich auf. Es war, als ob Nebel durch das Rollo gekrochen wäre, der sich zu Boden hatte sinken lassen und dann wieder aufgestiegen war, als würde sich das Zimmer mit geruchlosem Rauch füllen. Er ging im Morgengrauen die Treppe hinunter und meinte, sich in einem Schwarzweißfilm zu bewegen. Dann saß er am Küchentisch und wartete auf das richtige Licht und die richtigen Farben. Was er sah, erinnerte ihn an früher. Er wollte nicht an früher erinnert werden. Scheiß auf die Vergangenheit, sie hat keine Zukunft.

Er hörte sie die Treppe herunterkommen.

Sie setzte sich ihm gegenüber an den Tisch. Jetzt brauchte er nicht mehr den Nebel vor dem Fenster zu betrachten, der sich langsam hob.

»Kannst du nicht schlafen?«, fragte sie.

»Nein, heute Abend nicht.«

Sie gähnte und warf einen Blick auf die Wanduhr.

»Es ist doch gar kein Abend mehr.«

»Na, dann können wir ja bald frühstücken.«

»Ich hab wohl schon geschlafen, als du nach Hause gekommen bist.«

Er nickte.

»Mir ist heute etwas passiert, ich meine, gestern. Ich wollte es dir erzählen, aber plötzlich war ich so müde, dass ich nur schlafen, schlafen musste.«

»Was ist passiert?«

»Ich bin zum Markt gefahren, sozusagen als Test. Es war leider ein Fiasko.«

»Warum hast du mir nichts erzählt?«

»Das wollte ich doch. Aber du warst nicht da, als ich nach Hause kam.«

»Es gibt Handys. Wir leben nicht mehr im Mittelalter. Okay, also was ist passiert?«

»Richtig ohnmächtig geworden bin ich nicht«, sagte sie. »Es war wieder dieses Schwindelgefühl, das ich seit dem Unfall manchmal habe, nur schlimmer. Wahrscheinlich war es zu viel, hinzufahren und wie ein normaler Mensch auf dem Markt einkaufen zu wollen.«

»Besser gesagt, es war zu früh, nichts anderes«, sagte er. »Wie bist du nach Hause gekommen?«

»Ich bin natürlich gefahren, allerdings kaum schneller, als es mit Pferd und Wagen gegangen wäre.«

»Das ist die gefährlichste Fahrweise.«

»Ich hab Kjell getroffen. Er hat mir geholfen.«

»Kjell? Kjell Aronsson? Ist er denn imstande, jemandem zu helfen?«

»Er hat aufgehört zu trinken.«

»Hm. Das hat er mir auch erzählt. Vor ein paar Wochen.«

»Das hast du mir ja gar nicht erzählt.«

Er antwortete nicht.

»Bald erzählen wir einander überhaupt nichts mehr«, sagte sie.

»Du hast gesagt, Kjell hat dir geholfen?«

»Was?«

Er wiederholte seine Frage.

Sie strich sich eine Haarsträhne aus der Stirn. Ihr Kopf war in Licht gehüllt, das nun ins Haus einfiel. Sie trug eine Haube aus Licht. Jetzt wusste er, von wem Andreas die Glückshaube hatte.

»Er hat mich gestützt, als mir schwindlig wurde«, sagte sie. »Und dann hat er mir Wasser besorgt.«

»Was? Bist du sicher, dass es Kjell war?«

Sie lächelte. Das machte ihn furchtbar froh, so, als wäre die ganze verdammte Sonnenhölle mit ihrem breitesten Pfannkuchenlächeln in die Bude getanzt.

»Vielleicht schafft er es ja«, sagte er, »und wird wieder der, der er einmal war.«

»Das glaube ich tatsächlich.«

»Es ist ein Wunder.«

»So scheint er es selber auch zu sehen.«

»Vielleicht ist es ein Zeichen.«

»Ein Zeichen für was?«

»Dass alles gut wird.«

»Seit wann glaubst du denn an so was?«

»Seit Kjell Aronsson aufgehört hat zu saufen.«

»Warum nicht schon eher? Als du selbst aufgehört hast?«

»Ich hatte zu viel zu verlieren.«

»Kjell etwa nicht?«

»Ich hatte euch, Ann.«

»Er hat sein eigenes und einziges Leben.«

»Du verstehst schon, wie ich es meine.«

»Ich hab ihn eingeladen, uns zu besuchen«, fuhr sie fort. »Wenn er nüchtern ist.«

»Okay«, sagte er.

»Das wird uns vielleicht auch guttun. Mir hat es gutgetan, mit ihm zu sprechen. Im Augenblick haben wir so wenig

Umgang. Ich hab mich einfach gefreut, ihn zu treffen. Es war natürlich von Vorteil, dass er nicht betrunken war.«

»Ich kann ihn ja auch noch mal einladen. Sonst traut er sich womöglich nicht. Wir laden ihn zu einem kleinen Imbiss ein.«

Die Glückshaube um ihren Kopf hatte sich aufgelöst, das Licht war überall. Er hörte die Schwalben. Bald würden sie sich hinaufschwingen ins Blau. Jetzt wollte er schlafen.

Im wüsten Niemandsland zwischen Wachen und Schlafen hörte er einen Schuss, spürte, wie die Erde neben seinen Füßen explodierte, und er wusste, dass er noch immer lief, dass seine Füße laufen konnten. Er drehte sich um und nahm eine Bewegung hinter sich wahr. Wieder krachte ein Schuss. Er lief, so schnell er konnte, und sah sich nicht mehr um, wollte in der Dunkelheit untertauchen.

Der Alte versuchte, eine Hand zu heben, als er den Aufenthaltsraum betrat, aber es war die falsche Hand. Johan wartete, bis der Mann links und rechts in seinem Gehirn richtig sortiert hatte. Jetzt hob er die andere Hand. Johan setzte sich auf einen Stuhl neben ihn. Eine Krankenschwester im Kittel kam vorbei und nickte ihm zu, er nickte zurück.

»Hallo, Papa.«

Ein Lid des Alten hing auf halbmast. Sein Mundwinkel war schief, und so würde es bis zum Ende bleiben. Als hätte er eine Betäubung vom Zahnarzt oder einen Schlag aufs Maul bekommen.

»Johan«, sagte er, doch es klang wie »Jouuuuah«. Irgendwie ausländisch. »Joouuuuuah.« Johan hatte Lust, den Laut nachzuahmen, wusste aber nicht, ob sich seine eigenen Lippen bewegten. Diesen Drang spürte er seit der Gehirnblutung seines Vaters, er hatte das Gefühl, seine Lippen zu bewegen, wenn der Alte es versuchte.

»Draußen ist es immer noch heiß, Papa.«

Der Alte zeigte auf das große Fenster, das ein großes Stück vom Himmel einließ.

»Ein Ende der Hitzewelle ist nicht abzusehen«, sagte Johan. »Jetzt haben wir eine Dürreperiode, ein weiteres Problem.«

Der Alte nickte langsam. Er sah weder besorgt noch fröhlich aus. Sein Gesicht war ausdruckslos. Das war der Segen dieser Krankheit.

»Die Waldbrände nehmen zu, und der Grundwasserspiegel sinkt.«

Er schaute immer noch aus dem Fenster. Die Krone eines Ahornbaumes bewegte sich wie im Zeitlupentempo im Wind. Der Ahorn sah genauso aus wie alle anderen Ahornbäume zu Hause im Dorf, in dem der Alte seit bald sechs Jahren nicht mehr gewesen war. Damals war Andreas vier gewesen.

»Ein Rekord, Papa. Ein Wahnsinnsrekord. Katastrophenrekord.«

Der Alte nickte wieder langsam, wie ein Schriftgelehrter. Die Krankheit hatte ihm eine Würde verliehen, die er in seinem früheren Leben nicht ausgestrahlt hatte.

»Es ist der Weltuntergang, Papa, das Ende des gesamten Universums. Wir haben noch genau achtundvierzig Stunden zu leben und müssen das Beste daraus machen. Es gibt keinen Ort, wohin man fliehen kann. Überall auf dem ganzen Erdball ist es gleich. Rot, gelb, weiß und schwarz, alles egal, das hat *er* gesagt. So ist es, verstehst du, Papa?«

Wieder hob der Alte eine Hand, sehr langsam, als hätte er eine Botschaft. Wieder versuchte er etwas zu sagen, als hätte er etwas zu sagen.

»Mit *er* meine ich Gottes Sohn, Papa. Jesus liebt alle Kinder, alle Kinder dieser Erde. Hast du das gewusst? Ich hab's gelernt, als ich klein war. Wusstest du das, du altes Miststück?«

In der Kirche war es kühl. Sie war der einzige kühle Ort im Dorf und sollte voller Dorfbewohner sein, die Schutz vor der Sonne suchten.

Esaias saß mit einer Flasche Bier in der Hand in der Sakristei. Er hob die andere Hand zum Gruß.

»Als ich dich zuletzt gesehen habe, hast du das Heimatmuseum hübsch rot aufgefrischt, Johan.«

»Es ist zu heiß. Die Farbe brennt.«

»Wie geht es dir?«

»Wie meinst du das?«

Esaias bückte sich und stellte die Bierflasche auf den Steinfußboden. Er schaute wieder auf, Johan ins Gesicht. »Ist etwas passiert? Etwas … Neues?«

»Nein, falls du Andreas meinst, nein.«

»Was ist es denn dann?«

»Muss etwas sein?«

Esaias bückte sich nach der Flasche und trank den Rest, stand auf und ging zu einem Büfett, in das er die leere Flasche stellte. Viele Flaschen standen dort, lauter Bierflaschen.

»Meinetwegen musst du nicht aufhören zu trinken«, sagte er, als Esaias mit leeren Händen zurückkam.

»Es ist nur Bier.«

»Davon aber jede Menge.«

»Es ist Brot«, sagte Esaias.

»Unser täglich Brot gib uns heute.«

»Erzähl mir, was dich bedrückt, Johan. Es ist schon lange her, seit ich dich zuletzt in der Kirche gesehen habe.«

»Muss man immer ein Anliegen haben? Man hat doch auch kein Anliegen, wenn man eine Bar betritt? Außer zu saufen natürlich.«

»Da du aber nicht saufen willst, hast du also ein Anliegen. Bist du bei deinem Vater gewesen?«

»Woher weißt du das?«

»Ich habe es dir angesehen.«

»Kann man denn von einem Gesicht alles ablesen?«

»Es heißt, das Gesicht spiegelt die Seele.«

»Glaubst du daran, Esaias?«

»Ich weiß genauso wenig wie alle anderen.«

»Damit kann man sich immer rausreden. Wenn's brenzlig wird, sagt man einfach, dass man nicht mehr weiß als sein Nächster.«

»Ja, vielleicht ist das feige.«

»Und dann gibt man zu, dass man ein Feigling ist.«

»Na, dir entkommt man wohl nicht.« Der Pfarrer lächelte. Wenn sein Gesicht den Zustand seiner Seele ausdrückte, dann war sie in diesem Augenblick hell. Aber vielleicht waren mit der Seele eigentlich die Augen gemeint, die widerspiegelten, was man mit sich herumtrug.

»Stimmt, ich war bei ihm.«

»Hat er dich erkannt?«

»Er hat mich ohne weiteres erkannt. Mehr gibt's darüber nicht zu sagen.«

»Dann lassen wir das Thema.«

»Ich bin hier, um über Geschäfte mit dir zu reden.«

»Leg los.«

»Elchsafari.«

»Ich höre.«

»Du scheinst nicht zu reagieren.«

»Worauf soll ich reagieren?«

»Okay, hör zu, wir wollen Elchsafaris für Touristen organisieren, für die Deutschen. Wir wollen ihnen so viele Elche zeigen, dass es für den Rest ihres Lebens reicht.«

»Ich habe schon seit Monaten keinen Elch mehr gesehen, Johan. In unserer Gegend scheint es keine Elche mehr zu geben.«

»Im Juli sieht niemand Elche, Esaias. Der Juli ist kein Elch-Monat. Dann sind die Stiere nicht aktiv. Das erste Gras ist weg, die Tiere ernähren sich überwiegend von Laub. Sie halten sich tief drinnen im Wald auf. Ich rede von August. Ende August, Anfang September sind die Stiere auf Freiersfüßen. Und wenn das Korn reift, Hafer ist eins ihrer Lieblingsgerichte. Und Erbsen, die Elchkühe sind verrückt nach Hülsenfrüchten. Ende August, Anfang September sind sie überall aktiv, und es ist fast unmöglich, keinen Elch zu sehen.«

»Ah, so ist das.«

»Um die Zeit hat man eine beinah hundertprozentige Garantie«, sagte Johan und beugte sich vor. »Wenn wir es richtig anstellen, wird es ein gutes Geschäft.«

»Wie sehen deine Pläne aus?«

»Noch hab ich keine genauen Pläne. Keine fertigen. Ich wollte über einen Wanderpfad nachdenken, oder zwei vielleicht. Einen mit Auto und einen, auf dem man eine Fußwanderung mit den Deutschen unternehmen kann. Vielleicht kommen ja auch Holländer. Inzwischen gibt es mehr und mehr Holländer im Wald und den einen oder anderen Dänen.«

»Das klingt nach einem großen Vorhaben«, sagte Esaias. »Wann willst du damit anfangen?«

»Jetzt, im August.«

»Das ist ja bald.«

»Ende August, Anfang September. Wenn wir es jetzt nicht angehen, müssen wir wieder ein ganzes Jahr warten. Wir brauchen gar kein großes Ding aufzuziehen. Ich habe an einen Wanderrundweg gedacht, an den alten Kjällängsväg zum Beispiel, die Jagdhütte, die alte Soldatenkate Hamburg. In der Gegend etwa. Die Deutschen interessieren sich bestimmt für eine Soldatenkate, die Hamburg heißt. Dazu noch ein paar Aktivitäten.«

»Und das wäre? Ist das der Moment, wo ich in Aktion trete?«

»Du könntest irgendwas Angemessenes sagen. Ein bisschen vor ihnen sprechen.«

»Ja, aber über was denn?«

»Weiß ich nicht. Du kannst improvisieren.«

»Machst du Witze?«

»Na ja, vielleicht.«

»Wenn ich was Unpassendes sagen darf, bin ich dabei.«

»Dann also abgemacht.«

»Ich übernehme das Axtwerfen«, sagte Esaias. »Wir können einen Fünfkampf organisieren.«

»Du gehörst schon zum Team.«

»Wer gehört außer mir dazu?«

»So weit bin ich noch nicht.«

»Wie viele Leute brauchst du?«

»Das weiß ich auch noch nicht.«

»Wie willst du die Touristen informieren?«

»Über die Homepage des Ortsvereins. Außerdem können wir Informationen an die Anschlagtafel hängen.«

»Wie sollen die formuliert sein?«

»Ich habe gehofft, dass du mir in diesem Punkt helfen kannst, Esaias.«

Sie parkte vor dem Haus, stieg aus dem Auto und öffnete die Pforte, die noch genauso kreischte wie in ihrer Kindheit. Nichts war verändert, hier war die Zeit stehengeblieben. Die verrostete Klinke war zeitlos. Sie ließ das Eisen los und ging weiter über die Steinplatten auf die Haustür zu, wurde ein Teil all des Gelben, das sie umgab. Gelb war die Farbe der Schwäche, trotzdem umgab Mutter sich mit Gelb. Sie schob es auf die Sonne, letztendlich konnte man alles auf die Sonne schieben.

Die Haustür wurde geöffnet, bevor sie auf den Klingelknopf drücken konnte.

»Ich hab dich schon gesehen.«

»Hallo, Mama.«

»Du kommst also allein. Wo ist Johan?«

»Das weiß ich nicht.«

»Aha.«

»Nur weil er arbeitslos ist, muss ich ihn doch nicht ständig unter Kontrolle haben?«

»Hab ich was gesagt?«

»Willst du mich nicht hineinbitten?«

»Ich hab nichts im Haus, das ich dir anbieten könnte.«

Ihre Mutter hatte sich noch immer nicht von der Stelle gerührt. Warum war sie hierhergefahren? Sie hatte es nicht einmal geplant, hatte sich einfach ins Auto gesetzt und war losgefahren.

Ihre Mutter war ein einziges Mal im Krankenhaus gewesen. Ein einziges Mal. Ich will nicht kleinlich sein. Ist meine Seele kleinlich? Ich will keine kleine Seele haben, eine Seele, die schrumpft.

»Ich möchte nichts«, sagte sie.

»Ich habe nicht aufgeräumt.«

»Willst du mich nicht hineinlassen? Hast du Angst, ich bin ansteckend?«

»Was meinst du damit, ansteckend? Jetzt versteh ich nicht, wovon du redest, Ann.«

»Ich halte es hier draußen in der Hitze nicht mehr aus. Soll ich wieder gehen?«

»Aber was willst du, Ann? Wovon redest du? Bist du wegen irgendwas böse? Ist etwas passiert?«

»Da hab ich also auf dem Absatz kehrtgemacht und bin weggefahren, ohne mich umzusehen. Sie hat mir etwas nachgerufen, aber ich hab nicht hingehört. Sie ist mir nicht nachgekommen. Sie verlässt nie das Haus, Moa.«

»Sie geht doch einkaufen.«

»Ich dachte, das erledigst du für sie.«

»Sie ist nicht krank, Ann.«

»Ach?«

»Jedenfalls nicht so krank.«

»Auf welche Art ist sie dann krank, Moa? Können wir die Krankheit geerbt haben?«

»Fang nicht damit an. Darüber brauchen wir wirklich nicht zu reden.«

»In unserer Familie gibt es viele Themen, über die man nicht redet.«

Ihre Schwester antwortete nicht. Die kleine Moa. Es war unrecht, sich bei ihr zu beklagen. Sie wusste ja selber alles, auch das, was sie nicht verstand.

»Verzeih mir, Moa.«

»Für solchen Pipifax brauchst du dich nicht zu entschuldigen.«

»Jetzt redest du wie Johan.«

»Wie geht es ihm?«

»Tja … was soll ich darauf antworten.«

»Hast recht, blöde Frage, ist mir aus Versehen rausgerutscht.«

»Nein, nein. Es ist eine gute Frage. Genau das ist doch der springende Punkt. Wie wir uns fühlen, von Tag zu Tag. Ich versuche mir weiszumachen, dass es gar nicht um uns geht, aber es geht eben doch um uns. Verstehst du, was ich meine?«

»Ich glaube, ja.«

»Ich bin nicht sicher, ob ich es selber verstehe. Wahrscheinlich kommt es jetzt auf nichts anderes an, als zusammenzuhalten. Also sich selbst zusammenzuhalten. Das versuchen wir. Das versucht Johan. Manchmal fühle ich mich wie eine leere Hülle. Äußerlich sehe ich wie ein Mensch aus, ich bewege mich, rede, mache alles, was getan werden muss, aber innerlich bin ich leer.«

Sie saßen vor dem Seiteneingang des Hotels. Von der Landstraße bog ein Auto ab und hielt vor dem Gebäude. Eine Familie stieg aus, Mama, Papa, Kind. Der Junge mochte zehn Jahre alt sein. Die Frau sagte etwas, und sie lachten, während sie auf das Hotel zugingen.

»Was passiert, wenn ich keine Kraft mehr habe, die Hülle zusammenzuhalten?«

»Das geschieht nicht, Ann. Und du bist keine Hülle. Es gibt nicht nur Hüllen.«

Ein zweites Auto schwenkte von der Landstraße auf den Hotelparkplatz ein. Eine weitere Kleinfamilie stieg aus. Die Leute wirkten müde und schlecht gelaunt. Sie dachte an das Glück. Sie sprachen über das Wunder, das Glück war.

»Hast du noch die Wundertüten vom Jahrmarkt, Moa?«

»Ich glaube nicht.«

»Meine habe ich Andreas geschenkt. Jetzt sind sie verschwunden. Ich kann sie nicht mehr finden. Wie gern möchte ich nur eine einzige Wundertüte noch einmal in der Hand halten.«

»Ich kann ja mal zu Hause nachsehen. Aber ich glaube, all das alte Zeug ist weg. In Mamas Keller liegt nur noch irgendwelcher Krempel.«

»Ich möchte nicht in ihrem Keller herumschnüffeln«, sagte Ann.

»Ich kann es für dich tun.«

Am Hintereingang tauchte der Koch auf und machte eine Bewegung mit dem Kopf. Seine Arme waren mit Tätowierungen bedeckt. Eine blaue Schlange ringelte sich aus seinem Kragen.

»Ich muss wieder hinein, Bestellungen aufnehmen, Ann. Was hast du jetzt vor?«

»Eine Weile zum See runterfahren. Und dann zu Andreas.«

Der Weg erinnerte an den Sturm. Ihr war, als führe sie über eine Tundra, eine Steppe, in der es keine verborgenen Wege gab. Sie hatte nach den Wegen gesucht mit einem Gefühl, als hätte sie eine Karte, die veraltet war. Wie die Suche nach dem eigenen Platz auf der Welt, dachte sie. Wie auf der Suche nach sich selbst. Sie ging das Gespräch mit Moa noch einmal in Gedanken durch. Es hatte sich so ergeben, darüber hatte sie bisher mit niemandem gesprochen. Sie hatte nicht einmal darüber nachgedacht, was passieren würde, wenn sie keine Kraft mehr hatte. Was danach passieren würde. Sie kam an einer Stelle vorbei, von der man den See sehen konnte. Auf einigen Landzungen war mit der Rodung begonnen worden. An der Auffahrt zum Herrenhof stand ein Holzlaster. Nur die Rasenflächen des Golfplatzes, die sich rechts von ihr ausdehnten, waren unverändert. Vielleicht waren einige Wimpel weggeweht worden, mehr nicht. Jetzt konnten sie den Golfplatz um weitere Löcher vergrößern. Sechsunddreißig Löcher. Achtundvierzig. Vierundsechzig.

Ein rotes Band, das sich von einem Stamm auf der Landzunge losgerissen haben musste, segelte über den See. Solche Bänder flatterten an den Stämmen, mit denen die Holzlaster beladen waren, wie Wimpel am Heck von Schiffen. Sie sah das Band auf sich zufliegen, es war auf dem Weg zu ihr und blieb an ihrem linken Scheibenwischer hängen. Sie fuhr auf den Parkplatz am nördlichen Ende des Sees und stellte den Motor ab. Dann stieg sie aus und löste das Band. Es war aus irgendeinem Plastik und so schwer, dass es eigentlich nicht so weit vom Wind hätte getragen werden können. Es hatte einen Aufdruck, den sie aber nicht las. Sie öffnete den Kofferraum und warf es zwischen all den anderen Kram, der sich in den vergangenen drei Monaten angesammelt hatte. Drei Monate und fünf Tage. Sie schlug den Kofferraumdeckel zu.

Sie bewegte den Arm des Jungen, auf und ab, vor und zurück. Es war sein guter Arm, seine gute Hand, ein Erbe von ihr. Sie hatte ihm erzählt, dass es nicht viele Linkshänder auf der Welt gibt, gemessen an der Zahl von Rechtshändern. Sie hatte nicht gesagt, dass die meisten Linkshänder begabt sind. Sie hätte es ihm erzählen sollen, und das tat sie jetzt.

»Ich soll dich von Moa grüßen, Andreas. Sie ist ja deine Lieblingstante, und darüber freut sie sich, schließlich ist sie die einzige. Das war immer dein Witz. Im Restaurant hatten sie nichts zu tun, aber als ich bei ihr saß, kriegten sie plötzlich Arbeit. Auf dem Weg hierher bin ich am Badeplatz vorbeigefahren. Es waren viele Leute da. Ich hab nicht angehalten. Den Sprungturm gibt es noch. Kürzlich haben sie angekündigt, sie wollten ihn abbauen und einen neuen aufstellen, aber er ist noch da. Ich erinnere mich, wie du das erste Mal bis ganz nach oben geklettert und gesprungen bist. Du warst kaum sieben Jahre alt. Ich war nicht schnell genug, und Johan holte gerade etwas aus dem Auto. Du bist wieder aufgetaucht und hast gelacht, und da musste ich auch springen. Du hast vor nichts Angst gehabt.«

Sie war vom Badeplatz abgebogen und weiter auf die Hügel hinter Horveryd zugefahren. Irgendwo hier hatte es einen Forstweg gegeben, und sie fand ihn auch fast sofort, aber es gab keinen Wald mehr, nur den Weg, den die schweren Waldmaschinen aufgewühlt hatten. Von der alten Kate am Wegrand hatte sie freie Sicht bis hinunter zum Tümpel, der misstrauisch in den Himmel starrte. Als Kind war sie oft mit dem Rad hierhergefahren, immer allein. Um den Tümpel herum führten keine Pfade. Die Bäume waren wie eine Mauer gewesen. Das Wasser bemerkte man erst, wenn man schon nasse Füße hatte. Auf keiner Karte hatte der Tümpel einen Namen. Er war ihr geheimer Ort gewesen, von dem sie niemandem etwas erzählt hatte. In der Kate wohnte niemand, schon seit hundert Jahren nicht mehr.

Der Forstweg bog nach einigen Metern in Richtung

Westen ab. Bis zum Tümpelufer hatte noch nie ein Weg geführt. Die einzigen Pfade waren ihre eigenen gewesen, und die waren jetzt verschwunden, zusammen mit allem anderen. Sie ging den Hügel hinunter. Er war steiler, als sie ihn in Erinnerung hatte, vielleicht, weil er jetzt kahl war. Der Weg bis zum Tümpel war auch weiter als in ihrer Erinnerung. Sie stand am Ufer. Sie bückte sich und schöpfte etwas Wasser mit der linken Hand. Es war noch genauso schwarz wie früher. Ihr fiel ein, wie sie hier vor langer Zeit einmal von Regen überrascht worden war. Sie hatte unter den Tannen Schutz gesucht, und die Sonne war genau über ihrem Tümpel durch den Regen gebrochen. Damals hatte sie ihn Sonnenregenwasser getauft.

Verglichen mit dem Tümpel war der Slättsjö ein Meer. Sie beschloss, ihn zu umrunden. Es war der Ratespielpfad des Ortes, war es immer gewesen. Jede Woche wurden die Gewinner im *Smålands Dagblad* veröffentlicht. Es waren immer dieselben Namen, Jahr für Jahr. Nur die Leute vom richtigen Flussufer nahmen jeden Sonntagnachmittag am Ratespiel teil. Die Leute vom feinen Ufer. Sie ging hier nur in der Woche spazieren, wenn die Zettel mit den Fragen abgenommen waren. In einem Sommer ist sie fast jeden Abend mit Johan um den See gewandert. Es war der erste Sommer, der länger zu sein schien als alle anderen und das Leben ein Abenteuer. Das Leben war länger als die Runde um den Slättsjö. Hat sie das gedacht? Ja, tatsächlich.

Andreas hatte sich, ohne zu jammern, um den See tragen lassen. Da war er gerade einen Monat alt gewesen. Sie erinnerte sich daran, als wäre es am Vormittag gewesen. Johan hatte mit einem Taschenmesser ihre Initialen in eine Birke geritzt, die an einem langgezogenen Acker stand. Dort stand sie auch heute noch. Kartoffeln gab es keine mehr, das

Feld lag brach. Die Birke sah unverändert aus, nur ihre Äste waren vielleicht kräftiger geworden.

Die Buchstaben fand sie nicht wieder. Es waren ein großes »A« und ein kleines »j« darunter gewesen. Mehrmals umkreiste sie den Stamm und tastete die Rinde ab. Die Oberfläche war rauh und rissig, nirgends Spuren von einem Messer. Sie schaute hinauf, konnte aber auch dort nichts entdecken. War die Birke so sehr gewachsen, dass die Buchstaben jetzt ganz oben im Laubwerk verborgen waren?

Warum bin ich schon so lange nicht mehr hier gewesen? Hat das irgendeinen Grund? War es wirklich diese Birke?

Sie sah sich um. Es war die einzige Birke, und auf dieser Seite hatte eine Reihe von Kiefern gestanden, alle genau gleich groß, die gefallen waren wie Soldaten in der ersten Linie.

Es war diese Birke. Die Zeit hatte ihre Zeichen ausradiert.

Yatzy

Elfvenberg putzte das Paradefenster. Er bearbeitete die Buchstaben, die das Glas bedeckten, mit einem Schwamm.

»Willst du nicht hinzufügen, dass du auch alte Möbel aufarbeitest, Elfvis?«

Elfvis zuckte zusammen. Aus dem Schwamm rann Schaum an der Scheibe herunter, die voller Streifen war, in der Sonne trocknete das Seifenwasser zu schnell. Es sah aus, als stünde Elfvis vor einem Gitter.

»Hast du mich erschreckt, Johan. Es ist unhöflich, sich so anzuschleichen.«

»Ich hab mich nicht angeschlichen. Du hast mich nicht gehört.«

»Ich war so in meine Arbeit vertieft.«

»Ist es nicht an der Zeit, neue Buchstaben zu malen?« Johan zeigte auf das Fenster. »Auch noch Tapezieren hinzuzufügen?«

»Ich arbeite kaum noch alte Möbel auf. Die Leute halten es wohl nicht mehr der Mühe wert. Ich verkaufe und kaufe nur.«

»Dann schreib's dazu.«

»Das wäre fehl am Platz.«

Johan lachte auf. Es klang nicht gut, es klang falsch.

»Ich weiß, was du denkst«, sagte Elfvis. »Aber jeder muss zusehen, wie er klarkommt.«

»Ich wäre der Letzte, der den ersten Stein wirft.«

»Das sind wir alle, Johan.«

»Hättest du Lust auf Elchfahndung?«

»Wie bitte?«

»Elchfahndung. Deswegen bin ich hier, Elfvis. Ich plane eine Elchsafari. In knapp einem Monat kommen die Deutschen, und dann organisieren wir eine Elchsafari für sie.«

»Für die Deutschen aus dem Dorf?«

»Nicht nur für sie. Wir können sie vielleicht als Versuchsdeutsche benutzen, aber Tausende ihrer Landsleute machen Urlaub in Småland. Das weißt du. Es wimmelt nur so von Deutschen.«

»So genau weiß ich das nicht, aber sie kommen, da hast du recht. Ich habe tatsächlich im Lauf der Jahre den einen oder anderen eingesargt.«

»Meinst du das im Ernst?«

»Darüber will ich nicht reden.«

»Reden wir über die Elchsafari. Dazu brauchen wir ein paar mehr Leute. Wenn genügend beisammen sind, setzen wir uns hin und planen die Details.«

»Und welche Rolle soll ich dabei spielen? Du stellst dir doch hoffentlich nicht vor, dass wir mit meiner Karre herumfahren und nach Elchen fahnden?«

»Warum nicht? In deinem Auto ist viel Platz. Damit transportierst du doch sogar Möbel.«

»Möbel sind tote Gegenstände. Das ist was anderes.«

»War ja bloß ein Witz.«

»Was also soll ich tun?«, wiederholte Elfvis. Er hatte den Schwamm in den Eimer geworfen. Es erinnerte Johan an die Malerarbeiten am Sommerhaus der Deutschen, mit den Giebeln war er immer noch nicht fertig.

»Darüber können wir später reden. Hauptsache, du bist dabei.«

»Ich weiß nicht recht.«

»Was weißt du nicht?«

»Vielleicht ist es gefährlich. Für die Deutschen, meine ich. Wenn nun mal was passiert. Elche sind riesige Tiere. Für so ein Unternehmen müssen wir womöglich sauteure Versicherungen abschließen.«

»Nein, nein. Daran nehmen alle auf eigene Gefahr teil.«

»Willst du das in die Anzeige schreiben?«

»Wir sind doch dabei, dann passiert nichts. Und die Gruppe ist zu groß für einen Angriff.«

»Woher weißt du das? Vielleicht finden wir nicht einen einzigen Deutschen. Nicht mal einen Plattdeutschen.«

»Was ist das denn?«

»Die, die in Norddeutschland wohnen, glaub ich.«

»Gerade an die wollen wir ran.«

»Aber stell dir trotzdem vor, es passiert was?«

»Mensch, Elfvis, du bist berufsgeschädigt! Nichts wird passieren!«

»Was passiert?«, hörte Johan eine Stimme hinter seinem Rücken. Er drehte sich um. Einige Schritte von ihnen entfernt stand Martin Karlsson. »Was passiert?«, wiederholte Martin. »Geht es um die Ozonschicht? Wisst ihr, in welcher Gefahr wir schweben? Sie ist fast weg.« Martin zeigte zum Himmel, und gegen ihren Willen schauten Johan und Elfvis ebenfalls hinauf. »Hier über uns ist sie fast weg. Seht ihr das? Seht ihr das?«

Elfvis schüttelte den Kopf. Es sah aus wie eine gymnastische Bewegung, bei der er den Kopf gleichzeitig in den Nacken gelegt hatte, eine ziemlich riskante Bewegung. Johan neigte den Kopf und begegnete Martins Blick.

»Nein! Ihr seht es nicht!«

»Kann man die Ozonschicht wirklich sehen, Martin?«

»Wenn du sie sehen könntest, wärst du tot! Du verstehst nichts. Sie ist giftig. Sie riecht scharf. Das kapierst du nicht.

Sie wird durch Strahlung gebildet und schützt die Erde vor zu starker UV-Strahlung. Wir verbrennen!«

Johan nickte.

»Du tust nur so, als würdest du es verstehen. Du kapierst gar nichts. Es ist wie Rauchen. Das verstehst du nicht.«

»Ich rauche nicht, Martin.«

»Du verstehst es nicht«, sagte Martin fast unhörbar. Er hatte den Blick nach unten gerichtet. Er starrte jetzt oft zu Boden. Er wollte nicht mehr zur Ozonschicht hinaufsehen, doch das war nicht der einzige Grund. Sein Leben war der Grund, das, was aus seinem Leben geworden war. Er spürte seine schweren Schritte auf dem verdammten Pflaster. Fahrrad und Trainingsschuhe hatte er für immer beiseitegestellt, und nun war er auf dem besten Weg, das Leben beiseitezustellen. Langsam wurde er vergiftet, und er klagte den Himmel an, den Grund allen Übels.

Martin, deine Kindheit, Jugend, wir waren zusammen! Das muss doch nicht alles zum Teufel gehen.

Er begann sich zu entfernen.

»Warte«, sagte Johan.

Martin blieb stehen. Er schwieg. Schaute immer noch nach unten. Durch den Asphalt zu seinen Füßen hatte sich eine Handvoll Gras hervorgearbeitet.

»Martin, wir haben einen Plan, und wir möchten, dass du da mitmachst.«

Die Streifen auf der Tapete waren nicht zu sehen. Sie waren selbst dann kaum zu erkennen, wenn das Rollo hochgezogen war, doch im Augenblick war es heruntergelassen, Licht rahmte das Fenster wie ein Gemälde. Sie lag in Andreas' Bett, hier lag sie, seit sie vor Stunden nach Hause gekommen war. Sie versuchte, sich nicht zu bewegen, reglos zu sein. Schlafen war unmöglich, sosehr sie sich auch bemüht hatte. Sie hörte vorbeifahrende Autos, die an der Kreuzung bremsten und dann wieder Gas gaben. Sie hörte mehr als einen Traktor. Sie hörte Vögel. Sie hörte die Bienenschwärme in ihrem Kopf.

Sie hörte die Schritte auf der Treppe.

Die Tür wurde geöffnet.

Er trat leise ein, als glaubte er, sie schliefe. Er sah ihre offenen Augen.

»Was ist, Liebling?«

»So hast du mich selten genannt.«

»Ich tue es jetzt.«

»Wo bist du heute Abend gewesen?«

»Hab versucht, das Projekt in Gang zu bringen.«

»Welches Projekt?«

»Die Elchsafari.«

Er war an der Tür stehen geblieben. Ann hielt die Zehen, die ein wenig über das Bettende hinausragten, wie bei einer Übung gestreckt. Das Kissen lag ein wenig vom Kopfende entfernt.

»Ann?«

Sie gab keine Antwort. Er trat näher und sah, dass sie die Augen geschlossen hatte.

»Ann?«

Sie öffnete die Augen.

»Kannst du dich ein Weilchen neben mich legen?«, sagte sie.

Mit einer einzigen Bewegung, als hätte sie vom Bett abgehoben, rutschte sie einige Zentimeter zur Seite.

Er streckte sich neben ihr aus.

»Ich bin heute um den See gegangen«, sagte sie, ohne ihn anzusehen. »Um den Slättsjö.«

»Da waren wir schon endlos lange nicht mehr.«

»Ich hab die Initialen nicht wiedergefunden, die du eingekerbt hast, als wir zum ersten Mal mit Andreas dort waren. In die einsame Birke an dem Kartoffelacker.«

»Ich erinnere mich.«

»Sie sind weg.«

»Es ist schon so viele Jahre her.«

»Das stimmt doch gar nicht. So viele Jahre sind es nicht. Wie können sie einfach verschwinden?«

»Ich weiß es nicht.«

»Können sie herauswachsen, überwachsen werden?«

»Vielleicht.«

»Dann sind sie noch da unter der Rinde.«

»Ja.«

»Dann sind sie nicht weg. Sie sind nur geschützt.«

»So wird es wohl sein.«

»Aber sie sind unauffindbar«, sagte sie. »Ach, was spielt das für eine Rolle. Sie sind ja da, oder?«

»Sie sind da«, sagte er.

Sie träumte vom Winter. Es schneite, das Dorf versank im Schnee. Alles war weiß, eine andere Art Weiß, das nichts mit dem Sommerlicht gemeinsam hatte. Es war kalt. Sie stand auf der Vortreppe und rief nach jemandem. Im Schnee waren Fußspuren. Sie folgte ihnen, indem sie ihre Füße in die Abdrücke setzte. Die Spuren führten über ein Feld. Irgendwo rief jemand. Sie war nackt. Sie sah ihren eigenen Körper, weiß vor weiß. Der Himmel hatte sich gesenkt, und sie konnte ihn mit ausgestreckten Armen berühren. Doch in dem Moment hob sich der Himmel und verschwand.

Johan war nicht da, als sie wach wurde, den Kopf erfüllt vom verschwundenen Himmel.

»Johan«, sagte sie mit einer Stimme, als befände sie sich noch in dem Traum. Sie hatte etwas gerufen, konnte sich aber nicht erinnern, was. Es hatte ihr Angst gemacht. Sie hatte Angst.

»Johan!«

Sie hörte seine Stimme irgendwo im Haus, oder war sie auch nur in ihrem Kopf zwischen all den anderen Geräuschen, dem Brausen und Sausen. Ein Leben in Saus und Braus. Sie rief wieder. Noch immer hielt sie die Augen geschlossen. Sie verharrte in den Traumfetzen wie ein Schiffbrüchiger auf dem offenen Meer, auf offenem Feld, an dem Feld war irgendetwas Unheimliches. Etwas Sonderbares. Es war nicht nur der Traum. Sie hatte das Feld erkannt.

»Ich bin hier, Ann.«

Sie spürte etwas Weiches und Hartes an ihrer Schulter und öffnete die Augen.

»Du scheinst geträumt zu haben«, sagte er.

»Jetzt nicht mehr.«

»Es klang so.«

»Vorher habe ich geträumt. Jetzt habe ich nur … Angst.«

»Manchmal sind Alpträume am Tag beängstigender als in der Nacht.«

»Woher weißt du das?«

»So etwas habe ich schon erlebt.«

»Du schläfst doch tagsüber nie?«

»Vorhin habe ich geschlafen. Ich bin vor einer Weile nach unten gegangen.«

»Hattest du einen Alptraum?«

»Nein.«

»Ich eigentlich auch nicht. Es war nur … unheimlich.«

»Dann war es ein Alptraum.«

»Halt mich fest, Johan.«

Er legte sich neben sie, sie rollte sich auf die Seite, und er schlang seine Arme um sie. Sekundenlang war es ein Gefühl wie beim ersten Mal.

»Halt mich ganz fest.«

Er spürte ihre Arme unter seinen. Ihre Brüste unter der Bluse. Sein Penis wurde hart. Alles Blut verschwand aus seinem Kopf in den Unterleib. Das war eine vergessene Sensation, es war kein Traum. Es war das erste Mal nach dem Unfall. Er konnte noch immer explodieren. Sie spürte es, er hörte es an ihrer Atmung. Jetzt waren ihre Brüste in seinen Händen. Er ließ eine los und zog sich Hose und Unterhose aus, zog ihr Shorts und Unterhose aus und spürte ihre Feuchtigkeit in der Hand. Er hob ihre Hüften und seinen eigenen Körper an, jetzt waren sie zusammen, in der Luft, über dem Bett, und er versuchte, sich so langsam wie möglich zu bewegen, doch er bewegte sich schneller, vielleicht sagte sie etwas, aber er hörte nichts, als er vom Kopf bis zu den Füßen explodierte in Barmherzigkeit, Leben.

»Bei denen hat offenbar was angebissen«, sagte sie und zeigte auf den See. »Wir waren schon lange nicht mehr angeln.«

»Möchtest du angeln?«

»Nein.«

»Wir können jederzeit angeln gehen«, sagte er.

Sie sah, wie eine der Personen sich im Boot aufrichtete und etwas hochhielt, das sie nicht erkennen konnte. Sie hörte keine Vögel, es war nichts weiter zu hören als der Automotor.

»Es gibt viel, was wir jederzeit unternehmen können«, sagte sie. »Theoretisch können wir alles Mögliche machen.«

Er schwieg. Sie kamen an einer Hütte vorbei, die zu einem Sommerhaus umgebaut worden war. Ein Mann in Badeshorts stand auf dem Rasen und schaute zwei Kindern zu, die sich immer wieder unter die Wasserstrahlen eines Rasensprengers stürzten. Sie hörte das Lachen der Kinder.

»Das da ist verboten«, sagte er, als sie vorbei waren. Sie sah die Kinder im Rückspiegel winken.

»Zu lachen?«

»Das auch.«

»Hast du den Rasen nicht gesehen? Das reinste Heu. Es war nur ein Spaß für die Kinder.«

»Meinetwegen darf er gern sprengen. Aber stell dir vor, es kommt eine fliegende Inspektion.«

»Aus der Luft, meinst du?«

»Vielleicht.«

»Wie wird das bestraft?«

»Keine Ahnung.«

Sie kamen an einem Hof vorbei, der von der Straße geteilt wurde, es war, als führen sie durch ein Dorf. Links zwei Scheunen, rechts ein Wohnhaus und gleich daneben ein verfallenes Gebäude. Nichts rührte sich in der Mittagshitze. Menschen waren nicht zu sehen. Unter einer Eiche lag eine Kuhherde im Schatten. Sie sahen aus wie Steine. Ein Traktor blitzte in der Sonne. Felder und Grasflächen waren von der Hitze verbrannt. Das Laub wurde langsam grau, als wären die Bäume vorzeitig gealtert. Die Erde der Äcker war nicht mehr schwarz, eher rot.

»Ich gehe nicht zurück«, sagte sie und sah ihr eigenes Gesicht im Rückspiegel. Die dunkle Sonnenbrille verbarg ihre Augen. Nachdem sie zusammen gewesen waren, hatte sie ihr Gesicht im Badezimmerspiegel betrachtet, und ihre Augen hatten sie daran erinnert, wie es früher gewesen war.

»Nicht in diesem Herbst«, sagte sie. »Ich habe keine Kraft.«

Sie näherten sich der Stadt und fuhren gerade durch ein Industriegebiet, das tot war wie Stein.

»All die Kinder«, sagte sie. »Und im selben Alter. Ich glaube, das ertrage ich nicht.«

»Du entscheidest es nach deinem Gefühl«, sagte er.

»Wie würdest du dich entscheiden?«

»Du meinst, wenn ich eine Klasse hätte? Wenn ich Lehrer wäre?«

»Ja. Oder was Ähnliches.«

»Darauf weiß ich keine Antwort. Vielleicht nicht. Ich weiß es nicht.«

»Du hast recht«, sagte sie, »darauf kannst du nicht antworten. Du bist ja nicht ich.«

Sie befanden sich mitten in einem scheußlichen Industriegelände, das ihm neu war. Irgendein Spekulant hatte das Gebiet erschlossen, Baracken, Schuppen, Blech, Holz. Wenn die Konjunktur wieder Rückenwind hatte, sollte es fertig sein.

»Würdest du zu Nordiska zurückgehen und Fertighäuser bauen?«, fragte sie.

»Nicht wenn ich dann keine Zeit mehr hätte, Andreas zu helfen.«

»Danach habe ich eigentlich nicht gefragt.«

»Dann wäre ich schon dort«, sagte er, »und stände am alten Nagler.«

»Gut, dass du das sagst.«

»Aber nur halbtags, wenn überhaupt.«

»Und wenn das nicht möglich wäre? Wenn du keine Wahl hättest?«

»Dann würde ich nicht arbeiten.«

»Das ist gut«, sagte sie.

»Du hättest nicht zu fragen brauchen.«

»Stimmt.«

»Ich arbeite ja schon«, sagte er. »Wir haben das neue Unternehmen angeschoben.«

»Ich weiß.«

»Bald ist Generalprobe. Ich möchte, dass du mitmachst.«

»Was soll ich tun?«

»Du wirst die Wirtin der Elche.«

»Ich soll sie im *green room* empfangen, meinst du?«

Er nickte. Mit der Sonnenbrille, dem zurückgekämmten Haar und dem weißen T-Shirt über den Muskeln sah er aus wie ein Macho. Seine Züge waren hart geworden, aber sie wusste, dass sie wieder weich werden würden, wie heute, als sie zusammen gewesen waren. Sie hatte es gesehen, etwas, das nur sie sehen konnte, Leben und Sanftheit während eines kurzen Moments.

Sie saßen vor dem Jungen, regungslos, ohne ihn zu berühren, saßen einfach nur da, so, als bräuchten sie es alle drei. Sonst herrschte in dem Zimmer ständig Bewegung, wie in einem Gymnastikraum. Da blieb fast kein Platz für Gedanken. So wollten sie es. Aber jetzt hat uns die Zeit eingeholt, dachte sie, wie Schatten aus der Vergangenheit, vor denen man letzten Endes nicht weglaufen kann.

Er stand auf und ging zur Tür.

»Wohin willst du?«

»Ich kann nicht mehr sitzen«, antwortete er. »Ich muss mich ein wenig bewegen.«

»Ich bleibe hier und fange bald mit dem Training an.«

»Er atmet gut.« Er fuhr mit der Hand durch die Luft und umriss mit der Geste die Gestalt des Jungen.

Das ist alles, was wir machen können, dachte sie. Nur Bewegungen in der Luft, wie in der Luft zu schwimmen.

»Er macht das meiste gut«, sagte sie.

»Er macht alles gut«, sagte er. »Er ist ein Kämpfer.«

»Der Ausdruck gefällt mir nicht.«

»Welcher? Kämpfer?«

»Ich mag das Wort nicht. Er tut nur, was er muss.«

»Entschuldige.«

»Du brauchst dich nicht zu entschuldigen.«

»Ich geh dann mal«, sagte er.

In seinem Kopf begann es zu brausen, als er seine Runde um das Krankenhausgebäude ging. Er schaute auf, konnte aber weder Hubschrauber noch Flugzeuge am Himmel entdecken. Kein Auto fuhr auf den Parkplatz oder davon. Die Blätter der Bäume hingen regungslos und erschöpft. Bin ich jetzt auch in dieser Tinnitushölle gelandet?, dachte er. Der Tinnitus kommt vielleicht wie ein Brief mit der Post, wenn der Kopf überspannt ist. Irgendwie muss der Scheiß ja raus.

Das Brausen verschwand, wie es gekommen war, ohne Vorwarnung. Um ihn herum war es wieder still. Es war schon nach sechs, aber die Sonne war noch da. Alle hatten sich von der Sonne abgewandt, sogar die Kinder. Nicht einmal sie badeten mehr. Alle sehnten sich nach Regen, wie Kinder den ersten Schnee herbeisehnen.

Sie waren im Wald gewesen, als der erste Schnee gefallen war. Nein, er lag schon einige Tage. Es war Mitte Dezember gewesen, und sie hatten Hasenfährten gesucht. Unten in Moen fanden sie Spuren von Rehen. »Die Rehe haben Engel im Schnee gemacht«, hatte Andreas gesagt.

Er ging über die Brücke und am Hotel »Stadt« vorbei. Auf der Terrasse saß eine Gesellschaft im Schatten. Er hörte Gläser klingen, ein Lachen. Das erste Anzeichen von Leben, das er hörte, seit er am Nachmittag in der Stadt angekommen war, Geräusche, die eng mit Schnaps verknüpft waren. Vielleicht tranken die Leute auch Wein oder Bier. Sehen konnte er sie nicht, das Geländer war hoch und mit blühenden Blumenkästen behängt. Alkohol. Nannte man ihn nicht auch Wasser des Lebens? Das war nicht einmal aus der Luft gegriffen. Wasser des Lebens half, wenn kaum noch Leben da war. Wenn das Leben stillstand. Wenn es sich rückwärtsbewegte. Wenn es durch den Körper brauste. Wenn man nicht mehr in der Lage war mitzuschwimmen. Wenn man im Begriff war unterzugehen. Er spürte die Sehnsucht nach Alkohol wie ein plötzliches Feuer unter der Haut, ein teuflisches Jucken, gegen das nur ein einziges Mittel half.

Er ging die Storgatan entlang. Autos fuhren vorbei. Einige Menschen bewegten sich hastig wie Schattenfiguren über den Gehweg. Er stellte sich in der Schlange beim Geldautomaten an. Vor ihm alberten Jugendliche herum. Sie bemerkten ihn und verstummten. Er sah ihre Gesichter, Hände, die sich öffneten und wieder schlossen. Er sagte nichts. Plötzlich gingen die Jugendlichen weg, ohne Geld gezogen zu haben. Er steckte die Karte in den Schlitz und gab seinen Code ein. Der Finger zitterte, es konnte von der Hitze kommen, aber er wusste, dass es nicht so war. Er zog zwei Hunderter heraus. Den Kontostand brauchte er nicht, es gab kaum noch einen Kontostand. Er fummelte ungern mit der Karte an der Kasse herum, manchmal blieben Karten stecken. Er schob das Geld in die Tasche und ging weiter zum staatlichen Schnapsladen. Hoffentlich ist nicht geschlossen, dachte er und sah auf die Armbanduhr, es war schon nach sechs, Viertel vor sieben, verdammt. Er sah das grüne Schild aus fünfzig Metern Entfernung, die Apotheke mit der besonderen Medizin in langen Regalen, in Glasvitrinen, gestapelt, in Kästen. Jetzt war er nur noch fünfundzwanzig Meter entfernt. Ein Mann verließ den Laden. Eine Frau ging hinein. Ein Auto hielt davor. Heute musste Donnerstag sein, donnerstags war bis sieben geöffnet.

Eine solche Kühle hatte er seit Jahren nicht mehr gespürt. Es war keine Selbstbedienung, und hinter dem Tresen stand nur ein Verkäufer. Drei, vier Kunden warteten darauf, bedient zu werden. Die Frau, die vor ihm den Laden betreten hatte, sah nicht aus, als bräuchte sie Medizin. Sie unterhielt sich mit dem Verkäufer und hörte überhaupt nicht auf zu reden, faselte irgendwas von einem achtzehnten Geburtstag. Dann kauf doch endlich ein paar Kisten Schampus, einige Kanister Roten und einige Liter Weißen, der Jugend ist alles egal, Hauptsache Alkohol. Kauf, kauf, hau ab! Er drehte sich um. Nach ihm war niemand mehr hereingekommen. Die Frau verließ den Laden, ohne etwas gekauft zu haben. Sie hatte nur reden wollen. Der nächste Kunde verlangte mehrere Flaschen Bier, er konnte nicht sehen, wie viele. Der Mann vor ihm kaufte diverse Flaschen Rotwein. Dann war er an der Reihe.

»Branntwein«, sagte er.

»Welche Sorte?« Der Verkäufer schaute ihn an, als wäre er nicht berechtigt, Branntwein zu kaufen. Er hatte ein Recht darauf. In seiner Tasche steckten zweihundert Kronen. »Gewürzt?«, hörte er den Verkäufer fragen.

»Nur … normalen Branntwein«, antwortete er, »reinen. Einen halben Liter.«

Der Verkäufer nickte und entfernte sich. In der bösen alten Zeit hatten die Branntweinverkäufer sich nur zu bücken und einen Halben aus der Kiste unter dem Tresen zu nehmen brauchen. Der Mann war in seinem Alter, hatte jedoch kaum noch Haare. Von hinten sah er aus wie ein Mönch.

Der Mönch verschwand um eine Ecke.

Johan sah sich um. Er war allein im Laden.

Er ging auf die Tür zu, die sich automatisch öffnete. Die Hitze traf ihn wie ein Schlag, fast hätte er das Gleichgewicht verloren. Rasch wandte er sich nach rechts. Womöglich glaubte der Mönch, er habe etwas geklaut, weil er den Laden einfach verlassen hatte. Er begann zu laufen.

Das Krankenhaus war wie ein sicherer Hafen, eine ganz eigene Welt. Er stand vor dem Eingang, beschloss jedoch, noch ein paar Schritte durch den Park zu gehen. Hier irgendwo war der Hotelgarten gewesen, Essen, Getränke und Tanz. Er war so besoffen gewesen, dass er versucht hatte, über den farbigen Lämpchen im schwarzen Himmel mit den Füßen Halt zu finden. Bei fremden Leuten war er wieder zu sich gekommen. Er hatte immer noch die Lämpchen im Kopf, sie waren das Einzige, woran er denken wollte. Alles andere war schwarz. Die Erinnerung an diese Schwärze hatte ihn davor bewahrt, den Schnaps zu kaufen. Sie war über ihn gekommen wie ein Alptraum, der ihn zum Aufwachen zwang. Er war entsetzlich müde. Er hob die Arme und sah, dass sie zitterten. Verlass mich nicht, dachte er.

Sie hatte die Jalousien hochgezogen und stand noch am Fenster. Hinter den Bäumen ging gerade die Sonne unter, und das Licht war weicher geworden.

»Ich habe dich im Park gesehen«, sagte sie und drehte sich um. »Du bist wie ein Schlafwandler gegangen.«

»Aber nur ganz kurz.«

»Es sah wie Stretchen aus.«

»Genau das war es.«

»Ich muss jetzt auch meine Muskeln strecken. Langsam tut mir alles weh.«

»Ich übernehme.«

»Andreas braucht Ruhe. Für heute ist es genug.«

Sie ging zum Bett, setzte sich auf den Stuhl am Kopfende und beugte sich vor.

»Wir fahren jetzt, Andreas. Morgen kommen wir wieder, wir kommen alle beide.«

Vor der Tür wandte sie sich ihm zu.

»Ich sehe immer noch Leben in seinem Gesicht«, sagte sie.

Diesmal fuhren sie am anderen Seeufer zurück. Hier hat der Wald überlebt wie ein unbesiegbarer Gigant, dachte er. Es war kein guter Gedanke. Der Wald war nichts weiter als Kampf und Tod, genau wie die ganze Natur, ein einziger Kampf um Leben und Tod. Alles andere war Lüge. Immer noch beherrschte der Schnaps seine Gedanken, der Schnaps gab sich nicht geschlagen, er wollte ihm ein wenig Ruhe schenken, einen kleinen Urlaub von sich selbst verschaffen. Nur einen Tag Urlaub.

»Wie geht es dir?«, fragte sie.

»Warum fragst du?«

»Du wirkst … ich weiß nicht.«

»Alles in Ordnung«, sagte er.

Sie drehte an den Knöpfen der Klimaanlage herum, hielt prüfend die Hand davor und drehte wieder. Aber nichts geschah.

»VERFLIXT!«

»Was ist denn?«

»Die Anlage funktioniert nicht! Es kommt keine kalte Luft!«

»Draußen ist es zu heiß, nichts funktioniert normal«, sagte er.

Sie antwortete nicht. Sie hatte die Hand zurückgezogen und die Scheibe mit dem Knopf in der Türverkleidung heruntergelassen. Der Fahrtwind griff in ihre Haare, und jetzt sah sie aus wie die jüngere Ann. Sie sah aus wie die besten Erinnerungen, die er hatte.

»Herrgott, da jammere ich wegen der Klimaanlage«, sagte sie.

»Manchmal tut es gut, wütend zu werden«, sagte er. »Du darfst ruhig mal ausrasten.«

»Aber doch nicht wegen solcher Lappalien.«

»Was bleibt uns denn noch, worauf wir wütend werden können?«, sagte er. »Mit allem anderen sind wir schon durch.«

»Hauptsache, wir werden nicht aufeinander wütend.« Sie strich sich Haare aus dem Gesicht und sah ihn an. »Das dürfen wir auf keinen Fall, Johan. Jedenfalls nicht lange. Das müssen wir einander versprechen.«

Er hob den Stapel Zeitungen vom Wohnzimmertisch. Sie waren alt und ungelesen. Zuunterst lag Maxi-Yatzy.

Ann war auf dem Weg die Treppe hinauf.

»Wollen wir spielen?« Er hielt die Schachtel hoch.

»Ich weiß nicht«, sagte sie und blieb auf halbem Wege stehen. »Du bist so ein schlechter Verlierer.«

»Ich werde nicht verlieren«, sagte er.

»Nur ein Spiel«, sagte sie. »Ich bin müde.«

»Gleich wirst du wieder munter.«

Beim letzten Versuch schaffte er nicht mehr als drei Sechsen und verlor den Bonus.

»So ein Mist!«, sagte er.

»Du hast noch eine Chance.«

»Nein, hab ich nicht. Du solltest mal auf den Spielzettel gucken.«

»Ich hab ja gesagt, dass du ein schlechter Verlierer bist.«

»Hab ich schon verloren? Ist das Spiel schon vorbei?«

Sie antwortete nicht. Beim ersten Versuch würfelte sie vier Fünfen.

»Vier Fünfen«, sagte er. »Du darfst noch zweimal würfeln.«

»Ich versuch jetzt Yatzy.«

»Wenn du sie stehen lässt, kriegst du den Bonus.«

»Darf ich vielleicht selbst entscheiden?«

»Ja, ja, ja.«

Sie würfelte eine Fünf.

»Eine Fünf«, sagte er.

»Bist du immer noch der Meinung, dass ich Yatzy nicht riskieren sollte?«

»Du hast keine anderen freien Felder mehr.«

»Ich kann noch einmal würfeln.«

»Es ist ja nur ein einziger jämmerlicher Würfel.«

»Einer reicht.« Sie würfelte, der Würfel kreiselte über den Tisch und blieb zehn Zentimeter vor der Tischkante liegen. Eine Fünf.

»Yeeeess!«

»Gratuliere«, sagte er.

»Das kam wirklich von Herzen.«

»GRATULIERE! Ist das besser?«

»Jetzt bist du blöd.«

Er nahm die Würfel, schüttelte sie in den hohlen Händen und warf sie über den Tisch. Zwei landeten auf dem Fußboden.

»Die zählen auch.« Er stand auf.

»Ach? Zählt das ganze Haus?«, fragte sie. »Das ganze Dorf?«

»Wenn's nötig ist.«

»Warum sich mit dem Dorf begnügen? Warum denn so knauserig.« Sie stand ebenfalls auf.

»Was hast du vor?«, fragte er. »Wir spielen.«

»Du spielst«, sagte sie. »Ich hab schon gewonnen.«

»Walkover«, sagte er. »Der Sieg ist mein.«

Sie schüttelte den Kopf.

»Ich hab gewonnen, ich hab gewonnen!« Er riss die Arme hoch.

»Du bist ja verrückt«, sagte sie.

»Willkommen im Club.«

»Das ist nicht witzig. Es macht keinen Spaß mehr.«

»Wer hat behauptet, dass es Spaß machen soll?«

»Nein, das hat wahrhaftig niemand behauptet.«

»Wie meinst du das?«

»Die Frage ist, was du meinst.«

»Willst du dich nicht endlich wieder setzen, damit wir das Spiel beenden können?«

»Ich bin fertig«, sagte sie und machte einen Schritt auf die Tür zu.

»Wohin gehst du?«

»Packen!«, sagte sie. »Ich bin fertig mit dem Dorf.«

»Wovon redest du? Was soll das?«

Sie war schon auf dem Weg die Treppe hinauf. Wieder war sie unterwegs.

»Sind wir nicht einmal in der Lage, ein Gesellschaftsspiel zu spielen?«, rief er ihr nach. »Was ist los?«

»Leiste dir allein Gesellschaft«, antwortete sie.

»Du willst nicht mal darüber reden«, sagte er. »Haust einfach ab.«

»Du bist doch gar nicht in der Lage, darüber zu reden«, sagte sie. »Bist du nie.«

Er fuhr mit der Hand über den Tisch. Würfel, Zettel und Stifte flogen auf den Boden.

»Bleib stehen! Verflucht, jetzt reiß dich mal zusammen! Ann!«

»Wenn du nicht fluchen könntest, wüsstest du nicht, was du sagen sollst.«

»Vom Fluchen ist noch niemand kaputtgegangen!«

»Ach nein?«

»Was ist denn kaputtgegangen?«

»Du bist wirklich ein Idiot.«

»Meinst du das? Meinst du das ernst?«

Sie antwortete nicht. Jetzt war sie im ersten Stock.

Es dröhnte, als führe ein Güterwaggon durch seinen Schädel.

Sie ging ins Schlafzimmer und blieb still neben dem Bett stehen.

Sie öffnete einen Schrank und schloss ihn wieder.

Als sie die Treppe wieder herunterkam, sah sie ihn auf allen vieren auf dem Boden herumkriechen und die vom Tisch gefegten Sachen aufheben.

Er schaute auf.

»Ich kann den letzten Zettel nicht finden.«

»Macht nichts«, sagte sie. »Du hast sowieso schon verloren.«

»Wollen wir noch eine Runde spielen?«

»Ja, warum nicht.«

Lange standen sie am Zaun und sahen zu, wie die Nacht über den Feldern aufstieg. Sie rauchte eine Zigarette. Er sah die Silhouetten der Pferde, die Bengtsson auf diese Koppel gebracht hatte.

»Heute Abend will ich nicht ins Haus und ins Bett«, sagte sie.

»Dann gehen wir eben nicht rein.«

»Es ist bald Nacht.«

»Was spielt das für eine Rolle?«

»Als wir jung waren, konnten wir endlos lange aufbleiben. Erinnerst du dich?«

»Kaum.«

»Soll das ein Witz sein?«

»Ja. Wir haben eine Platte aufgelegt und getanzt. Oder wir haben zu Radiomusik getanzt.«

»Wann haben wir das das letzte Mal getan?«

»Zu Radiomusik getanzt?«

»Ja, getanzt. Nur du und ich. Getanzt.«

»Vielleicht vor fünfzehn Jahren. Oder siebzehn.«

»Lass uns tanzen«, sagte sie. »Wir gehen ins Haus und werden wieder jung.«

»Wir sind immer noch jung, Ann.«

»Dann können wir auch eine Weile tanzen. Ich möchte es so gern.«

»Zu der Musik, die sie heutzutage im Radio spielen, kann man nicht mehr tanzen«, sagte er. »Hast du die mal gehört?«

»Wir haben doch noch unsere eigene Musik, von damals.«

»Judas Priest«, sagte er.

»Alles, bloß das nicht«, sagte sie.

»Irgendwo müssen noch ein paar Kassetten sein. Ich habe damals ja viel aufgenommen, weil wir kein Geld hatten, um Platten zu kaufen. Das meiste sind Schmusenummern.«

»Du wolltest immer am liebsten Schmusenummern«, sagte sie.

»Nein, du.«

»Du hast gesagt, es ist der letzte Tanz, und dann muss es eine Schmusenummer sein. Es war immer der letzte Tanz.«

Er fand die Kassetten in einem Schuhkarton, der auf einem Bord unter der Kellertreppe stand. Nur dunkel erinnerte er sich daran, dass er den Karton vor langer Zeit dort abgestellt hatte. Er blies den Staub vom Deckel und trug den Karton nach oben.

»Hier ist eine von 1990.« Er hielt ein Band hoch.

»Das nehmen wir.«

»Erinnerst du dich noch an etwas von 1990?«

»Musik, meinst du?«

»Alles.«

»Nein, im Augenblick fällt mir nichts ein.«

»Mir auch nicht. Das wird eine Zeitreise.«

Sie hatte den Kassettenrekorder geholt, der im Bügelzimmer auf dem Fußboden gestanden hatte.

»Jetzt wird's spannend«, sagte sie.

Er legte die Kassette ein und schaltete das Gerät an.

Michael Bolton begann zu singen.

»Himmel, ist das lange her«, sagte er.

»Wer ist das?«

»Erkennst du ihn nicht? Das ist doch Michael Bolton, der mit den Haaren.« *How am I supposed to live without you*, sang Michael Bolton.

»Der ist gut«, sagte sie. »Danach kann man gut tanzen. Wollen wir?«

Sie tanzten. Jetzt redeten sie nicht mehr. Sie bewegten sich stumm über den warmen Holzfußboden. Sie folgte seinen Bewegungen, er bewegte sich kaum.

Im nächsten Song rockte Michael Bolton leise, *How can we be lovers*. Dann kam Musik aus früheren Jahren, Londonbeat, Nick Karmen, Roxette, Pet Shop Boys, Creeps, Tomas Ledin, Tityo, Sinéad O'Connor.

»Kannst du den noch mal spielen«, sagte sie, als *Nothing compares 2 u* zu Ende war.

»Es war der letzte Song«, sagte er.

»Bitte, noch mal.«

Wachspapier

Als er seinen Job verlor, hatte er geglaubt, dass er bald einen neuen finden würde. Aber als er ein Jahr später immer noch arbeitslos war, hatte er geglaubt, dass ihn niemand wollte. Für Leute wie ihn gab es keinen Platz in der Welt, keine Garantien. Und auch der Wald hatte, selbst als er noch stand, nicht ihr Auskommen gesichert.

Dann glaubte er, sich getäuscht zu haben. Durch Andreas und auch Ann war ihm klargeworden, dass er zu sehr auf einen Punkt fixiert gewesen war. Langsam wurde ihm bewusst, dass er eine eigene Welt besaß, in der es sich leben ließ, ohne fünf Tage lang in der Woche von sieben bis vier Uhr Dachstühle zusammenzunageln. Vor ihnen lag ein langes Leben. Doch nun war auch diese Welt im Begriff, sich aufzulösen, langsam und unbarmherzig, als ob das Licht, das am Ende des Tages verschwindet, nie mehr heraufziehen würde. Was macht man, wenn man fürchtet, das Licht werde nicht zurückkommen? Dass es so bald nicht mehr zurückkehren würde. Für Feiglinge ist das nichts, die hätten längst aufgegeben. Nur ich bin noch da. Und Ann. Wir geben nicht auf. Sie gibt nicht auf. Ich bin meiner selbst nicht sicher.

Den jungen Mann hinter dem Tresen in Dans Sportshop kannte er nicht.

»Ich brauche Angelschnüre und würde sie gerne später abholen.«

»Die sind ausgegangen«, sagte der Verkäufer. »Ich kapiere nicht, warum.«

»Was kapieren Sie nicht?«

»Dass sie plötzlich ausverkauft sind, natürlich. Es ist doch viel zu warm zum Angeln. Die Fische haben gar keine Kraft zum Anbeißen.«

»Wann bekommt ihr neue Schnüre?«

»Ich glaube, nächste Woche ist realistisch. Was wollen Sie haben?«

»So billig wie möglich. Sie sind für Touristen bestimmt.«

»Sie kaufen Angelschnüre für Touristen?«

»Scheint so.«

»Arbeiten Sie im Hotel? Ich kenne Sie nicht.«

»Braucht man einen Ausweis, um in diesem Saftladen Angelschnüre zu kaufen?«

Als er auf sein Fahrrad stieg, fuhr der Caravan auf den Marktplatz, eine Erinnerung an alte Zeiten. Der Schalldämpfer machte seinem Namen keine Ehre. Blutrot leuchtete der Opel zwischen den modernen Autos, die auf dem Platz parkten, darunter mehrere rote Autos, jedoch von einem blutleeren Rot.

Dick stieg aus und winkte schon von weitem.

Johan ließ zwei Laster passieren, die durch die Kurve krochen und dann wieder Gas gaben und in Richtung Norden fuhren.

Er schob sein Fahrrad über die Straße. Dick wartete beim Auto.

»Lange nicht gesehen, Nedergård. Du machst wohl eine Radtour.«

»Ist das eine Frage?«

»Haha, ist es vielleicht.« Dick lächelte, wurde aber gleich wieder ernst. Er hatte ernst ausgesehen, als Johan die Straße überquerte.

»Furchtbar, die Sache mit eurem Sohn. Ich hab mit Ann gesprochen.«

»Ich weiß.«

»Ich wollte dich auch anrufen, aber ich bin nicht dazu gekommen, hab nur mit Ann gesprochen, und Olle auch.«

»Es gibt keinen Grund, dich zu entschuldigen, Dick.«

»Kann ich irgendwie helfen? Du brauchst es nur zu sagen.«

»Es könnte sein.«

»Dann raus damit.«

»Vielleicht brauche ich deine Hilfe für einen Transport.«

»Klar. Um was für Waren handelt es sich?«

»Deutsche.«

»Deutsche? Was für Deutsche?«

»Deutsche Touristen. Für Ende August plane ich eine Elchsafari, erst mal als Test. Mal sehen, wie es läuft.«

»Eine Elchsafari? Woher hast du denn die Idee?«

»Weiß ich nicht. Plötzlich war sie da.«

»Hört sich gut an. Es gibt ja genug Elche. Aber ich kann die Deutschen doch nicht im Caravan durch den Wald karren?«

»Nein, es geht nur um die An- und Abfahrt.«

»An- und Abfahrt? Kein Problem. Ich bin dabei. Wann geht's los?«

»Ende August. Aber erst muss ich so viele Helfer wie möglich finden.«

»Mit Olle und mir kannst du rechnen. Macht Ann auch mit?«

»Das hoffe ich.«

»Sag ihr, dass ich sie dabeihaben möchte. Weiß sie, dass du mich gefragt hast?«

»Ja«, antwortete er. Das war gelogen, aber was spielte das für eine Rolle. Was in diesem Moment eine Rolle spielte, war die Wärme in Dicks Augen.

Die Wiese vor dem Festplatz war von jungen Birken und Gestrüpp überwuchert.

Es sah aus wie eine gewollte Tarnung. Der Ort existiert nur für uns, die wir uns erinnern.

Genau an der Stelle, wo früher die Autos geparkt hatten, wenn am Mittwochabend zum Tanz gerufen wurde, ließ er das Rad ins Gras fallen. Er war nur im letzten Sommer dabei gewesen, hatte jedoch nicht getanzt. Damals standen hier kaum noch Halbstarkenautos, und die Saufereien auf der Wiese waren allenfalls ein müder Abklatsch, der an die gute, alte Zeit erinnern sollte, als noch Leif Bloms Tanzcombo aufgetreten war, während sich das Hauptgeschehen vor dem Festplatz abspielte.

Der Platz war fast unverändert. Das Kartenhäuschen mit den gelben Klinkersteinen sah aus wie ein Wachhäuschen vor einer Kaserne oder einem Gefangenenlager. Die Pforte war verschwunden, aber die Baracken standen noch, die ochsenblutrote Farbe war ausgewaschen und verblichen. Er betrat die Tanzfläche. An einigen Stellen war das morsche Holz eingebrochen. Auf der Bühne standen zwei Stühle und ein Tisch, als sollte hier eine Veranstaltung stattfinden. Er stieg von der Tanzfläche herunter und ging an den Schuppen entlang, in denen die Tombola, der Schießstand und anderes untergebracht gewesen waren. Vielleicht war dort auch gepokert worden. Am weitesten von der Tanzfläche entfernt stand die Würstchenbude, wo er einige Male Würstchen gekauft hatte. Das Brot für die Würstchen hatte Anns Vater gebacken, was er damals noch nicht wusste.

Seine Unschuld hatte er auf halbem Weg zwischen Tanzplatz und See verloren. Er erinnerte sich an einen großen Stein, umgeben von Bäumen wie zum Schutz, irgendwelche Bäume. Es war Nacht, und er war betrunken gewesen. Entweder hatte er ein Mädchen an den historischen Platz mitgenommen, oder er selber war abgeschleppt worden. Der Stein kam ihm klein vor, als hätte die Zeit ihn geschrumpft. Es gab keine Bäume mehr, nicht einmal Baumstümpfe. Ein Gesicht konnte er vor seinem inneren Auge nicht erkennen, erinnerte sich nur an seine Erregung. Bumsen war eigentlich zu viel gesagt, er hatte ihr noch nicht einmal die Hose ausgezogen, da war er schon gekommen, an ihrem Schenkel. Er erinnerte sich an ihre Schenkel, die wie der Mond über ihnen geleuchtet hatten. Sie durfte sich mit seiner Unterhose abwischen. Schon damals war er ein Gentleman gewesen.

Die Landesstraße war stark befahren, auf dem Weg von und nach Växjö reihte sich ein Laster an den anderen. Er saß im Gras, dort, wo einmal der Parkplatz gewesen war, der von den farbigen Glühbirnen am Einlass erhellt worden war. Die Lichterkette hatte man vom Kartenhäuschen bis zur Tanzfläche gespannt wie einen Regenbogen, der in der Nacht hängen geblieben war.

Hier hatte er gesehen, wie nur fünf Meter von ihm entfernt ein Junge mit einem abgebrochenen Flaschenhals fast umgebracht worden wäre. Er erinnerte sich nicht, wer es gewesen war, denn er war natürlich betrunken gewesen. Ganz in der Nähe hatte jemand entsetzlich geschrien, ein Schrei, wie er ihn noch nie gehört hatte, vielleicht das Opfer oder der Täter, der die Schlachtwaffe in der Hand hielt. Es ging um ein Mädchen, alter Hass, irgendwas, die Ursache spielte keine Rolle, wenn man besoffen war, die war vergessen. Der Junge war herangetaumelt, Blut spritzte aus seinem Hals. Jemand hatte hysterisch gelacht, als ob alles nur ein Spiel gewesen wäre. Hinter einem Auto war der Junge zusammengebrochen, als hätte er einen Schutz gesucht, wo er sterben konnte. Ein paar Leute hatten den Jungen mit der Flasche gepackt und ihn zu Boden gekämpft. Jemand war zum Kartenhäuschen gelaufen, um Hilfe zu holen, aber möglicherweise war die Polizei auch schon vor Ort gewesen. Zu der Zeit hielten sich oft Polizisten in der Nähe auf.

Der Überfall bedeutete das Aus für den Tanzplatz. Die Festabende, die für den Rest der Saison noch geplant waren, wurden eingestellt, es war im August gewesen.

Vor Nordiska stieg er vom Fahrrad und spazierte um die verlassenen Firmengebäude herum. Seine Schenkel waren angespannt. Hier herrschte eine Stille, die ein Echo hinterließ, das fortwährend zu hören war, wie wenn ein Duft für Sekunden eine Erinnerung anklingen lässt. Immer noch nahm er den Geruch von Sägespänen und Maschinenöl wahr, und vielleicht hörte er auch die Trucks, Laster und Kreissägen. Wenn er die Augen schloss, konnte er sie sehen, aber er war nicht hierhergefahren, um sich die Arbeit in Erinnerung zu rufen. Er war nur gekommen, weil er seit seinem letzten Arbeitstag nicht mehr hier gewesen war. Er wollte begreifen, dass er nicht der Einzige war, der diesen Platz verlassen musste. Nun war niemand mehr da, nichts war mehr da.

Die Tür an der Giebelseite eines der größten Gebäude stand halb offen.

Drinnen war es leer und seltsam hell, als hätte die Zeit den Beton durchsichtig werden lassen.

In seinen letzten beiden Arbeitsjahren hatte er an derselben Stelle gestanden, aber das Licht hatte sich verändert und die Maschinen waren verschwunden. Von ihm gab es keine Spuren. Die Halle war für nichts anderes mehr genutzt worden. Es war, als wäre hier drinnen niemals gearbeitet worden.

Als er sein Fahrrad zum Bürogebäude schob, fuhr ein Auto auf den Hof. Die Angestellten waren im angenehmsten Gebäude untergebracht gewesen, aber ihre Jobs hatte es nicht gerettet. In den Fenstern standen keine Pflanzen mehr. Keiner der Angestellten war mit dem Fahrrad zur Arbeit gekommen, soweit er sich erinnern konnte. Die meisten Arbeiter, die im Ort wohnten, hatten das Fahrrad benutzt. Er kam aus Sävsjö, später mit dem Motorrad aus dem Dorf und dann mit dem alten Volvo. Heute war er wieder mit dem Fahrrad da.

Das Auto hielt in einiger Entfernung, ein Wachmann stieg aus und kam auf ihn zu. Er war fett um die Hüften, was er offenbar zu verbergen versuchte. Fett ansetzen nannte man das. Fett, das heimlich kam. Nur zu Hause im Badezimmer zeigte man seinen Bauch und atmete tief durch.

»Was machen Sie hier?«, rief der Wachmann.

»Was haben Sie gesagt?«

»Was Sie hier machen. Das ist ein Privatgrundstück. Haben Sie das Schild nicht gesehen?«

»Sind Sie der Besitzer?«

»Was haben Sie gesagt?

»Vergessen Sie's«, sagte Johan. »Ich hab nichts angerührt.«

»Hier hat niemand was zu suchen. Das steht auf dem Schild. Kein Zutritt für Unbefugte, steht da für alle, die lesen können.«

»Ich bin nicht unbefugt.«

»Jetzt hab ich die Diskussion satt. Verlassen Sie das Gelände gefälligst auf demselben Weg, wie Sie gekommen sind.«

»Jetzt vergreifen Sie sich aber im Ton.«

»Was haben Sie gesagt?«

Der Wachmann war nun fast bei ihm. Vielleicht sind wir im selben Alter. Aber er wirkt älter als ich. Es ist das Fett.

Er trinkt, das erkenne ich an den Rändern unter seinen Augen. Es ist bis hierher zu sehen. Scheint einen Kater zu haben. Die Nerven liegen bloß. Da gilt es, sich in Acht zu nehmen.

»Sie haben keinen Grund, mich so unfreundlich zu behandeln.«

»Hauen Sie endlich ab!«

»Welches Gesetz verbietet mir, hier zu stehen?«

»Ihnen ist wohl nicht klar, dass Sie einen Angestellten der Securitas vor sich haben«, sagte der Wachmann. »Oder?«

»Ach, zur Hölle mit Ihnen.«

»Was haben Sie gesagt? Sagen Sie das noch mal!«

Johan sagte nichts mehr. Er nahm den Geruch eines alten Besäufnisses wahr. Er sah den Glanz in den Augen des Mannes, das Schild auf seiner Brust, konnte den Namen jedoch nicht entziffern. Die Buchstaben waren zu klein, vielleicht absichtlich, damit man sie nicht lesen konnte. Er sah das Auto und wies mit dem Kopf darauf.

»Sie sollten das Auto lieber für den Rest des Tages stehen lassen.«

»Was? Was sagen Sie?«

»Sie verstehen sehr gut, was ich meine, Wachmann. Heute hätten Sie lieber nicht das Auto nehmen sollen.«

»Was maßen Sie sich an? Was meinen Sie?«

Johan zog sein Handy aus der Brusttasche.

»Ich würde es ja lieber nicht tun«, sagte er. »Aber ich sollte es tun, und ich werde es tun, wenn Sie nicht aufhören herumzustänkern.«

Der Wachmann antwortete nicht. Plötzlich sah es aus, als würde er auf etwas kauen. Sein Blick wanderte von Johan zum Auto, zum Bürogebäude, das wie ein Blockhaus zusammengezimmert war, und zurück zu Johan.

»Sind Sie aus der Gegend?«, fragte er etwas ruhiger. »Ich kenne Sie nicht.«

»Ich habe hier gearbeitet.«

»Wann denn? Ich frag bloß.«

»Sie haben mich vor einigen Jahren rausgeschmissen.«

»Das haben sie am Ende mit allen gemacht.«

»Sind Sie aus dem Ort?«

»Vrigstad? Um Gottes willen! Aus Lammhult.«

»Ja, das ist ein Unterschied.«

Der Wachmann lächelte. Jetzt konnte Johan seine Gesichtszüge erkennen.

»Entschuldigen Sie bitte. Heute ist nicht gerade mein Tag. Krach beim Frühstück zu Hause.«

»Ist schon okay.«

»Ich hätte mich wirklich nicht ans Steuer setzen dürfen.«

Er sah wieder zum Auto, sah Johan an.

»Aber dann hätte ich im Büro anrufen und mich krankmelden müssen. Ich konnte ja nicht sagen, dass ich einen Kater habe. Womöglich würden sie mich rausschmeißen.«

Johan schwieg und steckte das Handy wieder ein. Er hatte es ohnehin nur zum Schein aus der Tasche genommen.

»Ich hab noch mehr als die Hälfte der Runde vor mir«, sagte der Wachmann. »Sie haben recht. Hoffentlich werde ich nicht erwischt.«

»Können Sie nicht ein paar Stunden warten?«

»Geht nicht, wir haben unsere vorgeschriebenen Runden und werden vom Wächterkontrollsystem überwacht.«

»Aber Sie haben wohl keine Wahl. Das Auto können Sie nicht nehmen. Bis jetzt haben Sie Glück gehabt.«

»Bis jetzt, meinen Sie?«

»Yes.«

Er streckte Johan die Hand hin. Sie standen inzwischen nah genug.

»Ich heiße übrigens Johan Nedergård.«

»Stefan Lundgren.«

Sie schüttelten sich die Hand.

»Ich kann Sie fahren«, sagte Johan.

»Wie meinen Sie das?«

»Ich kann ein paar Stunden fahren, bis der Alkohol raus ist aus Ihrem Körper. Sie sitzen daneben. Ich hab Zeit.«

»Sind Sie Jesus?«

»Nicht, dass ich wüsste.«

»Es ist vermutlich nicht erlaubt, dass Sie fahren.«

»Wer kontrolliert das?«

»Gute Frage.«

»Wohnen Kollegen von Ihnen in der Nähe?«

»Nein, nein.«

»Haben Sie noch ein Uniformhemd?«

»Meinen Sie es ernst?«

»Na klar.«

»Und das Fahrrad?«

»Dies ist doch Privatbesitz, oder? Wer sollte es wagen, hier das Fahrrad zu klauen?«

Stefan Lundgren ließ ihn in Komstad aussteigen. Nach drei Stunden waren sie zu Nordiska zurückgefahren und hatten das Fahrrad in den Kofferraum geladen.

»Ich kann Sie nach Hause bringen.«

»Nein danke. Ich bin ganz steif vom Sitzen und muss mich bewegen. Es sind nur vier Kilometer.«

»Okay. Vielen Dank für alles. Wenn Sie mal Hilfe brauchen, rufen Sie mich an. Das Büro ist in Värnamo, aber ich bin nie dort.«

Er überreichte Johan eine Visitenkarte mit mehreren Telefonnummern.

»Die Handynummer steht ganz unten«, sagte er.

»Okay.«

»Also nochmals vielen Dank.«

»Keine Ursache. Aber seien Sie vorsichtig mit dem Trinken.«

»Ja, Jesus.«

»Ich weiß, wovon ich rede.«

»Das hab ich schon fast kapiert.«

Er hatte ein wenig von Andreas erzählt, aber nicht von der Elchsafari. Plötzlich hatte er das Gefühl, als wäre es eine totgeborene Idee. Als er die Chance gehabt hätte, jemandem, den er nicht schon seit Urzeiten kannte, von der Idee zu erzählen, vertraute er ihr nicht mehr. Es war eine idiotische Idee. Eine verzweifelte Idee. Es war überhaupt keine Idee.

»Ich bin auch betrunken gefahren«, sagte er, ein Bein schon außerhalb des Autos. »Nicht nur am Tag danach. Mir bricht der kalte Schweiß aus, wenn ich daran denke. Das ist nicht nur so dahingesagt. Mir bricht wirklich der Schweiß aus, wenn ich daran denke.«

»Im Augenblick schwitzen Sie nicht.«

»Ich denke nicht daran. Ich erzähle nur davon.«

Stefan Lundgren betrachtete den alten Dorfladen, der immer noch Getränke und Eis an Touristen verkaufte. Bei der Mühle parkten mehrere Autos. An den Holztischen vor dem Laden saßen Leute und aßen Eis. Zwei Kinder jagten einander um die Tische am späten Nachmittag.

Das Haus war leer, als er zurückkam. Das Auto war weg. Er sah auf seine Armbanduhr. Ann war noch bei Andreas. Sie hatte ihn nicht auf dem Handy angerufen. Seine mehrstündige Verspätung hatte sie nicht beunruhigt.

Auf dem Küchentisch lag ein Zettel: Bin in der Stadt einkaufen, hab die Kühlbox mitgenommen. Hast du heute Abend Lust zu grillen?

Er hatte keinen Hunger, aber einen wahnsinnigen Durst, trank vier Gläser Wasser, ging in den Schuppen und holte den Grill hervor. Der Rost war vollkommen verklebt vom Fett des letzten Jahres.

Auf einem Bord fand er die Stahlbürste. Er trug den Rost, der nach gegrilltem Fleisch und Fett roch, auf den Hof und begann ihn abzubürsten. Er konnte sich nicht erinnern, was sie zuletzt gegrillt hatten, vermutlich Schweinefilet mit Pilzen und Paprika. Das war Andreas' Lieblingsgericht, obwohl er das Fleisch beiseiteschob. Wahrscheinlich hatten sie Kartoffelsalat dazu gegessen, in einer Vinaigrette mit Schnittlauch und Radieschen aus dem Gemüsebeet. Ann hatte vermutlich auf dem Markt Schafskäse gekauft, den der Käsehändler im Angebot hatte. Johan aß keinen Schafskäse, jedenfalls nicht den, einmal war genug gewesen. Er fand, so würde es schmecken, wenn man einen Hammel auf den Hintern küsste.

Obwohl der Rost inzwischen fast glänzte, roch er noch immer nach dem letzten Grillabend, als ob der Geruch klarer und deutlicher würde, je mehr Ablagerungen er abbürstete. Jetzt kam die Erinnerung.

Beim Festhalten hatte er mit der Stahlbürste ein paar Finger erwischt und gar nicht gemerkt, dass er sich verletzt hatte. Am Grill hingen Blutstropfen, er wischte sie weg, und sie liefen über den Rost. Als er ihn drehte, fiel Sonnenlicht darauf, und das Blut glänzte rot. Er schaute auf seine Hand. Von einem Finger tropfte Blut. Er leckte es ab. Es schmeckte nach Schweinefleisch und Eisen.

Als Ann auf den Hof fuhr, hatte er den Grill gerade angezündet. Sie hatte aus der Fleischabteilung angerufen. »Bring Entrecote mit«, hatte er gesagt.

Die gekochten Kartoffeln waren bereits abgekühlt. Vinaigrette und Bearnaisebutter waren fertig. Einen Grillabend vorzubereiten hatte ihm Spaß gemacht, aber als er die Grillkohle anzündete, bekam er ein schlechtes Gewissen, als wäre es noch zu früh, als hätten sie kein Recht dazu.

»Es riecht, als hättest du schon Fleisch auf den Rost gelegt.« Sie kam mit der Kühltasche näher. »Wollen wir es marinieren?«

»Ach was, Salz und Pfeffer genügen, wenn es von guter Qualität ist. Leg es auf den Teller dort. Ist es gut?«

»Sieht jedenfalls gut aus«, sagte sie und nahm ein Paket aus der Kühltasche.

»Wachspapier«, sagte er. »Gibt's so was noch?«

»Wie in alten Zeiten«, sagte sie, »aus dem letzten Jahrhundert.«

»Eher aus dem vorletzten.«

Ann wickelte die beiden Fleischscheiben aus und legte sie auf den Teller, der auf dem Gartentisch stand. Sie sahen wirklich gut aus mit dem eingelagerten Fett, gelb wie die Augen eines Hammels.

»Ich mache eben den Kartoffelsalat«, sagte sie. »Wollen wir noch Beilagen haben? Ich hab Kirschtomaten gekauft.«

»Klingt gut.«

»Was möchtest du trinken?«

»Hierzu passt nur ein Getränk«, sagte er.

»Mineralwasser mit Zitrone und Eis«, sagte sie.

»Genau.«

»Ich kümmere mich darum.«

»Ich hab heute einen verkaterten Wachmann durch die Gegend kutschiert«, sagte er.

»Aha.«

»Willst du nicht mehr hören?«

»Im Augenblick lieber nicht.«

»Es gibt sowieso nichts zu erzählen«, sagte er.

»Du kannst es mir ja beim Essen erzählen.«

Er nahm die elektrische Zündgabel aus der Glut, steckte sie vorsichtig in die Halterung und zog den Stecker im Schuppen heraus. Dann stocherte er ein wenig mit der Zange in der Glut herum. In fünf Minuten würde sie perfekt sein.

»Jetzt ist es wohl bald Zeit für den Kartoffelsalat«, sagte er. »Und bring Butter mit nach draußen.«

»Schön, dass du schon gedeckt hast«, sagte sie.

Er hatte den Tisch in den Schatten gestellt und so viel wie möglich vorbereitet. Nur die Servietten hatte er nicht gefunden. Er sah sie mit der Kühltasche ins Haus gehen. Sie war blau und weiß und leuchtete wie der Sommer höchstpersönlich. Es könnte der letzte Sommer sein. Der längste Sommer. Er drehte ein paar Runden mit der Pfeffermühle über den Fleischscheiben. Der Pfeffergeruch war stark und trieb ihm Tränen in die Augen.

»Ich habe heute eine der Ärztinnen getroffen«, sagte sie und legte die Gabel hin.

»Was wollte sie?«

»Es war die neue, Bendriksen. Sie wollte nichts Besonderes, war nur zufällig in der Abteilung. Da habe ich sie gefragt.«

»Was hast du gefragt?«

»Ich weiß es nicht.«

»Du weißt es nicht?«

Sie hatte die Gabel wieder in die Hand genommen und hielt sie auf halbem Wege vor dem Mund, ohne zu merken, dass sie leer war. Beim Essen hatten sie kaum geredet, und jetzt waren sie fertig. Das gelbe Herz aus Rinderfett hatte sie am Tellerrand liegen lassen.

»Die wissen genauso wenig wie wir«, sagte er und legte Messer und Gabel auf den Teller.

»Darüber bin ich froh«, sagte sie. »Solange sie nicht etwas wissen, was wir nicht wissen, bin ich froh.«

Sie legte die Gabel ebenfalls ab, vorsichtig, als wäre sie Teil eines Arztbestecks.

»Er atmet von allein, und das ist die einzige Verbesserung, die sie sehen können«, fuhr sie fort. »Verstehst du, was ich meine?«

»Ich glaube schon.«

»Was meine ich?«

»Dass … es im Augenblick nicht mehr zu tun gibt. Dass wir warten müssen.«

»Mehr geschieht nicht«, sagte sie. »Das meinen sie damit. Dass nichts weiter geschehen wird.«

»Das glaube ich nicht«, sagte er. »Und das ist ja nicht das, was wir meinen. Oder was wir glauben.«

»Ich wünschte, du hättest gesagt, was wir wissen.«

»Was wir wissen«, sagte er.

Sie sah aus, als hörte sie ihm nicht mehr zu. Ihr Blick war auf etwas hinter ihm gerichtet. Er drehte sich um. Dort war nichts, nur ein Haus und ein Hof und etwas Sonne, die am nordöstlichen Giebel Schutz vor dem Abend gesucht hatte. Er drehte sich wieder um. Der Sonnenuntergang hinter ihr war rot. In den vergangenen Tagen waren alle Sonnenuntergänge bis zuletzt rot gewesen, sie wechselten nicht mehr in Orange, als passte die Farbe nicht mehr in die Natur.

Plötzlich hörte er den Wind in den Ahornbäumen über ihrem Kopf. Dieses Geräusch kannte er. Es gehörte hierher, hier war es zu Hause. Über seinem Kopf sauste es. Da war es wieder. Er sah hinauf. Die Schwalben jagten einander wie Jagdflugzeuge. Da waren sie wieder, swiiisch! Er schaute ihnen nach, einige Schwalben waren höher aufgestiegen, um sich einen Überblick zu verschaffen, ehe sie wieder herabstießen. Wenn er Läuse im Haar gehabt hätte, hätten sie sich auf ihn gestürzt.

Als sie das Dach neu decken mussten, hatten sie befürchtet, die Schwalben könnten wegbleiben. Aber im nächsten Sommer waren sie wiedergekommen und hatten ihre Nester über den Giebeln gebaut. Dort war jetzt mehr Platz.

Die Brise in den Bäumen erstarb langsam, aber die Schwalben blieben. Die Luft war immer noch warm. Die Schatten wurden länger. Sie blieben sitzen, als die Dunkelheit kam. Und noch ein wenig darüber hinaus.

Australien

Er lief um sein Leben. Es war in diesem Grenzland zwischen Wachen und Schlaf. Als er sich umdrehte, sah er die Gestalt in dem weißen Licht stehen, das in der Dunkelheit strahlte wie eine Lampe. Er versuchte in die Dunkelheit zu laufen, fiel jedoch hin und versuchte, ins Licht zurückzukehren, obwohl er wusste, was ihn dort erwartete. Er griff nach etwas, woran er sich hochziehen konnte, aber es gab nur dieses schwarze Nichts. Er fuchtelte mit den Armen, er drü…

»Auuuu!«

Jemand schrie auf. Jemand berührte seinen Arm. Er versuchte sich zu befreien, obwohl er wusste, wer es war.

»Johan! Johan!«

»Ich bin wach.«

Jetzt saß er aufrecht im Bett.

»Hab ich dich geschlagen?«, fragte er.

»Ja.«

Er knipste die Lampe über dem Bett an und blinzelte in das Licht.

»Aber es war nicht schlimm«, sagte sie.

»Entschuldige.«

»Man kann doch nichts für seine Träume.«

»Es war kein Traum.«

»Jetzt machst du mir Angst.«

»Es war dieses Gefühl, das man manchmal kurz vorm

Einschlafen hat. Man meint, dass man fällt und versucht, sich irgendwo festzuhalten. So war das.«

»Mir schien, du hast geträumt. Du hast geschrien.«

»Was habe ich geschrien?«

»Das weiß ich nicht. Aber es muss mich geweckt haben.«

»Vielleicht war es doch ein Traum«, sagte er. »Einer, der immer wiederkommt.«

»Klingt ja nach einem richtigen Alptraum.«

»Das Schlimmste ist, dass ich glaube, es ist gar kein Traum«, sagte er. »Ich vermute, es ist eine Erinnerung.«

»Etwas, das dir wirklich passiert ist?«

»Ich glaube, ja. Jetzt, wo wir … wo ich hier sitze, kann ich mich nicht erinnern. Wo ich wach bin. Nur im Traum. Es ist wie eine Erinnerung, die mich zu erreichen versucht.« Er drehte sich zu ihr um. »Klingt das bescheuert?«

»Nein. So etwas kommt ja vor. Es gibt schreckliche Erlebnisse, die … im Unterbewusstsein bleiben, auch wenn man sie scheinbar vergessen hat.«

»Davon habe ich schon gehört.«

»Zum Beispiel ein Kindheitserlebnis. Ist etwas passiert, als du klein warst, Johan?«

»Daran kann ich mich eben nicht erinnern«, sagte er nach einer Weile. »Kurz vorm Einschlafen habe ich manchmal ein Bild im Kopf.«

»Davon hast du mir noch nie erzählt.«

»Das Bild ist erst in den letzten Monaten aufgetaucht.«

»Was für ein Bild?«

»Jemand schießt. Jemand will … mich erschießen.«

»Dich erschießen? Wirst du getroffen?«

»Ich weiß es nicht«, sagte er.

»Wer ist es?«

»Das … weiß ich auch nicht. Er steht unter sehr hellem Licht. Überall ist es weiß, blendend weiß. Ich kann sein Gesicht nicht sehen. Ich versuche, es zu erkennen, aber ich bin zu sehr damit beschäftigt, mich zu retten.«

Sie nahm seine Hand.

»Wenn ich das nächste Mal versuche, mich zu retten, werde ich sehen, wer es ist«, sagte er.

»Jetzt haben wir August. Heute ist der Erste. Nicht, dass man es merkt, es ist unverändert heiß und die Abende sind noch nicht dunkler oder länger geworden. Du weißt, was ich meine. Wenn um acht oder neun die Feuchtigkeit aufsteigt und man anfängt zu frösteln. Wenn wir Krebse fischen. Bald ist es so weit, und wir sind bereit, Andreas. Erinnerst du dich an letztes Jahr? Klar erinnerst du dich. Es war ein Rekord, und Rekorde sind dazu da, gebrochen zu werden. In diesem Jahr werden wir ihn brechen. Wollen wir wetten?«

Sie nahm seine Hand und drückte sie. Sie fühlte sich an wie ein paar Knöchelchen. Solche Knochen, wie man sie beim Umgraben in der Erde findet. Es ist, als würden sie immer wieder aufsteigen. Jedes Mal findet man neue, selbst wenn man von Anfang an tief gegraben hat.

Das ist eine Wette, die er nicht halten kann, dachte sie. Aber nun hat er etwas, worüber er nachdenken kann.

»Wenn du nicht rechtzeitig gesund wirst, gilt die Wette natürlich nicht«, sagte sie und behielt seine Hand in ihrer. »Da hilft alles nichts. Aber ich glaube, du wirst gesund. Wir brauchen erst in den allerletzten Tagen zum Fluss zu gehen. So warm wie es jetzt noch ist, können wir damit rechnen, dass der September genauso warm wird. Alles wird sich verschieben. Weihnachten können wir draußen grillen. Wie in Australien. Dort steht alles auf dem Kopf, das weißt du ja. Darüber haben wir mal gesprochen.«

Irgendwann würden sie nach Australien fahren. Oder nach Neuseeland. »Ich will so weit wie möglich von hier wegfahren, um zu sehen, wie es dort ist«, hatte er einmal gesagt.

»Dann können wir wieder nach Hause fahren.« So weit wie möglich, bis man zu dem Punkt gelangt, von dem der Heimweg in die andere Richtung kürzer ist. Wo lag dieser Ort? Sie hatte es nicht herausbekommen, und Andreas hatte es wohl vergessen. Oder er wartete ab, bis es Zeit war zu reisen. Oder er wusste es, behielt sein Wissen jedoch für sich. Er behielt viel für sich. Aber wir anderen werden alles erfahren. Zu gegebener Zeit werden wir es erfahren. Nach tausend und abertausend Jahren würden sie den Ort erreichen, von wo der Heimweg in beide Richtungen gleich lang war. Vielleicht lag der Ort in der Südsee. Sie wollte es wissen. Sie würde es herausfinden. Sie würde die Schwalben fragen.

Der Rasen des Krankenhauses war alles andere als grün. Es war wie in einem fremden Land Hunderte Meilen entfernt. Wir brauchen gar nicht zu verreisen. Wir werden nie reisen. Er leidet. Ich überlasse ihn dem Leiden, während er mehr und mehr unter meinen Händen schwindet.

Sie setzte sich auf die nächstbeste Bank. Hier im Park standen viele Bänke, als wäre der Krankenhausleitung oder der Parkverwaltung klar, dass die Menschen das Bedürfnis hatten, sich auf die nächstbeste Bank fallen zu lassen, wenn sie hier spazieren gingen und zu atmen versuchten, nachdem sie drinnen den Atem angehalten hatten.

Sie hörte eine Stimme und sah auf. Es war Lina Teglert.

»Entschuldigung, ich habe Sie gar nicht bemerkt.«

»Ich hab nur hallo gesagt.«

»Hallo.«

»Wollen Sie allein sein, oder darf ich mich eine Weile zu Ihnen setzen?«

»Ich freu mich, wenn Sie mir Gesellschaft leisten.«

Lina Teglert setzte sich.

»In unserer Abteilung herrscht Platzmangel«, sagte sie. »Aber die Patienten tragen es mit Humor.«

»Was für ein Glück.«

»Im Augenblick liegt ein älterer Mann im Korridor. Er redet mit jedem, der vorbeikommt, und behauptet, es ist ihm noch nie besser gegangen.«

»Warum ist er im Krankenhaus?«

»Krebs. Es sieht ziemlich schlecht aus.«

Ann nickte.

»Vielleicht sollte ich nicht darüber reden«, sagte Lina Teglert.

»Warum nicht? Ich habe doch gefragt. Es ist idiotisch, alles auszublenden, was mit Krankheit zu tun hat, oder? Ich sehe diesen alten Mann vor mir. Vielleicht ist ihm bewusst, dass ihm nicht mehr viele Worte bleiben. Er will seine letzten Worte nicht behalten. Es ist sinnlos, sie für sich zu behalten.«

»Stimmt.« Lina Teglert lächelte.

Es regt mich nicht auf, dachte Ann. Ich blende nichts aus. Wie viele Male habe ich schon an die letzten Worte gedacht, die Worte an jenem Morgen, bevor der Schulbus kam. Sie erinnerte sich genau an jedes Wort, Worte, die sie jeden Morgen sagten.

»Ich muss zurück.« Sie stand auf.

»Nun habe ich Sie doch traurig gemacht«, sagte Lina Teglert.

»Nein. Ich unterhalte mich gern mit Ihnen. Rufen Sie mich doch einmal an, wenn Sie Lust haben. Und vielleicht rufe ich Sie an. Ich schreibe Ihnen meine Telefonnummer auf.« Sie öffnete ihre Handtasche und tastete nach einem Stift. »Ach, ich habe nichts zu schreiben.« Sie schaute wieder auf.

»Einen Moment.« Lina Teglert riss eine Seite von einem kleinen Block und schrieb ihre Telefonnummer darauf. Ann sah, dass es eine Handynummer war. Sie nahm den Zettel entgegen und nannte ihre Telefonnummer. Lina Teglert notierte sie mit der linken Hand.

»Danke, dann also bis bald. Ich freue mich.« Lina Teglert sah auf.

»Ich habe mich schon immer über Ihren Nachnamen gewundert.«

»Es ist mein Mädchenname.«

»Mein Nachname ist der Name unseres Hofes.«

In Bodafors hielt sie an und kaufte Milch und Bananen bei Rostedts. Mehr fiel ihr nicht ein.

Sie hatte Andreas von Lina erzählt und dass Lina in Südostasien gewesen war. Das war mehr als die Hälfte des Weges ans Ende der Welt.

»In den Tropen geht die Sonne innerhalb weniger Minuten unter, Andreas. Ich glaube übrigens, dass du das weißt. Tag und Nacht sind dort genau gleich lang, und zwar das ganze Jahr über. Es ist genauso lange dunkel, wie es hell ist. Das ist wie unsere Tagundnachtgleiche Ende September. Bis dahin ist es noch einen Monat. Dann ist es hier ein einziges Mal so, wie es in den Tropen immer ist.«

Als sie die Milch in den Kühlschrank stellte, klingelte das Telefon im Vorraum. Sie schloss die Kühlschranktür und ging hinaus, den Kopf voller Wind.

»Ann Nedergård?«

»Hier ist Mama. Bist du gelaufen?«

»Nein, wieso?«

»Deine Stimme klingt so atemlos.«

»Ich bin nicht gelaufen.«

»Ich habe etwas mit dir zu besprechen, Ann. Kannst du zu mir kommen?«

»Wann? Worum geht es denn?«

»Ich wollte nur über einiges mit dir reden. Es dauert nicht lange. Heute Abend für eine Weile, geht das? Gegen sieben oder so?

Sie fuhr die alte Landstraße über Norra Ljunga.

In der mittelalterlichen Kirche waren sie getraut worden. Sie war genauso weiß wie die Kirche in ihrem Dorf. Plötzlich bereute sie es, dass sie sich nicht dort hatten trauen lassen. Dieser Gedanke kam ihr zum ersten Mal. Aber damals wollte Johan es nicht, und sie hatte es auch nicht gewollt.

Im vergangenen Sommer waren sie und Andreas mit dem Rad hierhergefahren. Eigentlich hatten sie nur eine Fahrradtour bis Komstad geplant, aber als sie das Ziel erreicht hatten, wollte er weiterfahren. »Dann muss ich wohl dich und das Fahrrad auf dem Rückweg huckepack nehmen«, hatte sie gesagt. »Umgekehrt, ich dich!«, hatte er gesagt. Sie hatten eine Thermoskanne mit Saft und Hefeteilchen dabeigehabt und sich im Schatten der Kirche gestärkt. »Hier haben Johan und ich geheiratet«, hatte sie erzählt. »Warum durfte ich nicht dabei sein, Mama?«, hatte er gefragt, und in seinen Augen hatte es aufgeblitzt. Vielleicht war es auch ein Sonnenreflex gewesen. Er wusste, warum er nicht hatte dabei sein können. Er hatte alles gewusst. Er wusste alles. Am Wegrand hatten sie Himbeeren entdeckt und damit die Thermoskanne gefüllt. »Himbeeren, die man selber gepflückt hat, schmecken am besten«, hatte er gesagt, als sie sie zu Hause mit Milch aßen. »Das ist eine Rekordernte«, hatte er gesagt. Für ihn war jeder Tag ein Rekord, dachte sie, als sie wieder auf die Landesstraße 30 einbog. Jeder Tag mit ihm zusammen war ein Rekord.

An der nächsten Kreuzung stand ein Mädchen mit erhobenem Daumen. Ann hielt bei der Bushaltestelle. Das Mädchen kam heran und öffnete die Beifahrertür.

»Steig ein«, sagte Ann.

»Ich hab den Bus verpasst«, sagte das Mädchen.

Sie setzte sich, Ann startete wieder und schwenkte auf die Fahrbahn ein, nachdem sie ein Auto hatte vorbeifahren lassen.

»Sonst fahre ich nie per Anhalter«, sagte das Mädchen.

»Nein, wahrscheinlich ist das auch nicht ratsam.«

»Aber als ich Sie sah, hab ich mich getraut. Weil Sie ja kein alter Kerl sind.«

»Was für ein Glück, dass ich nicht wie ein alter Kerl aussehe.«

»Sie kommen mir bekannt vor. Wohnen Sie in Vrigstad?«

»Nein, nicht mehr. Dort habe ich gewohnt, als ich in deinem Alter war. Wie heißt du übrigens?«

»Maria.«

»Ein hübscher Name.«

»Finde ich nicht. Er klingt so altmodisch. Nach einer alten Tante. Ich werde ihn ändern.«

»Und wie willst du dich nennen?«

»Äh … Victoria. Oder Madeleine.«

»Möchtest du eine Prinzessin sein?«

»War nur ein Witz. Wie heißen Sie?«

»Ann Nedergård.«

»Klingt gut.«

»Findest du wirklich?«

»Na ja, nicht ganz, aber früher war es vielleicht ein feiner Name.«

»Du meinst vor hundert Jahren?«

»Haha.«

»Ich finde, du solltest bei Maria bleiben.«

»Es spielt wahrscheinlich keine Rolle, wie man heißt. Ich wohne ja nirgends, im Wald wohne ich. Aber der ist jetzt auch weg.«

»Hast du einen Sommerjob?«

»Zu dem bin ich unterwegs. Im Hotel. Macht Spaß, aber viel Arbeit. Heute Abend kommt eine große Gesellschaft, da muss ich einspringen.«

»Meine Schwester Moa arbeitet auch dort.«

»Daher kamen Sie mir wohl bekannt vor. Sie sehen sich ähnlich!«

»Nicht besonders.«

»Doch, Sie sehen Moa ähnlich.«

»Hoffentlich ist sie nett zu dir.«

»Sie ist ganz okay, wirklich. Sie ist nett. Sie ist zu allen nett.«

»Dann bin ich ja beruhigt.«

»Wollen Sie sie jetzt besuchen?«

»Nein, das wollte ich nicht. Ich bin auf dem Weg zu meiner Mutter, unserer Mutter.«

»Soviel ich weiß, bin ich ihr noch nie begegnet.«

»Ich glaube nicht, dass sie jemals im Hotel war.«

»Warum nicht?«

»Ich weiß es nicht«, sagte Ann.

Sie erreichten den Ort, und Ann hielt bei Rot an der Kreuzung am Markt. Vor der Wurstbude standen einige Autos, bei denen Jugendliche herumlungerten.

»Kennst du die?« Ann nickte mit dem Kopf zur Wurstbude.

»Nein«, sagte Maria und guckte weg.

»Das war das einzige Vergnügen in meiner Jugend«, sagte Ann. »Im Auto rumkurven. Und ein echtes Vergnügen war es auch nicht.«

»Ich weiß.«

»Für dich ist das also nichts?«

»Ich will bloß weg hier«, antwortete Maria.

»Was willst du machen?«

»Keine Ahnung.«

Sie kamen am Busbahnhof vorbei.

»Da steht der Bus, den du verpasst hast«, sagte Ann. »Der fährt ganz bis nach Jönköping.«

»Wie aufregend!«, sagte Maria.

»Wohin möchtest du denn fahren?«

»Australien. Im Hotel kocht manchmal ein Junge, der hat mal in Australien gewohnt. Finde ich echt cool.«

Ann sagte nichts. Sie kamen an der Schule vorbei. Maria schaute in eine andere Richtung.

»Australien ist so weit entfernt, wie man von hier wegkommen kann«, sagte sie.

Ann nickte.

»Sie sind ja plötzlich so still«, sagte Maria. »Sind Sie anderer Meinung?«

»Vielleicht schaffst du es bis nach Australien«, sagte Ann.

»Und ob ich das schaffe.«

Ann bog ab und hielt vor dem Hotel. Ein Stück entfernt stand ein Bus, aus dem gerade Leute ausstiegen. Es war ein großer Bus mit vielen Menschen. Ann sah das D-Schild neben dem Autokennzeichen.

»Da ist die Gesellschaft«, sagte sie.

Zwischen den Villen auf dem Soldatvägen roch es nach Rauch. Jemand verbrannte Abfall oder Schlimmeres.

Ihre Mutter stand im Garten, als sie vorfuhr.

»Es fängt an zu dämmern«, sagte sie zur Begrüßung.

»Bis zur Dämmerung ist es noch eine ganze Weile hin.«

»Man merkt, dass wir jetzt August haben. Bist du im Krankenhaus gewesen?«

»Warum fragst du? Das weißt du doch.«

»Was sagen sie?«

»Wer sie?«

»Die Ärzte natürlich.«

»Sie sagen nichts. Es gibt nichts zu sagen.«

»Etwas muss es doch geben.«

»Hast du mich deswegen gebeten zu kommen? Um mich das zu fragen?«

Ihre Mutter antwortete nicht. Sie war mit den Rosen an

der Hauswand beschäftigt, nahm eine langstielige Blüte in die Hand und ließ sie wieder los.

In einem normalen Leben hätte ich mich mit einer langstieligen Rose begnügt, dachte Ann. Von meinem Mann.

Die schutzlosen Rosen schienen von der Sonne gegen die verputzte Hauswand gedrückt zu werden. Ihre Blätter waren verbrannt, und ihre Blüten sahen aus wie Blutflecken im Schnee.

»Was willst du, Mama? Ist etwas passiert?«

»Was sollte passiert sein? Hier passiert nichts. Wie überall. Es passiert nichts.«

»Was meinst du damit?«

»Nichts. Ich meine nichts.«

Ann hatte Durst, aber sie wollte nicht um Wasser bitten. Sie wollte um gar nichts bitten. Das hatte sie noch nie getan. Sie wollte nicht hier sein.

Ihre Mutter ließ wieder eine Rose gegen die Wand zurückschnellen.

»Hast du schon darüber nachgedacht, was ihr … hinterher macht? Was … kommen kann.«

»Hinterher? Wie meinst du das?«

»Du weißt, was ich meine.«

»Nein, ich weiß es nicht!«

»Schrei doch nicht so.«

»Was meinst du also?«

Sie war einige Schritte näher gekommen.

»Wenn Andreas nicht mehr lebt?«, sagte sie. »Meinst du das?«

»Du willst nicht reden, Ann. Mit dir konnte man noch nie reden.«

»Ist es nicht eher umgekehrt? Die Idee ist dir wohl noch nicht gekommen.«

»Was meinst du?«

»Was wolltest du mir sagen? Über uns? Über Andreas?

Sollen wir die Maschine abstellen? Meinst du das? Dann lass dir sagen, dass die Maschine längst abgestellt ist. Sie ist nicht mehr nötig. Gar nichts ist nötig!«

»Ich mache mir Gedanken um dich, Ann. Wie es dir hinterher gehen wird.«

»Ha! Ha! Ha!«

»Es ist nicht … nein, ich kann nicht mit dir reden. Es war dumm von mir, dich zu bitten herzukommen.«

»Da geb ich dir wirklich recht!«

»Du kannst nicht leben, als ob … du kannst nicht wer weiß wie lange so leben. Es ni…«

»Wage es nicht, mein Leben zu kritisieren! Es ist mein Leben! Das geht dich überhaupt nichts an, ist dich noch nie etwas angegangen.«

»Ann …«

»Ade!«

Sie drehte sich um und ging durch die Pforte. Die Kreissägen in ihrem Kopf liefen auf Hochtouren. Als sie sich ins Auto setzte, hatte sie einen der sekundenlangen Schwindelanfälle.

Sie fuhr nach Granbacken und hielt am Fluss. Das Schwindelgefühl war verschwunden, aber in ihrem Kopf brauste es, sie hörte nichts mehr, war wie taub. Der tosende Verkehr auf der Brücke war verstummt.

Sie schaltete den Motor ab. Jetzt hörte sie die Laster. Es war das einzige Geräusch im Zentrum, so war es immer gewesen. Tausende schwerer Fahrzeuge, Tag für Tag, aus Portugal, Griechenland, Polen, Deutschland, Holland, hin und her. Australien. In ihrer Jugend hatte sie mit einem Laster per Anhalter fahren wollen. Sie hoffte, dass Maria das nicht tun würde.

Sie stieg aus, schloss das Auto ab und ging am Fluss entlang über die schmale Brücke zur Sportlerlandzunge. Dann folgte sie dem Pfad durch das Sumpfgebiet, das einer Steppe glich.

Die Birke bewegte sich, oder die Bewegung war nur in ihrem Kopf, der Wind war in ihrem Kopf. Sie umkreiste den Baum. Auch diesmal waren Johans Buchstaben nirgends zu entdecken. Hinaufklettern konnte sie nicht, so tief unten gab es keine Äste.

Ich wäre hinaufgeklettert, wenn ich es gekonnt hätte. Und dann wäre ich dort oben geblieben.

In einem Sommer hatte sie im Krankenhaus gejobbt, das musste in ihrem ersten Jahr an der Lehrerhochschule gewesen sein. Damals kannte sie Johan noch nicht.

Um den Jungen, zwanzig Jahre alt, genau wie sie, stand es schlecht. Hodenkrebs, der gestreut hatte. Zeitweilig schien es ihm etwas besserzugehen. Wenn er nicht zu müde war, meistens vormittags, unterhielt sie sich manchmal mit ihm. Er kam von einem Hof in der Nähe von Nydala, seine Eltern besuchten ihn natürlich, jedoch seltener, als ihr zunächst klar war. Er hieß Kenneth, wollte aber Kenne genannt werden. Das ist mein Name, sagte er. Kenne.

Mittsommer hatte sie Dienst und mit den anderen im Personalraum hinter dem Zimmer der Krankenschwester gegessen. Einer der Pfleger, Mårten, erzählte, er habe sich an diesem Tag mit Kenne unterhalten. Kenne wisse, dass er sterben würde, und er habe keine Angst vor dem Tod.

Sie hatte angefangen zu weinen. Es war so schrecklich. Sie hatte begriffen, was Tod war, damals glaubte sie, dass der Tod sinnlos und ungerecht sei. Man mochte noch so laut schreien, der Tod würde es überhören und nie verstehen. Er war genauso hirntot und leer wie ein Skelett. Der Tod war tot wie ein Stein.

»Nur eins macht Kenne traurig«, erzählte Mårten später am Mittsommerabend, als es in der Abteilung ruhig geworden war. Er hatte wie sie einen Sommerjob, im Herbst würde er anfangen zu studieren. »Kenne hat noch nie mit einem

Mädchen geschlafen.« »Warum erzählst du mir das?«, fragte sie. »Es ist, als könnte man über alles reden, wenn man in einem Krankenhaus arbeitet«, antwortete er. »Oder wenn man Patient ist«, sagte sie. »Ja, wenn man wirklich hoffnungslos krank ist. Ich fand das alles so entsetzlich und muss unbedingt mit jemandem darüber sprechen. Dass er so traurig ist, weil er nicht mehr erleben wird, wie es ist, mit einem Mädchen zu schlafen«, sagte Mårten. »Vielleicht stirbt er nicht«, sagte sie.

Das habe ich wirklich gesagt. Vielleicht kommt er durch. Aber er hat es nicht geschafft. In der ersten Augustwoche war meine Vertretung zu Ende, und da war er schon tot. Es war wie heute, die erste Woche im August. Er war noch fast ein Kind.

Sie blieb neben dem Stamm stehen, als hoffte sie, etwas würde mit ihm passieren, wenn sie nur lange genug wartete. Am Waldrand begann es zu dämmern.

Ihr Handy klingelte. Sie nahm es aus der Jeanstasche und sah Johans Nummer auf dem Display.

»Ja, hallo?«

»Wo bist du, Ann?«

»Vrigstad.«

»Warum?«

»Das frage ich mich auch.«

»Wo genau bist du? Hier wird es dunkel. Bist du auf dem Heimweg?«

Sie fuhr noch einmal mit der Hand über den Birkenstamm. Die Rinde fühlte sich warm und trocken an.

»Jetzt bin ich auf dem Heimweg«, sagte sie.

Er saß unter einem der Ahornbäume auf einem Stuhl, den er von der Sitzgruppe beim Haus dorthin getragen hatte.

»Ich hab die Sonne versetzt«, sagte er. »Oder vielmehr den Schatten.«

»Ja, die Sonne ist weg.«

»Wie geht es?«

»Nicht besonders«, sagte sie.

»Möchtest du etwas?«

»Nein. Doch, vielleicht ein Glas Wasser.«

»Ich hol dir eins.«

Er stand auf.

»Möchtest du nichts essen?«

»Ich habe keinen Hunger.«

»Du hast abgenommen.«

»Das ist das Netteste, was mir jemand seit Stunden gesagt hat.«

»Du bist sehr dünn.«

»Geh rein und hol mir ein Glas Wasser, bevor ich ganz verschwinde.«

Sie fröstelte. Es lag nicht am Abend. Es war vollkommen windstill und immer noch warm. Sie saßen nah an der Hauswand. Sie fuhr mit der Hand über das Mauerwerk, das warm und trocken wie die Birkenrinde war.

»Wollen wir hineingehen?«, fragte er. »Dich friert.«

»Ich sitze hier doch erst seit wenigen Minuten und möchte noch ein bisschen draußen bleiben.«

»Was ist passiert?«

»Ich war bei Mama. Sie hat angerufen.«

»Nicht gut«, sagte er.

»Ich hätte nicht fahren sollen.«

»Was hat sie gesagt?«

»Es geht vielmehr darum, was sie nicht gesagt hat, um das, was sie dachte.«

»Was hat sie gedacht?«

»Das will ich nicht mal in den Mund nehmen.«

»Dann lassen wir das Thema«, sagte er.

»Sie ist der Meinung, wir sollten die Stecker rausziehen.«

»Hat sie das wirklich ernst gemeint?«

»Ich glaube, ja.«

»Wir kümmern uns nicht um sie.«

»Ich will nicht daran erinnert werden, dass wir … dass wir darüber nachdenken müssen … was geschehen soll. Als müssten wir uns schon jetzt vorbereiten. Als wären wir Egoisten, die nur an sich selbst denken.«

»Der Meinung ist niemand.«

»Hast du die Blicke im Krankenhaus nicht gesehen?«

»Es gibt keine Blicke. Wir pfeifen drauf.«

Sie beugte sich vor, nahm den Schal von der Tischplatte und legte ihn sich um die Schultern.

»Das bringe ich nicht fertig«, sagte sie. »Ich glaube, ich werde langsam verrückt.«

»Das ist eine gesunde Reaktion«, sagte er.

»Hinterher war ich bei der Birke. Als ob ich die Buchstaben diesmal finden würde, ich weiß doch, dass es Unsinn ist. Trotzdem bin ich hingegangen.«

»Wir können zusammen hinfahren«, sagte er.

»Möchtest du das?«

»Und dann nehmen wir eine Leiter mit. Die können wir uns bei Granbacken ausleihen.«

Sie warf einen Blick auf ihre Armbanduhr.

»Jetzt ist es schon zu dunkel«, sagte er.

»Ich hab doch gesagt, ich bin verrückt.«

»Wir fahren morgen nach dem Frühstück. Mit den Rädern.«

»Das fände ich zwar schön«, sagte sie. »Aber ich glaube, den Rückweg schaffe ich nicht.«

»Du kannst dir ja Moas Auto leihen.«

»Aber dann muss ich doch hinterher wieder zu ihr?«

»Du fährst mit unserem Auto hin«, sagte er, »und holst dein Fahrrad ab.«

»Echt clever«, sagte sie.

»Hab ich dir von dem Mann erzählt, der zwei Autos gleichzeitig von einem Fest nach Hause gefahren hat?«, fragte er.

Sie hatte den Schal wieder abgenommen. Es schien wärmer geworden zu sein. Ein Flugzeug flog über sie hinweg. Gerade eben hatte sie in der Ferne den Zug vorbeifahren hören. Weit entfernt bellte ein Hund. Es klang fast wie eine Vogelstimme, so spät noch. Die Schwalben waren schon schlafen gegangen.

»Jemand bei Nordiska hat die Geschichte erzählt, offenbar ein Kollege von ihm. Jedenfalls waren der Mann und seine Frau zu einem Fest eingeladen. Es fand auf dem Lande statt, jeder ist im eigenen Auto hingefahren. Von ihren jeweiligen Arbeitsstellen aus. Im Lauf des Abends haben sie sich über irgendwas zerstritten, und er ist abgehauen.«

»Hatte er getrunken?«

»Das ist nicht überliefert. Es könnte ja auch sie gewesen sein.«

»Okay, erzähl weiter.«

»Also, er nimmt sein Auto und fährt ungefähr einen Kilometer, dann geht er zurück, nimmt das Auto seiner Frau und fährt zwei Kilometer. An dem ersten Auto vorbei. Dann geht er zurück und fährt das andere Auto zwei Kilometer. Und so fort, bis er mit beiden Autos zu Hause ankommt. Er hat wahrscheinlich die ganze Nacht gebraucht.«

»Der muss aber wirklich sauer gewesen sein.«

»Du sagst es!«

»Was geschah hinterher?«

»Sie sind offenbar nicht geschieden. Waren es jedenfalls nicht, als ich die Geschichte hörte. Danach habe ich auch gefragt.«

»Man könnte neidisch werden«, sagte sie.

»Neidisch weswegen?«

»Auf sein Durchhaltevermögen.«

»Ihn hätte der Schlag treffen können«, sagte er.

Sie stand auf. »Ich geh jetzt rein. Morgen früh fahren wir.«

»Wir können auch jeder unser Auto nehmen«, sagte er.

»Du kannst beide Autos nehmen«, sagte sie.

Sein Gesicht im Badezimmerspiegel war ihm fremd. Er erkannte die Augen nicht und blinzelte, und seine eigenen Augen waren wieder da. Er hatte neue Krähenfüße und um den Mund zwei scharfe Linien, als hätte er sich mit dem Messer geschnitten. Seit dem Unfall waren sie da. Und sie waren nicht wieder verschwunden. Nach dem Unfall hatte er eine Woche lang Kopfschmerzen gehabt und war nicht in der Lage gewesen, auch nur einen einzigen Muskel im Gesicht zu bewegen.

Krocket

In der Nacht hörte sie den Wind. Wie um die Erinnerung wachzuhalten, schüttelte er die Ahornbäume. Regen schlug gegen die Fensterscheibe, ein ungewohntes Geräusch. Als wären sie irgendwo anders. In dieser Nacht war die Dunkelheit dunkler als sonst.

»Sie haben nichts von einem Tiefdruckgebiet gesagt«, hörte sie seine Stimme.

»Ach, du bist auch wach«, sagte sie.

»Ich konnte nicht schlafen.«

»Möchtest du eine Tablette haben?«

»Dafür ist es zu spät, glaube ich. Wir müssen ja bald aufstehen und losfahren.«

»Aber doch nicht bei Unwetter.«

»Es gibt nur ein Wetter«, sagte er.

Am Morgen regnete es. Vor dem Frühstück ging sie vor die Tür und atmete die Luft ein. Düfte, die seit langem verschwunden waren, hatten sich wieder hervorgewagt, wie die Farben nach dem Ende der Nacht wieder hervortraten. Sie sog die Luft durch die Nase ein, nahm einen tiefen Atemzug und roch viele Düfte, die man grün nennen konnte. Sie spürte den Regen an ihrer Stirn, hob den Blick zum Himmel, gegen den sich die Schwalben, mehr als in der Abendbrise, wie Tuschestriche auf Papier abhoben. Sie bewegten sich rasch, als würde jemand mit einem Stift Linien über den Himmel ziehen, hin und her und zurück. Das bin ich, dachte sie.

»Wir vergessen die Fahrräder«, sagte er, als sie wieder in die Küche kam.

»Aber ich möchte trotzdem fahren«, sagte sie.

Er parkte an derselben Stelle, wo sie am Vortag geparkt hatte. Während der Fahrt hatte es aufgehört zu regnen. Unfahrt, hatte sie auf der geraden Strecke gedacht. Unwetter, Unfahrt. Unheil. Unheil wird kommen. Ungerechtigkeit.

»Wollen wir uns eine Leiter besorgen?«

»Das musst du selbst wissen, Johan.«

»Die wiegt ja nichts. Hier gibt es bestimmt auch eine Leiter aus Aluminium.« Er stieg aus. »Ich frag mal.«

Sie blieb im Auto sitzen, als er davonging. Auf dem Fluss glitt ein Kanu vorbei. Zwei Jungen, etwa zehn, elf Jahre alt, mit nacktem Oberkörper, saßen darin. Sie trugen Stirnbänder mit Federn am Hinterkopf. Einer der Jungen hatte einen Pfeilköcher auf dem Rücken. Sie sahen sehr ernst aus und wirkten sehr dünn und sehr stark. Ihre Arm- und Rückenmuskeln bewegten sich beim Paddeln. Im Gesicht hatten sie Striche wie mit Tusche gezogen, und einer der Jungen hatte am rechten Arm schwarze Linien. Sie saß im Auto und sah das Kanu unter der Brücke verschwinden. Sie schloss die Augen.

Ein Geräusch ließ sie aufschauen. Er stand neben der Autotür, eine Leiter geschultert, die überhaupt nichts zu wiegen schien.

»Ich hab dich nicht gehört.« Sie blinzelte.

»Bist du traurig?«

»Nein.«

Es war schon wieder fast ganz trocken, als sie am Fluss entlanggingen. Aber vielleicht hatte es hier nicht so stark geregnet. Gelbe Düfte kehrten zurück. Ein Mann stand unterhalb der kleinen Brücke und angelte. Er schaute auf, als sie vorbeigingen. Johan hob die Hand. Der Mann nickte. Ann nickte ebenfalls. Der Mann war groß und alt. Niemand sagte etwas.

»Jemand, den du kennst?«, fragte Johan nach einigen Schritten.

»Ich glaub, das war Sven Johansson. Eins der Gesichter, die man erkennt, wenn man nach Hause kommt. Sie werden älter, trotzdem erkennt man sie wieder.«

»Möchte wissen, was er dachte, als er uns die Leiter vorbeischleppen sah.«

»Du hast sie geschleppt«, sagte sie.

»Na, ist ja auch egal, was er denkt.«

Sie gingen weiter. Die Sonne schien ihr warm ins Gesicht. Heute war es ein Gefühl, als wäre die Sonne ihre Freundin.

»Ich sehe das Ziel der Reise«, sagte er.

»Wahrscheinlich ist es ein komplett wahnsinniges Unternehmen.«

»Das entscheiden einzig und allein wir.«

Sie gingen mehrere Male um den Stamm herum. Die Leiter hatte er im Gras abgelegt. Und dann umkreisten sie die Birke noch dreimal. Es kam ihr vor wie ein mittelalterlicher Tanz, Aberglaube. Riten. Ich bin die Hexe, und er ist der Zauberer.

»Es ist nicht derselbe Baum.« Er blieb stehen.

»Meinst du, ich habe mich getäuscht?«

»Nein, wohl nicht. Aber der ist gewachsen. Seltsam.«

»Was ist seltsam?«

»So viel hätte die Birke nicht wachsen können«, sagte er. »Wenn ich unsere Initialen in Augenhöhe eingeritzt habe, könnten sie rein theoretisch so weit mitgewachsen sein, dass wir eine Leiter brauchen.« Er schaute hinauf. »Von hier aus kann ich nichts sehen. Aber von unten ist ja sowieso nichts zu erkennen. Vielleicht sind die Buchstaben in der Rinde verschwunden. Oder bin ich damals raufgeklettert?«

»Nein«, sagte sie, »du bist nicht hinaufgeklettert.«

Er bückte sich nach der Leiter, richtete sie auf und lehnte sie gegen den Stamm. Sie reichte hinauf bis ins Laubwerk. Er stieg drei Stufen nach oben.

»Sei vorsichtig«, sagte sie.

Er musterte den Baumstamm. »Hier ist nichts zu sehen. Und noch weiter oben kann es unmöglich sein.«

»Lass uns auf der anderen Seite nachgucken«, sagte sie.

Er kam wieder herunter und versetzte die Leiter ein Stück.

»Diesmal steig ich rauf«, sagte sie.

Aber auch auf der anderen Seite des Stammes konnte sie nichts entdecken. Von hier aus sah sie den See. Das Kanu der Indianer glitt aus dem Schilf hervor, sie mussten es sein. Die Sonne war durch die Wolken gebrochen. Das Kanu warf keinen Schatten.

»Hier ist auch nichts.« Sie schaute auf ihn hinunter. An seinem Hinterkopf war eine kleine kahle Stelle, dort, wo er früher einen Wirbel gehabt hatte. Andreas hatte den gleichen Wirbel, den hätte sie von oben immer noch sehen können. Noch war er ihr nicht über den Kopf gewachsen, doch bald würde es so weit sein.

Sie stieg wieder herunter.

»Was machen wir also jetzt?«, fragte er.

»Könnte es doch eine andere Stelle gewesen sein?«

»Ein anderer Baum? Nein, das ist er. Die Buchstaben sind wahrscheinlich verwachsen.«

»Aber dann sind sie doch immer noch da.«

»Klar.«

»Wir haben es zumindest versucht«, sagte sie. »Jetzt bin ich zufrieden.«

»Wir können trotzdem mal wieder herfahren«, sagte er, »auch wenn wir sie nicht finden.«

»Ich weiß nicht«, sagte sie. »Ich glaube, es reicht.«

Sie spürte die Sonne auf dem Kopf. Sie stand hoch am Himmel. Wolken und Nebel hatten sich verzogen. Da oben war wieder alles blau, und hier unten war alles gelb.

»Wollen wir um den See gehen?«, fragte sie.

»Wir sind ja schon halb herum«, sagte er.

Das Feld linker Hand erstreckte sich in den Wald hinein. Ein hölzernes Gatter trennte den Pfad vom Feld. Diesen Zaun hatte es immer gegeben. Er war über hundert Jahre alt. Auf ihrem ersten Schulausflug waren sie um den See gewandert, und ihr Lehrer, der alte Liew, hatte von dem Holzgatter erzählt.

»Wann sind wir zuletzt hier spazieren gegangen, Johan?«

»Damals«, antwortete er, »als ich die Buchstaben eingeritzt habe.«

»Bist du danach wieder hier gewesen?«

»Nein. Warum fragst du?«

»Ach, nur so.«

»Du musst doch einen Grund haben.«

»Als ich in der ersten Klasse war, haben wir einen Ausflug an den See gemacht.«

»Manchmal habe ich das Gefühl, ich lasse mein ganzes Leben an mir vorbeiziehen.« Er blieb stehen. »So wie jetzt. Als wollte ich mich an jede Minute erinnern.«

Die Bäume wurden größer, und der Pfad wurde dunkler. Ihn und den Wald hatte der Orkan verschont. Diesen Naturpfad gab es auch schon seit hundert Jahren.

Möchte wissen, ob man noch alle Fragen beantworten könnte. Andreas könnte es vielleicht. Schließlich sind es dieselbe Flora, dieselbe Fauna, dieselben Könige, Strindberg und Lagerlöf, glanzvolle Zeiten der Vergangenheit und Fußball.

Er murmelte etwas Unverständliches.

»Was hast du gesagt?«

»Ich kann es einfach nicht begreifen«, sagte er. »Dass jede verdammte Minute alles war, was man hatte. Sie und sonst nichts, und das war genug.«

»So ist es doch immer gewesen«, sagte sie.

»Nicht mehr«, sagte er.

Jetzt standen sie auf der nördlichen Anhöhe, von wo aus sie fast den ganzen See überblicken konnten. Das Kanu war verschwunden. Der Wind trug Rufe und Lachen der Kinder vom Badeplatz am anderen Ufer herüber. Sie sah sie auf den Sprungturm klettern. Er stand schief, hatte immer schief gestanden, schon hundert Jahre. Der schiefe Turm im Slättsjön. Aber es waren nicht die Kinderstimmen, die sie gehört hatte. Im Lauf des Sommers hatten die Geräusche in ihrem Kopf zu-, statt abgenommen. Bald würden sie eine ganze Sinfonie ergeben. Sie war nicht sicher, ob sie auf das Ergebnis gespannt war, fürchtete sich vielmehr vor dem Augenblick.

»Der Sturm hat alles durcheinandergebracht.« Er schlug mit der Faust gegen seine Brust. »Hat hier drinnen alles durcheinandergebracht. Unser ganzes Leben. Wenn ich etwas verstanden habe, dann das, Leben ist die Zeit, die man hat, und was man aus ihr macht. Es ist die Zeit und nichts weiter. Die man besser oder weniger gut nutzt. Oder verbraucht. Und das ist schlechter, oder? Es ist schlechter, etwas zu verbrauchen, als es zu nutzen, oder? Du bist die Studierte, du musst die Antwort wissen.«

»Was erwartest du von mir, Johan? Glaubst du, das Lehrerexamen hat mir Erkenntnisse gebracht, die du nicht auch hast? Das ist doch nicht dein Ernst.«

»Ich meine nur, dass die Zeit plötzlich so wichtig ist. Als hätte es sie vorher gar nicht gegeben. Ich will keine Antwort von dir. Es gibt keine Antwort. Und auch gar keine Frage.«

»Was gibt es denn?«

»Verwirrung«, sagte er. »Ich bin verwirrt. Was sollen wir tun, Ann? Was zum Teufel sollen wir tun?«

»Du hast gesagt, dass du keine Antwort willst.«

»Die Zeit verrinnt«, sagte er. »Sie ist im Slättsjön versickert. Der See nimmt den ganzen Scheiß mit. Wir gehen hier, wir stehen hier, wir gehen mal da hin, hin und her. Das ist unsere Zeit, die ganze verdammte Pisse da unten.«

»Also ein See voller Pisse und Kacke? Das soll unsere Zeit sein?«

»Hast du das Kanu gesehen?«, fragte er.

»Ich dachte, du hättest es gar nicht bemerkt.«

»Klar hab ich es bemerkt. Das hätte ich sein können, ich und Börje oder Kjell.«

»Ich habe es auf dem See gesehen«, sagte sie, »von der Birke aus.«

»Dorthinein fließt alles, das hab ich ja gesagt. Die Zeit fließt in den See. So habe ich das gemeint.«

»Ich will nicht mehr über dieses Kanu reden, Johan, oder den See oder die Zeit. Jetzt will ich nach Hause.«

Schweigen und Wasser, dachte er auf dem Heimweg. Schweigen und Gewalt gehören zusammen. Die Gewalt lauert unter der Oberfläche wie ein Hai. Plötzlich schlägt sie ihre Zähne in das Paddel, dabei war das Wasser eben noch ganz ruhig. Es war vollkommen still, bevor der Schlag kam. Der Schuss. Die Ruhe vor dem Sturm.

Moa hatte Kjell auf der Landstraße aufgelesen. Er trug ein Jackett, das Johan kannte.

»Es ist zu warm für ein Jackett, Kjell.«

»Ich dachte, ich müsste mich fein machen, wo ich doch eingeladen bin.«

»Du bist fein genug, Kjell«, sagte Ann. »Wir freuen uns, dass du uns besuchen kommst.«

»Das Jackett ist noch genauso picobello wie auf dem Abschlussfest«, sagte Johan.

»Danach hab ich es weggehängt«, sagte Kjell, »nach dem Harry-Brandelius-Gig war nichts mehr, wie es mal war.«

»Was für ein Harry-Brandelius-Gig?«, fragte Moa.

»Das haben wir vergessen«, sagte Johan. »Wollen wir uns setzen?«

Sie hatten Kaffee getrunken. Kjell hatte nach Andreas gefragt. Viel mehr hatten sie sich nicht zu sagen. Es gab immer weniger zu sagen.

Kjell stand auf und streckte den Rücken, die Arme in den Himmel gereckt.

»Ich werde leicht steif«, sagte er, »alter Sportschaden.«

»Praktisch, wenn man es darauf schieben kann«, sagte Moa.

»Ich schiebe es nicht darauf. Und du bist genauso naseweis wie immer.«

»Was ist das denn für ein Wort? Naseweis?«

»Ein schönes altes Wort.«

»Auf jeden Fall ist es alt.«

»Nicht auf den Mund gefallen«, sagte Kjell. »Ich bin froh, dass ich mitgekommen bin. Es ist wie in alten Zeiten. In den alten Zeiten, als wir jung waren.«

Moa schwieg. Beim Essen hatte sie meistens geschwiegen. Einige Male hatte sie Kjell angeschaut, als sie dachte, dass niemand es sah. Ann hatte es gesehen. Vor langer Zeit hatten Moa und Kjell etwas miteinander gehabt. Es war so lange her, dass sie es vergessen hatte. Jetzt fiel es ihr wieder ein.

»Ich war ein bisschen zu lange jung.« Kjell setzte sich wieder. »Oder wie zum Teufel man das nennen soll.«

»Nenn es beim richtigen Namen«, sagte Johan. »Das halte ich auch aus.«

»Ich habe das Gefühl, als wäre ich mein halbes Leben verreist gewesen«, sagte Kjell. »Auf einer einsamen Insel in der Südsee oder so.«

»Wenn es doch nur so gewesen wäre«, sagte Moa.

»Was meinst du damit?«

»Dann wäre einem dein Anblick erspart geblieben.« Moa stand auf und ging weg. Sie verschwand hinter dem Haus.

Kjell stand ebenfalls auf, sagte nichts und verschwand auf demselben Weg.

Johan wühlte in den Sachen im Stall. Dort lag haufenweise der Sommerkrempel, der in diesem Sommer nicht benutzt worden war.

Er fand das Krocketspiel. Er klopfte den Staub vom Sack und trug ihn auf den Rasen.

Ann saß noch am Tisch.

»Spielst du mit?« Er ließ die Schläger und Kugeln ins Gras fallen.

»Wir können doch nicht allein spielen, nur wir beide? Und ich bin eine Null im Krocket.«

»Das sind wir alle. Keiner von uns ist in Form. Wo sind Kjell und Moa?«

»Klingt ja, als würdest du glauben, dass sie irgendwo zusammen sind.«

»Was denkst du?«

Sie brauchten nicht länger zu raten. Moa und Kjell kamen um die Giebelfront. Moa wischte sich die Augen. Kjell berührte ihren Arm. Er schaute auf.

»Was ist das, Krocket?«

»Nach was sieht es denn aus? Spielt ihr mit?«

»Warum nicht.«

»Moa?«

»Ich bin eine Niete im Krocket.«

»So ist es nun mal.«

»Wie in alten Zeiten«, sagte Kjell.

»Krocket ist ein zeitloses Spiel«, sagte Ann.

»Ich stelle die Tore auf«, sagte Johan.

Johans Kugel verfehlte das erste Tor. Er schlug hart, und die Kugel landete auf der anderen Seite der Krone. Er musste wieder zurück und lag mehrere Tore hinter Kjell. Er lag sogar hinter Ann. Moa hatte bis jetzt kaum getroffen.

»Niete war das Wort«, sagte Kjell.

»Redest du mit mir?«, fragte Moa.

»Nein, ich rede von Johan.«

»Soviel ich weiß, ist das Spiel noch nicht zu Ende«, sagte Johan.

Er schaffte die Krone, bekam einen Extraschlag und schaffte ein weiteres Tor mit seiner schwarzen Kugel, erreichte die Doppeltore. Er schaffte sie mit einem Schlag und traf den Stab.

»Probier's noch mal«, sagte Kjell, der das Ziel auf der anderen Seite schon fast erreicht hatte. Er brauchte vermutlich nur noch einen Schlag, und dann würde er die anderen krockieren.

»Verdammt, nein.«

»So sind die Regeln, Johan. Du musst zurück zum Anfang.«

»Wird man nicht disqualifiziert?«, fragte Ann. »Wenn man den Stab trifft?«

»Ja, das ist so«, sagte Kjell, »aber wir wollen barmherzig mit Johan sein. Es reicht, wenn du wieder von vorn anfängst.«

Johan hob die Kugel auf und schleuderte sie zurück. Fast hätte er Kjells rote Kugel getroffen.

»Schlechter Verlierer?«

»Soviel ich weiß, habe ich noch nicht verloren.«

»Das ist nur eine Frage der Zeit.«

»Wollen wir weiterspielen?«, fragte Ann. »Wer ist dran?«

»Moa«, sagte Kjell.

»Nein, ich glaube, ich bin dran«, sagte Johan.

»Du musst einen Schlag aussetzen«, sagte Kjell. »Du hast die Kugel geworfen.«

»Wo zum Teufel steht in den Spielregeln, dass man sie nicht werfen darf?«

»In den Spielregeln kann schließlich nicht alles stehen, oder? Darin steht zum Beispiel auch nicht, dass man aus den Schlägern der Mitspieler keine Kota bauen und sie dann in Brand stecken darf.«

Johan schwieg.

»Du bist dran, Moa.«

Er beobachtete, wie sie die Kugel mit purem Anfängerglück traf. Die Kugel glitt wie an einer Schnur gezogen durch das Tor.

»Extraschlag«, sagte Kjell.

Mit Hilfe von Extraschlag und einiger Schummelei wurstelte sie sich auch durch die Krone. Kjell hatte plötzlich die Rolle des Schiedsrichters übernommen.

Johan wartete darauf, dass er wieder dran war. Und als es so weit war, war er das Schlusslicht. Er mochte dieses Spiel nicht, hatte es noch nie gemocht. Er war zu stark, er schlug zu hart, wie jetzt. Als er sich wieder auf die verdammte Piste begab, riss er beide Tore nieder.

»Zurück zum Start«, sagte Kjell.

»Halt's Maul.«

»Johan«, sagte Ann.

»Ja, was ist?«

»Wir haben Gäste.«

»Dann sag es ihm.«

»Johan …«

»Okay, okay, wir spielen. Ich spiele mit, wenn ich morgen Abend endlich dran bin.«

»Du bist an der Reihe«, sagte Kjell. »Von vorn.«

»Danke, tausend Dank, lieber Schiedsrichter.«

Sein nächster Schlag berührte die Kugel kaum, die lächerlich langsam durch die Tore rollte und auf der anderen Seite liegen blieb.

»Zwei Extraschläge«, sagte Kjell.

»Danke, danke, Schiedsrichter.«

Wieder schlug er zu hart und verfehlte das nächste Tor. Er schlug sich zurück bis zu einem anständigen Ausgangspunkt für den nächsten Schlag. Wenn es noch einen nächsten geben würde. Kjell war bereit zu krockieren. Er schlug die Kugel über die halbe Bahn.

»Bahn frei für alle anderen«, sagte er.

Ann und Moa waren auf dem Weg zum Zielstab. Johan war immer noch das Schlusslicht. Er schlug die Kugel durch das Tor und dann mit einem kurzen Schlag zur Krone.

»Bist du feige?«, fragte Kjell.

»Wollen wir spielen oder quatschen?«

Kjell stieß seine Kugel an, die Johans Kugel mit einem klirrenden Geräusch traf. Es war ein Schlag von fast zehn Metern.

»Sorry«, sagte Kjell, legte seine Kugel neben Johans, hob den Schläger und krockierte Johans Kugel. Sie rollte in Richtung Kirche und bis zur Pforte.

»Jetzt die nächste Runde«, sagte Kjell, aber da war Johan bereits auf dem Weg zu seiner Kugel. Er hörte, wie Kjell wieder seine Kugel anklickte, aber es war ihm egal. Er hörte Moa etwas rufen, vielleicht war es auch Ann, er kümmerte sich nicht darum. Das war nicht mehr sein Spiel. Die anderen hatten es übernommen. Er würde es nur zerstören. Er zielte und traf die Kugel, die zur abschüssigen Straße rollte und weiter auf die Kirche zu. Die schwarze Kugel verschwand fast aus seinem Blickfeld, als sie über den Asphalt rollte.

Er hörte jemanden seinen Namen rufen, aber er antwortete nicht. Er folgte seiner Kugel, die auf halbem Weg zur Kirche neben dem Geräteschuppen liegen geblieben war. Er schlug wieder zu, es war ein guter Schlag, wie ein Golfschlag, die Kugel hob vom Boden ab und flog in hohem Bogen auf den Rasen vor der Kirche. Er ging hin und schlug noch einmal. Inzwischen schien er eins mit dem Schläger. Die Kugel flog davon und legte sich mitten auf die Kreuzung. Er ging hin und schlug sie in Richtung Ase. Die Kugel rollte wie auf Schienen. Er kam an einem Auto vorbei, aber das konnte seine Kugel nicht stoppen. Er wartete auf der richtigen Seite des Straßenrandes auf sie. Er schwang den Schläger wie ein Golfspieler und die Kugel flog durch die Luft. Am Asekrysset schlug er sie quer über die Wikingergräber und weiter zu Bengtssons Feldern hinunter. Wieder meinte er seinen Namen zu hören, aber als er sich umdrehte, war da niemand. Jetzt blickte er über das Feld. Es war ein guter Platz für Krocket, dort konnte ihn niemand aufhalten.

Preiselbeeren

Das Vibrieren der Motorsäge in seinen Händen fühlte sich an wie eine Massage, was sicher nicht ganz falsch war, denn es tat den Muskeln gut. Vielleicht sogar wie eine Seelenmassage, wenn es denn so etwas gab. Das klang seltsam wie vieles, was man nicht verstand. Während er die Stämme zersägte, dachte er an gar nichts. Er hörte nichts. Selbst durch den Hörschutz waren die Motorgeräusche laut. Das war gut für die Seele. Er ließ den Totmannhebel los, und die Maschine grollte sich in den Leerlauf. Dann zog er den Hörschutz von den Ohren, knüpfte den Riemen auf und nahm den Helm ab. Der Geruch von frischen Sägespänen stach ihm in die Nase. In seinem Kopf surrte es immer noch, aber das würde in wenigen Minuten vorbei sein. Er wischte sich mit dem Arm über die Stirn, an der Sägespäne klebten. Zwischen den Bäumen, die der Sturm nicht gefällt hatte, nahm er eine Bewegung am Rand des Kahlschlages wahr. Er setzte sich auf einen Baumstumpf, schraubte die Thermoskanne auf und trank das kalte Wasser direkt aus der Kanne. Wieder eine Bewegung im Tannenreisig. Bis dorthin waren es nicht mehr als fünfundzwanzig Meter. Er schraubte die Thermoskanne zu.

»Ich hab dich gesehen«, sagte er laut.

Jetzt bewegte sich ein Zweig.

»Du kannst rauskommen. Du siehst ja, ich bin allein.«

Er schaute sich um, als wollte er sich vergewissern, dass ihn wirklich niemand sah, wie er hier saß und mit sich selber sprach.

Der Elch trat aus der Dunkelheit hervor. Er hatte dieselben Augen und dieselbe Blesse zwischen den Schaufeln auf der Stirn. Er hielt im Schritt inne und blieb stehen. Johan betrachtete ihn so genau, wie er nur konnte.

Ein Frosch hüpfte über den Weg, als er nach Hause ging. Die Frösche hätten die Dürre gar nicht überstehen dürfen. Drei Kühe leckten an einem Salzstein neben dem Zaun. Sie hoben den Kopf und folgten ihm mit Blicken. Er hatte furchtbaren Durst, nicht auf Wasser, die Thermoskanne war noch nicht leer. Bald darfst du trinken, bald darfst du nachgeben, wenn die Sonne hinter dem Moor gefriert.

Sein Vater saß nicht wie üblich im Aufenthaltsraum und raschelte mit einer Zeitung, die er nicht lesen konnte. Das Personal behauptete, er möge das Geräusch. Dabei hatte er gar nicht gefragt. Der Alte lag in seinem Bett. Im Zimmer roch es süßlich und nach Alter, wie Knochen, die nach der Jagd liegen geblieben waren, trocken und verfault gleichzeitig.

»Hörst du mich, Papa?«

Der Alte hob langsam seine gute Hand.

»Ich habe den letzten Windwurf abgeholzt, Papa. Ich hab die Arbeit so lange wie möglich hinausgezögert. Jetzt gibt es nichts mehr zu tun.«

Es sah aus, als würde der Alte ihm zuhören. Sein Blick war zur Decke gerichtet, durch die sich ein dünner Riss zog.

»Jetzt gibt es nur noch Kahlschläge, Papa. Mit der Aufforstung habe ich noch nicht angefangen. In meinem Leben werde ich keinen richtigen Wald mehr zu sehen bekommen.

Ich war früher offenbar zu fleißig und habe zu gut ausgelichtet.«

Der Alte hob wieder die Hand, vielleicht zum Protest oder auch als Zustimmung. Die Hand bestand nur aus Haut und Knochen. Sie war genauso dünn wie Andreas' Hand.

»Jetzt sind es Andreas' Kahlschläge, Papa. Er muss übernehmen, was übrigbleibt. Glaubst du, er wird übernehmen, Papa? Kannst du mich hören, Papa? Verstehst du mich?« Der Alte drehte den Kopf. Seine Augen bewegten sich hin und her. Er schaute seinen Sohn nicht an. »Ich habe die Husqvarna zertrümmert, Papa. Heute war es so weit. Ich bin von dieser letzten Arbeit nach Hause gegangen, hab sie vorgeholt und auseinandergenommen. Den Kolben hab ich auf dem großen Hauklotz ganz hinten im Schuppen zerschlagen, und dann habe ich den Lauf mit dem Vorschlaghammer platt gemacht. Mit der Husqvarna wird man nie wieder schießen können, Papa. Die ist total *kaputtski*. Verstehst du, Papa?« Die Hand des Alten war in der Luft erstarrt, als wäre er endlich gestorben. Als würde er ein letztes Mal in den Himmel zeigen, in den er nie kommen würde. »Die Flinte wird nicht mehr vererbt, Papa. Von dir ist nichts mehr da, und jetzt ist auch von mir nichts mehr da. Ich weiß nicht, ob du das verstehst. Dieser Herbst könnte in die Geschichte eingehen. Von den Leuten auf Nedergård bleibt nichts, wenn die Zeit ausgetrocknet ist, und da draußen trocknet es verdammt schnell. Bald gibt es nur noch Staub, den man nicht einatmen kann.« Der Alte bewegte die Lippen. Er brachte unverständliche Laute hervor, die viel mehr wie ein dünnes Ausatmen waren. »Da draußen ist die Zeit am Ende, Papa. Es wäre idiotisch, sich dagegen zu wehren.«

Im Vorraum roch es nach gebratenem Fisch, und in der Küche brutzelte etwas. Er hatte sie angerufen, bevor er in sein

Auto gestiegen war. Als er sich umdrehte, meinte er die Gestalt des Alten am Fenster zu sehen. Aber sicher war er sich nicht.

»Ich bin in die Stadt gefahren. Heute war das Fischauto da«, hatte sie am Telefon gesagt.

»Ich hätte doch auf dem Heimweg einkaufen können.«

»Jetzt ist es erledigt.«

»Was gibt's?«

»Schellfisch. Gebratenen Schellfisch.«

»War der schon gebraten?«

»Haha.«

»Kartoffelbrei«, hatte er gesagt. »Haben wir grüne Erbsen?«

»Ja.«

»Ich komme gleich.«

»Wie war dein Vater?«

»Stumm wie ein Fisch.«

»So habe ich es nicht gemeint.«

»Ich hab ihm erzählt, dass ich das Gewehr zerschlagen habe.«

»Hast du das Gewehr zerschlagen? Wann denn das?«

»Ich hab kein Gewehr zerschlagen.«

»Jetzt versteh ich gar nichts mehr.«

»Ich hab ihm das nur so erzählt.«

»Aber warum, Johan?«

»Ich finde, das sollte er hören. Für ihn ist es eine Wahrheit.«

»Vielleicht hat er sie gar nicht verstanden.«

»Das hat er sehr wohl.«

»Was hat er verstanden?«

»Das habe ich doch eben gesagt.«

»Womöglich versteht er mehr, als du glaubst.«

»Du meinst, er hat verstanden, dass ich gelogen habe?

Nein, so weit kann er nicht denken, das glaube ich nicht. Aber ich werde es jetzt tun.«

»Du willst das Gewehr jetzt zerschlagen?«

»Wenn ich nach Hause komme.«

Er schlüpfte aus den Sandalen und ging in die Küche. Sie schaute vom Herd auf. In der Bratpfanne zischte es. Er sah sofort, dass sie den Fisch zu lange gebraten hatte.

Schweigend nahmen sie ihre Mahlzeit ein.

»Sind noch Preiselbeeren da?«, fragte er.

»Du willst Preiselbeeren zu gebratenem Fisch? Die isst man doch zu Hering.«

»Ich habe Appetit auf Preiselbeeren«, sagte er. »Ich brauch was Süßes. Und gleichzeitig Saures.«

Sie stand auf.

»Bleib sitzen, Ann. Ich hole sie mir selber.«

»Das Glas steht im Kühlschrank«, sagte sie und setzte sich wieder. »Ganz hinten, glaub ich.«

»Nicht in der Speisekammer?«

»Da ist es zu warm. Im Augenblick steht dort gar nichts.«

»Ach ja, klar.«

Er ging zum Kühlschrank und öffnete die Tür. Um im untersten Fach zu suchen, musste er sich hinhocken. Er konnte keine Preiselbeeren entdecken.

»Wir haben keine«, sagte er.

»Ich weiß, dass ich den Rest in ein Glas umgefüllt habe«, sagte sie. »Den Eimer habe ich abgewaschen, daran erinnere ich mich. Dann haben wir wohl alles aufgegessen.«

»So ein verdammter Mist.«

»Nimm doch schwarzes Johannisbeergelee. Außerdem habe ich extra Erbsen gekauft.«

»Zu gebratenem Fisch isst man kein Gelee.« Er richtete sich aus der Hocke auf.

»Auch keine Preiselbeeren«, sagte sie.

»Ich will aber Preiselbeeren«, sagte er. »Hätte ich gewusst, dass wir keine im Haus haben, hätte ich welche in der Stadt gekauft.«

»Sonst findest du es doch unter deiner Würde, Preiselbeeren zu kaufen.«

»Jetzt wäre ich gezwungen gewesen, eine Ausnahme zu machen. So eine Scheiße aber auch, dass du nichts gesagt hast.«

Sie stand auf, ging zur Anrichte, öffnete den Schrank darüber und nahm ein zwei Kilogramm schweres Zuckerpaket heraus, kam damit an den Tisch zurück und leerte den Inhalt über seinen Teller. Der Zucker bedeckte den Teller wie eine Schneelawine, die sich auch weiter auf den Fußboden ergoss.

»Ist es dir jetzt süß genug, Johan? Sauer ist es sowieso schon.«

Er konnte sich nicht rühren. Er konnte nicht denken.

»Möchtest du noch etwas Sirup?«, fragte sie. »Vielleicht ein bisschen Essig dazu?«

Er begann zu lachen.

Er lachte wie verrückt, so verrückt, wie er eben war.

Sie ließ die Zuckertüte auf den Berggipfel fallen.

»Ann … Ann …«, versuchte er zwischen den Lachanfällen zu sagen. Der Magen tat ihm weh, als hätte ihm jemand einen Schlag ins Zwerchfell versetzt.

Sie lachte mit, hob die Tüte an und ließ sie wieder fallen. Sie rutschte vom Zuckerhut wie ein Schlitten. Ann lachte noch mehr.

»Ich habe mit Andreas über deine Elchpläne gesprochen«, sagte sie, »soviel ich darüber weiß.«

Sie waren im Begriff, zu Bett zu gehen. Draußen war es dunkel geworden. Die Dunkelheit schien die Hälfte des

Fensters auszufüllen. Die Scheinwerfer an der Kirche waren eingeschaltet, zu früh.

»Was hält er von dem Projekt?«

»Ich glaube, er hält es für eine verrückte Idee. Lustig und verrückt. Er möchte gern mitmachen.«

»Im nächsten Jahr ist er dabei. Dann ziehen wir die Sache in großem Stil auf.«

»Und werden Millionäre«, sagte sie.

»Und das in Euro«, sagte er.

»Sollen die Leute in Euro bezahlen?«

»Selbstverständlich.«

»Was ist der Euro im Augenblick wert?«

»Keine Ahnung, jedenfalls mehr als die Krone.«

»Zehnmal mehr«, sagte sie.

»Du weißt es also doch«, sagte er.

Das Fenster war zum Abend geöffnet. Es war keine gute Idee, ins Bett zu gehen, bevor es Nacht wurde. Ein mit Holz beladener Schwerlaster donnerte mit seinem verdammten Lärm vorbei. Das würde im Winter und bis ins nächste Jahr so weitergehen, würde mindestens ein ganzes Jahr dauern.

»Hast du noch ein paar Witze auf Lager?«, fragte sie, als der Krach verstummt war. »Die Andreas nicht schon tausendmal gehört hat?«

»Ich fürchte, das Witzelager ist leer«, sagte er. »Es war schließlich Andreas, der es immer wieder neu gefüllt hat.«

»Manchmal weiß ich nicht, worüber ich reden soll, wenn ich bei ihm bin«, sagte sie.

»Dann lass es doch mal.«

»Das ist noch schlimmer. Schlimmer für mich. Ich kann nicht einfach schweigend bei ihm sitzen. Dann ist es, als würde ich ihn nur von außen betrachten. Verstehst du, Johan? Als wäre ich jemand anders.«

»Du bist du, Ann. Das weiß er auch. Er weiß, dass du dort bist. Es genügt, wenn du bei ihm bist.«

Draußen war es jetzt still und dunkel. Die Kirche leuchtete weiß in all der Schwärze.

»Das entsetzt mich«, sagte sie, »mehr als alles andere. Jemand anders zu werden. Ich könnte vergessen, das erschreckt mich. Dass ich vergessen könnte, wie es war. Dass es irgendwann kein Vorher mehr gibt.«

»Wir werden es nicht vergessen«, sagte er.

»Wenn es kein Vorher gibt, gibt es auch kein Danach mehr«, sagte sie, als hätte sie ihn nicht gehört. »Davor fürchte ich mich.«

»Ich habe auch Angst«, sagte er.

»Oh, Johan.«

»Nach der Generalprobe haben wir ihm mehr zu erzählen«, sagte er. »Da passieren bestimmt witzige Sachen, die wir ihm erzählen können.«

»Ich möchte lieber nicht mitmachen«, sagte sie. »Ich habe keine Kraft, glaube ich.«

Im Augenblick konnte er sie nicht überzeugen. Er konnte ja kaum sich selbst überzeugen. Auf die Tagesform kam es an. Das war die Währung.

»Heute habe ich keinen Witz für dich«, sagte sie. »Ich hab versucht, mich an einen zu erinnern, den du mal erzählt hast von einem Bauern, der auswandern wollte, aber ich hab vergessen, wie er ausging, und dann ist es ja sinnlos, nicht wahr? Witze brauchen eine Pointe. Es gibt natürlich auch Geschichten, die keinen Schluss haben, aber die will ich erst recht nicht erzählen. Die fallen mir schon gar nicht ein. Was hat es für einen Sinn, Geschichten ohne Schluss zu erfinden? Die sind ja so wie das tägliche Leben. Ein Witz ist fast wie eine Pause, eine lustige Pause vom Alltag. Geschichten haben eine Pointe, so sagt man doch. Und wenn man etwas erzählt, bei dem die Leute eine Pointe erwarten, und es kommt keine, sind sie sauer. Das haben sie nicht erwartet. Ein Witz, bei dem die Leute sauer werden! So einer ist mir übrigens eben eingefallen. Es ist deiner, du hast ihn im letzten Herbst erzählt, und Johan und ich saßen da wie lebende Fragezeichen. Wir sind nicht gerade böse geworden, aber wir haben null kapiert. Und du hast dich schiefgelacht. Mal sehen, ob ich ihn noch zusammenkriege. Sonst wirst du wahrscheinlich wütend! Er handelt jedenfalls von einem jungen Mann, der in ein Grilllokal ging und zwei Hamburger mit einer doppelten Portion gebratenen Zwiebeln bestellte. Nach einer Weile kamen die Hamburger und auf einem Extrateller gebratene Zwiebeln. Er aß die Hamburger auf und ließ die Zwiebeln stehen. Er ging zur Essensausgabe und bestellte einen weiteren Hamburger, weil er immer noch Hunger hatte. Aber diesmal wollte er eine ordentliche Portion gebratene Zwiebeln dazu. Die letzte sei lächerlich klein gewesen. Nach einer Weile kam also sein Hamburger und zwei Leute vom Personal trugen einen Extratisch mit gebratenen Zwiebeln herein. Er rieb sich die Hände und aß den Hamburger auf. Die Zwiebeln ließ er stehen. Dann stand er auf, ging zur Essensausgabe und sagte, er habe immer noch Appetit, bestellte also noch einen Hamburger und verlangte nun aber endlich eine ordentliche Menge gebratene Zwiebeln dazu. Die Menge, die er bekommen habe, sei doch lächerlich gewesen. Sie baten ihn, eine Weile zu warten, und dann führten sie ihn in einen anderen Raum, den sie mit gebratenen Zwiebeln gefüllt hatten. Oben auf dem Zwiebelberg lag ein Hamburger. Er kletterte hinauf und begann den Hamburger zu essen. Unten stand der Koch und schaute ihm zu, und nach einer Weile sagte der Koch: ›Aber Sie sind ja bei der Feuerwehr!‹ – ›Woher wissen Sie das?‹, fragte der Junge. Und da sagte der Koch: ›Sie haben immer noch Ihre Uniform an.‹«

Sie weinte leise unter der Eiche im Park. Dann wurde sie ruhiger. Sie war nicht verzweifelt. Sie versuchte, nicht an das Lachen ihres Sohnes zu denken. Es hallte wider im Park und im ganzen Krankenhaus. Es war in ihrem Kopf, in dem Brausen in ihrem Kopf. Es war die Erinnerung an das Lachen des kleinen Feuerwehrmannes. Es war ihre Erinnerung. Sie hatte zu Johan gesagt, dass sie vielleicht alles vergessen würde, irgend so etwas, aber sie würde es nie vergessen. Sie schämte sich, dass sie es gesagt hatte.

Sie stand auf und ging wieder hinein.

Als sie ins Zimmer kam, stand Johan über den Jungen gebeugt und massierte seine Schultern.

»Ich habe dich vom Fenster aus gesehen«, sagte er.

»Warum hast du nicht angerufen?«

»Ich hab's versucht.«

Sie nahm das Handy aus der Tasche und warf einen Blick auf das Display.

»Ich hab vergessen, es einzuschalten, als ich rausging.«

»Stellst du es ab, wenn du bei ihm bist?«

Sie antwortete nicht, sondern trat an Andreas' Bett. Aus seinem Mundwinkel hing ein dünner Speichelfaden. Sie ging zu einem Schrank und nahm ein sauberes Taschentuch heraus, mit dem sie den Speichel wegwischte. Es war nur wenig. Sie dachte daran, wie sie ihm den Mund abgewischt hatte, als er noch ein Baby gewesen war, und dann, als er anfing, selber zu essen, im Kinderstuhl am Tisch. Er wollte wirklich alles allein machen: Er konnte es. Nach den Mahlzeiten sahen Tisch, Fußboden und Stühle wie nach der Schlacht bei Lützen aus. Es haben viele Schlachten stattgefunden. Sie war froh, dass sie nicht jedes Mal aufgesprungen war, um zu putzen, wenn er wieder einmal den Löffel auf den Teller geknallt und das Essen in der ganzen Küche verteilt hatte. Er hatte gelacht und gelacht und gelacht, wie Perlen, dachte sie und ließ das Taschentuch am Gesicht des Jungen ruhen. Spritzende Perlen. Die Küche war voll davon. Ich habe sie nicht weggeputzt, sie sind noch da.

Sie nahm das Taschentuch von seinem Mund. Johan bearbeitete Andreas' Schenkel. Schenkel bearbeiten, was für ein Ausdruck.

»Ich suche jetzt Leute für den Elchtest«, sagte er, »den Safaritest. Zum Wochenende, hab ich mir gedacht. Samstagvormittag. Oder vielleicht Freitagabend.«

»Wer macht denn mit?«

»Esaias und Elfvis. Hjelm und Leslie, der hat die meisten Erfahrungen mit Deutschen.«

»Ist das wichtiger als Erfahrung mit Elchen?«

»Haha, hast du das gehört, Andreas? Ann will uns veräppeln.«

»Möchtest du wirklich, dass ich mitmache?«

»Das weißt du, Ann.«

»Hast du Moa gefragt?«

»Nein. Möchtest du, dass sie mitmacht?«

»Und Lina. Ich werde sie fragen.«

»Lina?«

»Lina Teglert. Ich habe sie hier kennengelernt. Hab ich nicht von ihr erzählt? Sie werde ich fragen. Wenn es dir recht ist.«

»Klar ist es mir recht. Du kannst fragen, wen du willst.«

»Hast du Dick und Olle gefragt?«

»Na klar.«

»Es werden viele.«

»Ich wollte auch noch Martin und Kjell bitten.«

Sie nickte.

»Willst du nicht wissen, warum? Mit Martin könnte es ja heikel werden.«

»Warum? Er hält für uns das Ozonloch unter Kontrolle. Und die Deutschen wissen ja noch nichts davon.«

»Stimmt.«

»Damit hat er einen zukunftsträchtigen Job.«

»Da hast du wirklich recht.«

Er ließ den Schenkel des Jungen los, der sich wie nichts in seinen Händen angefühlt hatte, betrachtete seine Hände, sah die Konturen des Jungen unter dem Laken. Es war wie der Versuch, Wind festzuhalten. Der Wind erstarb, aber er kehrte immer wieder zurück. Dann erstarb er doch nicht. Ein idiotischer Ausdruck. Der reinste Blödsinn. Eine Lüge.

»Johan?«

Nur eine Lüge, dachte er, Lüge.

»Johan?«

»Was?«

»Woran denkst du?«

»Nichts«, sagte er.

Sie waren nichts weiter als einfache Leute, vom Leben herumgeschubst und ohne Bedeutung. Es gab kein Ziel. Sie hatten nie gewusst, wohin sie unterwegs waren, da sie nie irgendwohin unterwegs gewesen waren. Er jedenfalls nicht. Ann war unterwegs gewesen.

Er stand auf der Lichtung. Warum kehrte er immer wieder hierher zurück? Es war nicht seine eigene Entscheidung. Etwas zog ihn an diese Stelle, als könnte er hier Antworten auf eine Frage finden. Aber er wusste nicht, wie die Frage lautete. Hier war niemand, den er fragen konnte.

Er schaute zum Himmel. Auch dort gab es keine Hilfe. Er war immer noch furchtbar blau. Gestern hatten sie in den Nachrichten gesagt, er sei zu blau. Hier oben im Norden ist irgendetwas nicht in Ordnung mit dem Himmel. Es hing nicht mit dem ewigen Hochdruck zusammen. Niemand wusste eine Antwort darauf, nicht die Sachverständigen der Regierung, nicht die Professoren, nicht die Meteorologen.

Er hatte das Radio angebrüllt, dass die dämlichen Knallköpfe Martin Karlsson in Sävsjö anrufen sollten. Zum Teufel, ruft Martin an. Er hat die Antwort!

»Mit unserem Himmel stimmt etwas nicht, Andreas. Sie sagen, sie wollen es in Ordnung bringen. Zuerst haben sie behauptet, dass es nicht mit dem Hochdruck zusammenhängt, aber jetzt haben sie es sich anders überlegt. Kapiert doch jeder, dass es zusammenhängt. Alles hängt zusammen, besonders beim Wetter. Wie Sonne und Schatten, die hängen auch zusammen. Wenn es keinen Schatten gibt, gibt es auch keine Sonne, glaube ich. Bei Vollmond ist es Mondschatten. Aber dann hängt es ja mit dem Mond zusammen. Als wir letztens Vollmond hatten, habe ich auf der Treppe zur Straße gesessen und hab den Mond über Sävsjö gesehen. Er sah aus wie der Papiermond, den wir zum Krebsfest aufhängen. Er war genauso nah. Ich bin aufgestanden und habe ihn berührt. Das war ein Gefühl, als würde ich einen Käse aus Vrigstad antippen, du weißt, den du immer so gern gegessen hast. Wirklich, er war hart und gleichzeitig weich. Ich hab ein Stückchen abgekniffen. Aber es hat eklig geschmeckt, kann ich dir sagen. Es war gar kein Käse. Ich musste sofort ins Haus und mir die Zähne putzen. Johan hat mich ausgelacht. Das ist ja, wie wenn man glaubt, die Sonne sei ein Pfannkuchen. Der Mond schmeckte nach Sand wie die Sandkuchen, die du mir gebacken hast, als du noch klein warst. Einen habe ich mir fast in den Mund gesteckt, und du hast mich mit einem Blick angeguckt, als glaubtest du, deine Mama wäre verrückt geworden, weil sie nicht kapierte, dass die Kuchen aus Sand waren. Ich glaube, damals hast du mir nicht recht getraut und hast das Essen zu Hause misstrauisch gemustert, jedenfalls ein paar Tage lang. Diese Tante, die behauptet, sie ist meine Mama, kann nicht zwischen Sand und Mehl unterscheiden. Hoffentlich kriegt sie keinen

Zementklumpen im Bauch, hast du vielleicht gedacht. Vielleicht sieht sie bald aus wie ein alter Mann, hast du vielleicht gedacht.«

Das Brausen in ihrem Kopf war angeschwollen, während sie erzählte, als wüssten die Nervenstränge in ihrem Hinterkopf bereits, wohin sie in ihrer Geschichte unterwegs war, bevor sie es selber erkannte. Als es ihr klarwurde, war es zu spät. Du wirst nie wie ein alter Mann aussehen, kleiner Mann, dachte sie. Du wirst nie ein alter Mann werden. Das ist dir nicht bestimmt.

Jetzt hatte sie sich etwas beruhigt. Das Brausen in ihrem Kopf ließ nach, als würde sie an Bahngleisen stehen und vorbeifahrenden Waggons nachschauen. Meter für Meter übernahm die Stille wieder die Herrschaft. Als würde sie nah an den Gleisen stehen, zu nah. Es fehlte nur noch ein Schritt bis zu den Schienen. Man konnte ruhig sein, wenn man den Schritt machte, bestimmt war man ruhig. Man wusste, dass dieser Schritt in der Stille endete. Es war kein bisschen gefährlich. Im Gegenteil. Man würde nicht alt werden, nicht uralt. Man würde nicht Jahr für Jahr auf ein Wiedersehen warten müssen und sich danach sehnen. Sofort, auf der Stelle, sehen wir uns wieder. Es würde nicht einmal eine Sekunde dauern.

Sie beugte sich über ihn und strich ihm über die Haare. Sie waren weich und dünn wie der erste Babyflaum, aus dem später so etwas wie eine Strohgarbe wurde. Seine Haare waren wie die Heubüschel, die im Gras liegen bleiben, wenn die Heuballen aufgerollt werden. Sie bleiben im Regen liegen und versinken in der Erde.

Sie streichelte weiter über sein Haar. Das hatte sie schon immer getan und würde es immer wieder tun. Auf dem Korridor rief jemand, aber es ging sie nichts an. Sie hörte quietschende Geräusche, als würden sie ein Rennen mit fahrbaren Tragbahren veranstalten, Türen wurden aufgeschoben und schlugen wieder zu, jemand schrie. Da draußen spielte sich eine Art Drama ab. Aber es war nicht ihr Drama.

Reflex

Esaias nannte das Zimmer Bibliothek. Die Wände waren von oben bis unten mit Bücherregalen bedeckt. Auf dem Schreibtisch, auf dem Fußboden, überall stapelten sich Bücher. Johan musste einen Stapel vom Sessel heben, um sich setzen zu können. Hier war er noch nie gewesen, er war überhaupt noch nie im Pfarrhof gewesen. Innen wirkte er geräumiger als von außen. Im Erdgeschoss gab es mehrere große Räume und Säle, die auch wie Wohnräume waren. Vielleicht wirkte alles größer, weil die Räume nur spärlich möbliert waren. Seine Schritte auf dem Weg zur Bibliothek hallten zwischen den Wänden wider. Die Bibliothek war das einzige gefüllte Zimmer. Überfüllt. Dort war es noch wärmer als in den anderen Räumen. Durch das Fenster sah er sein eigenes Haus. Er sah die Kirche, die Felder, die Straße und einen verwüsteten Wald. Es war das gleiche Bild, aber aus der umgekehrten Perspektive. Sein Blick blieb an seinem Haus hängen. Es war, als würde er sich selbst betrachten. Bald würde er vor die Tür treten, sich ins Auto setzen und zu Andreas oder nirgendwohin fahren.

Esaias saß vor einigen Papieren an seinem Schreibtisch. Um sie dort ablegen zu können, hatte er erst einen Haufen Bücher beiseiteräumen müssen.

»Ich habe einen Bekannten in Sävsjö angesprochen«, sagte er. »Er kann sehr gut Deutsch. Viel besser als ich. Er hat die Sprache sogar an der alten Realschule unterrichtet.

Ann kennt ihn auch. Ich habe ihm einige Stichwörter genannt, die sich aus unseren Gesprächen ergeben haben. Heute Vormittag hat er mir einen Text gemailt.« Esaias hielt ein paar Blätter hoch. »Eventuell der Text für ein Plakat. Das können wir ja selber drucken. Der Ortsverein wird uns sicher unterstützen.«

»Was schreibt er denn?«

»Lies selber.« Esaias stand auf und reichte Johan die Papiere.

Es gab zwei Überschriften in größerer Schrift und darunter Textblöcke in kleinerer Schrift. Die erste Überschrift lautete *Elchsafari*, die untere *Über Stock und Stein*. Er schaute auf.

»Die Überschriften verstehe ich.«

»Also genau das, was wir besprochen haben«, sagte Esaias.

Johan las den ersten Text: *Kommen Sie mit auf eine spannende Tour durch die småländischen Wälder. Wir halten Ausschau nach Elchen und anderen wilden Tieren.*

Er sah wieder auf und ließ sich einige Wörter von Esaias übersetzen.

»Aber es gibt doch keine småländischen Wälder mehr«, sagte er.

»Jetzt übertreibst du.«

»Nur ein bisschen.«

»Schließlich können wir die Deutschen nicht abschrecken, bevor sie überhaupt hierherkommen.«

»Ja, das ist wahr.«

Johan las den nächsten Text: *Eine Führung durch die småländische Landschaft, die wir an einem Lagerfeuer beenden.*

Er sah Esaias an.

»Deutsch ist ja gar nicht so schwer, wie ich dachte.«

Er legte das erste Blatt weg und nahm das zweite. Die Überschrift lautete *Ein Abend im Elchturm.* Darunter stand:

Setzen Sie sich, und genießen Sie die Natur, wenn die Dämmerung hereinbricht.

Er ließ sich »genießen« und »Dämmerung« übersetzen.

»Dämmerung klingt viel härter als unser schwedisches Wort.«

»Wie meinst du das?«

»Dämmerung klingt nach Sintflut oder nach etwas Schwerem. Wie das Jüngste Gericht.«

Esaias übersetzte es: »Setzen Sie sich in den Elchturm, und genießen Sie die Natur, während die Sintflut heranrollt.«

»Da kann niemand widerstehen«, sagte Johan.

»Es gibt niemanden, der etwas Vergleichbares anbietet.«

»Noch dazu auf so exklusiven Plätzen. Wie heißt unsere schwedische Sintflut auf Deutsch?«

»Das weiß ich nicht.«

»Wir brauchen es ja nur gegen Dämmerung auszutauschen.«

Esaias ging zu einem Bücherregal neben der Tür, nahm ein Buch heraus und schlug die Sintflut nach.

»Dämmerung klingt besser. Wir bleiben dabei.«

Johan schaute wieder auf das Blatt Papier. *Anfragen und Buchungen über das Touristenbüro Sävsjö.* Jetzt fehlte nur noch die Telefonnummer. Und eine Schlagzeile für das Plakat. Wildsafari oder Elchsafari müsste reichen und direkt darunter die Homepage-Adresse vom Ortsverein.

»Und schon ist das Plakat fertig«, sagte er, »dann hängen wir es hier und da und überall auf.«

»Wer soll es gestalten?«, fragte Esaias.

»Ich werde Ann bitten. So was hat sie für die Schule gemacht. Wir können auch ein paar Bilder einbauen.«

»Wovon?«

»Von der Natur natürlich. Elche. Den Aussichtsturm.«

»Soviel ich weiß, gibt es keinen Aussichtsturm.«

»Der ist in null Komma nichts gebaut.«

Esaias legte das Blatt hin. Er sah Johan an. Johan schaute an ihm vorbei aus dem Fenster. Von draußen war nichts zu hören. Die Natur sah aus wie ein großer Raum. Der Himmel war jetzt schon seit einigen Tagen nicht mehr blau, sondern weiß. Die Sintflut brachte heute vielleicht kein Wasser mehr. Vielleicht war sie eine Bedrohung anderer Art, die sich langsam näherte, die einem alle Luft zum Atmen nahm, und schließlich konnte man gar nicht mehr atmen. Bereits jetzt tat es weh, so, als würde sich bei jedem zehnten Atemzug ein Stacheldraht enger um die Brust schnüren. Das hatte er in den vergangenen Tagen schon mehrere Male gefühlt, zuletzt heute Morgen.

»Fällt dir das Atmen manchmal schwer, Esaias?«

»Was meinst du damit?«

»Ich kriege schwer Luft, das hängt vielleicht mit der Hitze zusammen. Ich habe Schmerzen in der Brust.«

»Hm.«

»Glaubst du mir nicht?«

»Natürlich glaube ich dir. Hast du mit Ann darüber gesprochen?«

»Nein.«

»Das solltest du tun. Ihr könnt doch über fast alles reden.«

»Nicht alles.«

»Worüber könnt ihr nicht reden?«

Johan antwortete nicht. Draußen war es immer noch still. *Die Dämmerung.* Sie glitt lautlos näher. Er sah sein eigenes Haus, das aussah, als stünde es in Flammen. »Manchmal muss man über alles reden«, hörte er Esaias Stimme von weit her. Draußen brannte es noch stärker. Es war nur ihr Heim, das brannte, und nur sie waren dort zu Hause. Aber er hatte keine Kraft, aufzustehen, über die Straße zu stürmen und sich und seine Frau zu retten. Auf Dauer konnte er gar nichts retten. »Wahrscheinlich ist es das Allerwichtigste«, hörte er Esaias'

Stimme. »Was ist das Allerwichtigste?«, fragte er, ohne den Blick von seinem Haus abzuwenden. Er sah eine Bewegung am Fenster im Obergeschoss, in Andreas' Zimmer.

»Über das Wichtigste sprechen zu können«, antwortete Esaias.

»Was ist das Wichtigste? Wenn ich es nicht weiß? Wenn ich nicht weiß, was für mich das Wichtigste ist?«

»Ich glaube, du weißt es, Johan.«

»Ich will es nicht wissen«, sagte er und brach in Tränen aus.

Er spürte, wie das Handy in seiner Tasche scheuerte, als er sich im Sessel bewegte. Seit dem Unfall hatte er es kein einziges Mal abgeschaltet. Auf dem Schreibtisch vor ihm stand ein Glas Wasser. Esaias musste es geholt haben, er musste davon getrunken haben. Das Glas war halb leer. So ein Mensch war er. Sein Glas war immer halb leer. Esaias war genauso. Aber Esaias trug das Schweigen wie einen langsamen natürlichen Tod mit sich herum. Das war es, eine tödliche Krankheit. Schließlich gab es nichts mehr als Gewalt, nach den letzten Worten.

So denke ich. Die Worte fliegen davon mit dem Staub. Warum denke ich gerade jetzt an Gewalt? Werde ich mich wieder prügeln? Ich habe mich nur geprügelt, wenn ich betrunken war, niemals in nüchternem Zustand.

Esaias saß auf seinem Stuhl auf der anderen Seite des Tisches, einem Zwischending aus Schreibtischstuhl und Sessel, der mindestens zweihundert Jahre alt war.

Hier schreibt er seine Predigten. Wie lange braucht er dafür? Wie wenn man Bücher für sieben Personen schreibt. Das reicht vermutlich. Sieben sind viele, viel mehr als zwei und sogar doppelt so viele als drei.

»Ich weiß nicht mehr, was ich tue«, sagte er. »Ich weiß nicht, was geschieht.«

Er griff nach dem Glas und trank. Das Wasser war kalt, das Glas stand noch nicht lange hier. Er stellte es wieder ab.

»Möchtest du mehr Wasser, Johan?«

»Nein, danke. Ich muss gehen.«

Er versuchte sich zu bewegen, aber es war ihm nicht möglich.

»Hör auf, dagegen anzukämpfen«, sagte Esaias.

»Ich kämpfe nicht dagegen an. Ich versuche nur, die Beine zu bewegen. Es geht nicht.«

»Im Augenblick brauchst du sie nicht zu bewegen.«

»Aha. Ich bin es aber gewohnt, mich zu bewegen, wenn ich es will.«

Esaias schwieg.

»Ich weiß nicht, was werden soll, Esaias, ich weiß nichts. Wir können doch nicht endlos mit unserer Entscheidung warten. Ich kann es nicht und Ann, glaube ich, auch nicht.«

»Habt ihr schon einmal darüber gesprochen?«

»Nein. Was würde das bringen? Aber was für eine Alternative haben wir?«

»Das Leben«, sagte Esaias.

»Welches Leben? Mir ist, als würden Ann und ich nebeneinander unterschiedliche Leben führen, Leben vorher, Leben währenddessen und das Leben danach. Ich führe diese Leben gleichzeitig, was war, was ist und was kommt. Wenn ich daran denke, was kommen wird, will ich nicht mehr da sein. Das Leben will ich nicht. Verstehst du etwas von alldem?«

»Ich verstehe deine Gedanken, Johan.«

»Aber verstehst du, was ich sage?«

»Du sagst, was du denkst.«

»Da bin ich mir nicht so sicher. Ich habe nie ausdrücken können, was ich denke. Das ist das Schwerste. Manchmal kommt es mir vor, als hätte ich kaum denken gelernt. Deswegen habe ich nichts zu sagen.«

Esaias saß in Gedanken versunken. Er schien in der Lage zu sein, zu denken und seine Gedanken erst dann in Worte zu fassen, und das war trostreich.

»Bist du mein Beichtvater, Esaias?«

»Möchtest du das?«

»Wenn es nicht der Religion widerspricht.«

»Wir können es nennen, wie wir wollen, mein Sohn.«

»Dir könnte ich Dinge erzählen, die ich noch nie jemand anderem erzählt habe. Dinge, die mir eingefallen sind, nachdem es passiert ist. Dinge, die ich erlebt habe, aber von denen ich nichts weiß. Das klingt seltsam, oder? Dinge, von denen ich nicht weiß, was sie bedeuten. Nach Andreas' Unfall sind sie an die Oberfläche gekommen. Und es wird immer schlimmer.«

»Wie schlimmer?«

»Ich weiß es nicht. Ich weiß nicht, wie ich es ausdrücken soll. Ich bin so kraftlos. Morgens habe ich manchmal kaum Kraft, aufzustehen, und stehe trotzdem auf. Eigentlich habe ich auch keine Kraft, die Elchsafari vorzubereiten. Aber ich weiß, dass ich nicht leben kann, wenn ich nichts tue.«

»Ich glaube, du musst mit einem Arzt sprechen, Johan. Ich spreche gern mit dir, aber du brauchst professionelle Hilfe.«

»Ich brauche sonst niemanden, mit dem ich sprechen kann.«

»Ich rede von Medizin.«

»Antidepressiva? Mir ist schon klar, dass ich vielleicht welche brauche. So blöd bin ich nicht. In der Beziehung bin ich kein Idiot. Aber ich will jetzt keine nehmen. Noch nicht. Nicht jetzt.«

»Warum nicht?«

»Was bleibt dann noch? Wenn Andreas … nicht mehr da ist. Wie soll ich ohne ihn weiterleben? Dann brauche ich Tabletten. Vielleicht brauche ich auch Alkohol.«

»Auf keinen Fall Alkohol.«

»Sehr überzeugend, das ausgerechnet aus deinem Mund zu hören.«

»Ich habe nichts zu verlieren.«

»Nur dein Leben und dein Königreich.«

»Halt dich vom Alkohol fern. Das ist das Wichtigste.«

»Dir zuzuhören ist, als würde man einem Schwimmlehrer zuhören, der nicht schwimmen kann.«

»In der Theorie bin ich schon immer gut gewesen.«

»Mein Vater hat mir Tauchen beigebracht«, sagte Johan. »Das Einzige, was er mir je beigebracht hat, Tauchen und Angst zu haben. Weißt du, was für eine Angst ich vor ihm hatte? Weißt du das?«

»Ich kann es mir vorstellen.«

»Einen Dreck kannst du. Ich glaube, er hat versucht, mich zu erschießen. Es ist, als hätte der Schock nach Andreas' Unfall die Erinnerungen in meinem Hirn freigelegt. Sie sind wie ein Alptraum im Wachen.«

»Woran erinnerst du dich?«

»Jemand verfolgt mich und ich weiß, dass er es ist. Ich kann ihn nicht richtig sehen, aber ich weiß es.«

»Hast du Ann davon erzählt?«

»Du bist der Erste, dem ich es erzähle. Vorher habe ich es mir nicht einmal selber eingestanden. Dass es der Alte ist. Ann möchte ich nichts sagen. Du bist mein Beichtvater.«

»Was ist damals passiert?«

»An alles kann ich mich nicht erinnern, jedenfalls noch nicht. Ich bin klein. Meine Mutter ist nicht da. Sie hätte nicht zugelassen, dass es passiert.«

»Hast du mit ihm darüber gesprochen?«

»Was für einen Sinn hätte das? Dann könnte ich es gleich einem Stein erzählen.«

»Du solltest es wenigstens versuchen.«

»Und wozu soll das gut sein?«

»Für dich wäre es gut.«

»Vielleicht bilde ich es mir aber auch nur ein. Ich versuche, mich nicht an meine Kindheit zu erinnern. Das tut mir nicht gut. Wenn ich ihn im Heim besuche, geht es mir richtig dreckig. Es ist nicht nur sein Zimmer. Er hat den ganzen Ort verpestet. Als ich ihn letztes Mal verließ, dachte ich an sein Kissen, ich konnte an gar nichts anderes denken.«

»Sein Kissen?«

»Dass ich es nehme und auf sein Gesicht drücke. Ich habe es auf dem ganzen Heimweg nicht aus dem Kopf gekriegt. Dass ich es tun müsste, um selbst mit heiler Haut davonzukommen. Dass es mir danach gutgehen würde. Dass es mir schon gutging, als ich nur daran dachte.«

»Und?«

»Was und? Ob es mir gutging? Wenn ich das Kissen genommen und es getan hätte, wäre es mir gutgegangen.«

»Ich hätte nie gedacht, dass ich als Erwachsene immer noch in dieser Gegend wohnen würde. Meine Mutter redete ständig davon, wie unwohl sie sich hier fühle, und mein Vater sagte nichts. Er verschwand in seiner Backstube und begann zu backen. Das konnte er zu jeder Tages- und Nachtzeit, und das hat er auch getan! Als ich an der Lehrerhochschule studierte, erschien mir selbst Växjö nach einer Weile zu klein. Ich wäre gern nach Malmö oder Göteborg gegangen, aber dort kannte ich niemanden. Und inzwischen hatte ich Johan kennengelernt, deshalb bin ich geblieben. Du weißt ja, dass wir in einer Wohnung in Sävsjö zusammengezogen sind, als ich eine Stelle in der Schule bekam. Es war eine Stellvertretung, aber später wurde es eine feste Anstellung. Zu der Zeit war es schwer für Lehrer, eine Stelle zu finden. Das ist es übrigens heutzutage auch, aber Johan sagte, wir könnten wegziehen, wenn ich woanders eine Stelle fände. Ich bin kein Leibeigener von Nordiska, hat er gesagt. Aber dann haben wir den Hof übernommen, und von einem Umzug war keine Rede mehr. Seitdem habe ich kaum noch daran gedacht. Aber jetzt denke ich darüber nach, dass wir etwas unternehmen sollten, wenn du wieder gesund bist. Wir sollten versuchen, ein wenig Geld zu sparen und zu verreisen. Es wäre doch schön, etwas von der Welt zu sehen. Stell dir vor, wir finden den Ort, der am weitesten entfernt liegt. Wir könnten ein Foto machen und es einrahmen. Und wenn wir wieder zu Hause sind, könnten wir es manchmal anschauen und sagen, dieser Ort ist so weit entfernt, wie man sich von hier nur entfernen kann. Vielleicht gibt es niemanden im ganzen Land, der dort gewesen ist. Wahrscheinlich nicht. Nur wir.«

Sie beugte sich über ihn und küsste ihn auf die Stirn. Während sie ihm Haarsträhnen von der Schläfe strich, sah sie Adern unter seiner Haut. Sie versuchte, das Brausen in ihrem Kopf in seine Schranken zu weisen. Manchmal verging ein ganzer Tag, ehe sie es wieder hörte, obwohl es ja immer da war. Sie legte eine Hand auf seine Stirn. Sie war kühl, aber nicht kalt. Auf einem Augenlid entdeckte sie eine Ader, die es an dieser Stelle nicht geben sollte, eine Ader wie ein schmales Rinnsal, das von seinem Bachbett abgewichen war.

Am liebsten hätte sie ihn geschüttelt, bis das Leben in ihn zurückkehrte! Den mageren Körper schütteln, bis er wieder erwachte! Die Ärzte schütteln. Wacht auf! Es muss etwas geben, das noch niemandem eingefallen ist. Wir leben im modernsten Land der Welt. Wir leben nicht im neunzehnten Jahrhundert. Dies ist kein Bauernstaat mehr. Wacht auf! Wacht auf!

Sie versuchte sich zu beruhigen. Wenn sie erregt war, dröhnte es in ihrem Kopf wie in einer Turbinenhalle. Sie versuchte ruhiger zu atmen. Andreas atmete ruhig. Von ihm konnte sie noch viel lernen. Sie hatten kaum damit begonnen. Er wusste so vieles, was sie nie gelernt hatte. Über die

Natur zum Beispiel. Über sie wusste er mehr als jeder andere, den sie kannte. Sie erinnerte sich kaum an einen Bruchteil dessen, was er wusste.

Man muss einiges auf sich nehmen, wenn man etwas wissen will. Man musste es versuchen, und es konnte schiefgehen. Versuch und Misslingen. Versuch und Missligen. Versuch. Versuch. Misslingen. Misslingen. Misslingen.

Sie stand auf und trat ans Fenster. Falsch, alles falsch, falsch, falsch, falsch, falsch. Wieder brannte die Dämmerung am Himmel. Sie sah blaue Striche wie gekrümmtes Eisen in den Flammen. Sie sah die Silhouette eines Flugzeuges, das geradewegs ins Feuer hineinflog. Falsch, falsch, falsch, falsch. Sie sagte etwas zu Andreas, ihm den Rücken zugewandt, aber sie hörte nicht, was sie sagte. Als ob das Flugzeug in ihren Kopf eingedrungen wäre und zwischen ihren Ohren dröhnte. Das war bis jetzt das Schlimmste. Sie wandte sich vom Fenster ab.

Etwas war anders. Der Junge hatte sich bewegt.

Der Zeitungskiosk hatte keine Abendzeitung geliefert bekommen. »Es ist schon das zweite Mal in dieser Woche«, sagte der Junge an der Kasse. Johan kannte ihn nicht. »Das darf doch nicht sein«, sagte der Junge. »Nach der Tageszeitung fragen nur wenige, aber die Abendzeitung!«

»Macht nichts. Ich hatte nur plötzlich so eine Idee, sie zu kaufen. Mal sehen, ob was in der Welt passiert ist.«

»Morgen kriegen Sie zwei davon«, sagte der Junge und grinste.

Der Bus bog hinter dem Kiosk ein und fuhr weiter zur Haltestelle. Drei Fahrgäste stiegen aus. Einer von ihnen war Kjell.

»Da bist du ja«, sagte er und kam näher. Er hielt eine Tüte vom staatlichen Schnapsladen in der Hand.

»Das klingt so, als hättest du nach mir gesucht, Kjell.«

»Das hab ich auch.«

»Vom Bus aus?«

»Den hab ich gemietet. Abonniert. Hast du nicht gesehen, dass ABONNIERT dranstand?«

»Hast du getrunken?«

»Nein. Sehe ich so aus?«

»Was hast du da in der Tüte?«

»Bist du mein Aufpasser?«

»Brauchst du einen?«

»Einen Scheißdreck brauch ich.«

Kjell stellte die Tüte vom Schnapsladen auf den Asphalt, öffnete sie und holte eine Stange Porree und einen Karton mit Erdbeeren heraus. Die Porreestange hielt er hoch wie ein Schwert. »En garde«, rief er und ging in Fechtstellung. »Ich war in Vetlanda, dort war gerade Markttag.« Er senkte die Porreestange. »Dann musste ich den ganzen verdammten Nachmittag lang warten. Es fahren ja kaum noch Busse. Ich hatte gedacht, es gingen noch ein paar mehr am Tag.«

»Achtest du denn nicht auf die Fahrpläne, wo du so oft mit dem Bus fährst?«

»Ein bisschen Abenteuer muss sein, wenn man auf Reisen geht, oder? Willst du mir helfen, die Erdbeeren aufzuessen? Ich lass das mit der Lauchsuppe und leg mir das Grünzeug aufs Butterbrot.«

Kjell wohnte im obersten Stockwerk eines kleinen Hauses direkt hinter dem »Milano«. Es war seine erste eigene Wohnung gewesen, und aus der war er nie wieder herausgekommen. Bei seinem Einzug war in der Pizzeria ein Milchladen gewesen. So lange war das schon her.

Johan erkannte die schlechte Beleuchtung und den Geruch von Shit wieder. Der ließ sich auch nicht durch Lüften vertreiben. Johan erkannte das Sofa und die Schallplattenstapel auf dem Fußboden. Er erkannte das Bücherregal und würde vermutlich auch die Taschenbücher darin wiedererkennen. In dieser Wohnung war die Zeit stehengeblieben.

Kjell brachte die Tüte in die Küche. Johan hörte Wasser plätschern.

»Möchtest du Milch zu den Erdbeeren?«, rief Kjell aus der Küche.

»Nein, danke.«

»Ich hab sowieso keine.«

Er kam zurück, in der einen Hand eine Schüssel mit den Erdbeeren und den leeren Karton in der anderen.

»Wir essen sie mit den Fingern, ja? Die Stiele kannst du in den Karton werfen.«

»Du bist ja richtig ordentlich geworden.«

»Das bin ich immer gewesen. Hab bloß eine Pause eingelegt.« Kjell nahm eine Erdbeere, betrachtete sie und drehte den Stiel heraus. »Eine lange Pause von der Ordnung.«

Johan steckte sich eine Erdbeere in den Mund. Sie schmeckte kräftig und süß, ein intensiver Geschmack, wie getrocknet. Die Erdbeeren waren klein und sehr rot.

»Es sind die letzten in diesem Jahr«, sagte Kjell. »Das hat jedenfalls das Mädchen auf dem Markt in Vetlanda gesagt. Morgen machen sie für diese Saison dicht. Das haben sie hier übrigens schon getan.«

»Eigentlich hätten die Beeren längst vertrocknet sein müssen«, sagte Johan.

»Ja, komisch.« Kjell nahm eine weitere Erdbeere und musterte sie. Er steckte sie in den Mund. »Sie schmecken gut, fast wie Bonbons.«

Johan fiel ein Song aus den achtziger Jahren ein.

»Bonbons sind gut.«

»Bonbons sind gut, Bonbons sind gut«, sang Kjell. »Wann war das? Das war die gute, alte Zeit.«

»Das war die große Zeit der Besäufnisse, Kjell. Falls du dich an die erinnerst, warst du nicht dabei.«

»Haha. Wie hieß die noch?«

»Wer die?«

»Die Bonbons-sind-gut-Band.«

»Aston Reymers Rivaler.«

»Du hast ein gutes Gedächtnis, Johan.«

»Es ist zurückgekehrt, als ich zu saufen aufgehört habe. Und es kommt mehr und mehr zurück.«

»Hoffentlich geht es mir auch so.«

»Ich bin nicht so sicher, ob ich dir das wünsche.«

»Warum nicht?«

»Womöglich erinnerst du dich an Sachen, die du lieber vergessen würdest.«

»Ich bin bereit, mich für den Rest meines Lebens zu schämen.«

»Es könnten auch Sachen sein, die du gar nicht selber getan hast.«

»Dann ist es doch besser?«

»Es kann alles schlimmer machen. Wir scheißen drauf!« Johan nahm sich noch eine Erdbeere. »Halt dich nur an Süßigkeiten und Porree, dann wird alles gut.«

»Porree schmeckt gut.«

»Was du nicht sagst!«

»Ich hab ihn eigentlich nur gekauft, weil ich mich wie ein richtiger Hausmann fühlen wollte. Was meinst du, ob ich meinen Führerschein wiederkriege? Ich kann nicht für den Rest meines Lebens mit dem Bus fahren. Ich bin so verdammt rastlos, dass ich fast jeden Tag irgendwohin fahren muss, aber im Bus wird man noch rastloser. Der fährt ja langsamer, als eine Schnecke mit Knieverletzung kriecht.«

»Steig doch aufs Fahrrad um. Bergab kann es verflixt schnell gehen.«

»In meinem nächsten Leben.«

»Ich meine es ernst. Wenn ich es kann, kannst du es auch.«

»Ich besitze nicht mal ein Fahrrad.«

»Na, das ist doch das kleinste Problem.«

Johans Handy klingelte. Auf dem Display erschien Anns Nummer. Er meldete sich und hörte zu.

»Was sagst du da?!«, brüllte er.

Im Aufenthaltsraum war es still, genau wie im Korridor vor dem Zimmer. Nichts deutete darauf hin, dass ein Wunder geschehen war.

Ann drehte sich um. Sie war allein mit Andreas im Zimmer.

»Haben sie ihn nicht auf die Intensivstation gebracht?«

»Wir müssen abwarten«, sagte sie.

»Was bedeutet das? Wir haben die ganze Zeit doch nichts anderes getan.«

»Er muss neu untersucht werden, es ist auch ein neuer Scan nötig.«

»Aber er hat sich doch bewegt.«

»Ich glaube es jedenfalls.«

»Du glaubst es? Bist du nicht sicher?«

»Ich glaube, dass ich sicher bin, Johan. Bitte, sprich nicht so laut. Das könnte ihn beunruhigen.«

Sie war ruhig. Das beunruhigte ihn. Noch nie hatte er sie so ruhig in diesem Zimmer erlebt.

»Es können Reflexe sein«, sagte sie. »Ein Reflex.«

»Reflex von was? Sie haben doch gesagt, dass die Funktionen zurückkehren, oder? Dass sie sukzessive zurückkehren können. Das haben sie doch gesagt, Ann, oder?«

»Natürlich.«

»Genau das ist jetzt passiert, oder?«

Sie drehte sich wieder zu Andreas um. Er trat ans Bett. Sein Sohn lag genauso still da wie vorher, und er dachte, er würde seine Arme dafür geben, wenn er sehen könnte, wie Andreas sich bewegte. Er würde seine Beine geben.

»Hast du gesehen, wie er sich bewegt hat, Ann?«

Sie schüttelte den Kopf.

»Was ist passiert?«

»Ich habe aus dem Fenster geschaut. Ich drehte mich um. Ich bin sicher, dass ich seine Hand direkt unter seiner Brust hingelegt hatte. Ich weiß, wie ich sie hingelegt habe. Und als ich mich umdrehte, lag sie auf seinem Bauch. Sie könnte auch heruntergeglitten sein.«

»Das ist noch nie passiert.«

»Das wissen wir nicht.«

»Wir wissen nach wie vor nichts!«

»Schrei nicht so.«

»Ich schreie nicht. Und ich glaube nicht, dass Andreas es mir übelnimmt.«

»Ich wünsche genauso sehr wie du, dass etwas passiert ist. Du brauchst mich nicht anzuschreien.«

»Ich hatte solche Hoffnung im Auto«, sagte er. »Ich habe gezittert und konnte kaum das Steuer halten. Wenn Kjell noch seinen Führerschein gehabt hätte, hätte er fahren dürfen.«

»Kjell? Ist er hier?«

»Er ist draußen. Ich war bei ihm zu Hause, als du angerufen hast. Er wollte unbedingt mitkommen.«

»Ich gehe zu ihm«, sagte sie. »Ich weiß nicht, ob andere Personen hereinkommen dürfen. Vielleicht doch. Ich werde fragen.«

»Er ist genauso nervös wie ich, sogar noch nervöser.«

»Ich werde mit ihm reden.«

»Was ist, Ann?«

»Wie meinst du das?«

»Du scheinst … irgendwie abwesend zu sein. Hast du eine Tablette genommen?«

»Du meinst, etwas zur Beruhigung? Nicht mehr als sonst. Was erwartest du denn von mir? Möchtest du, dass ich schreie und weine und lache? Wird dadurch etwas besser? Wird es besser davon?«

»Was hast du bloß angestellt, Junge. Du hast sicher gehört, was sie hier sagen. Du hast die Hand bewegt. Vielleicht musstest du in der Nase bohren. Ich kann für dich bohren, wenn du willst. Kjell ist auch hier, draußen. Er zittert ein bisschen, aber nicht, weil er einen Kater hat. Ich glaube, du wirst ihn mögen, so, wie er jetzt ist. Er ist immer ein guter Kumpel gewesen. Auf ihn konnte man sich verlassen, selbst dann, wenn man sich nicht auf ihn verlassen konnte. Solche Menschen gibt es. Wenn du groß bist, wirst du das auch entdecken. Wenn wir zusammen groß werden. Manche Menschen bekommen im Lauf des Lebens Probleme, aber deswegen muss man nicht aufhören, ihnen zu vertrauen. Im Grunde haben sie sich gar nicht so sehr verändert. Wenn sie einen guten Kern haben, dann bleibt er, was auch geschieht, schließlich kommt er wieder zum Vorschein. So denke ich. Jetzt ist er fast derselbe alte Kjell. Vielleicht können wir ihn sogar wieder mit in den Wald nehmen. Ich glaube, er ist seit fünfundzwanzig, dreißig Jahren nicht mehr im Wald gewesen. Wahrscheinlich fürchtet er sich vor den wilden Tieren. Ich weiß, dass er Angst vor Schlangen hat. Manche Trinker lieben Schlangen und Eidechsen und so was, aber er hasst sie. Da fällt mir übrigens eine Geschichte von den Jungs ein, die ihre Militärzeit ableisteten und bei einem Manöver in Zelten im Wald schlafen mussten. Sie sahen mehrere Schlangen herumkriechen und bekamen natürlich Schiss. Einer der Jungs ging zum Zelt des Bataillonarztes und fragte nach einem Antiserum. Sie würden viel davon brauchen, sagte er. ›Wie viel denn?‹, fragte der Doktor und lachte ein wenig. ›Na ja, so drei, vier Eimer voll‹, antwortete der Junge. ›Nein, nein, guter Mann‹, sagte der Arzt, ›man kippt das Antiserum nicht aus, man injiziert es.‹ – ›Injizieren?‹, sagte der Junge. ›Diese Biester sind doch viel zu schnell!!‹«

Sie fuhren durch die Dämmerung nach Hause. Es war, als würden sie ständig durch die Dämmerung fahren. Immer dämmerte es. Ann ließ ihren Blick über die gelbe Landschaft schweifen. Erde und Himmel glitten ineinander. Sie konnte die Augen schließen und sich einbilden, sie schwebe. Ihr Kopf war ganz leer nach dem Schock. Und dann hatte sie ihren Körper verlassen und sich selbst und alles andere betrachtet. Sie hatte sich neben Andreas auf das Bett gelegt und sich beobachtet, wie sie mit Ärzten und Personal sprach. Dort hatte sie noch gelegen, als Johan kam. Sie wusste nicht, was sie ihm erzählt hatte. Es schien bedeutungslos zu sein. Sie hatte das Gefühl, als hätte sie ein Geschenk bekommen. Sie konnte die Augen schließen und noch eine Weile weiterschweben. So ein Gefühl hatte sie vor dem Unfall noch nie gehabt.

»Ich hätte eins der Autos nach Hause fahren können«, hörte sie Kjells Stimme vom Rücksitz.

»Bist du verrückt geworden?«, antwortete Johans Stimme.

»Wann haben die Bullen in dieser Gegend das letzte Mal kontrolliert?«

Sie öffnete die Augen und stellte fest, dass sie kurz vor Havsjö waren. Linker Hand zogen sich die Steinmauern mehrere Meter an der Straße entlang. Sie waren schön, wert, auf einem Gemälde festgehalten zu werden. Wenn ich malen könnte, ich würde sie malen. Was für eine Arbeit, die Steine aufzuschichten. So viele Steine, so viel Arbeit.

Gelb ist die Farbe der Landarbeiter. Gelb ist die Farbe der Kleinbauern. Das muss ich irgendwo gelesen haben, vielleicht in einem Buch über Kunst. War es eine Biographie über van Gogh? Ich glaube, ja. Gelb ist die Farbe des

Landes, das, was wir im Augenblick sehen, jetzt kommt es hervor. Gelb ist die Farbe der kleinen Leute.

»Möchtest du den Führerschein für den Rest deines Lebens verlieren?«, fragte Johan.

»Aber es wird schwierig für euch, das andere Auto zu holen.«

»Wir fahren sowieso, das hab ich doch gesagt. Wir fahren jeden Tag.«

»Trotzdem.«

»Kennst du die Geschichte von dem Mann, der auf einem Fest Zoff mit seiner Frau hatte und ihre beiden Autos nach Hause gefahren hat?«

»Mir ist eingefallen, wie wir früher Kartoffeln ausgebuddelt haben«, sagte sie. »Hast du Kartoffeln ausgebuddelt, Johan? Hattet ihr Kartoffelferien?«

»Ich war der Beste«, antwortete er.

»Im Akkord?«

»An manchen Stellen ja.«

»Ich hab bei einem Bauern gearbeitet, der hieß Karlström«, sagte sie. »Wir kriegten dreißig Kronen am Tag. Dann war ich einige Spätsommer auf Biskopsbo. Auf dem Hof bekam man pro Korb bezahlt. Das meiste habe ich vergessen. Wahrscheinlich war es mehr als bei Karlström.«

»Karlström fuhr Sägespäne«, sagte er. »Ich hab ihn jeden Tag im Sägewerk gesehen. Hab ich dir das nicht erzählt?«

Sie waren auf dem Bett sitzen geblieben, ohne Licht zu machen. So etwas hatten sie noch nie getan. Sie waren die Treppe hinaufgestiegen, ohne irgendwo Licht zu machen, und dann hatten sie sich auf das Bett gesetzt und waren einfach sitzen geblieben. Auf einem Bett zu sitzen und zu wünschen, man würde liegen, dachte sie. Und dann dachte sie an die Kartoffeln. Sie dachte an Gelb und an Erde und wie schwarz ihre Finger gewesen waren, wenn sie einen ganzen Tag gebuddelt hatte. Und dass ihr die Arbeit Spaß gemacht hatte. Es hatte so gut gerochen, wenn der Traktor eine neue Furche gepflügt hatte. Es war Herbst geworden, und morgens hatte es manchmal schon gefroren. In der Sonne wurde es wieder warm. Wenn wir Kartoffelferien hatten, war immer schönes Wetter. Ich fand es aufregend, zu sehen, wie viele Kartoffeln es in jeder Furche gab. Man konnte sie leicht erkennen, sie schimmerten in der Erde.

»Karlström hatte Geburtstag und hat ein Fest im Sägewerk gegeben«, sagte Johan. »Hab ich dir davon erzählt?«

»Nein.«

»Das war, bevor wir uns kannten. Er hat es ein paar Tage vorher angekündigt. Nach der Abendschicht wollte er ein Fest geben.«

»Das muss sehr ungewöhnlich gewesen sein, ein Fest im Sägewerk, meine ich.«

»Es war das erste und letzte Mal, von dem ich weiß.«

»Was ist passiert?«

»Nichts Besonderes, soweit ich mich erinnere. Das kam wahrscheinlich auch vom Alkohol. Er stellte ein paar Kartons Fleischwurstringe und einige Kartons Branntwein hin, und das war's. Ich weiß, das klingt wie ein Großstädterwitz über Landeier, aber es ist wahr. Ich war ja dabei. Er hatte Plastikbecher gekauft, und die Würste schnitten wir mit unseren eigenen Messern.«

»Ja, das klingt wirklich wie ein Witz über Landeier.«

»Er machte sich Sorgen, dass es uns nicht gefallen könnte, und schenkte dauernd Schnaps nach. Wenn das Fest um zehn angefangen hat, dann war es um elf zu Ende. Zu dem Zeitpunkt waren die meisten kollabiert. Ich auch. Wir waren vorher schon erschöpft gewesen. Ich hatte den ganzen Abend an der Sägemaschine gestanden, und da muss man sich sehr konzentrieren.«

»Hat die Fleischwurst nicht eklig geschmeckt?«

»Die war ja an allem schuld. Ohne sie wäre es gutgegangen.«

»Ihr Armen.«

»Am nächsten Morgen stand ich wieder auf der Matte, der Kater war gar nicht so schlimm, wahrscheinlich, weil ich schon ziemlich früh groggy war. Aber Karlström kam nicht wie üblich mit seinem Traktor und dem Hänger. Niemand glaubte, dass er einen Kater hatte, weil er auf dem Fest kaum Zeit gehabt hatte, etwas zu trinken. Ich weiß nicht, ob jemand zu ihm gegangen ist, er wohnte ja allein, aber gegen Mittag erfuhren wir, dass er tot war. Er war irgendwann gegen Morgen an einem Schlaganfall gestorben.«

»Er hat gespürt, dass etwas passieren würde«, sagte sie. »Deswegen wollte er wohl vorher etwas regeln.«

»Meinst du?«

»Er war irgendwie anders«, sagte sie. »Das ist mir aufgefallen, als er uns den Lohn auszahlte. Es war das einzige Mal, dass er mit mir gesprochen hat. Er saß auf einem großen Stuhl an einem Tisch vor seinem Haus, und wir standen Schlange, um unser Geld in Empfang zu nehmen. Die Scheine lagen in Häufchen vor ihm.«

»Was hat er zu dir gesagt?«

»Daran kann ich mich nicht erinnern. Vielleicht hat er mich gelobt. Ich war gut. Ich war schnell.«

»Wie meinst du das, dass er anders war?«

»Er wirkte gerissen, aber auf gute Art. Der hatte einen klugen Kopf.«

»Clever genug, um zu ahnen, dass etwas passieren würde?«

Sie antwortete nicht. Er drehte sich um. Ihre Silhouette war kaum zu sehen im zusammenfließenden Schwarz rundum. Es war gut für die Augen.

»Du magst recht haben«, sagte er. »Er hat behauptet,

es sei sein Geburtstag, aber das stimmte gar nicht, wie wir später erfahren haben.«

»Was war es dann für ein Fest?«, fragte sie. »Wie würdest du es nennen?«

»Tja, eine gute Frage.« Er schwieg einen Augenblick. »Ich glaube, er wollte an seinem eigenen Leichenschmaus teilnehmen.«

»Hat er sich gut amüsiert?«

»Er war viel zu sehr damit beschäftigt, dafür zu sorgen, dass wir anderen uns amüsierten. Wie gedankenlos wir damals so waren.«

Er versank in einem Meer aus Sägespänen und versuchte das Zeug auszuspucken. Aber die Späne ergossen sich weiter in seinen Mund, über ihn. Er tastete nach der Schaufel, doch sie war verschwunden. Er versuchte, einen Arm aus der Masse zu befreien, und spürte plötzlich, dass jemand seine Hand packte und ihn aufwärtszog, sein Kopf war frei, er konnte wieder atmen und trank die Luft wie Branntwein. Er konnte gar nicht genug bekommen. Er öffnete die Augen und schaute in eine Gewehrmündung. Sein Kopf explodierte.

»Nein! Nein!! Neiiin!!!«

»Johan! Johan!«

Jemand schüttelte ihn, er versuchte sich zu befreien. Er lief, aber er lief im Nichts. Er hörte die Stimme.

»Johan! Wach auf!«

Jetzt spürte er ihre Hand auf seiner Schulter. Im Liegen zu laufen, das versuchte man nur, wenn man betrunken war.

Moa hatte alle Fenster der Wohnung geöffnet. Minutenlang spülte die Abendbrise durch die Räume.

Es war, wie wenn der Schmerz für einen Moment nachlässt. Wie ein leichter Verband. Ich werde ein Schmerztagebuch führen. Bald.

»Man spürt den Wind richtig«, sagte sie.

»Es ist wunderbar«, sagte Moa.

»Aber die Schwalben kommen nicht mit herein.«

»Draußen sind auch keine.«

»Warum nicht?«

»Ich weiß es nicht. Zu Sommeranfang waren einige hier, sie sind aber wieder verschwunden. Ich vermisse sie.«

»Sie fliegen zu hoch. Man kann sie nicht sehen.«

»Wenn das so ist, dann kommen sie nie herunter. Ich möchte sie hier unten haben.«

»Besuch uns auf dem Hof, dann siehst du welche.«

»Ist nicht am Freitag die Besprechung zu Johans Elchsafari? Da komme ich.«

»Ja, Freitag.«

»Stell dir vor, vielleicht wird das ja ein Ganztagsjob.«

»Für wen?«

»Natürlich für die Elche.«

»Haha.«

»Kriegen die was Leckeres? Ihr müsst sie ja irgendwie anlocken.«

»Wir, Moa. Du bist auch dabei.«

»Ich kann mich nicht erinnern, wann ich zuletzt einen Elch gesehen habe.«

»Weißt du, dass ein Elchstier bis zu sechshundert Kilo wiegen kann?«

»Unvorstellbar. Gibt es nicht japanische Ringer, die genauso viel wiegen?«

»Keine Ahnung. Aber du kannst dich ja mal auf der Homepage über Elche informieren. Johan hat da was zusammengestellt. Sie können zum Beispiel über zwei Meter Wristhöhe messen. Die Stiere haben kräftigere Nacken und einen größeren Halsbart als die Kühe.«

Sie fuhr zu Olofssons Sägewerk und parkte vor der Baracke. Es musste immer noch derselbe Schuppen sein. Sie hatte geglaubt, sie würden rund um die Uhr Schichten fahren, um die Massen Windholz zu verarbeiten. Aber die einzige Kreissäge, die sie hörte, kreischte in ihrem Kopf, etwas gedämpfter jetzt, nicht mehr so unbehaglich wie vorher.

Karlström war einfach verschwunden, ohne dass sie es mitbekommen hatte. Sie war nicht sicher, ob Johan ihr die ganze Wahrheit über das bizarre Fest erzählt hatte. Manchmal sagte er nicht die Wahrheit, selbst wenn es um ganz banale Dinge ging, log er wie unter Zwang. Alle Süchtigen lügen und am meisten belügen sie sich selbst. Sie glaubte nicht, dass er irgendetwas Schwerwiegendes verbarg, war sich aber nicht ganz sicher.

Ich weiß ja selbst nicht, was ich verberge, irgendetwas, das jetzt herauswill. Ich fühle es. Ich bin so idiotisch ruhig, seit Andreas sich bewegt hat. Ich weiß, dass er sich bewegt hat. Ich lüge nicht, belüge nicht einmal mich selber. Ich war ruhig wie Eis. Als würde ich mich auf etwas vorbereiten.

Sie setzte sich auf einen Bretterstapel. Überall roch es nach Holz. Es roch nach Feuchtigkeit, wo Holz war, gab es immer Feuchtigkeit. Das war der Geruch ihrer Kindheit. Trockenes Holz, feuchtes Holz, Holz, das brannte. Rauchgeruch. Geruch nach Schnee und Rauch, die Erinnerung war stärker als der Geruch nach Rauch und Sonne. Plötzlich sehnte sie sich nach Schnee.

Ich will, dass der Sommer zu Ende ist. Jetzt reicht es. Andreas liebt Schnee. Er sagt, Schnee ist sein Lieblingsessen.

Ein Mann kam aus der Baracke. Sie hatte nicht geglaubt, dass noch jemand dort drinnen war. Er trug eine Uniform, nickte in ihre Richtung und verschwand hinter dem Haus. Sie hörte einen Automotor starten. Ein Auto hatte sie nicht gesehen. Jetzt näherte es sich, ein Wagen der Securitas. Der

Wachmann hielt neben ihr und dem Bretterstapel an. Das Fenster war schon heruntergelassen.

»Kann ich Ihnen behilflich sein?«, fragte er.

»Nein danke, ich fahr gleich wieder. Ich hab hier nur gesessen, um mich ein wenig zu erinnern.«

»Eigentlich ist das Gelände für Unbefugte tabu«, sagte der Wachmann. »Aber bleiben Sie ruhig sitzen.« Er lächelte. »Vielleicht haben Sie einmal hier gearbeitet?«

»Gewissermaßen ja«, antwortete sie.

Der Badeplatz war verlassen. In einer Woche begann die Touristensaison. Die Deutschen würden kommen, Dänen und Holländer. Er hatte gehört, dass man in Holland kaum noch Platz hatte, den Hintern umzudrehen. Und dass es überall nach Schweinekot roch. Alles, was dort angepflanzt wurde, war mit Schweinescheiße gedüngt, die wieder und wieder verwendet wurde.

Er betrat den Steg, bückte sich und hielt eine Hand ins Wasser. Es war lauwarm, ein Stück weiter draußen in der Strömung war es kalt, danach wieder warm. Den Touristen gefiel das. Sie waren überrascht, so als hätte man eigens für sie einen Abenteuerbadeplatz angelegt.

Er schaute zurück auf die Wiese und zu den Parkplätzen unter den Bäumen. Noch war niemand da.

Er zog sich ganz aus, legte die Sachen auf einem Haufen am äußersten Stegrand zusammen und ließ sich ins Wasser gleiten. Nackt zu schwimmen war ein Genuss. Das hatte er schon seit Jahren nicht mehr getan. Er schwamm bis zur Seemitte und fühlte sich leicht und stark, schwerelos.

Am östlichen Ende des Sees trieb eine Schwanenfamilie, die er nicht gesehen hatte, als er hinausgeschwommen war. Aus einem Tannenwipfel löste sich ein Raubvogel und zog ein paar Kreise über ihm, dann schwebte er westwärts davon. Er sah aus wie ein Hühnerhabicht, flog aber zu hoch, als dass Johan es genau erkennen konnte. Wenige Minuten später wurde der Vogel vom Himmel verschluckt. Er hörte einen Eichelhäher und das Ra-ta-ta-ta eines Spechtes zwischen den Bäumen widerhallen. Weiter entfernt im Osten hörte er einen Zug. Über ihm dröhnte ein Flugzeug. Es tauchte dort auf, wo der Hühnerhabicht verschwunden war. Das Flugzeug schien nicht größer als der Habicht.

Vier Färsen folgten ihr mit Blicken, als sie den Pfad neben der Weide entlangging. Dann setzten sie sich in Bewegung und begleiteten sie. Drei blieben nach einigen Metern stehen, aber die vierte ging weiter neben ihr her, nah am Zaun entlang und ließ sie keinen Moment aus den Augen. Sie war ein Freund.

In den Zweigen der Birke, der sie sich näherte, raschelte es. Sie strich mit der Hand über die Rinde, die sich gleichzeitig rauh und glatt unter ihrer Handfläche anfühlte. Die Konturen eines großen As waren nicht auszumachen, auch kein J in der Mitte, aber sie wusste, dass sie dort irgendwo waren.

Ich muss ein Foto machen. Sie nahm das Handy aus der Tasche und schaute darauf. Es ist ein altes Modell. Das weiß ich doch. Damit kann man gar nicht fotografieren. Johan muss mit seinem Handy kommen und ein Bild machen, falls das Handy funktioniert. Wir brauchen ein Bild.

Sie ließ den Blick schweifen, schloss die Augen und dann schaute sie wieder zur Birke.

Sie hielt sich am Stamm fest und wollte ihn nicht mehr loslassen.

Das war das Schwerste. Er hätte alles Mögliche bauen können, nur das nicht. Die Arbeit hatte fast den ganzen Sommer geruht, doch hin und wieder war er für ein paar Stunden hergekommen, und schließlich stand die Zwischenwand. Es war, als hätte er seine Schritte oder seine Arme nicht unter Kontrolle. Jetzt war er gerade dabei, einen Querbalken zu ziehen. Er war zu lang.

Ann kam nie hierher. Sie hatte nicht gefragt, was das für ein Gehämmer in der Scheune war, und hatte auch nicht gefragt, was es mit den Brettern auf sich hatte.

Sollte er alles wieder einreißen? Sollte er weitermachen? Beides konnte falsch sein. Aber der größere Fehler wäre es, ihn abzureißen. Er schleuderte den Hammer auf den Zementboden. Der Hammer schlug mit dem Gummistiel auf und blieb neben dem Hufeisen liegen, das man beim Bau der Scheune in den Boden eingemauert hatte. Das war vor seiner Zeit gewesen.

Draußen raschelte ein trockener Wind in den Ahornbäumen. Es klang irgendwie metallisch. Er ging auf den Hof und wusste nicht, was er tun sollte. Beim Schwimmen war er ruhig gewesen, aber jetzt war er nicht mehr ruhig. Die Metallspäne in den Bäumen kreischten in seinen Ohren.

Safari

Alle parkten neben dem Autofriedhof und gingen in Richtung Bjennesby zu der Koppel, wo Johan und Esaias warteten.

»Ich hab mir das so gedacht«, sagte Johan, als sie sich alle in einem Halbkreis um ihn versammelt hatten. »Ich werde euch genau erklären, was ich heute Nachmittag und Abend mache, genau so, wie ich es später den Deutschen erzählen werde, und Esaias übersetzt.«

»Soll er denn jetzt auch übersetzen?«, fragte Magnus Hjelm, und jemand lachte.

»Ich werde langsam sprechen, damit selbst du mich verstehst, Magnus. Okay. Heute Abend seid ihr also Touristen und Organisatoren gleichzeitig. Wir müssen während der Wanderung gemeinsam überlegen, ist die Strecke gut gewählt, sollen wir Wettkämpfe veranstalten, irgendetwas an Unterhaltung bieten? Was wollen wir ihnen über die Natur erzählen?«

»Müssen wir denen was von der Natur erzählen?«

Das war Elfvis. Er trug einen grünen Jagdanzug, der aus der Antike zu stammen schien.

»Reicht es nicht, wenn sie die Natur anschauen können?«

»Meine Meinung«, sagte Leslie Johansson. »Man darf die Natur nicht zerreden. Es ist besser, sie nur zu betrachten, so wie man Elche anschaut.«

»Wenn wir welche sehen«, sagte Elfvis.

»Hinter dir steht gerade einer«, sagte Leslie.

Elfvis drehte sich hastig um.

Alle lachten.

»Hast du Angst vor Elchen, Elfvis?«

»Sollen wir mit den Deutschen auch solche Witze machen?«

»Wir brauchen keine Witze«, sagte Johan. »Die Elche werden dort hinter ihnen stehen.«

»Es gibt auch nicht viel, worüber man Witze reißen kann«, sagte Leslie. »Außerdem werden Deutsche manchmal auch nervös, wenn man mit ihnen zu scherzen versucht. Sie scheinen alles so ernst zu nehmen.«

Einige nickten. Leslie hatte die meisten Erfahrungen mit Deutschen. Er war etwa so alt wie Johan, sah aber viel älter aus, als stammte er aus der Generation, die noch selbst die Steine aus den Äckern geholt hatte. Er vermietete mit Hilfe der Touristeninformation in Sävsjö zwei Hütten und war an Fremde und ihre Eigenheiten gewöhnt.

Er nahm seine Kappe ab und kratzte sich am Kopf. Seine Arme waren eher rot als braun. Niemand hatte ihn je anders als in einem schwarzen T-Shirt, schwarzen Jeans und Stiefeln gesehen. Die Uniform eines Bauern.

Magnus Hjelm trug etwas Ähnliches, aber sein T-Shirt war grün. »Lieber fett und satt als mager und hungrig« stand in schwarzen Lettern darauf.

Dick und Olle trugen Safarihüte.

»Woher kommen die denn?«, fragte Ann.

»Aus Dans Sportshop.«

»Ich meine ursprünglich.«

»Muss von irgendwo weit her sein, Honolulu oder so. Vielleicht auch aus Kännestubba oder Svältestorp.«

Kjell war nicht aufgetaucht.

»Wo ist Kjell?«, hatte Johan gefragt, als sie sich versammelten.

»Er ist nicht zu Hause«, hatte Ann gesagt, die Martin in Sävsjö abgeholt hatte. »Er stand nicht vorm Zeitungskiosk, und bei ihm hat niemand aufgemacht.«

»Vielleicht ist er mit dem Fahrrad unterwegs«, sagte Moa. »Er wollte nicht, dass ich ihn abhole. Ich hab ihn gestern gefragt.«

»Er ist noch nicht stabil genug, um Rad zu fahren«, sagte Johan. »Wahrscheinlich nimmt er den Bus.«

»Hierher fahren doch keine Busse«, sagte Leslie.

»War doch bloß ein Witz, Leslie.«

»Bei dir weiß man nie.«

»Habt ihr gesehen?«, rief Martin und zeigte in den Himmel.

Alle schauten nach oben.

»Was ist denn?«, fragte Leslie.

»Ich sehe nichts«, sagte Moa.

»Was sollen wir sehen?«, fragte Lina.

»Die Ozonschicht«, sagte Martin. »Kann sie jemand sehen?!«

»Wovon zum Teufel redest du?«, sagte Dick.

»Was ist mit der Ozonschicht?«, fragte Leslie.

»Es sind große Löcher drin, und bald ist sie ganz weg«, antwortete Martin. »Nichts schützt uns mehr gegen die ultravioletten Strahlen.«

Leslie sah Johan an.

»Martin ist Experte für die Ozonschicht«, erklärte Johan.

»Sind die Löcher über Bjennesby groß?«, fragte Magnus.

»Überall«, sagte Martin.

»Es ist gut, Martin«, sagte Johan.

»Überhaupt nichts ist gut.«

»Ich meine nur, dass wir dich verstanden haben.«

Jemand im Kreis lachte auf.

»Das ist nicht zum Lachen«, sagte Martin. »Euch wird das Lachen schon noch vergehen, wenn die Strahlen kommen.«

»Können wir weitermachen?« Elfvis nickte Johan zu.

»Wir haben alle verstanden, wie gefährlich das mit dem Ozon ist«, sagte Johan, »möchten aber trotzdem diese Generalprobe durchführen.«

»Wollen wir Würstchen grillen?«, fragte Dick.

»Bei der Jagdhütte, wenn die Generalprobe vorbei ist«, sagte Johan. »Dort ist schon alles vorbereitet.«

»Da findet auch der Fünfkampf statt«, sagte Ann.

»Veranstalten wir heute Abend einen Fünfkampf?«, fragte Magnus.

»Na klar«, sagte Johan.

»Und wann haben wir Zeit, uns Elche anzugucken?«, fragte Olle.

»Auf dem Weg zur Jagdhütte. Ich habe ein paar Stellen, wo wir stehen bleiben. Wir beobachten sie und reden ein bisschen mit den Elchen.«

»Reden mit den Elchen?«, sagte Leslie.

»Was?«

»Du hast gesagt, wir sollen mit den Elchen reden.«

»Hab ich das? Dann war das ein Scherz.«

»Verdammt lustig, haha.«

»Wir werden uns auch eine Stelle angucken, die ich für einen größeren Hochsitz vorgesehen habe«, sagte Johan. »Eine Art höherer Aussichtsturm.«

»Nein!«

»Was ist denn jetzt schon wieder, Martin?«

»Kein Turm!«

»Warum nicht?«

»Man ist zu hoch oben.« Martin zeigte zum Himmel. »Wir kommen ihr zu nah.«

»Wir werden ja kein neues Empire State Building bauen.«

»Wollen wir den ganzen Abend so weiterlabern?«, fragte Magnus.

»Martin und ich gehen voraus und sondieren das Terrain«, sagte Esaias und machte einen Schritt vorwärts.

Sie warteten, während Esaias und Martin über das Moor in Richtung Forsa verschwanden.

»Die beiden haben immerhin etwas gemeinsam«, sagte Elfvis.

»Und was?«, fragte Leslie.

»Den Himmel natürlich.«

»Ich hab mir auch vorgestellt, dass wir eine längere Wanderung durch die Natur von ungefähr sechs Kilometern anbieten für die, die gern wandern«, sagte Johan.

»Ich will nicht«, sagte Elfvis. »Sechs Kilometer sind mir zu lang.«

»Ich meine die Deutschen. Morgen gehe ich die Strecke ab. Wer will, kann mitkommen.«

»Was machen wir denn heute Abend?«, fragte Olle.

»Wir gehen bis zur Mühle, dann in den Wald und über ein Moor, auf dem Krüppelbirken wachsen. Wie einige von euch wissen, gibt es dort reichlich Elche.«

»Man muss förmlich durch ihre Losung waten«, sagte Leslie.

Sie gingen zum Fluss hinunter und folgten ihm in Richtung Dorf. Dort hatte sich die Landschaft nicht wesentlich verändert. Der Sturm hatte Erbarmen gehabt. Im Frühling hatten Ann und Andreas am Fluss Blumen gepflückt. Hier blühte sogar der hellrosa Seidelbast.

Sie gingen über das federnde Moor. Zwei Kiefern, die überlebt hatten, schienen über sie zu wachen.

»Es ist ein Gefühl, als ginge man über Sprungfedern«, sagte Lina.

»Das hab ich noch nie ausprobiert«, sagte Magnus hinter ihr.

»Es war nur ein Vergleich«, sagte Lina.

»Hier nehmen wir alles wörtlich«, sagte Ann.

Sie folgten Johan in einer Reihe und kamen an einem alten Windbruch vorbei, den es schon seit vielen Jahren gab. Es war nicht der erste und auch nicht der letzte Sturm, dachte Ann, falls sie nicht die Ozonschicht ganz zerreißen, wenn sie der Erde zu nah kommt. Dann kann es so viel stürmen, wie es will.

Jetzt waren sie im alten Wald, die Baumstämme wirkten unnatürlich grob. Es war ein Gefühl, als gingen sie durch einen Dschungel. Als wäre auf dem Hochland ein Dschungel entstanden. Sie musste Lina fragen, wie es im Dschungel aussah, doch erst später, um die große Stille nicht zu stören.

Sie hörte, wie Elfvis hinter ihr stolperte, sich aber gleich wieder fing. Er stieß einen leisen Fluch aus.

Die Vordersten blieben stehen, und Elfvis wäre fast mit ihr zusammengeprallt.

»Entschuldigung«, sagte er. »Heute ist nicht mein Tag.«

»Hier ist die Quelle«, hörte sie Johans Stimme von vorn.

Sie versammelten sich um die Quelle. Das Wasser sprudelte klar aus der Erde. Lina bückte sich, schöpfte etwas und trank aus ihren hohlen Händen.

»Nun sind wir also eine Person weniger«, sagte Magnus.

Lina fing an zu husten.

»Das darfst du nicht wörtlich nehmen«, sagte Magnus.

»Bis zur Jagdhütte ist es nicht mehr weit«, sagte Johan.

»Aber Elche haben wir bis jetzt noch keine gesehen«, sagte Elfvis.

»Sie sind hier.«

»Wirst du das auch den Deutschen erzählen? Meinst du, damit geben sie sich zufrieden?«

»In einigen Wochen stolperst du hier über Elche.«

»Mir reicht es, wenn ich über die Wurzeln stolpere.«

»Riecht es nicht nach Essen?«, fragte Olle.

»Vielleicht«, sagte Johan. »Der Geruch wird wohl vom Wind hergetragen. Esaias und Martin haben vermutlich schon den Grill angeschmissen, obwohl es noch zu früh ist. Dann riecht man den Grillrost.«

»Hoffentlich schmeckt es genauso gut, wie es riecht«, sagte Olle.

»Ist Grillen im Augenblick nicht verboten?«, sagte Elfvis. »Die Brandgefahr ist doch zu groß.«

»Wir grillen in einem Zementrohr.«

»Haben Elche eine gute Witterung?«

»Die beste. Wenn man Elche sehen will, muss man Wind von vorn haben.«

»Und wenn kein Wind geht?«

»Es geht immer ein Wind.«

»Vielleicht werden die Elche vom Duft der Würstchen angezogen.«

»Elche sind Vegetarier.«

»Aber trotzdem.«

»Dann lasst uns mal gehen«, sagte Johan.

Esaias stand vor der Hütte. Da war kein Rauch und auch kein Feuer. Der Essensgeruch musste von woanders gekommen sein.

»Ich habe mich nicht getraut, Feuer anzuzünden«, sagte Esaias.

»Wo ist Martin?«, fragte Johan.

»Er wollte euch entgegengehen. Habt ihr ihn nicht auf dem Pfad getroffen? Wir haben euch schon von weitem gehört. Im Wald knackten Zweige.«

»Das können wir nicht gewesen sein. Wir waren leise wie Mäuse.«

»Können wir den Idioten allein lassen?«, sagte Leslie.

»Er ist kein Idiot«, sagte Johan.

»Du verstehst schon, wie ich es meine.«

»Er kommt wieder.«

»Ich fühle mich schuldig«, sagte Esaias. »Vielleicht hätte ich besser aufpassen sollen.«

»Worauf?«, sagte Magnus. »Auf die Ozonschicht?«

Ann und Lina setzten sich auf die Treppe.

»Wie schön es hier ist«, sagte Lina.

»Ich bin schon seit Jahren nicht mehr hier gewesen«, sagte Ann.

»Halten sich hier die Jäger auf?«

»Ich weiß es tatsächlich nicht.« Ann lächelte.

»Danke, dass ihr mich eingeladen habt mitzukommen.«

»Wir brauchen jede Hilfe, die wir kriegen können.«

»Das scheint ja ein aufwendiger Einsatz zu werden.«

»Meinst du?«

»Johan hat alles sehr sorgfältig vorbereitet.«

Ann wandte sich Lina zu.

»Andreas hat letzte Woche einen Arm bewegt.«

»Wirklich?!«

»Ich war allein mit ihm. Seitdem hat er sich nicht wieder bewegt.«

»Aber das muss doch etwas zu bedeuten haben!«

»Hoffen wir es.«

Ann sah Martin angelaufen kommen. Er lief tatsächlich. Sie stand auf.

»Was ist, Martin?«

»Er kommt! Er kommt!«

»Wer kommt?«

»Kjell kommt! Ich habe ihn an der Quelle gesehen. Er versuchte etwas zu trinken, glaube ich. Dabei ist er umgefallen.«

»Er ist umgefallen? Hat er sich verletzt?«

»Er hat sich natürlich vergiftet«, sagte Magnus.

»Ich mochte nicht näher gehen«, sagte Martin.

»Warum nicht, Martin?«, fragte Ann.

Martin antwortete nicht. Er hob das Gesicht und schaute in den Himmel.

Das ist seine Zuflucht, dachte sie. Ganz im Gegensatz zu uns sucht er dort oben Schutz.

»Ich gehe nach ihm schauen«, sagte Johan. »Vielleicht ist etwas passiert.«

»Ich komme mit«, sagte Ann.

»Ich auch«, sagte Moa.

»Hat er etwas gesagt, Martin?«

Martin wollte offenbar nicht antworten. Mit erhobener Hand starrte er immer noch in den Himmel und murmelte etwas.

»Okay«, sagte Johan.

Sie gingen den Pfad zurück, der sich wie eine Slalomspur durch den Wald bergab schlängelte. Das war ihr auf dem Weg zur Jagdhütte nicht aufgefallen, vielleicht weil es bergauf gegangen war. Sie dachte an den Skihügel ihrer Kindheit, den sie Berg Sinai genannt hatten.

»Martin wirkte ja reichlich verschreckt«, sagte sie.

»Er hat ständig Angst«, sagte Johan. »Irgendwann wird er sich vor allem fürchten.«

Sie kletterte über eine umgestürzte Tanne. Auch die war ihr vorhin nicht aufgefallen. Plötzlich schien es ein anderer Wald zu sein, ein Wald, vor dem man sich fürchten musste.

»Lass uns zurückgehen«, sagte sie.

»Was ist, Ann?«

»Ich habe ein ungutes Gefühl. Wir gehen zurück. Jemand anders soll nach Kjell suchen.«

»Aber was ist denn los, Ann?«

»Hast du nicht verstanden, was ich gesagt habe? Ich hab ein ungutes Gefühl. Wir sollten nicht hier sein.«

Aus dem Wald ertönte ein Krachen, als würde ein Baum umfallen. Sie sah Johan zusammenzucken. Dann noch ein Krachen, jemand rief.

»Was zum Teufel«, sagte er.

Im Dickicht bewegte sich etwas, etwas Weißes. Ein Hemd, ein zerrissenes Hemd.

In zehn Meter Entfernung torkelte Kjell auf den Pfad.

Moa schrie auf.

Kjell blieb stehen, schwankend, als stünde er auf Moorboden. Sein Kopf pendelte vor und zurück. Schließlich gelang es ihm, sie mit dem Blick zu fixieren.

»Joho! Habt ihr schon Elche gesehen?«

Johan hatte einen Schritt auf ihn zu gemacht. Ann legte eine Hand auf seinen Arm und spürte, wie angespannt er war. Ein Muskel zuckte unter seiner Haut.

»Was 'n Glück, dass du was von der Hütte gesagt hast«, röhrte Kjell. »Was 'n Glück, dass du den Weg beschrieben hast. Aber ich hab mich wohl verlaufen.«

»Wir gehen zurück«, sagte Moa. »Soll er doch zusehen, wie er klarkommt.«

»Bist du etwa sauer, Mister Trocken? Ich hab unterwegs Durst gekriegt. Bin mit dem Fahrrad gekommen! Hab getan, was du gesagt hast. Vor dem Schnapsladen stand ein Fahrrad. Es muss jetzt irgendwo hier sein.«

Er bückte sich, als hielte er Ausschau nach dem Fahrrad. Dabei warf er den Kopf hin und her und verlor fast das Gleichgewicht.

»Hoppla! Das ist ja wie Karussell fahren. Ich hatte ganz vergessen, was Saufen für einen Spaß macht.«

Johan ging auf ihn zu. Ann konnte ihn nicht länger zurückhalten.

»Johan!«

Er hörte nicht. Sie wusste, dass er jetzt nichts mehr hörte.

»Kjell«, rief sie. »Geh weg! Hau ab!«

Auch Kjell hörte nicht. Er hatte nach seinem Hemd gegriffen und dachte anscheinend darüber nach, wie der Riss entstanden war.

Johan schien die letzten Schritte zu laufen, und zwar im Zeitlupentempo. Es war immer noch Zeit, die Zeit ganz anzuhalten und ihn zurückzuziehen, noch viele Sekunden. Das ganze Leben.

Er landete auf Kjell wie ein Raubvogel. Beide fielen zu Boden.

Sie sah, wie er Kjell am Hals packte.

»Du Arschloch!«, schrie er. »Scheißkerl! Warum bist du hergekommen? Warum bist du gekommen?«

Er lockerte den Griff. Kjell hustete, räusperte sich, spuckte.

Johan stand auf, zog ihn hoch und versetzte ihm einen Schlag auf die Brust. Kjell torkelte rückwärts. Johan schlug noch einmal zu.

»Johan! Johan! Hör auf!« Sie versuchte sich zu bewegen, aber sie war wie erstarrt. Es funktionierte nicht. Sie konnte nicht alles tun. Sie konnte nicht überall sein. Mit allem war sie ganz allein.

Ich bin ganz allein. Ich muss hier weg.

Jetzt trat Johann Kjell in den Hintern. Sie sah Blut in Kjells Gesicht. Er versuchte zu kriechen.

Jetzt konnte sie sich wieder bewegen. Sie rannte zu ihrem Mann und packte seinen Arm mit beiden Händen.

»Hör auf! Hör auf! Johan! Du machst uns alle unglücklich!«

Er schaute sie mit Augen an, die nichts sahen. In ihm war ein anderer, jemand aus seinen Alpträumen.

»Lass das, Johan!«

Er riss sich los und machte einen Schritt auf Kjell zu. Wieder packte sie ihn.

»Johan!«

»Scher dich zum Teufel!«, schrie er sie an. Er war wieder da, war wieder Johan. Das machte alles noch schlimmer. »Lass mich verdammt noch mal endlich in Frieden!«

Sie ließ ihn los, spürte noch den Hemdenstoff zwischen den Fingern.

»Es ist vorbei, Ann! Kapierst du das?«

Er machte noch einen Schritt auf Kjell zu. Sie ließ alles los, was er war, ließ ihn jetzt in Frieden.

»Verschwinde!«, schrie er. »Verschwinde, du verdammter Säufer! Wenn ich dich noch einmal sehe, schlage ich dich tot!«

Sie hatte sich schon umgedreht und lief zurück.

»Du hast es versprochen!«, hörte sie ihn brüllen. »Du hast es versprochen!«

Zimmer 11

Sie raffte Kleidung und Toilettensachen zusammen, stopfte alles in zwei Taschen, ging hinaus, warf die Taschen auf den Rücksitz und startete mit quietschenden Reifen.

Fast den ganzen Weg nach Hause war sie gerannt. Ihr Herz hatte gehämmert wie eine Ramme. Sie hatte den Geschmack von Eisen im Mund. Blut. Das Blut war mit ihr durch die Natur gestürmt und hatte alles rot gefärbt. In ihrem Kopf hatte es geheult, wie ein Zug heult, wenn man auf den Schienen steht.

Still wie eine unbewegte Meeresoberfläche lag die Landstraße vor ihr. Ich fahre ans Meer, dachte sie.

Am Marktplatz in Vrigstad konnte sie zwischen rechts und links wählen. Bis zum Meer ist es in beiden Richtungen gleich weit. Rechts bedeutete Westen. Sie bog nach rechts ab und kam am Hotel und an der Kirche vorbei. Vor dem Hotel standen mehrere Busse. Offenbar hatte die Saison begonnen.

Johan kam zur Jagdhütte zurück. An seiner Kleidung war Blut.

»Wo ist Ann?«, fragte er.

»Was ist passiert, Johan?«

»Sie meldet sich nicht auf ihrem Handy.«

Esaias fasste ihn am Arm. Er versuchte ihn abzuschütteln. »Wo ist Ann, will ich wissen!«

»Beruhige dich.«

»Ich bin ruhig.« Er zog seinen Arm zurück. »Wage es nicht noch einmal, mich anzufassen. Wo ist Ann?!«

»Sie war nicht hier. Sie ist doch mit dir weggegangen. Was ist passiert? Habt ihr Kjell gefunden? Und wo ist Moa?«

Johan antwortete nicht.

»Habt ihr euch geprügelt?«

»Er war stinkbesoffen! Er wagt es, in diesem Zustand hier aufzukreuzen! Als ob er … als wollte er alles kaputtmachen.«

»Es geht um ihn, Johan. Er will sein eigenes Leben kaputtmachen.«

»Er hat mir sein Wort gegeben! Ich habe mich auf ihn verlassen!«

»Wo ist er jetzt? Liegt er verletzt im Wald?«

»Er ist nicht schlimmer verletzt als ich. Ich hab ihm so lange in den Hintern getreten, bis er kapiert hat, dass er abhauen soll.«

»Dick und Olle!«, rief Esaias. »Könnt ihr bitte nachsehen, wie es Kjell geht?«

Olle nickte. Sie gingen los mit ihren Safarihüten, aber es war nicht mehr witzig. Die Safari war vorbei. Dick nahm den Hut ab und legte ihn an den Wegrand. Er passte nicht in diesen Wald.

Sie dachte an gar nichts, während sie die Landesstraße 30 entlangfuhr. Nicht sie saß am Steuer. Sie wusste nicht, wer es war. Sie wusste nicht, wer Kjell geschlagen hatte.

Wir wissen gar nichts über uns selbst, dachte sie, als sie durch Svenarum fuhr. Wir haben nichts dazugelernt. Wir fliehen. Wir kämpfen nicht. Ich darf es nicht an anderen Menschen auslassen. Ich kann nur reden, und jetzt kann ich nicht einmal mehr das.

Vor Hooks Herrenhof parkten viele Autos, auch mehrere Busse. Sie fuhr auf den Platz, schaltete den Motor ab, stieg aus und schloss das Auto ab. Sie hatte keine Ahnung, was sie jetzt tun sollte. Noch nie hatte sie sich selbst so fremd gefühlt. Würde es so sein, wenn die größte Katastrophe über sie hereinbrach? Jetzt ging es *fast forward*. Jetzt konnte sie nicht länger mithalten.

Eine große Gesellschaft, anscheinend überwiegend Rentner, kam aus dem Hauptgebäude und stieg in einen Bus. Ann hörte sie Deutsch sprechen. Sie waren auf dem Weg ins große Abenteuer, auf dem Weg in die Katastrophe, vor der sie geflohen war. Erst gestern hatte sie mit einem Wörterbuch auf dem Schoß die Homepage Korrektur gelesen: *Wir verlassen Forsa und wandern weiter in Richtung Wald. Als Erstes geht es in ein Sumpfgebiet mit seinen dünnen Kiefernbäumen und weichem Boden, ehe wir den Wald und festen Boden erreichen. Außerhalb des Sumpfes sehen wir dann ein Gebiet, in dem Zwergbirken wachsen. Es besteht auch eine große Chance, Spuren und die Losung von hier lebenden Elchen zu finden. Wir überqueren vom Wind umgeworfene Bäume, die schon seit einigen Jahren dort liegen.*

Dick und Olle hatten Kjell nach Hause gebracht. Moa war zurück nach Vrigstad gefahren. Die Generalprobe war beendet. Lina war weggefahren. Johan hatte so lange in der Hütte gesessen, bis es draußen still war. Er hatte seine Hände betrachtet, als gehörten sie einem anderen.

Gott, mach mich lahm.

Er stand auf und verließ die Hütte.

Esaias stand vor der Feuerstelle, von der kein Rauch aufstieg.

»Du bist also noch da.«

»Na klar«, sagte Esaias. »Ich wache über die letzte Glut.«

»Ich dachte, du überwachst mich.«

»Das auch.«

»Tja, der Plan ist wahrhaftig zum Teufel gegangen, genau wie alles andere, was ich anpacke.«

»Du brauchst dich nicht in Selbstmitleid zu suhlen, Johan. Es ist nichts weiter passiert, als dass du jemandem eine Tracht Prügel verpasst hast.«

»So einfach ist das, meinst du? Ist es so einfach, Pfarrer zu sein?«

»Dann bin ich jetzt also Pfarrer? Ich dachte, an diesem Abenteuer würde ich nicht als Pfarrer teilhaben.«

»Das Abenteuer ist vorbei.«

»Warum denn das?«

»Bist du blind und taub?«

»Du weißt selbst am besten, warum du Kjell geschlagen hast, Johan. Du weißt genau, um was es geht.«

Johan schwieg. Er sah Kjell vor seinem inneren Auge, sich und Kjell, wie sie Harry Brandelius in Stockaryds Matsalar mit Fleischklößchen beworfen hatten. Als ihnen die ganze Welt gehörte. Ann und er, als ihnen alles gehörte.

»Morgen kannst du mit Kjell reden, Johan.«

»Ich muss wohl erst mal mit mir selber reden. Und mit Ann. Wo ist Ann? Wo zum Teufel ist sie?«

»Ich vermute, sie ist zu Hause.«

»Ich weiß nicht, ob ich mich nach Hause traue. Ich habe sie im Stich gelassen, als ich mich selbst im Stich gelassen habe. Vielleicht habe ich auch Kjell im Stich gelassen. Verstehst du? Er war noch nicht reif für unseren Plan. Ich habe ihn zu diesem Scheiß verführt.«

»Du hast niemanden verführt, Johan.«

»Wie ist er nach Hause gekommen?«

»Jemand hat ihn gefahren.«

»Herrgott, was für ein Fiasko das Ganze.«

»Wenn es eins ist, so ist es nichts weiter als ein Fiasko«, sagte Esaias.

»Was soll denn das nun wieder heißen?«

»Dass es nicht das letzte Fiasko gewesen sein wird.«

»Ich hab jetzt keine Kraft für Witze. Es ist alles zu viel.

Man hat nur ein Leben, warum nicht das Schlechteste daraus machen.«

»Du hast ja doch Kraft für Witze, mein Sohn.«

»Das war kein Witz.«

»Ich habe Wasser auf die letzte Glut gegossen.« Esaias nickte mit dem Kopf zur Zementröhre. »Ich glaube, wir können gehen.«

»Wohin sollen wir gehen?«

»Zurück ins Dorf natürlich.«

»Ich bleibe hier.«

»Willst du in der Jagdhütte übernachten?«

»Es wäre nicht das erste Mal.«

»Ja, damals, als du noch getrunken hast.«

»Ich wünschte, ich hätte jetzt eine Flasche zur Hand. Ich wünschte, mein Glaube wäre so stark, dass ich den Hauklotz da drüben in eine Flasche verwandeln könnte.«

»Keine Chance«, sagte Esaias. »So ein ähnlicher Trick ist nur ein einziges Mal vor langer Zeit gelungen. Jetzt gehen wir.«

Die Deutschen waren eingestiegen, der Bus fuhr an und drehte eine Runde um den Parkplatz. Einige Gesichter wandten sich ihr zu.

Hier steht eine Eingeborene. So sehen wir in diesem Land aus. So haben wir ausgesehen.

Der Bus bog nach rechts auf die Landesstraße ein, war also auf dem Weg, das Hochland zu verlassen.

Sie setzte sich ins Auto und ließ die Tür offen. Eine Familie, Mama, Papa, Kinder, kam aus dem Gebäude.

Ich muss hier weg. Ich muss weg.

Nach rechts oder links?

Sie schlug die Tür zu, startete den Motor und setzte rückwärts aus der Parklücke. Als sie in Richtung Landesstraße fuhr, hatte sie das Auto mit der Familie vor sich. Eins der Kinder drehte sich um und winkte ihr aus dem Rückfenster zu. Sie merkte, dass sie selber winkte. An einem Finger war Blut, ein Nagelbett war verletzt, obwohl sie noch nie Nägel gekaut hatte. Auch am Steuer war Blut. Keine Chance, die Familie vor ihr zu überholen. Ich will sie nicht sehen. Ich fahre in die andere Richtung. Die Familie bog nach rechts ab. Sie bog nach links ab. Sie fuhr schnell, überholte auf der geraden Strecke durch das Moor ein Auto, ein weiteres in der Kurve, das war nicht sie.

Der Ort war nicht ihr Ort, es spielte keine Rolle mehr, wem er gehörte. Die Kirche warf einen Schatten auf das Hotel. Einige Kinder sprangen vom Sprungturm, als sie in einer Staubwolke vorbeifuhr. Ein Kanu glitt hinaus auf den See, wie ein Boot auf Wache. Sie brauchte keine Wache mehr, brauchte nicht mehr wachsam zu sein.

Auf einem Feld hielt sie an. Hier rührte sich nichts.

Der Himmel über ihr war wie tot, vom Wind leer gefegt, alles war für immer vorbei.

Das Sonnenregenwasser glitzerte im frühen Abendlicht, als hätte es ein eigenes Leben. Sie überquerte den Kahlschlag mit einem Grollen wie Gewitter im Kopf. Das Wasser brannte in den Augen. Sie konnte kaum noch etwas sehen, dort war Licht, dort war Dunkelheit, rote Dunkelheit, sie stolperte über etwas, richtete sich wieder auf und ging weiter auf das Wasser zu. Es war ihr Wasser, es gehörte ihr ganz allein.

Hierher war ich unterwegs. Mein ganzes Leben auf dem Weg hierher. Das ist es.

Sie schloss die Augen und ging weiter. Bald würde sie Wasser an den Füßen spüren, es würde in ihre Sandalen dringen, ihre Zehen überspülen, und es würde kalt sein.

Sie hatte keine Nachricht hinterlassen. Das Auto war weg. Auf dem Weg von Bjennesby hatte er im Krankenhaus angerufen, aber auch dort war sie nicht. Er rief Moa an.

»Ist Ann bei dir?«

»Nein. Ich habe versucht, ihr nachzulaufen.«

»Zum Teufel, Moa. Ich weiß nicht mehr, wer ich bin.«

»Lass ihr ein wenig Zeit.«

»Ich glaube, wir haben keine Zeit mehr.«

»Komm zu mir, wenn du magst. Wenn du nicht allein sein willst.«

»Ich fahre zu Andreas.«

»Vielleicht ist sie bei ihm.«

»Nein, dort ist sie nicht. Ich mache mir Sorgen. Du scheinst dir keine zu machen.«

»Wenn du noch ein bisschen so weiterredest, mache ich mir auch langsam Sorgen.«

»Dann legen wir lieber auf.«

Das Gesicht des Alten war friedlich im Schlaf. Er sah aus, als träumte er etwas Schönes.

Johan hatte ein Kissen aus dem Schrank rechts vom Bett genommen. Das Kissen fühlte sich hart wie Stein an. Er hob es an, und gleichzeitig schrien viele Stimmen in seinem Kopf auf. Die Husqvarna explodiert in meinem Kopf. Er hatte das Gewehr noch immer nicht zerschlagen. Ein letztes Mal betrachtete er das Gesicht des Alten, und es war, als würde er in einen Spiegel starren. Er ließ das Kissen auf den Boden fallen und ging hinaus zum Auto. Als er die Autotür öffnete, versuchte er das Zittern zu unterdrücken. Er war nah daran gewesen. Das erschreckte ihn in diesem Augenblick mehr als alles andere. Bald würde ihn wieder etwas erschrecken, und das war er selber, immer würde er es selber sein.

Die Landschaft auf dem Weg nach Sävsjö war eine Mondkraterlandschaft.

Ann ging nicht an ihr Handy.

Sie war immer noch nicht bei Andreas eingetroffen.

Er stieg aus dem Auto, überquerte die Straße und betrat

den Schnapsladen. Wieder bis sieben geöffnet. Noch zehn Minuten bis zur Schließung. War morgen ein Feiertag? Er kaufte eine Flasche Branntwein, nein, vielen Dank, eine Tüte brauche er nicht.

Die Flasche passte genau ins Handschuhfach.

Von oben erklangen Schreie, ein Vogelschwarm bewegte sich am roten Himmel.

Sie spürte einen Stich im Gesicht und öffnete die Augen. Immer noch lagen Gestrüpp und Büsche vor ihr, sie war noch einige Meter vom Wasser entfernt.

Ich muss darum herumgehen.

Jetzt hielt sie die Augen offen.

Sie dachte an die Birke neben dem Kartoffelacker, sah sie ganz deutlich, als stände sie direkt vor ihr. Sah sie und sah sie doch nicht, genau wie die Einkerbungen, nach denen sie gesucht hatten. Sie hatten sie gesehen und doch nicht gesehen. Sie musste sie sehen. Sie hatten eben nicht an der richtigen Stelle gesucht.

Man kam nicht runter bis ans Wasser. Beim letzten Mal war sie einfach geradeaus losmarschiert, hatte am Ufer gestanden und mit der Hand Wasser geschöpft. Die Stelle gab es nicht mehr, keine Lücke. Das Dickicht war wie ein Stacheldrahtverhau. An mehreren Stellen versperrten umgefallene junge Bäume wie Pforten den Zugang. STOPP. Die Streitmacht, dachte sie. Verboten, zu fotografieren, zu veröffentlichen, zu beschreiben und abzumessen.

Badeverbot.

Verboten für mich.

Sie stieg die Anhöhe zum Auto hinauf und fuhr so nah an den Kartoffelacker heran, wie es aus dieser Richtung möglich war. Nur ein Fußweg von etwa hundert Metern trennte sie von ihm.

Die Birke wartete auf sie. Sie fand die Einkerbungen

sofort, genau in Augenhöhe. In Andreas' Augenhöhe. Die ganze Zeit hatten sie zu weit oben gesucht.

Zuerst verfuhr sie sich und landete in Boda, fuhr zurück nach Hästhagen und dann weiter nach Virestorp.

Die Straße hatte sich verändert, war verbreitert worden und hatte einen neuen Belag bekommen, eine Mischung aus Sand, Schotter und Öl. Auch der Wald hatte sich verändert, dort, wo er stehengeblieben war. Hätte sie es nicht gewusst, sie hätte nicht behauptet, hier schon mal als Landbriefträgerin unterwegs gewesen zu sein.

Aber die Abzweigung war dieselbe und der Abstand zum Haus ebenfalls.

Als sie auf den Hof fuhr, war niemand zu sehen, nur Hühner und eine Katze, die sich auf dem Brunnendeckel sonnte.

Sie stieg aus dem Auto. Es war noch immer warm.

Die Tür öffnete sich, und eine Frau kam heraus. Es war Astrid. Daran bestand kein Zweifel.

»Astrid«, sagte sie.

»Ann.«

»Wie ist es möglich, dass du mich erkennst, Astrid?«

»Wie ist es möglich, dass du mich erkennst, Ann?«

»Wir haben uns vermutlich nicht verändert«, sagte Ann.

»Ich freu mich, dich wiederzusehen.«

»Plötzlich hatte ich das Gefühl, ich muss hierherfahren. Das hätte ich längst tun sollen.«

»So ist das Leben«, sagte Astrid. »Man ist mit sich selbst beschäftigt. Aber ich habe manchmal an dich gedacht.«

»Wie geht es Isaak?«

Plötzlich wurde sie unruhig. Das Brausen in ihren Ohren schwoll an. Es war eine törichte Frage, zu schnell gestellt.

»Gut«, sagte Astrid. »Er ist gerade beim Arzt. Das funktioniert reibungslos. Der Fahrdienst kommt ja auch zu uns raus.«

»Hoffentlich nichts Ernstes?«

»Die Augen. Der Star, aber ein grauer, und den kann man heutzutage ja behandeln.«

»Zum Glück.«

»So ist das eben, wenn man alt wird.«

»Du siehst nicht alt aus, Astrid.«

»Was ist passiert, Ann?« Astrid musterte sie mit klarem Blick. »Irgendetwas muss passiert sein.«

Sie hatte in Astrids und Isaaks Küche von ihrem Leben erzählt. Als sie zum ersten Mal hier gewesen war, hatte sie die Rente für Isaaks Mutter gebracht. Und sie hatte hier gesessen, als Astrid und Isaak ein Paar geworden waren. Sie erinnerte sich an ihr Lächeln, als wäre es gestern gewesen.

»Was für ein furchtbarer Unfall«, sagte Astrid. »Ein Glück, dass es Hoffnung gibt.«

»Ja.«

»Darf ich es Isaak erzählen?«

»Aber natürlich. Und darf ich etwas fragen?«

»Selbstverständlich darfst du das, Kind.«

»Darf ich euch einmal wieder besuchen?«

»Wir würden uns freuen.«

»Ich möchte, dass ihr beide uns in unserem Dorf besucht.«

»Das machen wir gern.«

Astrid sah traurig aus, und seltsamerweise machte es Ann froh. Froh, weil sie sich verstanden fühlte. Sie wusste, dass Astrid es verstand.

»Das ist eine schwere Last für euch«, sagte Astrid. »Es könnte über eure Kräfte gehen.«

»Aber man muss sie nur tragen.«

»Die Last könnte zu schwer werden«, sagte Astrid. »Das ist nie gut.«

»Ich verstehe immer noch nicht, wie es passieren konnte.«

»Wo ist dein Johan im Augenblick?«

»Ich weiß es nicht«, antwortete sie. »Ich habe mein Handy ausgeschaltet. Aber ich glaube, ich weiß, wo er ist.«

»Wirst du nach Hause fahren?«, fragte Astrid.

Mitten auf der Straße saß ein Hase. Er drosselte das Tempo. Langsam drehte sich der Hase um und starrte blind ins Scheinwerferlicht. Dann hoppelte er in den Straßengraben. Er fuhr mit heruntergelassenen Scheiben und spürte den Wind in seinen Haaren. Er fuhr langsam weiter, wollte die Augustdüfte der Natur riechen. Luft und Düfte schienen sein Hirn zu klären und ihm das Denken zu erleichtern.

Als er sich Aborravik näherte, schwebte über der Stadt eine Art Lichtblase. Eine Gaswolke.

Er stellte das Auto auf dem kleinen Parkplatz auf der anderen Seite der Brücke ab.

Ein Krankenwagen fuhr vorbei, als er auf den Haupteingang zuging.

Er sah das Licht im Zimmer seines Sohnes. Andreas wartete auf ihn. Er blieb auf dem Rasen vor dem Gebäude stehen. Andreas' Fenster war eins von vielen in der Fassade. In Sekundenschnelle wurde es ausradiert, floss vor seinem Blick zusammen.

Sie parkte vor dem Hotel »Stadt«, ging hinein und fragte nach einem Einzelzimmer.

»Sie haben Glück«, sagte die junge Frau hinter dem Empfangstresen und lächelte breit. »Wir haben gerade noch ein Zimmer frei. Um wie viele Nächte handelt es sich?«

»Ich weiß es noch nicht. Kann ich für eine Nacht buchen und morgen Vormittag Bescheid sagen, ob ich bleiben möchte?«

»Das geht in Ordnung.«

Sie fragte nach dem Preis und wunderte sich, wie niedrig er war. Sie reichte ihre Kreditkarte über den Tresen.

»Zimmer elf«, sagte die Frau und gab ihr einen Schlüssel mit einem runden Messingschild, das ein Kilo zu wiegen schien.

»Danke«, sagte sie und nahm den Schlüssel entgegen.

Die Treppe in den ersten Stock knarrte.

Das Zimmer ging zum Marktplatz hinaus. Durch das angelehnte Fenster fiel Licht von draußen herein. Sie öffnete das Fenster ganz und arretierte es. Dabei bedachte sie jede Bewegung, es war, als würde sie sich selbst mit einer Filmkamera begleiten. Vom Restaurant schräg unter ihrem Fenster drangen Stimmen und das Klirren von Geschirr und Besteck herauf. Es störte sie nicht. Rund um die Terrasse hingen Blumenkästen am Geländer. Es war so dunkel, dass nicht mehr zu erkennen war, was für eine Farbe die Blumen hatten. Sie merkte, dass sie großen Hunger hatte.

Ich sollte eher Durst als Hunger haben. Vielleicht ist es der Essensgeruch. Ich glaube, der war schon da, als ich ins Zimmer kam. Womöglich schließt die Küche bald.

Sie sah auf die Uhr. Fast neun. Sie ging zum Schreibtisch und zog an dem Faden, der an der Lampe hing. Das Licht ging an und bildete einen Kreis auf Schreibtisch und Bett. Das Zimmer war groß und altmodisch eingerichtet. Es roch nach trockener Hitze und vielleicht nach Frikadellen. Sie legte die Taschen auf das Bett, ging ins Bad und machte auch dort Licht. Dann stellte sie sich vor den Spiegel und betrachtete ihr Gesicht. Das Licht über dem Waschbecken war unbarmherzig. Sie knipste es aus, und die Schatten in ihrem Gesicht wurden weicher. Wer bist du jetzt, Ann? Wer bist du geworden? Sie kehrte ins Zimmer zurück und setzte sich auf das Bett.

Seit Andreas' Geburt habe ich nicht mehr im Hotel gewohnt. Ich hatte auch keine Sehnsucht danach. Ich hatte alle Hände voll zu tun.

Sie nahm eine der Stofftaschen und kippte den Inhalt aufs Bett. Dann machte sie dasselbe mit der anderen. Sie erkannte kaum die Hälfte von dem, was sie hineingeworfen hatte. Die Taschen waren von einer Person gepackt worden, die keine Ahnung hatte, wohin sie fahren wollte oder wie lange sie wegbleiben würde. Drei Kleider und zwei Shorts. Tops und Unterhosen und ein Paar Socken. Sandalen. Schuhe. Eine Jacke. Toilettenartikel, wie von einer Blinden zusammengerafft. Eine Sonnenbrille, die sie den ganzen Sommer nicht in der Hand gehabt hatte. Sie begann, die Sachen zu kleinen Haufen zu sortieren. Als sie damit fertig war, faltete sie die Kleidungsstücke langsam und sorgfältig zusammen und verteilte sie auf dem Bett. Die Toilettenartikel reihte sie auf dem Schreibtisch auf, Schuhe und Sandalen im Vorraum. Kleider und Jacke, einige Tops und Blusen hängte sie auf Kleiderbügel in den Schrank. Die Kleiderbügel stammten auch aus einer Zeit, bevor sie geboren war. Sie stellte die Toilettenartikel auf das Bord über dem Waschbecken und die Kulturtasche auf ein Bord daneben, ging zurück ins Zimmer. Neben der Tür stand eine Kommode mit zwei Schubladen. Die Unterwäsche hatte Platz in einer Schublade. Sie schob sie zu, und dann weinte sie endlich.

Das Gesicht des Jungen war friedlich im Schlaf oder in was zum Teufel er gefangen war. Johan hörte Stimmen aus dem Korridor, jemand redete, jemand lachte.

Auf dem Stuhl neben dem Bett lag ein Kissen. Hatte Ann es dorthin gelegt? Hatte er es selbst getan?

Im Licht der Nachttischlampe wirkte Andreas' Gesicht durchsichtig, nicht mehr friedlich. Es sah aus, als hätte er Schmerzen. Vielleicht würde er sich bald bewegen, um zu zeigen, dass er Schmerzen hatte.

Johan hielt ein Kissen in den Händen. Es wog nichts, es war Wind, Luft.

Er ließ es fallen, wo er stand, und ging hinaus zu den Stimmen und weiter durch das Treppenhaus nach draußen in den Park, in dem es nach Feuchtigkeit und etwas roch, das er nicht identifizieren konnte.

Der Espenstamm war kühl und rauh an seiner Stirn. Lange stand er so, vielleicht eine Stunde, während das Zittern in seinem Körper langsam nachließ, dann ging er zum Auto, nahm die Flasche aus dem Handschuhfach und goss den Alkohol ins Gras. Er ging zum Fluss, schleuderte die Flasche hinaus und hörte, wie sie im Dunkeln auf der Wasseroberfläche aufschlug. Dann kehrte er zurück auf die Station. Er hatte Andreas einiges zu erzählen.

Sie ging nach unten und gab den Schlüssel an der Rezeption ab.

»Wann schließt das Restaurant?«, fragte sie.

»Die Küche ist bis zehn geöffnet«, sagte die lächelnde Frau. Ständig zu lächeln musste weh tun.

»Danke.«

Draußen auf der Treppe schlug ihr die Wärme entgegen. Sie war schwer und feucht. Vielleicht kam das von der Dunkelheit, von der Augustdunkelheit. Ihre Haare waren nach dem Duschen noch nass. Sie hatte den Haartrockner eingeschaltet, der in einer der Kommodenschubladen lag, aber das Geräusch war zu laut für ihre Ohren gewesen.

Sie überquerte den Platz, drehte sich um und schaute zurück zum Hotel. Sie hatte die Schreibtischlampe brennen lassen. Es musste dieses Fenster rechts über der Veranda sein. Es sieht gemütlich aus. Dort wohne ich.

Auf der Straße hinter ihr fuhren Autos vorbei. Aus den heruntergelassenen Autofenstern hörte sie Rufe. Halbstarkenrunden drehte man überall, sie waren genauso alt wie die

Kleiderbügel in ihrem Schrank. Auch sie war mit Dick und Olle um diesen Platz gekurvt. Sie hatten vor dem Hotel geparkt, aber sie waren nie hineingegangen. Für ihn sei das nichts, hatte Dick gesagt. »Du kannst reingehen, Ann. Das Hotel ist für Leute wie dich«, hatte er gesagt. »Wie sind denn Leute wie ich?«, hatte sie gefragt. »Leute, aus denen was wird, die was können«, hatte er geantwortet. »Ja, ich kann echt viel«, hatte sie gesagt, »ein paar Besoffene durch die Gegend kutschieren zum Beispiel.«

Eine weitere Ladung Besoffener wurde um den Platz kutschiert. Das Auto stammte aus früheren Zeiten. Sie hörte wieder Rufe. Es war Freitagabend. Der August neigte sich seinem Ende zu. Es war einer der letzten Abende der Saison. Man versuchte, den Sommer so lange wie möglich festzuhalten, wenn man verstanden hatte, dass er genauso vergänglich war wie alles andere. Die schnelle Dunkelheit und die schwere Luft.

Auf der Veranda saßen nicht mehr viele Gäste. Sie stand vor dem Pult, an dem ein Schild die Gäste bat, hier auf den Oberkellner und die Tischzuweisung zu warten.

Sie wartete auf den Oberkellner, während sich eine Gesellschaft an einem Tisch etwas weiter entfernt erhob. Der Oberkellner war ein junger Mann mit glatt zurückgestrichenen Haaren.

»Ich bin allein«, sagte sie.

»Ein Tisch für eine Person«, sagte er. »Bitte, folgen Sie mir.«

Sie folgte ihm zum vorletzten Tisch.

Sie setzte sich und bestellte eine Flasche Mineralwasser. Der Oberkellner reichte ihr die Speisekarte.

»Das Holzfällersteak ist leider aus«, sagte er.

Sie nickte und schlug die Speisekarte auf, die schwer in ihrer Hand wog. Ein Holzfällersteak hatte sie sowieso nicht bestellen wollen. Das stammte auch aus einer anderen Zeit.

Sie war nicht in die Zukunft geflohen, um in der Vergangenheit anzukommen. Ha! Was bilde ich mir ein? Sie versuchte, die Speisekarte zu lesen, aber es waren zu viele Gerichte. Der Hunger war ihr vergangen. Sie wollte nur eine Kleinigkeit. Die geruchlosen englischen Geranien in den Kästen am Terrassengeländer hingen bis auf ihren Tisch. Der Oberkellner brachte ihr Wasser.

»Kann ich nur ein kleines Steak und einen Salat haben?«

»Selbstverständlich. Wie möchten Sie das Fleisch?«

»Medium.«

Ein Paar, das zwei Tische entfernt gesessen hatte, zahlte und ging. Jetzt war sie allein auf der Terrasse. Der Oberkellner war mit ihrer Bestellung im Hotel verschwunden. Die Hotelwand war noch richtig gemauert, zumindest die Grundmauer. Vielleicht stammte sie aus dem Mittelalter. Die Kirchturmuhr auf der anderen Seite des Marktplatzes zeigte fast zehn Uhr. Es war wie zu Hause, das war auch das Einzige, was wie zu Hause war. Sie spürte den Impuls, aufzustehen und wegzugehen, einfach zu gehen. Morgen sind es noch vier Wochen bis zu Andreas' elftem Geburtstag. Johan hat gesagt, er weiß, was er sich wünscht. Andreas muss es ihm erzählt haben, mir nicht, etwas, das mit den beiden zu tun hat, nur mit ihnen. Andreas hätte es mir auch noch erzählt, aber dann war keine Zeit mehr, und es blieb ein Geheimnis zwischen ihm und Johan.

Sie hörte ein Räuspern und schaute auf.

Der Oberkellner stand mit einem Tablett neben ihrem Tisch.

»Hier kommt das Abendessen.« Er lächelte.

Es war so ungefähr das Letzte, womit sie gerechnet hätte. Für wenige Sekunden war er aus seiner Rolle getreten und ein Junge dieser Gegend geworden. Sie erkannte den Dialekt. Das Abendessen. Das war zu Hause.

Er stellte den Teller mit dem Steak vor sie hin, eine tiefe

Schüssel mit Tomatensalat und eine weitere Schüssel mit in Butter und Petersilie geschwenkten Kartoffeln. Sie hatte keine Kartoffeln bestellt.

»Guten Appetit«, sagte er, zog sich einige Schritte rückwärts zurück, drehte dann um und verschwand im Hotel.

Sie schnitt ein Stück von dem Fleisch und kaute langsam. Es schmeckte nach nichts. Sie legte Gabel und Messer hin und trank ein wenig Wasser, das nicht mehr sprudelte, nahm die Gabel und spießte ein Stück Tomate auf. Sie schmeckte nach nichts. Es liegt nicht am Essen. Es liegt an mir. Hängegeranien dürfen nicht riechen. Aber ansonsten liegt es an mir.

Sie stand auf. Der Oberkellner schien es gesehen zu haben, vielleicht durch einen Spalt in der Mauer, und kam ihr entgegen.

»Ist etwas nicht in Ordnung?«

»Alles in Ordnung, aber ich habe plötzlich gemerkt, dass ich gar nicht hungrig bin. Können Sie die Rechnung auf mein Zimmer schreiben? Zimmer Nummer elf.«

»Sie haben ja überhaupt nichts gegessen«, sagte er. »Dann müssen Sie auch nicht zahlen.«

»Ich möchte aber bezahlen. Und das Wasser habe ich getrunken.«

»Es war Leitungswasser.«

»Wirklich?«

»Nein. Vielen Dank für Ihren Besuch!«

Er nickte und ging. Er wollte keine Diskussion. Es war spät. Er wollte nach Hause.

Sie überquerte die Straße und ging in den Park.

Sie sah das Licht im Fenster. Es war das einzige Licht im zweiten Stock des Krankenhauses.

Als sie die Treppen hinaufstieg, brauste es in ihren Ohren wie der Abendwind. Es war nicht unangenehm.

Der Aufenthaltsraum war leer. Der Fernseher lief ohne

Ton. Sie begegnete einer Krankenschwester, die ihr grüßend zunickte.

Die Tür zu Andreas' Zimmer stand offen. Sein Gesicht konnte sie nicht sehen. Es wurde von Johan verdeckt, der sich über den Jungen beugte. Sie waren beide gleich still. Keiner rührte sich. Und sie bewegte sich nur, um leise den Rückzug durch den Korridor anzutreten.

Auf dem Weg nach draußen blieb er eine Weile im Aufenthaltsraum stehen. Der Fernseher lief ohne Ton. Er ging zur Spüle, wo eine Thermoskanne mit Kaffee stand. Er goss sich eine Tasse ein und schaute zum Bildschirm, auf dem eine Art Talkshow stattfand. Er versuchte, von der Körpersprache und den Lippenbewegungen abzulesen, um was es ging, aber es war nicht zu erraten. Er kannte keinen der Teilnehmer, die von Zeit zu Zeit in Großaufnahme gezeigt wurden, weder die Männer noch die Frauen. Ein Mann fuchtelte mit den Händen herum, als spräche er zu Gehörlosen. Was er ja auch tat, jedenfalls hier. Hier sind wir alle taub.

Er hatte Andreas erzählt, dass er eine Dummheit begangen hatte. Er hatte um Vergebung gebeten, und er hatte sie bekommen. Von Ann hatte er nichts gesagt. Es wäre dumm gewesen, etwas zu sagen.

Jetzt war die Debatte im Fernsehen zu Ende. Der Abspann lief. Von da, wo er stand, konnte er kein Wort lesen.

Eine Krankenschwester kam herein und stellte den Fernseher ab. Sie drehte sich um und entdeckte ihn.

»Oh, ich habe Sie gar nicht bemerkt.«

»Das macht nichts. Ich habe nicht geguckt. Ich werde jetzt gehen.«

Sie nickte.

»Schwester Elisabeth, nicht wahr?«

»Ja.«

»Wir haben uns am Anfang des Sommers mal getroffen. Da waren Sie noch neu hier.«

»Ich erinnere mich.«

»Seitdem sind wir uns nicht mehr begegnet.«

»Ich war meistens in einer anderen Abteilung, aber auch hier.«

»Ich habe Andreas gute Nacht gesagt.«

Sie schwieg. Was er gesagt hatte, war ja selbstverständlich.

»Er hat sich in der letzten Woche bewegt«, fuhr er fort. »Meine Frau war hier, als es passiert ist.«

»Ich habe davon gehört«, sagte sie.

Er wollte sie nicht anschauen, als sie es sagte. Er wollte nichts von ihrem Gesicht ablesen. Dumm von ihm, es ihr überhaupt zu erzählen. Er wollte nicht einmal ihre Stimme hören, als sie sagte, sie habe davon gehört.

»Ich muss gehen«, sagte er. »Guten Abend!«

Er hörte seinen Namen, als er durch den Park ging. War ihm der Elch bis hierher gefolgt? Es war eine hellere Stimme, vielleicht war es die Elchfrau. Alles war möglich.

Alles war möglich.

»Johan.«

Er erkannte die Stimme.

Sie stand neben einer Eiche. Ihm ging durch den Kopf, dass der Boden daheim auf dem Land zu karg war für einen guten Baumbestand. Unsere Erde enthält zu viel Kies. Sie ist zu trocken, und im Frühling sind die Nächte zu kalt.

»Herrgott, Ann. Es tut mir leid. Ich habe dich schon hundertmal angerufen. Du darfst dein Handy nicht einfach so abschalten.«

»Ich weiß. Es ist jetzt wieder eingeschaltet.«

»Bist du auf dem Weg zu Andreas?«, fragte er.

»Ich bin auf dem Weg zu dir.«

»Ich bin hier.«

»Ich war oben. Ich habe dich gesehen.«

»Wann?«

»Vor einer Weile.«

»Ich hatte so ein Gefühl, dass da jemand hinter mir war, aber ich habe es nicht gewagt, mich umzudrehen.«

Sie hatten einander immer noch nicht berührt. Er machte die letzten Schritte auf sie zu, spürte die Haut an ihren Oberarmen. Die Haut war kühl an diesem warmen Abend.

»Ist dir kalt?«

»Nein.«

»Du fühlst dich kalt an.«

»Mir ist warm.«

»Lass uns nach Hause fahren.«

»Ich habe mir ein Zimmer im Hotel ›Stadt‹ genommen.«

»Ein Zimmer im Hotel ›Stadt‹?«

»Eins mit Doppelbett. Für dich ist auch Platz.«

»Ich habe schon immer mal in einem Stadthotel übernachten wollen.«

»Inklusive Frühstück.«

»Ich habe jetzt Hunger. Vor der Kaserne gibt es einen Grill. Ich hab Appetit auf etwas richtig Ungesundes, Ekliges, vielleicht Würstchen mit Kartoffelbrei und Krabben in Mayonnaise.«

Sie gingen durch die leeren Straßen der aus Holz errichteten Stadt. In den Straßenrestaurants saßen immer noch Leute. Jemand lachte. Jemand sprach laut Deutsch.

Kommen Sie mit uns auf eine sechs Kilometer lange Naturwanderung, vorbei an schönen Wiesen, Bächen und Sümpfen in Smålands dichtesten Wäldern, dachte sie. Die Worte tauchten in ihrer Erinnerung auf wie fließendes Wasser.

»Die Saison hat begonnen«, sagte er.

»Ich wusste nicht, was ich tun sollte«, sagte sie. »Als ich

abgehauen bin. Es war wie ein Reflex, und das war genauso schlimm wie das, was du getan hast.«

»Nein, nein.«

»Doch, doch.«

»Wie weit bist du gekommen?«, fragte er.

»Hooks Herrenhof.«

»Dann ist es schlimmer. Wenn du in Svenarum geblieben wärst, wäre es besser gewesen.«

»Ich kann darüber keine Witze reißen.«

»Was bleibt uns denn anderes übrig, Ann? Ich versuche ja, es zu lassen, aber das ist wohl meine Art, mich selbst zu schützen.«

Sie sahen das Licht der Grillbude, die wie eine Insel an der Kreuzung stand. Hier hatte er abends oft gegessen, als er seinen Militärdienst abgeleistet hatte.

»Witze und Fäuste«, sagte er. »Da hast du mein Motto.«

»Wo hast du das denn her?«

»Ist mir gerade eingefallen, wie einem eben etwas einfällt.«

»Ich möchte dir etwas zeigen«, sagte sie, »wenn wir nach Hause fahren.«

»Was ist es?«

»Du wirst ja sehen.«

An der Decke glomm etwas, und das waren keine Sterne, obwohl die Decke hoch war.

Sie lagen bei geöffnetem Fenster nackt auf dem Rücken im Bett. Er spürte den Schweiß auf seinem Körper. Das Bettzeug lag auf dem Fußboden. Er hatte das Grölen von Jugendlichen gehört, die auf dem Heimweg oder sonst wohin unterwegs waren, dann war es wieder still geworden. Das Geräusch der Klimaanlage drang durch die Stille, aber es war nicht irritierend. Im Augenblick irritierte ihn gar nichts. Ich fühle mich ruhig. Jetzt bin ich ruhig.

Es sah aus, als hätte der Bauherr Glitzer in die Deckenfarbe gestreut, und das schon vor langer Zeit. Alles in diesem Zimmer stammte aus einer anderen Zeit. In so einem Zimmer war er noch nie gewesen. Zu dem Preis war es überraschend groß. Er hatte sie gefragt, was es koste, und bereute es schon, während er fragte.

»Hast du gesehen, wie es an der Decke glitzert?«, fragte er.

»Ja.«

»Dann schläfst du also auch nicht.«

»Nein.«

»Ich auch nicht«, sagte er. »Ich will nicht schlafen. Ich glaube, heute Nacht werde ich nicht schlafen. Es ist zu warm, trotz des offenen Fensters.«

»An der Decke spiegeln sich die Lampen über dem Eingang«, sagte sie.

»Irgendetwas ist es«, sagte er.

Draußen fuhr ein Auto eine Runde um den Marktplatz. Das klang genauso einsam wie das Geheul der Jugendlichen. Eine Stadt war bei Nacht ein einsamerer Ort als ein Dorf. Aber nicht hier drinnen. Nicht in diesem Zimmer.

»Wie geht es dir, Ann?«

»Alles in Ordnung.«

»Bei mir auch.«

»Mich beruhigt es, hier zu liegen«, sagte sie.

»Ich habe eben genau dasselbe gedacht.«

»Es ist gut.«

»Es ist sehr gut.«

»Darf ich dich etwas fragen, Johan?«

Sie legte sich auf die Seite und stützte den Kopf in die Hand. Er nahm alles aus den Augenwinkeln wahr.

»Frag, was du möchtest.«

»Weißt du, was Andreas sich zu seinem elften Geburtstag gewünscht hat? Hat er es dir erzählt?«

Er antwortete nicht sofort. Es sah nicht aus, als suchte er in seiner Erinnerung, das hätte sie selbst im Dunkeln erkannt. Sein Gesicht war ihr auch in einem fremden Zimmer vertraut.

»Du brauchst nicht zu antworten, wenn du nicht willst«, sagte sie.

»Du möchtest es aber doch wissen.«

»Du weißt es also?«

»Es sollte eine Überraschung werden.«

»Aha.«

»Wenn ich es dir erzähle, ist es keine Überraschung mehr.«

»Es ist doch nicht mein Geburtstag, Johan.«

»Eine Überraschung für euch beide.«

»Weiß Andreas es nicht schon?«

»Er weiß es nicht. Er hat sich etwas gewünscht, aber er weiß nicht, dass er es bekommt.«

»Hast du es schon besorgt? Hast du das Geschenk gekauft?«

»Gewissermaßen ja.«

»Gewissermaßen?«

»Es ist bestellt.«

»Bestellt?«

»Herrgott, Ann, du machst es mir schwer. Woher hast du das gewusst?«

»Ich weiß nichts. Es war nur so eine Ahnung.«

Er drehte sich auf die Seite. Sie hatte sich inzwischen aufgerichtet. Ihr Körper war ein Relief vor dem Fenster. Das bin ich, dachte er. Es ist wie bei Esaias, als ich bei ihm saß und mich draußen selber sah. Sie ist ich. So ist es. So sind wir.

»Es wartet auf ihn«, sagte er. »Es ist ein Fjordpferd, ein Fohlen.«

Er sah, wie sie zusammenzuckte.

»Johan!«

»Ich wollte es nicht sagen. Ich wusste nicht, wie du reagieren würdest.«

»Es ist wunderbar, Johan.«

»Findest du?«

»Wo ist es? Ist es ein Junge?«

»Ein Mädchen. Es ist in Hylte.«

»Ja, dort haben sie Fjordpferde.«

»Andreas hat es gesagt, als wir einmal Blaubeeren pflücken waren, im letzten Sommer. Unterwegs sind wir stehen geblieben und haben Pferde gestreichelt. So eins wünsche ich mir, hat er gesagt.«

»Was genau hat er gesagt?«

»Ich wünsche mir nichts mehr von allem auf der Welt als ein Fjordpferd.«

»Sie sind so hübsch«, sagte sie. »So klein und hübsch. So ruhig.«

»Ja.«

»Bist du neulich mal in Hylte gewesen?«

»Nicht neulich.«

»Nein. Ich … ich bin auch schon lange nicht mehr dort gewesen.«

»Ich habe … Ich hab schon darüber nachgedacht, wie wir es in der Scheune, im Stall machen. Aber bis jetzt habe ich nur ein wenig aufgeräumt.«

»Ja.«

»Nun weißt du es.«

»Ich glaube nicht, dass wir noch länger warten sollten«, sagte sie. »Ich glaube, du kannst es ihm erzählen. Schon jetzt.«

»Du meinst vor seinem Geburtstag?«

»Ich glaube, er möchte es schon jetzt wissen. Dann kann er daran denken. Würdest du nicht auch an so etwas denken wollen, wenn du ansonsten nicht viel tun kannst? An dein eigenes Fjordpferd denken?«

»Das würde ich wirklich, Ann.«

»Vielleicht sollten wir jetzt etwas schlafen, dann wird es schneller Morgen«, sagte sie.

Zwei holländische Damen in Abendkleidern kamen auf hochhackigen Schuhen heran, Leslie und Magnus trugen sie über das Moor. Ein deutscher Papa bekam einen Anfall von Elchfieber und kletterte von dem neuerbauten Aussichtsturm und stürmte geradewegs auf den Elch zu, der im richtigen Moment auf die Wiese getreten war. Der Mann hatte sich mit erstauntem Blick umgedreht und seinen Kindern mit der Kamera Zeichen gemacht. Dann war er weiter auf den Elch zugegangen, um ihn aus der Nähe zu fotografieren. Der Elch hatte ruhig posiert, und dann war der Mann von Dick und Olle zurückgerufen worden. Der Elch hatte im Einverständnis genickt. Es war ein guter Deal. Die Deutschen wollten mehr bezahlen als verlangt. Die Dänen hielten sich an den verlangten Preis. Im nächsten Jahr würde er ihn problemlos erhöhen können. Die Deutschen waren gut im Axtwerfen und Flegeldreschen. Martin erklärte ihnen das Universum. Sie verstanden ihn.

Er wurde wach, als Martin und Kjell auf den Elchen geradewegs durch das Ozonloch in den Himmel ritten. Es sah nicht gefährlich aus, so, als würde das jeder können.

Als er aufwachte, lag er in der gleichen Haltung da, in der er eingeschlafen war. Draußen war es heller geworden. Er hörte ihre regelmäßigen Atemzüge. Es war ein Traum, dachte er.

Sie gingen Hand in Hand über die Straße zum Park hinunter. Seine Hand war trocken und warm in ihrer. Ihre Hand war trocken und kühl in seiner.

Es war früh am Morgen. Überall roch es noch nach Dämmerung. Noch war es ein makelloser Tag. Sie hatten nur eine Tasse frischen Filterkaffee im Frühstückszimmer getrunken.

»Es wird ein schöner Tag«, sagte er.

»Das glaube ich auch«, sagte sie.

»Es riecht so gut.«

»Auch hier draußen gibt es eine nette Welt«, sagte sie.

»Natürlich gibt es die.«

Ein Mann in weißem Kittel überquerte mit raschen Schritten den Gang vor dem Haupteingang. Er winkte ihnen, als würde er sie kennen.

»Ich bin gespannt, wie Andreas es findet«, sagte sie.

»Ich auch.«

Sie fühlte seine Hand in der ihren. Die Hand bewegte sich unablässig, sie konnte nicht stillhalten, und ihr ging es genauso. Jetzt umschloss er ihre Finger fester. So fest hatten sie einander noch nie bei den Händen gehalten. Sie blieben einen Moment stehen im Park, während zwei Schwalben einander wie zur Morgengymnastik jagten. Das haben sie lange trainiert, dachte sie.

»Jetzt gehen wir zu ihm«, sagte sie.

Dank des Autors

Herzlichen Dank an Rita Lejtzén-Edwardson, Hanna Lejtzén, Kristina Edwardson, Markus Gäbel, Anders Sjödahl, Magnus Holm, Stig Hansén, Torbjörn Åhgren, Per Planhammar, Ulf Dageby, Rolf Axelsson, Willy Vlautin, Anne-Margret Floengård und allen im Ortsverein des Dorfes.

Åke Edwardson

Rotes Meer

Roman.
Aus dem Schwedischen von
Angelika Kutsch.
Taschenbuch.
Auch als E-Book erhältlich.
www.ullstein-buchverlage.de

Die Nacht wird zum Tag, und doch legen sich lange Schatten auf die Stadt, Erik Winter steht vor drei Leichen und einem Meer aus Blut. Winter kommt nur schwer voran in einem Milieu, in dem der Kampf ums Leben zusammenschweißt. Der einzige Zeuge der Morde, ein kleiner Junge, versteckt sich vor ihm. Ein Wettlauf mit der Zeit beginnt – ein Fall, der den Blick freigibt in die Abgründe unserer Gesellschaft.